U0165872

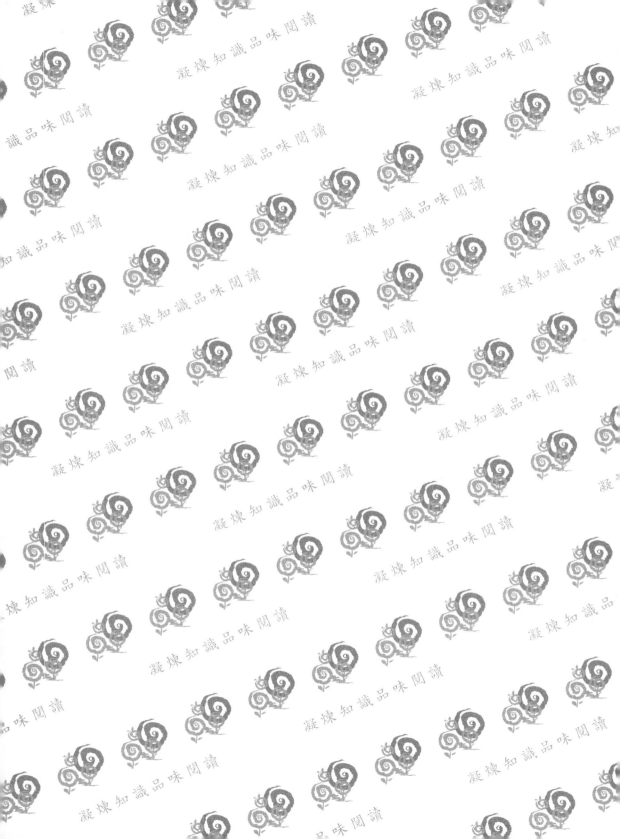

費加洛的婚禮

Le Mariage de Figaro

Pierre-Augustin Caron de Beaumarchais

博瑪榭　原著

楊莉莉　譯注

國立臺北藝術大學 出版

五南圖書出版公司 印行

獻給我的母親洪玉琴女士

目　次

圖畫與劇照索引

凡 例

　　本書譯文係根據 Pierre Larthomas 主編的博瑪榭作品全集，爲「七星叢書」之一：*Oeuvres*, Paris, Gallimard, Bibliothèque de la Pléiade, 1988。此權威版注記了本劇所有現存版本之差異，包括三個手抄本、兩個首版劇本及海盜版。在手抄本部分，法國國家圖書館、博瑪榭家人與法蘭西喜劇院各保留一份不同時期的草稿，其間的差異頗大。

　　兩個首版劇本均於 1785 年發行，一在巴黎印刷，一在德國的凱爾（Kehl）[1]。一般認定巴黎版爲眞正的首版，但凱爾版印刷精美[2]，兩版略有不同。海盜版則是看戲時飛快記下的台詞，錯誤百出自是難免，然由於速記者來不及記下台詞時，轉而記下台上演出動作，有助現代讀者了解當年演出實況，阿姆斯特丹的海盜版即以此出名。另一個海盜版更附上五幕的舞台配置圖，甚具參考價值。

　　本書譯文曾參考多個注釋版本，其完整書目見書末的參考書目。本譯文的注釋多出自七星版，不另加注，僅在某些字詞有別於今日的意義上，經七星版指引，加注三部十八世紀字典：*Dictionnaire de l'Académie française*（1798, 1833）、*Dictionnaire critique de la langue française*（éd. Jean-François Féraud, 1787），以及 *Dictionnaire de Trévoux*（1771）。

　　在法語敬稱（vouvoiement）方面，本劇多數場景中各角色以「您」互相稱呼，特別是當伯爵與夫人對話，以及上下層階級角色均在場的正式場合，「你」是其他角色私下裡用的。本譯文保留伯爵和夫人用「您」，以及其他角色對他們的敬稱或彼此間的諷刺用法（如 1 幕 5 景），其他均用「你」以順應現代中文語境。

....

1　博瑪榭為了印行《伏爾泰作品全集》，1780 年在此設了一個「文學排版協會」。
2　一樣採《伏爾泰作品全集》使用的 Baskerville 字體。

博瑪榭之生平、時代與戲劇概況

　　十八世紀是歐陸政權翻天覆地的時代。博瑪榭（Pierre-Augustin Caron de Beaumarchais）生於 1732 年，卒於 1799 年 5 月，政治上歷經路易十五、路易十六、大革命及隨後的恐怖統治，他逝世同年的 11 月 9 日，拿破崙發動政變，奪得勢力，開啓了強人的時代。《費加洛的婚禮》（Le Mariage de Figaro）即在大革命爆發前五年（1784）轟動首演，生動又詼諧地呈現了一個舊制度（Ancien Régime）[1] 社會，意義非比尋常。

　　1715 年，獨攬國政超過半世紀的路易十四逝世，他如日中天的政權由於戰爭、重稅和飢荒，晚年已出現敗相。曾孫路易十五即位時年僅五歲，由堂叔公奧爾良公爵菲利普二世攝政（1715-1723），施政寬鬆，社會上思想較自由，道德尺度大幅放寬，史學家咸認 1726 到 1743 年是路易十五在位期間最富庶太平的時期。

　　路易十五不喜處理國事，由樞機主教弗勒里（Fleury）代爲主政，對內採休養生息政策，對外力主和平共榮，與其他國家交好，法國經濟與人口高度成長，國際貿易、海外殖民利益充盈國庫，社會上出現了不少金融業者，如栽培博瑪榭的巴黎斯－杜維奈（Pâris-Duverney）。中產階級趁勢而起，憑其經濟實力開始要求政治上的實力。

　　弗勒里過世後，優柔寡斷的路易十五親政，他的情婦龐芭度（Pompadour）夫人介入很深，國勢逐漸衰退。貴族和優渥的中產階級尚能縱情享樂，下層百姓卻因接二連三的敗戰被課以重稅而民不聊生。首先是弗勒里晚年無力阻止的奧地利王位繼承戰爭（1740-1748）。接著於 1744 年掌權的路易十六，和英國爲爭奪殖民利益而屢起衝突（1744-1758），最後爲對抗英國和普魯士而參與七年戰爭（1756-1763），法國戰敗，國庫虧空，割讓許多海外殖民地，國家幾近破產，國際聲望下跌。

1　指法國 1789 年革命前的王朝。

　　路易十六先後在圖爾哥（A. R. J. Turgot）和內克爾（Jacques Necker）輔佐下雖曾試圖力挽狂瀾，進行經濟改革，削減貴族和教會的特權，以解決國家破產的危機，然遭到特權階級反對。後又有天災，導致農作物歉收，造成大規模飢荒，政府無力解決。路易十六被迫在 1789 年 5 月召開三級會議，沒想到時局已經失控。7 月 14 日巴士底獄被攻陷，8 月 4 日世襲特權全數廢除，8 月 26 日通過「人權和公民權宣言」。

　　國際上，法國大革命引發歐陸各國王室惶惶不安，紛紛對法國武力相向，革命政府也陷入雅克賓黨專政的恐怖統治（1793-1794），直至 1795 年 10 月由督政府（Directoire）解散國會，結束恐怖時期。不過政局依然不穩，內有保皇派想復辟，外有歐洲各國武力干涉，直到 1799 年 11 月 10 日拿破崙政變成功後建立執政府，才重新穩定政局。

1　啓蒙的時代

　　十八世紀末葉儘管發生了驚天動地的大革命，立憲政體取代了君權神授，然無人預期革命即將爆發。上流階級依然過著追歡逐樂的日子，洛可可（rococo）風順勢而起，美學上延續巴洛克時期的複雜構圖，代之以纖細、精緻、優雅、輕快的風格，呼應社會流行的享樂主義，奢華風氣日盛，愛慾交織其中，資產階級藉此逃避潛藏的社會問題。

　　催化上述國家體制巨變的是啓蒙的思想，法語「啓蒙的世紀」——"siècle des lumières"，意即理性之光照耀的世紀。哲學家孔德塞（Nicolas de Condorcet）曾摘要其標榜的理想爲理智、容忍（不同信仰）與人性，理性主義當道，重視科學與實證精神。人自此成爲世界的中心，言論與思想不再受神權與政權箝制。

　　法國是全歐洲的思想解放中心，當時國際通用語言正是法語，透過法語，自由與平等的政治及法律思潮廣爲散播，民主及基本人權思想逐漸成形。伏爾泰（Voltaire）的《哲學通信》（*Lettres philosophiques*, 1734）和哲學寓言《憨第德》（*Candide*, 1759）暢銷全歐。孟德斯鳩（Montesquieu）之《論法的精神》（*De l'esprit des lois*, 1748）揭櫫三權分立思想，盧梭（Jean-Jacques Rousseau）之《民約論》（*Du contrat social*, 1762）提倡主權在民，均受到矚目。

最能體現啟蒙精神的巨作莫過於狄德羅（Diderot）和達藍貝爾（Jean Le Rond d'Alembert）召集各領域知識分子撰寫的《百科全書》（1751-1772）。這套書並非人類知識的單純彙編，而是以人為中心重新建立一套理智的知識清冊，每種學識分門別類清楚說明，重用圖解以普及知識。書中的「愛智者」（philosophe）一條，顯見主事者對人類理智的信任，相信可藉此促進科學、技術、道德及社會進步，意圖將人類從迷信及封建思想中解放。

這些新思想在巴黎流行的文藝沙龍中交換、辯論、凝聚，政治人物也常是座上賓。十八世紀，法國文藝薈萃，畫家有瓦託（Antoine Watteau）、布歇（François Boucher）、夏爾丹（Jean-Siméon Chardin）、福拉戈納爾（Jean-Honoré Fragonard）、大衛（Jacques-Louis David）；文學家除上述之伏爾泰、狄德羅、盧梭之外，尚有馬里沃（Pierre de Marivaux）、拉克羅（P. Choderlos de Laclos）、勒薩吉（Alain-René Lesage）、薩德侯爵；哲學家有孔德塞、愛爾維修（C.-A. Helvétius）、霍爾巴赫（P. T. d'Holbach）、孔迪亞克（E. B. de Condillac）；音樂家有拉摩（Rameau）、葛呂克（Gluck）等人。

2　蓬勃發展的戲劇

承襲路易十四的戲劇黃金時代，十八世紀的法國戲劇蒸蒸日上，不管是硬體建築與設施、劇本創作、表演類型、觀眾人數，各方面都出現進步與成長。戲劇可說是社會各階層的共同喜愛，不僅提供娛樂且注重教化功能，更能有力鞏固社會各階層彼此的關係，進而對外展示法蘭西的聲望[2]，故而廣得知識分子支持[3]。

以戲院數目論，在大革命之前，巴黎就擁有 8 家，外省估計有 40 家。觀眾不獨愛看戲且愛演戲，貴族與優渥的中產階級喜在私邸設置戲院（théâtre de société），親自粉墨登場，光是巴黎估計就有 160 個大大小小的業餘表演場地[4]。在劇本創作方面，清查十八世紀的舞台製作，在革命之前高達 11,662 齣新劇，計有 1,680 位劇作家執筆[5]，其中有三分之二的作品曾登上職業舞台公開演出。十八世紀法國人對戲劇的狂熱可見一斑。

2.1　巴黎戲院概況

戲院按體制可分為兩大類：其一是享有各類表演專利的三大戲院——法蘭西喜劇院（Comédie-Française）、歌劇院與義大利喜劇院（Comédie-Italienne），領有王室津貼；其二是市集劇場，到了十八世紀末逐漸和新興的「林蔭道戲劇」（théâtre de Boulevard）[6]結為一體。

所有戲院中，素有「國家劇院」之稱的法蘭西喜劇院聲譽最崇隆，獨占戲劇對白的表演權，且堅持此原則，寸步不讓。博瑪榭的《娥金妮》（*Eugénie*）、《兩個朋友或里昂的批發商》（*Les Deux amis ou le Négociant de Lyon*）、《塞維爾的理髮師》（*Le Barbier de Séville*）及《費加洛的婚禮》共四部作品均在此首演。肩負保存古典劇目與開發

2　Henri Lagrave, "Privilèges et libertés", *Le Théâtre en France*, vol. 1, dir. J. de Jomaron (Paris, Armand Colin, 1988), p. 244, 294.

3　除了盧梭例外，見其《致達藍貝爾之信》（*Lettre à d'Alembert*）。

4　Lagrave, "Privilèges et libertés", *op. cit.*, p. 294.

5　有 2,816 齣作品查不到作者，參閱 Clarence D. Brenner, *A Bibliographical List of Plays in the French Language 1700-1789*, New York, A.M.S. Press, 1979。

6　十九世紀，指巴黎市的犯罪大道（Boulevard du crime）區上演的通俗劇（mélodrame）、默劇、仙幻劇（féerie）、雜耍、中產階級喜劇等娛樂作品，為迎合低下階層觀眾的重口味，內容普遍低俗，常受衛道之士批評。

新作的兩大重任，法蘭西喜劇院主要上演古典悲劇、大喜劇（grande comédie）[7]及市民劇（drame bourgeois）。可嘆的是，莫理哀的喜劇自 1720 年後即沒落，新編劇本則趕不上時代，而獨樹一幟的馬里沃偏愛義大利演員，勒薩吉因受到「喜劇院」杯葛，轉爲市集劇場效勞，市民劇因演得毫無信心，後來乾脆拒演。

相較之下，歌劇院就懂得變通，由於財務不佳，眼見擋不住市集劇場各種規避專利演出的花招，乾脆出售在舞台上唱歌的專利金，1708 年起准許市集小劇場唱歌跳舞，六年後促成「喜歌劇院」（Opéra-comique）之成立。

1716 年重新回到巴黎的「布爾高涅府」（Hôtel de Bourgogne）獻藝的義大利喜劇團，則除了推出拿手的假面喜劇（commedia dell'arte）、義大利劇目以外，也搬演法國喜劇，招牌劇作家爲馬里沃。義大利喜劇院作風靈活，演出內容富彈性，一個晚上可演好幾齣短劇，再續演馬里沃的喜劇，最後再來段反諷劇，或甚至放煙火，一如在市集劇場中，深得觀眾喜愛。1762 年，「喜歌劇院」被併入義大利喜劇院，發展更迅速。博瑪榭之《塞維爾的理髮師》原始即採喜歌劇的形式。

十八世紀最富創意與生命力的戲劇在市集劇場，這是指春秋兩季在巴黎市舉行的聖日耳曼市集（Foire Saint-Germain）及聖羅蘭市集（Foire Saint-Laurent）上用木頭搭建的臨時戲院（"loge"），其推出的戲碼必須和市集上的默劇、雜耍、猴戲、特技等其他通俗技藝同爭觀眾，演員非得使出渾身解數不可。由於遭法蘭西喜劇院嚴禁搬演正規的五幕大喜劇，戲班子就推出非正規的短劇，想方設法避開法規。例如演默劇或獨白，再安排對手演員以動作或手勢作答，或輔以寫在告示牌上的台詞（由後台人員拿上台），噱頭很多。最有趣的是，爲了要吸引路過的顧

7　意即符合古典戲劇規範的五幕詩劇，情節統一，故事深刻，逗趣又不失嚴肅意涵。

圖1　聖羅蘭市集上，演員站在尼可來（Nicolet）戲院二樓陽台演出精彩片段，以招徠觀眾買票進場看戲，無名氏的水彩畫。

客掏腰包進場看戲，各戲班子紛紛在自家戲院門前或二樓的陽台上搬演招徠劇（parade），沒料到竟然大受歡迎，後發展出文學招徠劇，博瑪榭為編劇好手之一。

　　此外，巴黎還有一種另類戲院，即資產階級在自家住宅附設的戲院，從1730年後開始盛行，其豪華與專業程度不輸職業劇場，連王后瑪麗－安端內（Marie-Antoinette）也熱衷此道。文人之中，以伏爾泰愛演戲最為出名，他喜在自己流亡時住的古堡中設戲院，親自登台扮演自己寫的角色，甚至還邀請法蘭西喜劇院的名角同台競藝！

2.2　劇本審查與看戲現場

　　儘管戲劇如此受到歡迎，十八世紀的法國戲劇從業人員仍未擁有足夠的工作保障，演員依然被剝奪教籍，劇作家對自己的心血結晶可說沒有權利。凡涉及演出製作，創作並不自由，劇本一律需要送審方能公演，從 1701 年開始是由隸屬警察機構的王室審查員負責。劇本若被質疑，作者可刪詞或修正劇情以爭取公演權；若起爭議，則交由部會大臣或國王的委員會仲裁[8]。十八世紀劇本審查最廣爲人知的案例就是《費加洛的婚禮》（以下簡稱《費》劇）。

圖 2　黎塞留（Richelieu）路上的「法蘭西喜劇院」於 1799 年完成改建，使用至今，A. Meunier 繪。

　　革命前，在戲院內，法國戲院觀眾席分爲一樓的站位區（parterre）、底部爲階梯座位（amphithéâtre），二、三樓則爲包廂。坐在兩側的包廂，觀眾彼此對看還比看舞台方便。最不可思議的是，最貴的座位竟然設在舞台上的左右兩側，嚴重干擾了舞台演出，直到 1759 年方在伏爾泰呼籲下，清空這些男性貴族最愛的座位[9]。一般而論，資產階級坐樓

8　若涉及宗教，則交由巴黎大主教或索邦大學處理。
9　原本是 1637 年上演高乃依的《席德》（Le Cid）時，因觀眾過多而臨時讓貴族觀眾上台坐，

上，市井小民站一樓，1782 年新建的法蘭西喜劇院——今日之「奧得翁歐洲劇院」（Odéon-Théâtre de l'Europe，見圖 5）——才在此區設立座位，觀眾方有位子坐下。十八世紀的戲院設計，反映出一個階級涇渭分明的社會。

　　由於一樓是站位區，觀眾動個不停，加上演戲時，觀眾席的燭火始終亮著，戲院又常安排捧場隊（"claques"）帶動表演的氣勢，舞台演出經常受到干擾。一樓觀眾愛開玩笑、發表議論，戲院雖曾企圖管制，無奈不太奏效。觀眾對演出劇目、劇作家和演員意見很多，首演通常就能決定一部新劇的生死，長演的劇目屈指可數，《費》劇為最顯著的特例。當演出內容出現爭議性，特別是指涉政治時，戲院現場常有人散發傳單或販賣抨擊時政的小冊子（pamphlet）。這種文類在啟蒙的世紀大行其道，伏爾泰和博瑪榭都是箇中好手。

2.3　編劇思潮與種類

　　說來似非而是，十八世紀強調理性，文創卻洋溢感性，正規戲院裡瀰漫感傷的氣息。這是基於主力觀眾群從貴族拓寬到黎民百姓，編劇目標不能再一味合乎道德，尚需具教誨意義，觀眾才容易吸收。而訴諸感性，動之以情，經由直接的感受領會到德性之可貴，而非惡性之可怕，被視為是最有效的途徑。故而悲劇氛圍轉為感傷，而喜劇則往往涕淚縱橫（larmoyante），迥異於上個世紀新古典主義之規範[10]。

　　因為觀眾群擴大，不同階層的觀眾喜好不同，各家戲院競爭激烈，

沒想到因收益好竟一直沿用，參閱 Barbara G. Mittman, *Spectators on the Paris Stage in the Seventeenth and Eighteenth Centuries*, Ann Arbor, U.M.I. Research Press, 1984。

10 其核心觀念為「肖真」（vraisemblance），忠於現實（réalité）為其最高目標。真實（vérité）、道德與一般性成為三大要點，由此延伸出三一律——地點、時間與情節之統一，以求劇情進展逼近真實。劇情宜發乎情而止乎禮（bienséance），角色塑造要端正、合宜、得體，悲劇以王侯將相為主角，喜劇則以中下階層為主。悲劇強調透過引發悲憫和恐懼達到淨化情感的作用，喜劇則庽寓教於樂，意涵嚴肅。書寫上要求詩體，採亞歷山大詩體（alexandrin），一行詩 12 音節，二行連句。

劇創在傳統的悲、喜劇之外，還新創了一個中間劇種——市民劇，而大受歡迎的喜劇也衍生出不少新類型。

　　向來被視爲最高貴的悲劇在延續新古典主義的規範之際，也試圖超越，因而加入橫生的枝節（péripétie），相信「血緣的呼喚」（voix du sang）[11]，悲憫與恐懼退位，取而代之的是感傷的情懷，伏爾泰爲代表作家。

　　鑑於新古典主義嚴格區隔悲喜兩個劇種，且古典悲劇中的王室主角距離常民太遠，狄德羅提倡一種融合悲喜劇的新劇種，屬性介於悲喜兩極之間的中間地帶[12]，意旨嚴肅，用散文體寫作，取材中產階層家庭生活。他以西方戲劇文類的「戲劇」（drame）[13]命名，又稱之爲嚴肅劇、市民劇或中產家庭悲劇。

　　這個新劇種一方面比如喜劇，在日常生活中提出「社會條件」（condition）探討道德與風俗，另一方面則比照悲劇，企圖經由主角不幸的遭遇令觀眾受到感動，但結局定是善有善報。因此，中產階級的天意（providence）說取代了古典悲劇的命定（fatalité）觀[14]。角色塑造無法再單單強調性格，而需通過社會地位、職業和意識形態來定義，此即「社會條件」，劇作家需在社會經濟的背景裡呈現角色。爲還原常民的真實生活，舞台演出宜力求逼真、自然[15]。

　　簡言之，市民劇建構社會條件，提供美德教訓，追求寫實主義，

11　參閱《費加洛的婚禮》3 幕 16 景，費加洛和瑪絲琳母子相認。
12　不同於浪漫劇是強調悲喜之對照，也非分別處理悲喜情境的「悲喜劇」（tragi-comédie），Marc Buffat, "Diderot et la naissance du drame", *Le Théâtre français du XVIIIᵉ siècle: Histoire, texte choisis, mise en scène*, dir. P. Frantz et S. Marchand (Paris, Editions L'Avant-scène théâtre, 2009), p. 349。
13　此字的形容詞（"dramatique"）雖然從十七世紀起即經常用於法語中（作爲 "théâtral" 的同義字），然其名詞 "drame" 卻遲至 1707 年才見到使用。
14　Jean-Pierre Sarrazac, "Le drame selon les moralistes et les philosophes", *Le Théâtre en France, op. cit.*, p. 339.
15　「第四面牆」的說法即出自狄德羅。

以感化觀眾爲目標。在舞台場面調度上，狄德羅重視其畫面構圖（tableau），主張應爲動態、戲劇焦點及動作的結合，場景的寓意隨之浮現台上。在博瑪榭寫的《娥金妮》和《兩個朋友》中，市民主角透過居家、工作及交友所展現的美德，明顯對照劇中貴族的濫權與敗德，不平等的社會立基昭然可見。

　　在喜劇範疇裡，「大喜劇」退流行，取而代之的是涕淚喜劇、諷刺喜劇、「愛情奇襲」（surprise de l'amour）劇，另外還有廣受歡迎的戲仿劇（parodie）、招徠劇，以及「輕歌舞劇」（comédie en vaudevilles）雛形。

　　誠如薛黑（Jacques Scherer）所言，十八世紀的法國觀眾既愛笑又要求美德。基於好心有好報，美德使人幸福，二者關係並非對立，而是互補[16]。在悲喜交加的涕淚喜劇或稱「感傷喜劇」中，遭到不幸的資產階級主角陷入一嚴肅、嚴重、有時是感傷的情境，他們靠著美德戰勝看似難以克服的困難，觀眾爲主角的勝利喝采之際又感動到淚滿衣襟，從而受到感召乃向美德看齊[17]。是以深富教育性，又被稱之爲「教化喜劇」，有些劇作家可說是以說教者（moralisateur）自居，代表作家是戴度盧（P. N. Destouches）、拉蕭瑟（N. de la Chaussée）。然說教過甚，口吻太過認眞，易弔詭地淪爲一種沒有笑聲的喜劇[18]。深入探究，不管是「嚴肅的喜劇」或「家庭悲劇」均不易清楚界定其範疇，不利後續的發展，只在十八世紀有觀眾。

　　相對而言，針砭社會流弊的諷刺喜劇則洋溢尖銳的笑聲，雖然每個時代都有，但在啓蒙時代，觀眾群大大拓寬，代表作家有勒薩吉、丹庫爾（F.-C. Dancourt）、雷納（J.-F. Regnard）等人。勒薩吉的《圖卡雷

16　*La Dramaturgie de Beaumarchais* (Paris, Nizet, 1970), p. 74.
17　Gustave Lanson 下的定義，引文見 Sarrazac, "Le drame selon les moralistes et les philosophes", *op. cit.*, p. 306。
18　*Ibid.*, p. 302.

或徵稅官》（*Turcaret ou le Financier*, 1709）利用連環計的情節反映稅政之缺失，雷納的《受遺贈人》（*Le Légataire universel*, 1708）則以騙取遺產為題，譏笑之餘批駁社會風氣，兩齣戲均大賣。

十八世紀最具原創性的喜劇作家莫過於文風自成一家的馬里沃，所謂的「馬里沃體」（marivaudage）獨步於世，是一種過分細膩反顯矯揉造作（préciosité）的文風。馬里沃細剖凡人陷入情網的種種窘迫，男女主角飽嚐愛苗從萌發、突變、茁壯至熾熱的各種試煉，最後才不得不顫抖地承認深陷情網之中，作品風行一時[19]。

除了正規的喜劇以外，義大利劇團和市集戲班子常戲擬法蘭西喜劇院和歌劇院專演的高貴劇種——悲劇和歌劇，流行的涕淚喜劇與市民劇也是演員搞笑的素材，觀眾愛看，票房長紅。

出人意外的是，原本在露天市集上隨機表演的招徠劇竟然風行一時。其原始內容不外乎展演精彩片段，煽動觀眾付錢進場看戲的欲望，極盡滑稽搞笑之能事。因觀眾熱愛，招徠劇後演變為獨立的笑鬧短劇，以底層人物的日常生活為題材，內容粗俗勁爆，連貴族觀眾也因題材新鮮而被吸引，紛紛在自己府邸宴客時也邀請朋友創作。博瑪榭、勒薩吉都曾寫過，演員就是晚宴的賓客。

最後一種「諷刺民歌」（vaudeville），原先是利用流行的曲調重新填詞，語多反諷，藉此譏刺時政。後由勒薩吉在市集劇場將其發揚光大，配上富機關陷阱的喜劇故事，成為「輕歌舞劇」，在十九世紀成為熱門劇種。

---

[19] 馬里沃於 1970-1980 年代成為歐陸的熱門劇作家，參閱楊莉莉，《再創夏佑國家劇院的光輝：法國戲劇導演安端‧維德志 1980 年代》（新竹，清華大學出版社，2017），第六章。

3　博瑪榭的生平與創作

　　寫出十八世紀最賣座且名垂青史劇作的博瑪榭並非文人出身，文藝創作僅占他精彩人生的一小部分。多才多藝的他一生有多重身分：鐘錶匠、王室的豎琴教師、貿易商、國王的密使、劇作家、筆戰者、美國革命的資助者、「劇作家協會」之創立者、伏爾泰作品全集的主編等等，每一項都做得有聲有色，成績有目共睹。他一生碰到無數挫折打擊，屢屢遭人中傷誹謗，官司纏身，但他不屈不撓，力抗強權，一如他筆下的費加洛，成為對抗惡勢力的代表人物。博瑪榭的人生精彩絕倫，是平常人的好幾世，以下簡述重大經歷，特別是影響《費》劇的事件。

3.1　鐘錶匠、公主的豎琴師、王宮紅人（1732-1763）

　　博瑪榭 1732 年 1 月 24 日出生於巴黎，為鐘錶商安德雷－夏爾斯·卡隆（André-Charles Caron）的獨子，命名為皮埃爾－奧古斯坦（Pierre-Augustin），上有兩個姊姊，下有三個妹妹，家中經濟寬裕。一家人關係親密，晚上常一起玩樂器、唱歌，是個幸福的中產階級家庭。十歲時，父親送他入阿爾霍（Alfort）膳宿學校。不同於權貴子弟就讀的菁英中學，阿爾霍提供的是一般教育，並未特別重視人文科目 [20]。博瑪榭只讀了三年書便遵照父親安排，輟學在家學習製造鐘錶的技術，閒暇時讀讀文學作品，玩音樂自娛。

　　如此過了七年，天資聰穎的博瑪榭在 21 歲時發明了鐘錶的「擒縱機構」（échappement），大幅縮減鐘錶的體積。他將這項發明展示給路易十五的鐘錶師勒波特（Jean-André Lepaute）看，不料卻遭後者盜用，向「科學院」（Académie des Sciences）謊報為自己的發明。博瑪榭不服氣，面對擁有王廷貴族撐腰的勒波特，他大肆宣揚此事，將自己塑造為可憐的受害者，藉以博取輿論的同情，並狀告科學院。翌年，科

20　Cf. Gilles Dussert, "Alfort ou de l'éducation", *La Machinerie Beaumarchais* (Paris, Riveneuve, 2012), pp. 95-127.

學院還他公道，證實他才是擒縱機構的唯一發明者。可嘆的是，此發明至今仍沿用勒波特之名！

不過博瑪榭一戰成名，取代勒波特，成為國王的製錶師。路易十五和情婦龐芭度夫人對他下訂單，他為後者設計的一款鑲在鑽戒中的錶令她愛不釋手。25 歲左右，博瑪榭認識了龐芭度夫人的丈夫──銀行家勒諾曼（Le Normand），是艾提歐爾（Etiolles）的大貴族。博瑪榭受邀參加他們的晚宴，並為他們的私宅舞台寫了幾齣招徠劇，這開啓了他對編劇的興趣。

製錶本業蒸蒸日上，外加結識達官貴人，博瑪榭心裡萌生了事業野心。23 歲時，他結識弗朗桂（Franquet）夫人奧柏坦（Madeleine-Catherine Aubertin），為她設計手錶，進而接近她，兩人過從甚密。弗朗桂年老多病，將自己擁有的「國王飲食監督」（Contrôleur de la bouche du roi）官職轉售給他。隔年，弗朗桂病逝，他迎娶其遺孀，並以後者的一處地產──「瑪榭樹林」（Bois Marchais），在自己姓氏之外加上「德‧博瑪榭」（de Beaumarchais）的貴族頭銜。然而妻子不幸於婚後 11 個月突病逝，由於他們的婚約仍未正式登錄，博瑪榭無法繼承遺產，妻子的原始繼承人乃具狀向法院提告，開始了冗長的繼承官司。

27 歲，博瑪榭成為四位公主的豎琴老師，頻繁出入王宮。這個時期，他可能是在勒諾曼家中結識其叔父金融家巴黎斯－杜維奈。應後者要求，博瑪榭透過公主邀請路易十五和王后參觀杜維奈於 1751 年創辦的軍事學校（Ecole militaire）。作為酬謝，杜維奈引介博瑪榭進入商界，並教他如何做生意。在杜維奈慷慨的資助下，博瑪榭買入「國王祕書」（Conseiller secrétaire du roi）官職，正式晉升貴族，可以合法使用「德‧博瑪榭」之姓。雖然如此，博瑪榭並不以出身中產階級為恥，他一生珍視他們勤勞工作的美德。

31 歲，博瑪榭愛上來自聖多明哥（Saint-Domingue）的波琳娜

（Pauline Le Breton），計畫和她成婚，又擔心對方家境不夠殷實，乃派人實地前往調查。三年後，波琳娜不耐博瑪榭的遲疑，毅然斬斷兩人的情絲，嫁給一位騎士。從文學創作角度看，波琳娜是博瑪榭筆下女主角的共同原型 [21]。

　　三十歲時期的博瑪榭風流倜儻，成功晉升貴族，生意有成，是朝廷的時髦人物，有貴人提攜，事業發展無可限量。

圖 3　博瑪榭肖像，Jean-Marc Nattier 繪。

3.2　歷盡人生之挫折（1764-1778）

　　進入中年的博瑪榭陸續遭到挑戰：劇本首演失利、官司纏身、再婚妻子逝世、被迫當國王的密使、畢生代表作《費加洛的婚禮》遭禁演等等，他一一用智慧化解，憑著不服輸的意志力抗特權，終獲全面勝利。

　　首先是為期一年的西班牙之行以處理公私事務。他先前往馬德里調

....

21　Scherer, *La Dramaturgie de Beaumarchais, op. cit.*, p. 232.

解姊姊麗慈特（Lisette）和一西班牙人克拉維果（José Clavijo）的婚事，未果，麗慈特遭始亂終棄。博瑪榭後來將這段經歷小說化，寫入控訴高茲曼法官的第四篇《備忘錄》（*Mémoires contre Goëzman*）中。德國文豪歌德讀了感動不已，寫了蕩氣迴腸的悲劇《克拉維果》（1774）。在生意方面，博瑪榭和杜維奈聯手的幾個大計畫則碰壁。縱使如此，這趟旅行提供了他往後作品中有關西班牙的背景。

36 歲，博瑪榭再婚，對象是一位富有的遺孀瓦特布蕾（Geneviève-Madeleine Wattebled），不料她竟於兩年後病逝，得年 39 歲。她的財產採終身年金制，博瑪榭也無望繼承。

英俊瀟灑、說話機智的博瑪榭一生有許多情婦，真愛是來自瑞士的薇勒摩拉（Marie-Thérèse de Willermaulaz）小姐。她仰慕他的文采以及抵抗惡勢力的勇氣，於 1774 年春天，當博瑪榭和高茲曼官司打得如火如荼之際投懷送抱，成為他的管家，三年後為他生下一女，取名娥金妮（Eugénie）。不過博瑪榭一直要等到 54 歲時才正式娶她，兩人恩愛到老。

博瑪榭白天是位業務繁忙的貿易商，晚上寫劇本，原只是使自己放鬆的消遣[22]。35 歲時，受到他景仰的狄德羅編的市民劇《私生子》（*Le Fils naturel*）啟發，寫下了處女作《娥金妮》，這部劇經精簡後演出成功，演了 23 場。三年後，他再接再厲，寫了第二齣市民劇《兩個朋友或里昂的批發商》，不幸在法蘭西喜劇院演出失敗。博瑪榭學到了教訓，改寫詼諧作品，第一部《塞維爾的理髮師》（1772）在修正後共演了 27 場。由於賣座，博瑪榭當時儘管深陷官司中，仍為其寫了續集《費加洛的婚禮》。

....

22　「為了消遣而編劇的作家」（auteur dramatique par amusement），語出博瑪榭寫給法蘭西喜劇院的信，引言見 Maurice Lever, *Pierre-Augustin Caron de Beaumarchais*, vol. 2 (Paris, Fayard, 2003), p. 378。

除了是位有票房的劇作家之外，博瑪榭的文名還反映在他控訴高茲曼法官的四篇《備忘錄》上。這可是當年的暢銷刊物，連王室都搶讀，且風靡全歐 [23]。這肇因於博瑪榭一生中拖得最久也最為轟動的官司。話說 1770 年 7 月，他的合夥人杜維奈病逝，其姪孫拉布拉盧（La Blache）公爵繼承絕大多數的遺產——150 萬法朗，但拒絕承認杜維奈死前三個月簽字的財產結帳清單，其中記載博瑪榭可隨時提領 15,000 法朗，並可無息借款 75,000 法朗，期限八年。拉布拉盧指控博瑪榭偽造文書、詐欺。博瑪榭溝通無效，遞狀書控告拉布拉盧。隔年 10 月開審。一審，公爵敗訴，不服，提出上訴。

1773 年 4 月 1 日，高茲曼被任命為二審的獨任推事（rapporteur），負責撰寫此案的摘要。當時身陷囹圄的博瑪榭 [24] 獲准請假外出，面見推事，多次求見高茲曼遭拒，乃透過中間人，付給高茲曼妻子一百個金路易 [25]，方於 4 月 3 日見到高茲曼本人，並讀到他寫的案情報告，其內容偏向拉布拉盧。博瑪榭不死心，翌日為星期天，一時籌不到大筆現金，乃準備一支價值不菲的鑽錶登門拜訪，高茲曼仍拒見，最後由他的太太收下，後者另外要求 15 個金路易說是要給高茲曼的祕書。

4 月 6 日，法院根據高茲曼寫的報告，判決拉布拉盧公爵勝訴，博瑪榭被判須支付 5,600 萬法朗 [26]，他的財產被扣押。數日後高茲曼太太還給博瑪榭一百個金路易和鑽錶，但扣住 15 個金路易未還。兩個星期後，博瑪榭揭發高茲曼法官收賄，並要求高茲曼太太償還 15 個金路易。6 月，高茲曼遞狀反控博瑪榭行賄造謠。

深知法院官官相護，9 月出獄後的博瑪榭再度決定將案情訴諸輿

---

23 歌德就是因此讀到《克拉維果》的本事。
24 他和蕭內斯（Chaulnes）公爵同爭一位女伶大打出手而入獄。
25 一個金路易在十八世紀相當於 20 法朗。
26 於二十世紀下半葉，相當於 2,500 萬法朗，見 Ph. Van Tieghem, *Beaumarchais par lui-même* (Paris, Seuil, 1960), p. 182。

論。他一連出版了三篇《備忘錄》，將自己複雜的冤情分析得頭頭是道，過程寫得高潮迭起。特別是第二篇公堂對質部分，他生動地描繪出場人物、他們的一言一行，以及自己如何設陷阱讓受賄的高茲曼太太吐實，根本是一流的小說筆法，充分展現非凡的自我辯護能力。

當時尚未認識他的伏爾泰由衷讚歎道：「多麼了不起的人呀！他集合一切——玩笑、嚴肅、理智、輕鬆、力量、感人，所有雄辯的文類，可他什麼也沒刻意去找，令他的對手通通啞口無言，並給他的法官教訓」[27]。翌年2月，第四篇《備忘錄》出版，兩天即熱銷六千份[28]，輿論全站在他這一邊。

2月26日，法院宣布高茲曼敗訴，法官資格遭剝奪，博瑪榭和高茲曼太太則被褫奪公民權，博瑪榭寫的《備忘錄》必須公開焚毀[29]。為了抗議對博瑪榭判決不公，一向支持他的孔替（Conti）親王第二天為他舉行宴會盛大慶祝。

至於博瑪榭和拉布拉盧公爵的訴訟，則要等到1778年7月21日，艾克斯（Aix）法院宣判博瑪榭勝訴，拉布拉盧必須接受杜維奈簽字的財產清單，並賠償博瑪榭的名譽受損。這件官司纏訟八年，還發展出案外案，其影響見於《費加洛的婚禮》第三幕。更重要的是，這整個審判等於是為當時進行的司法改革畫上問號[30]。

在正式被平反之前，博瑪榭為求恢復公民權[31]，不得不取信王室，擔任國王的密使。先是1774年3至4月，接受路易十五的祕密任務，

27　Cité par Maurice Lever, *Pierre-Augustin Caron de Beaumarchais*, vol. 1 (Paris, Fayard, 1999), p. 450.
28　*Ibid.*, p. 439. René Pomeau 高度評價這四篇《備忘錄》，視其與《塞維爾的理髮師》及《費加洛的婚禮》水平相等的力作，見其 *Beaumarchais ou la bizarre destinée* (Paris, P.U.F., 1987), p. 63.
29　然因怕民情激憤，這項判決應未執行，參閱 William D. Howarth, *Beaumarchais and the Theatre* (London, Routledge, 1995), p. 227, note 8。
30　參閱本書〈劇本導讀〉之「3.1 政治與社會批評」一節。
31　直到1776年9月6日才成功。

赴倫敦擺平一名八卦記者的威脅（欲出版詆毀王室的小道消息）。任務成功達陣，沒料到路易十五卻於 5 月駕崩。路易十六登基，又立即派他出國解決另一黑函的恐嚇。博瑪榭一路尾隨黑函作者到倫敦、荷蘭、維也納等地，10 月圓滿達成使命。

3.3　實踐啓蒙的信念（1776-1789）

　　爲執行路易十六的祕密使命，博瑪榭於 43 歲時多次赴倫敦，爲此接觸法國外交部長斐堅斯（Vergennes），順勢掌握美國殖民地抗英的局勢。他定期向國王彙報英國政局和美國革命的走向，力主法國應該站在美國這一邊。另一方面，他不畏艱難，出版伏爾泰全集，致力於保障劇作家的著作權，且因相信科技，支持科學研發。四十歲階段，他努力爭取《費加洛的婚禮》公開演出，更持續創作，寫出歌劇《韃拉爾》（*Tarare*），於 1787 年閃亮首演，由沙利埃里（Antonio Salieri）作曲。不幸的是，由於受人之託，他捲入了另一樁原本和自己無關的訴訟案中。

　　先從資助美國獨立戰爭說起。身爲國王的特使，博瑪榭在倫敦時即注意到北美十三州殖民地抗英的戰事，後見到了美國國會的祕密代表亞瑟・李（Arthur Lee），實際了解美軍的處境與爭取自由獨立的意志，深信美國必將贏得勝利。他努力說服剛與英國打了七年戰爭失利的法國政府資助美國贏得獨立，以扳回一城。1776 年 6 月，斐堅斯爲此祕密匯給博瑪榭一百萬法朗。10 月，博瑪榭用這筆資金在巴黎開了「羅得里格・荷達萊」（Roderigue Hortalez et Cie）海事公司，積極建置艦隊以運送物資到美國。

　　1777 年春天，博瑪榭先墊付款項以運送價值五百萬法朗的武器、彈藥、軍需及補給至美國，此事之困難超乎想像。受到美國駐巴黎的特使離間，富蘭克林（Benjamin Franklin）信不過博瑪榭，英軍又封鎖法國海港，任何軍需物資要運出表面上保持中立的法國，均逃不過英國海軍的監視。英國大臣屢屢向斐堅斯抗議，後者不得不禁止赴美洲的船隻出海，甚至命令卸下船貨。博瑪榭來回斡旋，四處奔走，最後才又悄悄地裝上彈藥物資，航向美國。這批及時的支援促成革命軍 10 月贏得決定性的薩拉托加（Saratoga）之役。

　　總計，博瑪榭個人共投入六百萬法朗，他的確可自豪地表示：「我是為美國自由出力最多的個人」[32]。無奈美國國會誤信這筆借款是法國捐贈，拒絕承認這筆債務。博瑪榭多次要求償還均無下文。經過半個世紀的努力，1835 年，美國才償還區區 80 萬法朗給博瑪榭的後裔。

　　在出版方面，博瑪榭崇拜伏爾泰。1778 年這位文壇巨擘辭世，俄國買下他畢生著作的版權，傳言凱薩琳二世將發行他的作品全集。基於愛國主義，博瑪榭挺身而出，決定印行這位時代巨人的全部作品，其中不少在法國遭禁。這也是項艱鉅的任務。博瑪榭需先支出 16 萬法朗向俄國買下版權。其次，為了躲避法國查禁，選定德國的凱爾（Kehl）設立了只有他一個成員的「文學排版協會」，再邀請多位學者、哲學家搜尋、編輯、校對、注釋文稿與信件。接著，在孚日山脈（Vosges）買下三家造紙廠，且為求最佳品質，更赴英採購印刷的字體等等。這套全集從 1783 年起陸續面世，歷經七年才完成印刷，共八十餘精裝巨冊。可嘆，原預估銷售 15,000 套，最後只賣出不到 2,000 套。博瑪榭蒙受 50 萬法朗的損失，但卻為後世編輯伏爾泰著作提供了最好的底本。

　　攸關劇作家生計的演出版權問題有其歷史淵源，素來迭有紛爭。到了十八世紀，根據 1757 年的規定，一齣五幕新戲上演，作者可拿票房淨利的九分之一。然而各大戲院往往以各種支出為名目，削減票房淨利，作者因而收入大減，有些人連生活都成問題。更甚者，一齣戲的票房若低於一個下限，這個劇本就無條件成為演員的財產，作者無權要求

32　Cité par Pierre Larthomas, "Introduction", *Oeuvres* de Beaumarchais (Paris, Gallimard, «Pléiade», 1988), p. xiv.

任何演出的權利金。「喜劇院」因帳目不清，紛爭屢起，博瑪榭本人即曾被請去調查爭議事件。無論如何，在當時，劇本一經出版，劇作家可說就喪失了演出版權[33]。

博瑪榭也注意到法蘭西喜劇院在《塞維爾的理髮師》演出帳目上動手腳。他並不在乎這些收入，不過基於原則問題，並想革除喜劇院的陋習，他有意聯合其他劇作家對劇院施加壓力。這件想當然耳之事並沒有想像中容易，因為喜劇院自然是不願放棄既得利益。其次，喜劇院在巴黎享有獨家上演正規悲、喜劇的權利，一旦得罪喜劇院，辛苦寫出的劇本等於是沒地方上演。甚至，有幾位生活優渥的劇作家表示自己創作不是為了錢等等。經過兩年的溝通，1777 年，博瑪榭聯合 22 位劇作家，創立了「劇作家協會」以維護創作權益，進一步團結劇創的士氣，他自己更當選為會長。法國文壇這才意識到這項權利的重要性，陸續成立了各式協會[34]。

不談愛國主義，博瑪榭發行伏爾泰卷帙浩繁的作品全集，自然有投機獲利的計算。不過，他也不是個唯利是圖的人。最值得一提的是，他積極落實啟蒙的信念，多方協助清教徒在法國社會立足[35]。同時，他也資助科學實驗，1784 年前後贊助蒙戈爾菲耶（Montgolfier）兄弟研發熱氣球（montgolfière）。

將邁入半百之時，孔曼（Kornman）事件開始醞釀：博瑪榭受一位貴族之託，出面保護銀行家孔曼的太太。她紅杏出牆，因情夫為戰爭大臣的人馬——曾促成孔曼幾筆生意，孔曼遂默許這段婚外情。然而戰爭大臣下台後，孔曼為霸占妻子的財產，以不守婦道為由，囚禁懷孕的妻子。1787 年，孔曼委託律師貝高斯（Bergasse）發表抹黑博瑪榭的文章，指控他拐走孔曼夫人（事實上是安排住在助產婦家中），將孔曼塑

---

33 而且經常無可奈何地眼睜睜看著劇團隨意刪改劇本，巴黎之外的戲院更是無視法規。
34 法國作者的著作權要等到 1791 年 1 月 13 日方由制憲議會正式認可。
35 這點也可能因為博瑪榭的父親原為清教徒，後改信天主教，使他關注此議題。

造爲受害者。博瑪榭不甘示弱，出版數篇有關案情的《備忘錄》大力駁斥，揭發孔曼的眞面目。雙方數度交火，砲火猛烈。

興論這回不再支持博瑪榭[36]，他被視爲舊政權的擁護者，形象墜毀。兩年後，孔曼和貝高斯遭法院判決惡意中傷，博瑪榭勝訴。此事件對博瑪榭影響甚深，他將惡行惡狀的貝高斯，化名貝杰亞斯（Bégearss），寫入最後一部劇本《犯錯的母親》（*La Mère coupable*, 1792）中。

革命風暴前十年的博瑪榭事業有成，名氣響亮，社會地位穩固，捨得用財富具現啓蒙時代的理想與信念，始終自視爲「正義和人道精力充沛的擁護者」[37]，挺身捍衛人權與自由。

3.4　法國大革命前後（1787-1799）

登上生命的巔峰，博瑪榭也得走下來，只不過不是緩步而下，而是在大革命之後，因「荷蘭槍枝」事件，瞬間喪失所有一切，跌到谷底，過程頗爲戲劇化。儘管如此，博瑪榭始終創作不懈，寫下了費加洛的第三部曲《犯錯的母親》。

1787 年（55 歲）應是博瑪榭最幸福快樂的一年，他的歌劇《韃拉爾》成功在「皇家音樂學院」（Académie royale de musique）首演，且因前一年正式迎娶了摯愛的薇勒摩拉，乃大手筆在巴士底獄附近買了兩英畝的地，準備蓋花園豪宅。大革命那一年，他耗費鉅資興建豪宅，再加上孔曼事件發酵，他的公眾形象受損，但 8 月仍選上「巴黎公社」議員，負責監督拆毀巴士底獄。

1792 年 3 月，博瑪榭得知奧地利當局從叛軍手中沒收六萬枝步槍，

36　一如 Howarth 所言，在舊政權垮台的混亂時機，任何公眾人物遭到攻擊都受到輿論歡迎，見其 *Beaumarchais and the Theatre*, *op. cit.*, p. 43。

37　Cité par Larthomas, "Introduction", *op. cit.*, p. xvii.

暫放在荷蘭。一名比利時的中間人建議他為法國購入，以解決武器短缺問題。為了維護大革命的成果，博瑪榭同意這筆買賣，幾經波折，4 月雙方簽訂了合約。然因法國原本同意進口槍枝的戰爭大臣下台，荷蘭人刁難交貨，法國承辦人員因拿不到回扣乃從中作梗，一些政客則藉機和博瑪榭算舊帳，這批槍枝始終未能順利進口。8 月 11 日，一群暴民侵入他的豪宅搜槍未果[38]。23 日，博瑪榭被捕入獄，幸經一位舊情婦出面斡旋而得以在 9 月前出獄，僥倖逃過隨後的大屠殺。

這批槍枝最後於 1794 年 10 月被英國人搜到後運回國，結束了整起事件[39]。博瑪榭於同年 3 月為革命政府到德國出差，名字卻被「誤」置於逃亡貴族的名單上。他的妻女遭下獄，財產充公；他被迫流亡德國，住在漢堡，生活艱困。兩年後 64 歲，博瑪榭的名字方從逃亡貴族的名單刪除，他啟程返回督政府時期的法國，和妻女團圓。

生命最後的五年，博瑪榭重整家園，企圖重拾事業，持續就社會各項議題向政府建言。《犯錯的母親》於 1797 年在法蘭西喜劇院重演，叫好又叫座。兩年後，博瑪榭中風，於夢中謝世，享年 67 歲。

4　四大類劇本創作

在忙碌的人生中，博瑪榭共編了六齣正式劇本，其文類涵蓋市民劇、喜劇及歌劇，而且每一劇種都經由序言提出自己的看法，可見他對戲劇興趣之廣泛與野心。說來矛盾，編劇對這位事業有成的貿易商而言不過是項消遣，可是一旦有時間下筆，他寧願嘗試新的創作路線，不愛重彈老調（「沒有人寫喜劇必須取法他人」），且全力以赴，以求得到決定性的成功。

....

38　只搜到大批賣不出去的《伏爾泰作品全集》！
39　Cf. Beaumarchais, "*Mémoires sur l'affaire des fusils de Hollande*", *Oeuvres, op. cit.*, pp. 931-1119.

4.1　招徠劇

　　博瑪榭應該是在 25 歲左右爲銀行家勒諾曼的私宅戲院寫了六齣遊戲之作，其中最得後世好評的是《傻瓜－尚在市集》（*Jean-Bête à la foire*）。這種假招徠劇實爲文學創作，透過風格化的鄉野口語和題材[40]，以博取上流觀眾一笑。角色滿嘴粗話，不避汙穢（scatologie），性暗示呼之欲出，連音不照規則來（"cuir"），用字不當，充斥冗言，戲仿經典、錯誤引述、文字形變等逗笑手段全派上用場[41]，一反用字中規中矩、文風高雅的古典詩詞，火辣辣的內容頗能帶動晚宴的氣氛。說穿了，這是一種假面鬧劇，爲貴族觀眾表演販夫走卒的生活。

　　從戲劇史的角度看，文學招徠劇用字富想像力，時而玩文字遊戲，字音勝過字義，時而扭曲語言，已爲未來的《于比王》（*Ubu roi*, Jarry, 1896）鋪路，貝克特和尤涅斯科的語言遊戲亦相距不遠[42]。

4.2　市民劇

　　博瑪榭共寫了《娥金妮》、《兩個朋友》及《犯錯的母親》三齣市民劇[43]。處女作《娥金妮》背景設在英國[44]，女主角娥金妮遭一位放蕩的伯爵騙婚而懷孕，她的哥哥意外爲伯爵所救，因而面臨是否該爲家族名譽復仇的兩難抉擇。尾聲，「血緣的呼喚」發揮了作用，娥金妮接受幡然悔悟的伯爵，她的父親道出了創作主旨：「眞心懺悔的人，比起從

40　常借用義大利假面喜劇的故事綱要，內容不外乎為一對戀人因長輩阻撓而無法結合，幸得一智僕幫助，歷經扮裝、錯認、口角、棒打等套路，最後方能成婚。

41　Gunnar von Proschwitz, *Introduction à l'étude du vocabulaire de Beaumarchais* (Genève, Slatkine Reprints, 1981), pp. 23-32; Howarth, *Beaumarchais and the Theatre, op. cit.*, p. 114.

42　雖然二人是為了其他理由而玩語言遊戲，Howarth, *Beaumarchais and the Theatre, op. cit.*, pp. 115-16。

43　有關博瑪榭對嚴肅劇之重視與成就，參閱 Béatrice Didier, *Beaumarchais ou la Passion du drame*, Paris, P.U.F., 1994。

44　應是受當時在法國暢銷的英國感傷通俗小說影響，Howarth, *Beaumarchais and the Theatre, op. cit.*, p. 125, 127。

未犯錯的人更遠離罪惡」[45]。此劇首演時噓聲四起，博瑪榭迅速修改最後兩幕，使其結構嚴謹，再演時總算得到掌聲，公認是比狄德羅《私生子》成功的創作。劇本出版時，博瑪榭寫了〈論嚴肅劇〉（"Essai sur le genre dramatique sérieux"）一文作為序，認真思考戲劇理論。

　　三年後，博瑪榭再接再厲，寫了第二齣市民劇《兩個朋友或里昂的批發商》，更進一步貫徹狄德羅提出的「社會條件」。劇中兩位市民主角分別為里昂的批發商和包稅人，前者遭到破產危機，後者擬挪用收來的稅款先幫朋友解危卻碰到查帳，然這兩個朋友互敬互助共度難關，令人動容。需知在十八世紀，中產階級視商人等同於軍事將領[46]，有其社會地位。身為貿易商，博瑪榭原想頌揚商人的品格和友情，巴黎觀眾卻不捧場[47]。這部劇本在法蘭西喜劇院演出 11 場即結束，博瑪榭因此轉向，改寫喜劇。

4.3　喜劇

　　生性樂觀、積極，博瑪榭在喜劇範疇找到了發揮天分的園地，《塞維爾的理髮師》及《費加洛的婚禮》雙雙精彩到被改編為歷久不衰的歌劇[48]，連同寫於革命後的市民劇《犯錯的母親》，號稱「費加洛三部曲」。在最後一部劇的序言中，博瑪榭表示希望有朝一日能連續三個晚上推出阿瑪維瓦（Almaviva）家族的全部故事。這三部曲劇情時空歷時二十載，三個劇本換了三個地點，從塞維爾、其附近的清泉古堡到巴黎。在最後一部曲，第二代上場，無名小子費加洛已明顯中產階級化。《犯錯的母親》深刻感人的道德化氛圍，雖然和前兩劇「不折不扣」的

---

45 Beaumarchais, *"Eugénie"*, *Oeuvres, op. cit.*, p. 197.

46 從軍為晉升貴族的門路之一，Sarrazac, "Le drame selon les moralistes et les philosophes", *op. cit.*, pp. 322-23.

47 推測是因為觀眾無法理解劇中提到的金融問題，不過此劇在外省和國外演出卻頗受歡迎，見 Larthomas, "Notice des *Deux amis ou le Négociant de Lyon*", *Oeuvres, op. cit.*, p. 1267。博瑪榭全集的編者拉湯瑪斯（Pierre Larthomas）獨排眾議，認為此劇比《娥金妮》編得好，*ibid.*, p. 1270。

48 前者由羅西尼編曲（1816），後者是莫札特（1786）。

圖 4　《塞維爾的理髮師》插圖，A. Fragonard。

喜劇氣氛不一致，但在作者心中，這三部曲顯然有其連結關係，在此一併討論。

　　《塞維爾的理髮師》原是五幕喜歌劇，但遭喜歌劇院拒絕[49]，博瑪榭改寫爲五幕話劇。翌年法蘭西喜劇院接受製作，於 1775 年 2 月 23 日首演，未得到喝采。博瑪榭再度飛快修正劇本，精簡爲四幕劇，三天後再度登台，叫好聲四起。

　　此劇鋪展當理髮師的費加洛幫阿瑪維瓦伯爵娶得心上人羅西娜（Rosine），她原受老醫生霸多羅（Bartholo）監護。費加洛大耍詭計，讓伯爵先後喬裝成大學生、軍官、聲樂老師，以混入醫生家中接近情人，最後巧妙安排伯爵搶在霸多羅之前，和心上人簽字完婚。是以霸多羅確實「防不勝防」——劇本的副標題，眼睜睜看著羅西娜琵琶別抱，印證了這類仿義大利傳統喜劇老套情節的永恆結論——青春和愛情戰

<hr />

49　可能是此劇的音樂未得欣賞，或者預定主唱費加洛的歌手克雷瓦（Clairval）原是名理髮師之故，Larthomas, "Notice du *Barbier de Séville*", *Oeuvres, op. cit.*, p. 1295。

勝衰老與吝嗇 [50]。劇本出版時，博瑪樹再度寫了篇長序〈論《塞維爾的理髮師》之失敗與批評的中庸書簡〉（"Lettre modérée sur la chute et la critique du *Barbier de Séville*"），反擊可笑的劇評，並交代費加洛的身世。

　　作爲費加洛三部曲的最後一部，《犯錯的母親》仍回到市民劇傳統，鋪展阿瑪維瓦伯爵與費加洛故事的結局。此劇布局仿莫理哀的《達杜夫》（*Le Tartuffe*），劇情發生在革命後 1790 年的巴黎，主軸鋪展伯爵使館從前的祕書貝杰亞斯進入伯爵府邸圖謀他的財產，企圖染指他的「養女」，幸得費加洛和蘇珊娜幫助而遭到揭發。副線則是伯爵和夫人膝下的一兒一女，實各爲兩人的私生子女，兒子是夫人和薛呂班（Chérubin）一夜風流的愛情結晶，伯爵聲稱的養女實爲親生女兒。夫妻兩人結尾坦誠相對，挽救了婚姻，而一雙私生兒女也結爲連理。

　　《犯錯的母親》肯定家庭價值與誠信原則，博瑪樹以嚴厲的道德筆法斥責時人的惡行，意欲讓善感的觀眾流下感動的淚水，吻合嚴肅劇的道德要求。1792 年在瑪黑戲院（Théâtre Marais）成功首演 [51]，五年後在法蘭西喜劇院重新製作也票房亮麗。寫於「正派人士互相原諒過失、過往弱點的年齡」[52]，此劇現在一般評價不高，然直到 1850 年，始終是票房的常勝軍 [53]。音樂家米堯（Darius Milhaud）還將其改編爲歌劇，於 1966 年首演。

　　三部曲寫作也歷經二十年，角色在舞台上成長與衰老，劇情故事之複雜確有小說化的特質，這是十八世紀法國劇創的特色之一 [54]。

50　莫理哀的《妻子學堂》（*L'Ecole des femmes*）和《慮病者》（*Le Malade imaginaire*）即爲佳例。
51　法蘭西喜劇院當時因對革命政府的態度不同而鬧分裂，博瑪樹乃交由瑪黑戲院上演。
52　Beaumarchais, "*La Mère coupable*", *Oeuvres, op. cit.*, p. 672.
53　Joël Huthwohl, "Deux siècles à l'affiche: La carrière de Beaumarchais de 1799 à nos jours", *Les nouveaux cahiers de Comédie-Française: Beaumarchais*, no. 2, 2007, p. 34.
54　Cf. Martine de Rougemont, "Beaumarchais dramaturge: Le substrat romanesque du drame", *Revue d'histoire littéraire de la France*, no. 5, septembre-octobre 1984, pp. 710-21.

4.4　歌劇

　　《韃拉爾》的腳本由博瑪榭所編，故事發生在一個想像的東方國度，其國王欲奪士兵韃拉爾的愛妻，逼得他憤起抵抗暴君，最後受擁為王，情節有如《費加洛的婚禮》翻版。這種老套的情節在大革命後的巴黎很能得到共鳴，加上製作豪華盛大，首演得到滿場歡呼。劇本出版時，博瑪榭寫了〈對於想欣賞歌劇而預訂戲票的觀眾〉（"Aux abonnés de l'opéra qui voudraient aimer l'opéra"）作為序，思考歌劇中的詩詞、音樂、舞蹈和布景的關係，不由得讓人想起有相似理念的華格納。

　　終其一生，生意人的算盤始終占據博瑪榭的思維，同時，他也做了不少違反利益原則的大事業，商業混合文藝更難免傷及他的文學聲望。然在六齣正式創作中，博瑪榭就有兩齣名垂青史，不得不讓人認真考慮他在文學史上的地位。雨果於 1827 年《克倫威爾》（Cromwell）的序言即盛讚高乃依、莫理哀和博瑪榭為法國舞台的三大天才。

劇本導讀

　　被作者視爲最詼諧之《費加洛的婚禮》是齣言語機智、角色有趣、劇情錯綜且載歌載舞的風流喜劇。全劇分五幕，地點在距塞維爾不遠的清泉古堡，其主人阿瑪維瓦（Almaviva）伯爵厭倦自己三年前娶進門的夫人（《塞維爾的理髮師》中之羅西娜〔Rosine〕），轉而覬覦管家費加洛的未婚妻蘇珊娜（Suzanne），想在兩人成婚之前行使他身爲主人的「初夜權」。他透過音樂教師巴齊爾（Bazile）爲自己穿針引線，更利用自己身爲法袍貴族擁有的司法審判權，企圖影響費加洛與女管家瑪絲琳（Marceline）的官司以遂行私慾，結果卻發現瑪絲琳居然是費加洛的生母！

　　此外，伯爵的小侍從薛呂班（Chérubin）情竇初開，一方面暗戀其教母伯爵夫人，另一方面與園丁安東尼奧（Antonio）的女兒方雪特（Fanchette）過從甚密，三度意外地攪亂伯爵與費加洛設的局。幸好伯爵夫人立意自己挽回婚姻，和蘇珊娜合作，終於使伯爵不軌的計畫告吹，她也原諒了風流的丈夫。費加洛如願以償地娶到蘇珊娜，瑪絲琳與兒子的生父霸多羅（Bartholo）醫生重拾舊愛，眾人又唱又舞地慶祝美滿的結局，結束這「瘋狂的一天」——即劇本的副標題。

　　這樣一齣看似無傷大雅的喜劇於 1778 年完稿[1]，1781 年送審，歷經六次審查，1784 年才得以公演，是十八世紀最賣座的戲，隔年出版，四年後大革命爆發。因爲劇情涉及以下犯上，一些台詞針砭社會與政治，本劇之詮釋歷來聚焦在是否可視爲一齣「革命」之作？博瑪榭下筆是否別有用心？一旦拋開意識形態，此作劇情山重水複，不少劇種潛藏其中，究竟是一部集大成的大戲，還是開創了編劇的新局面，也迭有爭論。《費》劇從源起就不是簡單的作品。

1　在 1782 年初寫給負責審查的警局副官信中，博瑪榭表示此劇四年前完稿，意即 1778 年。

1 編劇背景、主題與禁演風波

醞釀及編寫《費加洛的婚禮》之時，博瑪榭正忙著補給美國革命軍，和拉布拉虛公爵打官司，聯合其他作家向「法蘭西喜劇院」爭取著作權，主編伏爾泰全集等等，沒有一項工作不需要他彈精竭慮，四處奔波，本劇可說是在他人生最忙碌的時期寫成。之後還要不停為其舞台演出修改劇本、爭取支持，這整個過程使得劇創主旨產生歧義。

1.1 《塞維爾的理髮師》第六幕

在《費》劇的自序中，博瑪榭表示，是一向支持自己的孔替親王鼓勵他完成《塞維爾的理髮師》序中提到的續寫費加洛一家人故事作為「第六幕」，這個第六幕正是《費加洛的婚禮》。此事真假無從證實，不過序言也提到在《費》劇風光首演後，不少觀眾鼓勵他再接再厲，多寫些這類喜劇。不管如何，《費》劇確為《理髮師》續集，劇中時間相差了三年[2]。

只不過，兩劇規模不可同日而語，《塞》劇之卡司和場景要求遠不如《費》劇來得多，後者單是有台詞的角色就有 16 名，加上眾多僕役與佃農，且五幕戲的劇情迂迴曲折，三線並進，盛大的排場及歌舞音樂可與歌劇相媲美。兩劇的差別還在於費加洛一角的作用，在前劇中，詭計多端的他隸屬傳統的智僕角色；到了本劇，他的個性有了厚度與深度，讓人可以相信。

總而言之，《費加洛的婚禮》之重要情節並不新鮮，不管是初夜權、大貴族之風流與善妒、獨守空房的妻子等主題，乃至於伯爵夫人和小侍從的情愫[3]、後者被關進梳妝間、第二幕伯爵被妻子蒙蔽而震怒到和

2　見《費加洛的婚禮》，5 幕 7 景。
3　博瑪榭本人在序言中提到了出處，參閱該序言之注釋 63。其他尚有瓦德（Vadé）的輕歌舞獨幕劇《是時候了》（*Il était temps*, 1754）。

解、第五幕伯爵抱住喬裝成他人的妻子等有趣情節都有其原型可查[4]，然而博瑪榭就是技高一籌，寫得更緊湊與生動。

1.2 「初夜權」神話

上述主題中，初夜權最明顯卻也最模糊。所謂的「初夜權」來自拉丁文 "jus primae noctis"，又稱爲「領主的權力」（droit du seigneur）或「大腿的權利」（droit de jambage, droit de cuissage），意指中世紀的封建領主，在佃農成婚的當晚，有權和新娘子先上床，除非新郎繳交一筆允許成婚的稅金[5]。這個題目在十八世紀很流行，以此爲題的劇本就有五齣[6]。單單伏爾泰就不只在他的《哲學辭典》中討論此事，還寫了一部喜劇《領主的權利》（1762 年首演）。

然而根據布侯（Alain Boureau）於《大腿的權利。18-20 世紀製造的神話》（Le Droit de cuissage. La Fabrication d'un mythe XIIIe-XXe siècle）之調查，這項權利在中世紀從未存在過，所有提到此事的資料全經不起實際查證。這項特權純粹是爲了達到特定的論述效益而創造出來的神話。這方面，伏爾泰居功厥偉。而呼應伏爾泰，認定初夜權存在於中世紀，博瑪榭刻意在劇本中再三強調這項權利之古老與過去式，而

4　Cf. Pierre Larthomas, "Notice de *La Folle journée ou le Mariage de Figaro*", *Oeuvres, op. cit.*, p. 1361; Pomeau, *Beaumarchais ou la bizarre destinée, op. cit.*, pp. 149-53; Louis Forestier, "Notice", *Le Mariage de Figaro* (Paris, Larousse, «Classiques Larousse», 1971), vol. 1, pp. 12-13. 此外，Jacques Seebacher 認為本劇故事源自蕭瑟爾（Choiseul）家族，參閱其 "Autour de Figaro : Beaumarchais, la famille de Choiseul et le financier Clavière", *Revue d'histoire littéraire de la France: Beaumarchais, Le Mariage de Figaro*, tome 62, 1962, pp. 198-228。

5　從這個觀點看，初夜權比較是一種懲罰，而非無條件的特權，見 Vivienne G. Mylne, "*Le Droit du Seigneur* in *Le Mariage de Figaro*", *French Studies Bulletin*, vol. 4, no. 11, July 1984, p. 5, note 2。

6　*Le Droit du seigneur* (Dufresny, 1732), *Le Droit du seigneur ou Le mari retrouvé et la femme fidèle* (Louis de Boissy, 1735), *Le Droit du seigneur* (Voltaire, 1762), *Le Droit du seigneur* (P. J. B. Nougaret, 1763) , *Le Droit du seigneur* (Desfontaines, 1784)，見 Alain Boureau, *Le Droit de cuissage. La Fabrication d'un mythe XIIIe-XXe siècle* (Paris, Albin Michel, 1995), pp. 40-41. Cf. également W. D. Howarth, "The Theme of the *Droit du Seigneur* in the Eighteenth-Century Theatre", *French Studies*, XV, 1961, pp. 228-40.

且伯爵還爲了新婚妻子廢除此權。再者，劇情後來也改爲發生在西班牙，而非法國，以免刺中貴族觀衆。

縱使如此，劇情仍有兜不攏處。麥妮（Vivienne G. Mylne）指出，費加洛曾提及伯爵已廢除這項「可惡的特權」，伯爵本人也兩度證實此事（1 幕 8 景和 10 景）。是以伯爵已無此權力，他其實是要「用錢買」蘇珊娜（2 幕 1 景）。最說不過去的，是伯爵分明支持瑪絲琳嫁給費加洛，不過一旦蘇珊娜不是新娘，又何來「初夜權」呢？3 幕 9 景，蘇珊娜就提醒伯爵：「沒有婚禮，就沒有貴族老爺的權利」。可見伯爵眞正想要的是納蘇珊娜爲情婦，而非僅僅只是一夜風流。

既然如此，伯爵又爲何急著要在蘇珊娜成婚當天「私底下和他單獨消磨一刻鐘」（1 幕 1 景）呢？從編劇的視角看，三一律最能說得通。因爲一切都要在 24 小時內結束，正好印證本劇原定的標題——「瘋狂的一天」[7]。這麼說來，博瑪榭爲什麼不怕劇情穿幫，硬要這項特權成爲劇情的發軔點呢？說穿了，伯爵不過就是要買一個下女而已，這在當年可謂司空見慣，不足爲奇[8]。

關鍵就寫在費加洛 5 幕 3 景的獨白中：「因爲您是位大貴族，就自以爲擁有不世出的才華！……家世、財產、身分、官位，這一切讓人這麼自命不凡！可是您又做過什麼，值得這麼多好處呢？您只不過是出生時花了點力氣出了娘胎而已，其他沒啦。再說，人還相當一般！」

費加洛則無父無母，連個姓氏也沒有，年紀輕輕就被丢進社會叢林裡自求多福，在人海中艱苦謀生；相對而言，阿瑪維瓦伯爵一出生就擁有一切，這是多大的不公平！憑著一身本事，他追求到心愛的蘇

7　Mylne, *"Le Droit du Seigneur* in *Le Mariage de Figaro"*, *op. cit.*, p. 4.
8　用現代術語說，權力、性和金錢之幻想連結在法國其來有自，可謂「僞初夜權」，Jean Goldzink, *Comique et comédie au siècle des Lumières* (Paris, L'Harmattan, 2000), p. 121。

珊娜。她是他的「財產」（2 幕 2 景），她的純潔反映他的價值，絕不容玷汙。對社會階級制度不滿，是費加洛心中最大的不平。誠如巴特（Roland Barthes）所言，一項古老、時代錯置的特權，竟然還能威脅剝奪一個新時代的人他不受時效約束的財產——妻子[9]！從這個觀點看，本劇確實可視爲大革命的號角聲。

1.3　從禁演到凱旋式首演

儘管博瑪榭再三強調自己並未醜化貴族，阿瑪維瓦伯爵始終保有尊嚴，但越是接近實況的肖像描摹，就越使人感覺批評之眞實。第五幕費加洛在獨白中花時間回顧自己曲折的人生，實際上是在控訴社會之不公不義，這是一個出身門第遠比個人才幹重要的社會，更甚者，既沒有創作自由也沒有議論自由。這些指責，加上劇文對司法不公、軍隊制度、女性地位低下之非議，均導致公演碰到前所未見的阻撓。

話說 1781 年 9 月 29 日，這齣劇作無異議通過法蘭西喜劇院的劇本評審後送官方審查。第一位審查員劇作家蕭斯彼耶埃（Coqueley de Chaussepierre）僅提出數點小意見，最後以創作自由爲名，力薦喜劇院製作。巴黎幾個小圈子卻爲之譁然，嚴斥此劇不道德至極。

爲了釐清事實，路易十六命王后的第一女侍坎龐（Jeanne Campan）夫人爲他們朗讀劇本。讀到費加洛的獨白，特別是當他提到自己因見解得罪當道而被關進巴士底獄，國王憤而站起，揚言：「眞是可惡，這個東西永遠不能上演。除非毀掉巴士底獄，否則搬演這個劇本，準是危險的前後矛盾。一個政府應該受人尊敬的一切全被這個人挫敗了」[10]。他似是

9　Barthes, *"Le Mariage de Figaro"*, *Oeuvres complètes*, vol. 1 (Paris, Seuil, 1993), p. 735.

10　Mme Campan, *Mémoires sur la vie privée de Marie-Antoinette: Reine de France et de Navarre; suivis de souvenirs et anecdotes historiques sur les règnes de Louis XIV, de Louis XV et de Louis XVI* (Paris, Baudouin Frères, 1823), p. 278. 路易十六聽到的版本中，故事是發生在法國，且巴士底獄就明白寫在正文中。Anne Ubersfeld 強調《費》劇爲史上第一齣談及見解獲罪（délit d'opinion）問題之劇本，見其 "Introduction", *La Folle journée ou le Mariage de Figaro*, éd. A. Ubersfeld (Paris, Editions sociales, 1956), p. 31。

聽出了《費》劇的顛覆本質，奇異地預見了大革命之爆發。

國王越是反對，博瑪榭就越不服氣。他四處受邀讀劇，爭取演出權。1782 年 7 月，對他有敵意的法蘭西學院院士虛阿爾（Jean-Baptiste-Antoine Suard）擔任第二位審查員，否決了劇本的演出權。如此吵到了 1783 年，不能登台的《費》劇可說名滿歐洲，連俄國都聽到風聲，充滿興趣。6 月 13 日，首相竟突然允許此劇在凡爾賽的「娛樂日程戲院」（Théâtre des Menus-Plaisirs）[11] 演一場，由沃德赫伊（Vaudreuil）公爵包場。演員和觀眾都很興奮，沒料到國王卻在最後一刻禁演，令貴族觀眾憤慨異常，「專制」（tyrannie）、「打壓」（oppression）這些字眼都出口了。

由於審查意見一正一反，博瑪榭乃再度要求審查，由法蘭西學院的高亞（Gaillard）接棒，他也同意《費》劇可以公演。是以，9 月 26 日總算在沃德赫伊的私宅戲院首度演出，國王的弟弟阿爾鐸（Artois）公爵也在場。演出後掌聲雷動，卻無助於登上法蘭西喜劇院的舞台。博瑪榭再接再厲，此劇又順利通過三位審查人複審 [12]。越挫越勇的博瑪榭甚至出面邀請法蘭西學院院士、劇本審查員、文人、朝臣、社會人士組成一個評議端莊和品味的「法庭」，由布雷特伊（Breteuil）男爵主持，博瑪榭親自讀劇。結果與會人士無不支持本劇，男爵乃上書路易十六懇求公演的機會。

事件發展至此，路易十六再無任何反對立場，只得放行。1784 年 4 月 27 日《費加洛的婚禮》首演，開演前十個小時，巴黎市民已包圍了首演的法蘭西喜劇院，超過三百位貴婦擠在演員的化妝室以求先行進場 [13]。戲從五點半上演，劇院推出最強卡司 [14]，觀眾看得如痴如醉，反應

11 此戲院本著「服務王室的娛樂日程」精神於 1866 年開幕，負責王室各項慶典的籌備事宜，包括演戲在內。
12 朱第（Guidi）、劇作家戴封丹（Desfontaines）和布雷（Bret）都是文人。
13 Lever, *Pierre-Augustin Caron de Beaumarchais*, vol. 2, *op. cit.*, p. 415.
14 除薛呂班一角換成奧莉薇兒（Olivier）小姐擔綱以外，其餘卡司和前一年 9 月在沃德赫伊私宅戲院的演出雷同。

熱烈，直演到十點半 [15]，是史無前例的勝利首演。更不可思議的是，後續竟然連演 67 場，這是當年無法想像的記錄，就連外省也搶著排演，並一路演到比利時、英國、俄國、德國、丹麥等國。這番盛況當然與劇本已經歷了數年的禁演風波有關，等於是爲劇本作了免費的宣傳。

圖 5　《費加洛的婚禮》首演的「法蘭西喜劇院」，現爲「奧得翁歐洲劇院」。

　　話說回來，此戲之破天荒成功不僅衍生出許多戲仿之作，打油詩與黑函的攻擊也一刻未歇，有些甚至就在現場演出時進行，可謂人紅是非多。1785 年，博瑪榭甚至因此劇而入獄 [16]。怪不得他事後要感嘆：「比我的劇本更瘋狂的，就是它的成功」[17]！

　　觀眾反應如此熱情，劇評卻有不同看法，可歸納出四大方向：（1）

15　十八世紀，巴黎戲院在正戲上演之前，會先演一齣短劇。《費》劇因篇幅長，專演此劇。

16　他在 3 月 6 日的《巴黎日報》（*Le Journal de Paris*）發表文章稱自己必須戰勝「獅子和老虎」，方得將本劇搬上舞台。路易十六認為自己遭到影射，相當憤怒，下令把他關到專門囚禁放蕩者和妓女的聖拉札爾監獄以示羞辱。

17　Cité par Lever, *Pierre-Augustin Caron de Beaumarchais*, vol. 2, *op. cit.*, p. 417.

劇情複雜，（2）歡樂氣息主導並顧全劇作，（3）一些場景寫得太露骨，接近端莊的底線，（4）政治與社會批判太大膽[18]。這最後一點直接導致禁演風波，第一點涉及劇情結構，第二點論到編劇的方向，第三點則是對博瑪榭最強烈的指責[19]，他心裡有數。在首演前一兩個月，在寫給布雷特伊男爵的信中，他大力為自己辯護，這些駁斥內容後構成本劇的序文主體，於 1785 年 4 月和劇本一起印行。

1.4　博瑪榭的反擊

在序文中，博瑪榭不僅清楚說明自己編劇的哲學和方向，竭力為自己處理的主題辯護，更指出法國喜劇應朝「不折不扣的真正歡樂」方向發展，且將那些抹黑、中傷自己的批評者徹頭徹尾挖苦了一頓。文風幽默、反諷強勁，讓人不由得擊節叫好。

這篇序因寫在首演過後，實質上為跋，一般用來回應觀眾和劇評。因為容易洩露作者的敏感性，或者相反的，顯得不夠謙沖，其實不易下筆[20]。從文類而論，博瑪榭因懷著反擊的心意出手，整篇序的筆調讀來更像是篇他擅長的備忘錄，氣勢接近當年流行的筆戰[21]。像是位律師，博瑪榭將所有證據都用上了，務求徹底擊敗對手，討回一切屬於自己的榮耀。

序言論述快速進展，句子節奏急促，給人緊迫之感，作者彷彿為絕望所逼而不得不挺身自衛。博瑪榭開門見山，要求創作應從假正經的道德訴求解放出來，否則法國戲劇將無法進步。面對那群墨守成規的劇評者，他效法新古典主義時期的劇作家，抬出觀眾作為最終的仲裁者，強調自己「為了大眾娛樂所寫的一切，觀眾才是裁判」，一舉將惡意攻訐

18　Félix Gaiffe, *Le Mariage de Figaro* (Paris, Nizet, 1956), p. 86.

19　Cf. Proschwitz, *Introduction à l'étude du vocabulaire de Beaumarchais, op. cit.*, pp. 36-41.

20　Gérard Genette, "Autres préfaces, autres fonctions", *Seuils* (Paris, Seuil, 1987), p. 223.

21　Maurice Arpin, "Une prise de position: La préface du *Mariage de Figaro*", *L'Annuaire théâtral*, no. 34, automne 2003, p. 37.

者全部擺到一個困難、荒謬的位置，令讀者懷疑他們氣度狹窄、嫉妒心強[22]。

　　全文花最多篇幅自清的，無疑是針對不道德的指控。博瑪榭需證明自己用心良善、本意純潔，他「如此布局是著眼於指斥折騰社會的諸多濫權問題，希望能藉此引發批評」[23]。他以道學者自居：「惡行、陋習是不會變的，僅僅在盛行的道德風尚掩護下以千百種形式偽裝。摘下它們的面具，暴露它們的眞面目，這是獻身戲劇者的崇高任務。」

　　惹內特（Gérard Genette）說的好，博瑪榭辯才無礙，使他的敵人在自己揭櫫、甚至是無人能反駁的原則前失足。被指責妄議朝廷，博瑪榭區分三種出入朝廷的人，指出自己只批駁表裡不一、四處鑽營的「職業朝臣」（courtisan par métier），他表明：「我辯護的作品沒有攻擊任何社會階級，而是批評每個階級之濫權」。說他無視德性，他強調伯爵並未失去尊嚴，只是因失算而出醜，最後也得到了寬恕。伯爵夫人雖然有理由另尋幸福，但尾聲仍忠於丈夫。說到底，費加洛是誠實的，蘇珊娜依然貞潔，薛呂班只是個孩子。那麼是哪裡出了問題呢？除非是在那些自以為看到邪惡，而其實子虛烏有的人心底[24]。

　　這篇序讀來高潮迭起，一氣呵成，直到終篇強拍的句子：「**我話說完了**」。博瑪榭振振有詞，他提出的解釋讓現代讀者心服口服，佩服他駁斥敵人的文鋒與機智。然而他其實沒有正面回答問題，那就是十八世紀的觀眾眞正感到震驚的不是伯爵風流成性（當時貴族莫不如此），而是其夫人和小侍從的曖昧關係。

　　需知十八世紀教會認定教母和教子相戀為亂倫，現代觀眾或許同情伯爵夫人為怨婦，時人卻認為她是有錯的妻子。對博瑪榭素無好感的劇

22　Genette, "Autres préfaces, autres fonctions", *op. cit.*, pp. 223-24.

23　此言主要是用來回應那些攻擊本劇不道德者，實不宜過度強調，Louis Forestier, éd., *Le Mariage de Figaro*, vol. 1, *op. cit.*, p. 39, note 1。

24　Genette, "Autres préfaces, autres fonctions", *op. cit.*, p. 225.

圖 6　「看這個小鬼，扮成女孩多美啊！」（2 幕 6 景），Nimcy 漫畫（1838），
　　　譏諷瑪絲（Mars）以 59 熟齡仍扮演蘇珊娜（立者），而演小侍從的阿娜依絲
　　　（Anaïs）也已 36 歲。

評家拉阿普（La Harpe）即直言：「沒有人想到要同情伯爵夫人獨守空
閨，她和她的侍從做愛以排遣時光」[25]，觀眾習慣幻想劇作家沒說出或沒
呈現之事。再者，薛呂班被打扮成女生，也被評為太過火 [26]，可以想見
當時的道德規範之嚴。說到底，博瑪榭說得沒錯：戲劇充斥偽善，一味
要求端莊、體面，社會上卻是德性鬆散，縱情恣欲。究其實，時人抨擊
博瑪榭下筆不道德，不過是不滿他放縱的言論。

　　從博瑪榭的出身來看，這篇序寫得這麼長，不厭其煩地提出對自己
有利的所有證據，暴露了他在文壇和社會上不舒服的位置：他既不是文
學圈的人，還出身中產階級。在那個注重出身與門第的時代，各行各業
各有分際，不鼓勵跨界。由此看來，他像是個越權者，必須為自己的成

25　Cité par Larthomas, "Notice de *La Folle journée ou le Mariage de Figaro*", *op. cit.*, p. 1360. 初稿
　　中，伯爵夫人和薛呂班兩人曾在梳妝間獨處片刻，後才修正。
26　Pierre Larthomas, "Badinage et raison: *Le Mariage de Figaro*", *Comédie-Française*, no. 174, mars
　　1989, p. 25.

功辯護[27]。

　　總之，身為一個「什麼都懂一點」的人，博瑪榭同時涉獵外交、貿易、工藝、出版及戲劇，每一行又都做得有聲有色，是位社會名流，這種人注定招嫉。另一方面，正因出身於體制外，被圈內人視為充滿熱情的業餘劇作家，恰好成就博瑪榭個人的編劇標誌[28]。再加上十八世紀末，法國文風流行優雅與機智，博瑪榭恰巧趕上了這一波潮流，因緣際會使得他在文藝圈瞬間爆紅。

2　環環相扣的情節

　　不管喜不喜歡《費加洛的婚禮》，少有人能否認博瑪榭編喜劇的技巧確實高人一等。劇情意外頻生，柳暗花明，不停冒出驚喜，完全印證「瘋狂的一天」此原訂劇名。這個「微不足道」的標題無疑可「減少劇本幾分重要性」（〈序〉），不強調任何主題或角色，而是在輕鬆愉快的表面下夾帶社會批評。

　　博瑪榭的確可在序中自豪地表示：「作者結合整體道德和其細節，藉由一波又一波持續的愉悅散布到全劇，加上相當生動的對話，看似輕易的背後隱藏了作者的努力。情節自在地進展，當中的技藝掩藏了技藝本身。通過許多喜劇的情境，劇情不停糾結再解開，別出心裁又富有變化的場景支持觀眾看戲的三個半小時〔……〕，不使他們感到疲倦」。由於情節不斷出岔，現場觀眾易被帶著走，無暇顧及其他。

　　論及本劇的道德教訓，博瑪榭在序中直言：「一位相當墮落的貴族為了要他的家僕通通屈從於自己的任性，在他的領地裡玩遍年輕純潔的女傭，到頭來，就像劇中這一位，反倒淪為下人的笑柄」。這個劇情主

27　Arpin, "Une prise de position", *op. cit.*, p. 38.
28　*Ibid.*, p. 36.

旨以阿瑪維瓦伯爵爲主角，印證劇本最原始的標題——「偷情的丈夫」（L'Epoux suborneur），他能否成功勾引蘇珊娜變成情節主軸，情節容易偏向一齣嚴肅劇。

後來居上的標題「費加洛的婚禮」則回歸創作的初心，即爲《塞維爾的理髮師》寫續集，主角是觀眾熟悉的一名僕人。在上部劇中，他幫主人成婚；在這部劇中，則是相反地，主人威脅到他的幸福。劇情的關鍵在於他能否順利娶到蘇珊娜。這個劇名隱含主僕相爭的情節，雙核心的架構產生了兩位主角——費加洛和伯爵。

2.1　峰迴路轉的結構

深入分析《費》劇的情節結構，揭示了這個劇名的意涵。幕啓第 1 景清晨，主角忙著丈量新房的尺寸，蘇珊娜試戴新娘頭飾，這一對相愛的僕人正準備要結婚。在同時，阿瑪維瓦伯爵也看上新娘，意欲行使初夜權，伯爵夫人則被冷落一旁。這個劇情的起始點建構了主僕衝突的主軸，並預埋伯爵夫人試圖挽回先生的線索。

接下來六景加強對這個劇情主軸的威脅。第 4 景交代背景：瑪絲琳和霸多羅曾有過一個孩子，既然霸多羅不肯娶她，她打算嫁給自己一向欣賞的費加洛，因爲後者曾向她借過錢，立下不能還錢便成婚的字據。在同時，音樂老師巴齊爾始終想著娶瑪絲琳。巴齊爾、瑪絲琳與霸多羅三人的愛情糾葛構成第一條情節副線，嚴重威脅到劇情主軸——費加洛和蘇珊娜完婚。

第二條情節副線發生在第 7 景，伯爵的小侍從薛呂班因前夜被逮到和蘇珊娜的表妹方雪特廝混而被逐出府邸，他來求蘇珊娜央請伯爵夫人出面爲自己求情，偏又追著要吻蘇珊娜。薛呂班、伯爵夫人、伯爵與方雪特四人構成了第二條情節副線，占了第二幕的篇幅，伯爵夫人的情感動向成爲劇情的另一重點。

　　這三條劇情線交錯進展，互相糾纏，波折不斷，劇情動作一再轉向，隨之反彈，另闢蹊徑。結尾，所有劇情線又都完美收攏，一切情節機關絲絲入扣，前後呼應，讓人讚嘆。

　　第 1 幕 8 與 9 兩景出現全劇最出名的意外——伯爵揭露躲到椅上、被衣服蓋住的薛呂班。下一景，伯爵同意舉行婚禮，可是薛呂班被迫要去從軍，且當天就要啓程。第 11 景，費加洛陽奉陰違，設計讓薛呂班留下來參加當晚的婚禮。這一幕尾聲，費加洛能否如願娶到新娘，充滿變數。

　　經過快節奏的第一幕，第二幕發生在伯爵夫人的臥房中，步調緩了下來。開場兩景，伯爵夫人、蘇珊娜和費加洛商討對策。接著薛呂班上場並獻唱浪漫情歌（3-4 景）、後喬裝改扮成蘇珊娜（第 6 景）、上一幕搶到手的絲帶曝光（6-9 景），他和教母的情愫若有似無。緊接著 10-19 景步調再度加快，薛呂班關在梳妝間，後由蘇珊娜出面解危，過程寫得緊張刺激，這是小侍從第二次攪亂了伯爵的盤算。

圖 7　薛呂班為伯爵夫人唱情歌，蘇珊娜伴奏，劇本插圖，
　　　A. Fragonard。

　　第 20 景聞風趕到但不知就裡的費加洛看似落入下風（「那個玩笑已經結束了」），下一景園丁捧著一盆被壓垮的紫羅蘭著急上場，使伯爵夫婦剛剛修復的情感再出現陰影，他撿到的小侍從軍官委任書，更讓方才平息的危機再掀波瀾。不巧第 22 景瑪絲琳拿著借據闖入，要求伯爵主持公道，巴齊爾趁機要求迎娶瑪絲琳，費加洛的婚事遭到擱置。最後三景，眾人離場，伯爵夫人和蘇珊娜獨處，夫人心生一計，決定扮成後者，黃昏親赴先生和蘇珊娜的幽會，並且瞞過費加洛。這個計策最後奏效，劇情方得以圓滿落幕。故而第二幕的結尾，費加洛已非情節的主導者。

　　這一幕從伯爵夫人傷情開場，歷經絲帶波折、情歌獻唱、喬裝小侍從、伯爵突闖入、梳妝間藏人、小侍從跳窗、伯爵夫婦大起勃谿、蘇珊娜走出梳妝間、費加洛趕至、園丁抗議有人跳窗、瑪絲琳提出借據、伯爵夫人想出挽救婚姻的妙計，劇情有始有終又跌宕起伏，險象環生，演出時大可自成一幕 [29]。

　　第三幕開場，伯爵先是確認小侍從的去向（1-3 景），接著思考自己的困境（第 4 景）。在法官到達前，伯爵和費加洛互相試探對方，彼此較勁（第 5 景），接著準備開庭（6-8 景、12-14 景）。第 15 景進行審判，霸多羅（代瑪絲琳辯論）和費加洛針鋒相對，不惜曲解句法，加上糊塗法官，笑料橫生。雙方互有贏勢，能言善辯的費加洛眼看就要打贏官司，沒料到身為安達魯西亞首席法官的伯爵原應允公聽審，最終卻轉向判他敗訴，完婚注定無望。

　　下一景奇峰突起，瑪絲琳居然和費加洛演出母子相認的戲碼，導向最後四景一家子團圓，眼淚交織歡笑，悲情之際又幸福滿溢 [30]。只是霸

29　Jean Meyer, "Réflexions préliminaires", *Le Mariage de Figaro ou La Folle journée de Beaumarchais*, mise en scène et commentaire par Jean Meyer (Paris, Seuil, 1953), p. 11.

30　博瑪榭於 16-19 景誇張費加洛一家三口團圓的反應，既揶揄了十八世紀流行的至親相認套路，又補強其感人面，cf. Franck Salaün, "La scène de la reconnaissance dans *Le Mariage*

多羅仍未點頭和瑪絲琳成親，安東尼奧有理由不答應將姪女蘇珊娜嫁給一個父母不詳的小子，兩人的婚事仍可能泡湯。另一頭，伯爵夫人的計謀則在第 9 景開展，蘇珊娜以借乙醚瓶爲由，上場和伯爵訂下幽會，費加洛果眞被蒙在鼓裡。

　　第四幕設在府邸大廳，費加洛在開場白爲觀眾說明他的婚事進展，原先的三大阻力人物——瑪絲琳、園丁及伯爵，前兩名已排除，「只有大人還在火大」，但他勝券在握。一對新人眼看就要成婚了，劇情幾乎可以在此結束，要不是伯爵夫人透過蘇珊娜和先生訂下幽會的地點（2-3 景），劇情再度有了動能且轉向前進！到了 14 與 15 兩景，費加洛得知伯爵和蘇珊娜的幽會而憤怒，乃至絕望，深受打擊，和開場時的信心滿滿形成強烈對照。

　　爲了經營這麼戲劇化的反差，先是薛呂班冒充小女生獻花給伯爵夫人遭識破（4-8 景），這是小侍從第三度搞蛋，暗中傷及伯爵的婚姻。接著是各行各業代表出席的大排場婚禮（9-10 景），不過就在儀式進行中，蘇珊娜偷偷傳給主婚的伯爵一封幽會信（於第 3 景寫就）。而看似禮成的終身大事其實尚未定案，第 11 景伯爵未及簽約確認，他火速排除晚上和蘇珊娜幽會的障礙（第 12 景不准在大栗樹下放煙火），費加洛根本不知就裡（第 13 景）。眼看兒子的幸福就要落空，收尾的第 16 景中，瑪絲琳決定出面幫助新娘，急轉直下的劇情似有反彈的機會，不過情緒激昂的費加洛會不會砸了自己的婚事仍留下懸念。

　　爲了醞釀最戲劇化的效果，輕快的第四幕是爲了反襯終場可能造成的慘劇。博瑪榭擅於鋪排這種急遽的情節轉向，以至於勝利在望通常是爲失敗作準備，幸福美滿則往往潛藏危機（第 1 景）。當喜慶的婚禮暫時解除觀眾的隱憂，在眾所期待看到的圓滿場合上卻又埋下初夜權的陰

de Figaro", *Nouveaux regards sur la trilogie de Beaumarchais*, dir. S. Lefay (Paris, Classiques Garnier, 2015), pp. 205-19。至於他如何戲仿並翻轉此套路，cf. Ubersfeld, "Introduction", *op. cit.*, pp. 37-38。

影。然挫折竟能反轉為勝利，將在下一幕精彩演繹。

在入夜的栗子樹林，第五幕低調、緩步開場。方雪特一手提著燈籠，一手拿橘子等待薛呂班，短短幾句獨白道出了少女的情懷，可愛又感人。下一景進入正題，費加洛召集一群人等著揭穿伯爵的醜行。第3景出現了戲劇史上最長的獨白，劇情動作為之中斷五分鐘，然後節奏加速，上演系列假扮、錯認以至於張冠李戴（quiproquo）的妙戲（4-11景），笑果絕佳（「這裡有回音」）。喬裝成蘇珊娜的伯爵夫人先後被小侍從和伯爵糾纏與追求，心有不甘的費加洛則勾引喬裝成伯爵夫人的蘇珊娜作為報復。沒料到，蘇珊娜情急之下竟露出了破綻而被識破真實身分，這對新人再聯手騙過伯爵，讓他飽嚐妒火中燒及被侮辱之感。

最後八景火速搬演伯爵和費加洛當面對質、後者預先埋伏的人馬一擁而上，躲在亭子裡的數人一一被拉出來，伯爵夫人拖到最後才現身，吊足觀眾的胃口。收場，伯爵下跪請求原諒，薛呂班一把搶走伯爵夫人手上拿的絲帶[31]，費加洛得到最終的勝利，總算娶到蘇珊娜，煙火齊發。全劇的收尾為舊曲新唱「諷刺民歌」（vaudeville）[32]，主要角色語重心長地分別就出身、愛慾、婚姻、忠誠、平等主題提煉辛辣的警世格言。

上述五幕戲的節奏各不相同，角色的相互關係不定，親密的場面穿插群戲，個人感情交織社會議論，氣氛多變，從詼諧、笑鬧、驚喜，到傷感、不平、猜疑、爭執、憤怒等，均發生在伯爵的府邸中，且於一天內結束，三條情節線最後匯整為一，符合三一律要求。結尾並埋下《犯錯的母親》背景線索，劇情結構縝密精緻，可媲美鐘錶機械。

費加洛和伯爵對立之外，容易忽略的是小侍從和伯爵意外的衝突。出身貴族的兩人實為情敵，薛呂班總是搶在伯爵之前壞了他的好事：前

31　為《犯錯的母親》埋線索。
32　參閱本書〈博瑪榭之生平、時代與戲劇概況〉之「2.3 編劇思潮與種類」。

夜在方雪特的房間，第一幕他先和蘇珊娜廝混，第二幕逗留在伯爵夫人的臥房，第四幕混在獻花的少女中間，第五幕在栗子樹下糾纏扮成蘇珊娜的伯爵夫人。三度被迫藏身、再遭揭露，每一回小侍從竄上舞台總無意間破壞了大人們的規劃，惹得伯爵火冒三丈，費加洛跳腳，伯爵夫人和蘇珊娜無奈以對。

有意思的是，任何人想利用薛呂班總是以失敗作收。然在最關鍵的時刻，他毫不猶豫地從窗口跳下，勇敢地為他心愛的教母解危。伯爵夫人之於他，猶如中世紀的騎士崇拜心儀的貴婦人，他珍視她的用物（絲帶），為她寫情歌、獻唱，拜倒在石榴裙下，無一不反映騎士文學的傳統。

「薛呂班」的義大利文為「天使」（cherubino）之意，這個「天使」般的角色人見人愛，但不受控、四處亂竄、常須隱身或易裝，只能透過小東西傳情（無法明言愛意），確為愛的化身。他串起了本劇各個愛慾故事，從而凸顯了這個主題。

2.2 發揮戲劇情境的張力

由於布局精妙，結局費加洛又戰勝了主人，容易讓人認定是他一手主導情節發展。然從情節分析可見，費加洛最後得以娶到心上人，得歸功於伯爵夫人假扮蘇珊娜這一招，加上老天相助（母子相認、午夜花園的偶遇與誤認）。基於此，對博瑪榭有偏見者常批評費加洛只會耍嘴皮子，十九世紀名劇評家沙塞（Francisque Sarcey）即貶斥他「賣力奔波，氣喘吁吁，偏偏他出的詭計無一有用，每回總是由意外負責解決危機」[33]。正因如此，費加洛常措手不及地被逮到馬腳，導演梅耶（Jean Meyer）也說他每踏出一步都有可能摔下[34]。換一個角度看，劇情如此編

---

33 Cité par Scherer, *La Dramaturgie de Beaumarchais*, *op. cit.*, p. 53.
34 "Réflexions préliminaires", *op. cit.*, p. 12.

排反映了天命說 [35] ——費加洛即坦承「成事在天」（4 幕 1 景）。

　　反對這派意見的人以薛黑（Jacques Scherer）最具代表性，他指出費加洛是四個重要劇情動作的策劃者：（1）第一幕，是他領著一群下人一起要求伯爵正式接受他和蘇珊娜的婚事；（2）第二幕，他透過巴齊爾進行匿名信詭計，一直到第 21 景園丁抱著壓壞的紫羅蘭跑上場為止，都是由他推動劇情；（3）他自始至終保護薛呂班，遭伯爵驅逐的小侍從方能留在府邸直到劇終；（4）最後一幕，是他集合了一群「共謀者」（conspirateur）合力對抗伯爵，從而促成了勝利的結果 [36]。

　　不管是憑著一己之力或借助群體的壓力，費加洛用機智突圍，力圖扭轉劣勢，終於娶到嬌妻，故而是個有行動力的人。退一步看，費加洛是個下人，和主人起衝突只能見招拆招，採取守勢，被動地排除層出不窮的阻撓 [37]。更何況，伯爵夫人扮成蘇珊娜和丈夫幽會之計，其實源自費加洛的點子（由薛呂班假扮），也算得上一份功勞。

　　這兩派意見各有道理，端看詮釋的立場為何。關鍵在於，從情節分析可見，博瑪榭編劇採用的是「插曲」（épisode）式結構，劇情實由系列環節編織而成，而非一路由一重大衝突推展，從而架構全劇，這點有違亞理斯多德的理論 [38]。

　　從亞氏的觀點看，上述精彩紛呈的劇情掩飾了本劇缺乏真正的衝突 [39]，故而必須仰仗各色機關與意外推進情節。伯爵對蘇珊娜的非分之想委實阻礙了費加洛成親，這是劇本主題，可是伯爵絕非窮凶惡極之

....

[35] 參閱本書〈博瑪榭之生平、時代與戲劇概況〉的「2.3 編劇思潮與種類」。

[36] *La Dramaturgie de Beaumarchais*, *op. cit.*, pp. 53-54.

[37] *Ibid.*, p. 56.

[38] Gabriel Conesa, "Beaumarchais et la tradition comique", *Beaumarchais: Homme de lettres, homme de société*, éd. Philip Robinson (Oxford, Peter Lang), pp. 143-45.

[39] 此即沙塞的言下之意，他認定博瑪榭只能仰仗機關和陷阱編劇，作為真正的劇作家尚不夠格。平心而論，博瑪榭編劇確實出現一些新手的毛病，如人物太常自行解釋行為的動機、純粹鬥嘴的口角等等。

輩，追求蘇珊娜不過是一時「想入非非」（3幕4景）。精讀劇本，令人錯愕的是，不管是伯爵或費加洛，兩人均無法掌控情節，甚至幾乎總是在狀況外。伯爵在終場坦承：「我原本想和他們鬥智，結果卻像個孩子被耍了」，足證他的計策根本不堪一擊，與兒戲相差無幾。而費加洛得知伯爵夫人的妙計後，也不得不甘拜下風（5幕8景）。

事實上，博瑪榭編劇首重時刻吸引觀眾的興趣，「不使他們感到疲倦」（〈序〉），故而一場又一場的風波快速上演，快到角色常被截斷台詞，劇情不停橫生枝節（超乎角色的意志），主僕相爭的主要衝突遂容易失去引爆力，只留下兩人互相較量、唇槍舌戰的印象，遠非正言屬色的對抗[40]。這點說明了本劇首演時為何被奚落的貴族觀眾多半不以為意的矛盾。

從根本來看，博瑪榭十分重視語言，劇中對白處處可見作者的機鋒，傳誦一時。說得更明白些，他筆下的戲劇衝突比較是來自於口角爭執。這麼一來，衝突的實質意義就被掏空了，重要的是觀眾從頭到尾被饒有趣味的對話所牢牢吸引。對白是否能推動劇情，不是第一考量[41]。戲劇對白就此失去了最重要的溝通功能，角色說話多半是為了閃躲接觸，掩蓋事實或化解表面衝突，而非辯論雙方的歧見[42]，導致對話雙方時時提防，互相偵測，以免掉進陷阱中。

這些編劇特色形塑了本劇吸引人的外觀——一齣為了取悅路易十六

40　也正因如此，台詞易淪為逞口舌之能，無助於劇情，對話和情境容易脫節，"God-dam" 即為最顯著的例子。基於此，排練第三幕時，梅耶提醒演員不要只顧著回嘴，而忘了戲劇情境，尤其在法庭上的霸多羅和費加洛辯論更是如此，致使觀眾僅注意到語言遊戲，而忽略了此景的作用，Meyer, "Réflexions préliminaires", *op. cit.*, p. 13。

41　沒多少時間坐下寫作，博瑪榭習慣把聽到或腦中想到的精彩台詞隨手記下，編劇時再找機會置入，參閱其 *Notes et réflexions*, éd. Gérard Bauër, Paris, Hachette, 1961。Conesa 逕形容他寫劇本像個打零工的人（bricoleur），見其 *La Trilogie de Beaumarchais, op. cit.*, p. 160。

42　Anne Ubersfeld, "Un balcon sur la terreur: *Le Mariage de Figaro*", *Europe*, no. 528, avril 1973, p. 109.

與王后「純粹消遣的東西」（un objet de pur agrément）[43]。看在博瑪榭的眼裡，這齣劇本「不過是個天眞輕鬆的玩笑，夾雜了批評和道德的俏皮話」[44]。

3　革命的先聲或詼諧之作？

本劇的背景雖設在西班牙，角色穿西班牙服飾，伯爵住的清泉（Aguas Frescas）古堡爲西班牙文，劇中數次提到西班牙的地理和省分，加上伯爵爲安達魯西亞省的首席法官（grand corrégidor）身分等等，場景的地方色彩卻未清楚要求。對法國觀眾而言，第二幕伯爵夫人的臥室，精美布置一如法國貴婦的閨房；第四幕的背景讓人想起凡爾賽的特里亞儂（Trianon）宮；第五幕則是標準的法式古典花園[45]。基於此，一般法國演出製作中，西班牙風多半是聊備一格。

西班牙或法國之別，反映了本劇政治解讀之爭。《費加洛的婚禮》到底是否隱含革命的意圖，或者比較此前的劇本，本劇內容是否更激進，其實都不足以證明其顛覆政府的意涵。時至今日，應該了解的是產生這些詮釋走向的機制爲何，這才是問題所在[46]。

3.1　政治與社會批評

本劇挪揄、攻訐十八世紀的社會制度與政治，其中不少是作者親身經歷的折射，使非議產生了新的動能。主角控訴社會階級不平等是批評的主調，費加洛對伯爵的許多諷刺均反映這點，因爲劇中世界是個不重個人才情的封建社會。費加洛在劇末高唱命運不足以決定個人的際遇，

43 Beaumarchais, "Epître dédicatoire aux personnes trompées sur ma pièce et qui n'ont pas voulu la voir", *Oeuvres, op. cit.*, p. 1367. 這篇獻詞博瑪榭只印了六份。

44 Cité par Larthomas, "Notice de *La Folle journée ou le Mariage de Figaro*", *op. cit.*, p. 1360.

45 Forestier, "Notice", *op. cit.*, p. 25.

46 Cf. Virginie Yvernault, "La trilogie, une oeuvre révolutionnaire?", *Nouveaux regards sur la trilogie de Beaumarchais, op. cit.*, p. 27.

「只有才幹可以改變一切」，在大革命之後才得以實現。主角在 5 幕
3 景議論時局、指責政府箝制人民的自由之外，本劇亦檢討貴族之放
蕩、法院的腐敗、軍職與軍紀、女性生存等問題，無一不反映路易十六
統治下的社會實況。

　　首先，與初夜權主旨直接相關的就是「放浪形骸」（libertinage）
之風。在十七世紀，"libertin" 一字有兩層意思：一指「放蕩者」，其
行為不受世俗禮法之束縛；二指「不信教者」，行動不受宗教信仰的約
束，追求自由思想，莫理哀筆下的唐璜就是代表人物。到了十八世紀，
此字更強調道德上的放肆，認為追求立即的快樂乃天經地義[47]。阿瑪維
瓦伯爵就是代表人物，最後甚至於遭下人公開訕笑，園丁笑他：「您
在我們這方圓十里內的風流史……」，言下之意是「現在可也輪到
您要戴綠帽子了」，可說顏面盡失（5 幕 14 景）。

　　此外，還有另一個放蕩者，那就是容易被忽略的小侍從，因為他只
有 13 歲。博瑪榭再三強調他只是個孩子，更建議由女性演員反串，偏
偏伯爵夫人卻稱呼他為「年輕人」，著實耐人尋味。青春萌動的他對
所有女人都感到興趣，從伯爵夫人以下，包括了蘇珊娜、方雪特、瑪絲
琳！可以想見，不出三四年，他「就會變成最混帳的小壞蛋」（1 幕
7 景）。薛呂班幹的「好事」是《犯錯的母親》劇情之發軔，無怪乎博
瑪榭要在序言中再三為他開脫。

　　其次是司法問題，法庭審判占據全劇結構中央的位置，且大小角色
全數上場，通過費加洛犀利的反駁，博瑪榭確實為黎民百姓挖苦了貪腐
的無能法院。需知譏諷司法有其文學傳統，拉伯雷早在《巨人傳》中訕
笑了擲骰子定官司輸贏的荒謬法官。在博瑪榭筆下，批判的幅度更大，

47　其後果之一就是生出了無數的私生子，費加洛就是其中一個，但他本人也使承審法官戴綠帽
　　子（3 幕 13 景）。Ubersfeld 認為這個細節是本劇受輕浮的時代風氣影響而留下的冷嘲痕跡，
　　"Introduction", *op. cit.*, p. 57。十八世紀末之放蕩氛圍，參閱拉克羅（Laclos）之《危險關係》
　　（1782）。

法庭上不僅有個「呆頭鵝」／戴頭諤（Brid'oison[48]）法官主持審判，且阿瑪維瓦伯爵身為首席法官，開庭時是坐在國王的肖像下，意即以國王的名義聽審，意義非同小可。

　　司法實為十八世紀的沉痾，前後兩任國王雖有心改革，但功敗垂成。1771-1774 年，大法官莫培歐（Maupeou）下放巴黎最高法院的法官，再設立新的司法機關取而代之，其餘法院不是被解散就是大幅改組，用領薪資的法官取代法袍貴族，新任的法官不准再購買官職。不過路易十五拒絕裁撤全部法院，也不願意剝奪法官傳統的政治地位。路易十六亦然，即位後罷黜了莫培歐，並恢復舊日的司法制度[49]。《費》劇中的法庭開審場景在在提醒觀眾失敗的司法改革。大權在握的阿瑪維瓦伯爵可說是舊勢力的代表人物，他不無在法庭上公報私仇的企圖。在這種情況下，開庭審理果真只剩下形式的問題（3 幕 14 景）：法院各級職員身穿不同的制服，不同階級的人坐不同的椅子，平民百姓只有排排站在後面的份（3 幕 7 景）。

　　第 3 幕 12-15 審判景根本是戲仿的筆調，作者處處一語雙關，時不時指涉自身的案件（「讀這項證據的方式有惡意、錯誤或疏忽之處」等）。博瑪榭的親身經歷通通明白寫在劇本裡：買賣官職、行賄法官、假藉各種名目濫收各項文書費用、法官與律師無法掌握官司的重點、證據造假、辯論失焦、訴訟人找不到辯護律師等等。由於高茲曼法官收賄事件、莫培歐失敗的司法改革發酵，這些陋習全變成強烈的譏評。費加洛揶揄法官：「我仰賴您的公正，儘管您是我們的司法官」（第 13景），徹底道出了一般人民對司法之不信任。

48　參閱本劇「劇中角色個性和服裝」，注釋 14。
49　參閱謝南，《大革命之前的法國》，孫慧敏譯（台北，麥田，2000），頁 70-71。

圖 8　第三幕法庭審判插圖，Saint-Quentin。

　　政治方面的批判，除了費加洛長篇獨白所暴露的缺失之外，另有搞政治的三句口訣（「收錢、拿錢、要錢」，2 幕 2 景），還有特別是 3 幕 5 景，費加洛對政治／陰謀、前程萬里的曲解等，都讓當時的高層皺眉不悅，如果不是震怒的話。全劇最直白的指控，出自結尾最後一段諷刺民歌，由口吃的法官唱出：這齣喜劇描繪的是「善良百姓理解的人生。／受到壓迫，他咒罵，他吶喊，／用千百種、種行動表達抗議」。

　　說到軍隊，從軍是當時新興階級加官晉爵的管道之一，不過只有佩劍的世襲貴族方能成為統帥。這也是為何毛頭小子薛呂班可去軍團當連長，而且是出於伯爵個人的算計，並非基於他的能力，怪不得伯爵夫人要擔憂不已。而費加洛對薛呂班的預言：「臉晒黑，制服穿到破，肩揹重步槍。向右轉，向左轉，向前走，走向光榮。小心馬前失蹄，除非一顆子彈飛來……」（1 幕 10 景），對應他質問伯爵之語：「難道我們是那些不明就裡就殺人和被殺的士兵嗎？」（5 幕 12 景），不由得令人懷疑博瑪榭當真是「從令人洩氣的視角揭破士兵艱難的處境」（〈序〉）[50]。他不得不在序言中自辯：「自由人士應該依照其他原則行事，而非盲目服從」。無論如何，貴族之濫權再度浮上檯面。

至於為婦女發聲，瑪絲琳在法庭上慷慨陳詞，感性說明年輕女子為何容易受到權貴階級誘惑而失足，直指男性應為「女人青春無知犯了錯」負責，男人甚至剝奪了女性正當的生計。最嚴厲的斥責涉及財產，男人打心底視女人為未成年；一犯錯，又將女人當成年人懲罰。在序言中，博瑪榭也強調社會對女性的品格要求遠比男性高許多。已婚男性大可四處留香，女性卻必須遵循三從四德。瑪絲琳義正詞嚴，從道德、經濟和司法三大方向戳破社會實情，可說面面俱到。

單就情節而論，也可看出博瑪榭為女性說話。費加洛之所以能順利完婚，是得力於伯爵夫人的計謀，三名核心女性角色——瑪絲琳、伯爵夫人和蘇珊娜——更是連成一氣、互相聲援，以對抗壓迫她們的男性。費加洛與伯爵於第五幕先後跪在妻子前面認錯，「瘋狂的一天」可說標榜了女性的勝利。

最後，作為啟蒙理想的實踐者，博瑪榭看似略過宗教層面未提。不過，眼尖的讀者應注意到第四幕的婚禮是由伯爵主婚，而非教會人士[51]。偏偏伯爵卻是個花心的丈夫，還趁機在儀式進行中和新娘暗通款曲，訂下黃昏的幽會，種種不軌行徑著實為高度反諷。另外，音樂教師巴齊爾一角特意注明穿教士袍，導演維德志（Antoine Vitez）主張這是博瑪榭的障眼法，藉由這個經手伯爵風流韻事的掮客，影射教會之假道學[52]。

....

50　Giovanna Trisolini, "Introduction", *Le Mariage de Figaro* (Paris, Le Livre de poche, 1989), pp. 41-42.

51　為了避免觸犯教會，古典戲劇中的婚禮常是由一對新人在公證人面前簽字做數，如《塞維爾的理髮師》結局。

52　"Entretien d'Antoine Vitez avec Anne Ubersfeld pendant les répétitions du *Mariage de Figaro*", *Comédie-Française: La Folle journée ou le Mariage de Figaro*, no. 174, *op. cit.*, p. 9.

　　誠然，上述非議均可在狄德羅、伏爾泰、盧梭、孟德斯鳩、孔德塞、達藍貝爾等人的著作中找到出處，然而博瑪榭就是有本事寫得生動、傳神、甚至感人[53]，這些議論方能發揮作用。

3.2　洋溢歡慶的氣息

　　創作《費加洛的婚禮》，博瑪榭立意回到高盧人（gaulois）率直的歡鬧喜劇傳統，並結合十八世紀流行的輕鬆語調，將種種譏刺包裹其中，達到寓教於樂的目標。此舉造成了作品矛盾的結構：外觀是個皆大歡喜的有趣故事，內裡卻包著可能逆轉為悲劇的歷史情境，最終在四年後的大革命得到印證。

　　然本質上，《費》劇絕對是齣不折不扣的喜劇，全劇洋溢籌辦婚事的節慶氣息，節奏輕快，歡慶的美學排除了劇本淪為慘劇的危險，將之化為一場化妝舞會[54]。從情節安排、角色塑造、伶俐的對話，到婚禮儀式，無一不散發欣喜的氣息。就算是衝突，也常轉化成好玩的鬥嘴，況且這一切將在歡樂的歌聲中結束。

　　本劇精準扣合的情節機關，特別是薛呂班和伯爵三度狹路相逢，是一、二、五幕笑聲的源頭，第三幕則是基於荒謬的審判及隨後令人難以置信的母子相認，而第四幕更有大陣仗的婚禮儀式，喜氣洋洋。在博瑪榭的眼裡，這部作品不過是個「有趣的情節遊戲」（〈序〉），在歡慶的大旗幟下，這些玩笑和遊戲將一切情節——包括正色的指控——化為戲耍。故而博瑪榭在序中再三貶低劇中社會與道德批評的嚴重性，因這一切均無關宏旨。《費加洛的婚禮》給人的整體感覺是齣生動活潑、巧思連連、閃閃發亮的喜劇，幾個走在端莊界線的場景可說是仰賴滿溢的

53　Pomeau, *Beaumarchais ou la bizarre destinée, op. cit.*, pp. 152-55.
54　Ubersfeld, "Un balcon sur la terreur", *op. cit.*, p. 107. 參閱下文「3.3 一場未引爆的嘉年華」聖伯夫之引言。

笑聲挽救不堪的聯想[55]。

　　劇中角色個個塑造鮮明，充滿喜感。永遠樂觀、足智多謀的費加洛自不消說，他的母親形容他「從不發脾氣，總是好心情；開開心心活在當下，既不愁未來也不後悔過去」（1 幕 4 景）。他的滑稽體現範圍很廣，從機靈回話到辛辣挖苦都信手拈來。蘇珊娜則乾脆被設定為「笑臉迎人」的女侍（〈序〉），快樂是她的天性。他們兩人愛用機智和笑聲化解危機和困局，帶動了歡樂的氣氛。伯爵數度被抓包，再怎麼有威嚴，也免不了引人發噱[56]。只有伯爵夫人對不忠的丈夫有怨懟，較難輕鬆，但她的幽怨感很大部分是出自後來莫札特音樂之渲染。在本劇中，她面對心愛的教子，種種心慌意亂，表現自有其笑哏。

　　兩個有年紀的角色——瑪絲琳和霸多羅雖各有不堪回首的過去，可是博瑪榭戲擬「血緣的呼喚」，瑪絲琳和費加洛差點上演伊底帕斯情結，母子兩人均反應過度，今日觀之不禁讓人啞然失笑。不苟言笑的霸多羅實則表裡不一，口是心非。行事鬼祟的巴齊爾被伯爵支開，淪為牧羊人「抓太陽」（Grippe-Soleil）的伴奏，沒時機作惡，他對瑪絲琳的專情淪為慣性的糾纏。再者，糊塗法官口吃，一開口就逗人樂。酒鬼園丁張嘴即是老鄉的腔調，令人忍俊不禁。薛呂班和方雪特更像是兩個小搗蛋，成日闖禍。

　　特別的是，這個卡司還有一大令人欣喜的要素——主要角色都很年輕：費加洛 30 歲（3 幕 16 景），蘇珊娜即將 25 歲[57]，伯爵介於 25 至 30 歲間，伯爵夫人比他小[58]，薛呂班 13 歲（「序」），方雪特只有 12

---

55 Gaiffe, *Le Mariage de Figaro, op. cit.*, p. 87.

56 博瑪榭特別在「劇中角色個性和服裝」中注明伯爵「總是為了襯托其他角色而遭到犧牲」。

57 3 幕 16 景，瑪絲琳提到再過幾個月，蘇珊娜就可獨立自主了。1792 年，法國女性的法定年齡規定是 21 歲；之前為 25 歲，但每個地區略有出入。雖然如此，導演維德志於排戲時則按一般理解，認定蘇珊娜年方 19，伯爵夫人為 25。

58 羅西娜於《塞維爾的理髮師》結尾剛擺脫監護，方能自行決定嫁給伯爵，所以應該也是 25 歲。而《費》劇發生於三年後。

歲，還是個女孩，而瑪絲琳三十年前生了費加洛，應是 45 歲上下。這麼年輕的卡司賦予劇情青春的活力，也是造就作品迷人的原因之一。

說到笑聲源頭，《費》劇最耀眼的無疑是精彩絕倫的對白。不管是機智對決、法庭雄辯、俏皮對話、情敵口角、爭風吃醋、實問虛答、語言遊戲、戀人絮語、警世格言、或第五幕花園中的張冠李戴等等，皆可見作者盡展口才，妙語連珠，火花四射之際不免傷到心裡有鬼的人，特別是利口捷給的費加洛最為突出。劇中台詞無一不是機靈風趣的言語，娛樂效果十足。

更深入而論，博瑪榭從不放過任何在作品中自我展現的機會。讀者隨時可在字裡行間發現他透過費加洛指出笑柄或笑點所在，自己跟著發笑，完全無視心理禁忌，充分肯定快感（plaisir）的正當性，具現了佛洛伊德所言之「妙語」（mot d'esprit）作用，意即解除禁忌[59]。下節聖伯夫（Sainte-Beuve）之評可作為佐證。

3.3 一場未引爆的嘉年華

在法國戲劇史上，《費加洛的婚禮》占據一個無可取代的地位——預告法國大革命。首演時，不少劇評即深感劇本之顛覆性，特別是費加洛的長篇獨白能在舞台上公開道出，令人愕然[60]。前述路易十六不幸成真的預言（「除非毀掉巴士底獄」等等），必須考慮記錄此事的坎龐夫人是在帝國時期撰寫回憶錄的，她立意為路易十六平反，塑造出一位意志堅定的明君，具非凡的洞察力，這與史實不符。

路易十六之後，所有看出此劇之革命因子者都是事後發言，茲舉最出名的兩例。晚年被關在聖赫勒拿（Sainte-Hélène）島的拿破崙直言《費》劇「已經是進行中的革命」[61]。十九世紀知名的文藝評論者聖伯夫

59 Ubersfeld, "Un balcon sur la terreur", *op. cit.*, p. 110.
60 語出拉阿普，類似意見參閱 Gaiffe, *Le Mariage de Figaro, op. cit.*, pp. 86-89。
61 Cité par Trisolini, "Introduction", *op. cit.*, p. 44.

評道：「這樣一齣戲，整個社會以化妝舞會和便裝的方式呈現，婚姻、母性、法官、貴族，國家的一切，全部遭到攻擊並上下逆轉，僕役領班自始至終指揮全局若定，放縱的私情爲政治效勞，變成革命明顯的信號」[62]。

反對這派說法者以薛黑最具代表性，他說此劇的政治指摘不過是用來刺激觀眾入戲的調味料，根本連延遲炸彈也算不上[63]。不過，薛黑開啓博瑪榭研究新趨勢的專著出版於 1954 年，正是布雷希特的史詩劇場理論大舉引進法國的時期[64]，《費》劇於是再度被解讀爲政治革命之作，推測薛黑有意淡化這方面的重要性[65]。

深入思考，薛黑的說法忽略了台詞在實際演出時對現場觀眾造成的直接影響。《費》劇的政治影射是通過首演的熱情觀眾一同聽聞會意而產生的，他們以掌聲回應舞台詮釋，這種立即的集體反應，作用力不容小覷。更何況，在舊制社會中，一名作者也只能如此議論時政[66]。

追根究柢，查閱本劇的演出記錄最能說明和大革命的關係。在風光首演過後，重演次數逐年遞減：1785 與 1786 年各 13 場，1787 年 7 場，1788 年 5 場，革命爆發的 1789 及 1790 年各 3 場[67]。由此可證，二者的

62　Cité par Maurice Descotes, *Les Grands rôles du théâtre de Beaumarchais* (Paris, P.U.F., 1974), p. 130, note 2.
63　*La Dramaturgie de Beaumarchais, op. cit.*, p. 105.
64　布雷希特率領劇團於 1950 年代三度訪法演出造成轟動，史詩劇場理論與實踐順勢引入了法國，但也爆發爭議，cf. Daniel Mortier, *Celui qui dit oui, celui qui dit non, ou, la Réception de Brecht en France, 1945-1956*, Geneve, Slatkine, 1986。
65　其他反對從政治視角解讀本劇的理由整理如下：作者的諸多不滿，其出發點是自己遭遇不公，個人復仇的動機昭然。論及政治，博瑪榭被批評只看到小處，例如假情報、間諜或陰謀，或簡化爲「收錢、拿錢、耍錢」的口訣。檢視劇中角色之塑造，博瑪榭並未替第三階級說話，不管是醉醺醺的園丁或天真的牧羊人均脫離現實，隸屬傻子角色。費加洛也非第三階級的代表，身爲管家，他介於平民和他服務的貴族之間，屬於資產階級。而瑪絲琳指出女性問題，確爲當年罕見的發言，但博瑪榭其實認爲女人沒有獨立的地位，要緊的是找個好丈夫！
66　Pierre Frantz et Florence Balique, *Beaumarchais: Le Barbier de Séville, Le Mariage de Figaro, La Mère coupable* (Paris, Atlande, «Clefs concours», 2004), p. 82.
67　Nöelle Guibert, "*Le Mariage de Figaro* à la Comédie-Française", *Comédie-Française*, no. 174, *op. cit.*, p. 34.

關係並不密切。費加洛的許多犯上作為，至多只能說是一個鼓動人民爭取權益者，而非領頭革命者；他充其量只是個煽動者，數度集結其他下人爭取自己的權益[68]。

因之，許多學者主張本劇至少迫使觀眾反思時代的瘋狂。塞巴赫（Jacques Seebacher）即推測出身中產階級的博瑪榭需服務大貴族，造成他內心分裂，難以在伯爵和費加洛可能的未來之間選邊站。「透過奇蹟式的靈巧，他抓到了時代之變化無常。在不遜和尊敬之間拔河，在卑躬屈節和獨立精神之間分裂為二，博瑪榭既長於描繪心緒不寧，也擅於使人理解國家的弊病。他就是革命，自不待言」[69]。

追根究柢，《費加洛的婚禮》被認定為吹起革命的號角，源起於事後對歷史事件的重建，此劇遂成為預告革命之作。需知在十九世紀，法國歷經系列的革命、復辟與暴動事件，共和、帝國、君主立憲等政體輪番上場直至末葉，政局大幅動盪，革命的成果仍然脆弱，需要加以合理化。博瑪榭乃成為憧憬新時代之代言人，他這部轟動啟蒙時代的大作於是被用來說明、證明，並為此一革命事件植根。有鑑於此，本劇或推而廣之的「費加洛三部曲」之所以具革命性，是因為和革命前後十年的時事相關，大革命順勢成為思考三部曲的鑄模，提供了一詮釋的結構[70]。

從十八世紀開明的貴族不滿時局的態度切入解讀本劇，柏第費爾（Claude Petitfrère）指出 1780 年代法國政局開始晃動，到了本劇首演的 1784 年，歷史進程加快了腳步。《費》劇禁演風波是系列震盪社會事件的首件，時局急轉直下，最終爆發為革命[71]。他結論：本劇象徵十八世紀一個經濟起飛的幸福國家，作為新思想的共鳴箱，其情節揭露了中

---

68 分別在 1 幕 10 景、2 幕 22 景、3 幕 15 景、4 幕 6 與 9 景、5 幕 2 及 12 景。
69 "Autour de *Figaro*", *op. cit.*, p. 228.
70 Yvernault, "La trilogie, une oeuvre révolutionnaire?", *op. cit.*, p. 33, 37.
71 *1784 Le Scandale du "Mariage de Figaro": Prélude à la révolution française?* (Bruxelles, Editions Complexe, 1999), pp. 141-213.

產階級之不滿與渴望，公演又引發高層人士憤慨，在在顯示劇本觸及困擾舊政體潛在的社會危機。轟動數年的禁演事件，其各面向以及牽連的各層面概括了 1780 年代豐富的曖昧性，滿載許多對立的潛在性，時間像是暫時止步，在光明和陰影間最後一度遲疑 [72]。

　　于貝絲費兒德（Anne Ubersfeld）更以〈恐怖的陽台〉（"Un balcon sur la terreur"）爲題解析本劇，指涉市集戲院在陽台表演短劇招徠路過的觀眾駐足欣賞的傳統（見圖 1），只見台上演得沸沸揚揚，台下叫好的貴族卻無一領悟其恐怖的眞相：1784 年 4 月 27 日於法蘭西喜劇院的首演實爲大革命的一次總排。她總結此作「獨一無二的魅力，無法抹滅的，即爲這個極端的懸疑。處於沉默中，在這個時間的餘裕裡，其崩落只見於歷史之爆炸，文化上它無法置身事外，無形地指出其最終的結局」。瀰漫在歡慶的氛圍中，假面舞會蔓延貴族的所有空間，《費》劇不過是一場未引爆的嘉年華，各種威脅悉數被拆除引信，階級制度沒有被顚覆，但印證在歷史裡 [73]。

　　即便如此，于貝絲費兒德也點出，從一齣論及受壓迫者抵制壓迫者的作品角度視之，本劇自然意涵了革命的價值 [74]。綜上所論，博瑪榭的後代尚－彼埃爾（Jean-Pierre de Beaumarchais）說得好：「這個劇本的意義和色彩將隨著讀者從劇情或作者智言（mots d'auteur）的角度切入而不同」 [75]。

4　挑戰編劇之極限

　　換個角度看，《費》劇若當眞具有革命性，應是體現在劇創的層面

72　*Ibid.*, p. 221.

73　"Un balcon sur la terreur", *op. cit.*, p. 114.

74　Ubersfeld, "Introduction", *op. cit.*, p. 34.

75　"Beaumarchais, homme de la liberté", *Revue d'histoire littéraire de la France*, no. 5, *op. cit.*, p. 708.

上。從舞台場景設計與調度、詳細的表演指示、劇情鋪排、角色造型與個性說明、主角塑造等各方面均煥發新意,戲劇性十足,開創了十九世紀編劇的新局面。

作為十八世紀最長的劇本,本劇有五幕戲,16 個角色,加上大群僕役和佃農——他們每幕都登場,法國古典戲劇以角色上場為新場次,總計共有 92 景之多。這種大卡司加大排場,除第一幕刻意低調之外,其餘四幕均布景豪華,服裝美麗,加上音樂歌舞,根本是歌劇的表演規格,達到台詞與歌舞同台表演的最高理想。這種製作規模即使在今日也不易完美具現。

4.1 突破古典喜劇的格局

和前劇《塞維爾的理髮師》迥然不同,《費加洛的婚禮》全然突破古典喜劇的格局。本劇情節複雜多變,多線故事交纏並進,在重用動作的計謀喜劇路線之際,主角卻享有超長的獨白,讓人感受到他的內心波動。期間又穿插初萌的情愫、愛情的剖白、爆發的親情等感人肺腑的枝節,伯爵尋歡引發人品爭議,費加洛指責社會和政治,以及瑪絲琳控訴婦女地位低落,又反映出社會現實,最後卻在歌舞中圓滿結束,一切爭執煙消雲散。

曾任法蘭西喜劇院總裁的法布爾(Emile Fabre)曾指出本劇類型多樣化,計有個性、計謀、行動、風俗道德喜劇,外加市民劇、通俗劇、輕歌舞劇和喜歌劇的特質,另奉送社會與政治指正 [76],足見博瑪榭創作的野心。最重要的是,上述劇種完全融為一體,觀眾看戲享有多重感受。柯爾泛(Michel Corvin)即歸納此劇為「總成之作,龐然之作,傳統喜劇的最後煙火,用盡其一切次要形式的各種可能,產生出最耀眼及意想不到的作品」[77]。

....

76 Cité par Scherer, *La Dramaturgie de Beaumarchais*, *op. cit.*, p. 246.
77 *Lire la comédie* (Paris, Dunod, 1994), p. 108.

　　讀者一翻開劇本，立即感受到舞台表演的氛圍。博瑪榭仔細規範劇中角色從頭到腳的裝束，並點出每名角色舞台詮釋的金鑰，使他們躍然紙上。進入劇文，博瑪榭循市民劇編寫策略，不厭其煩地交代角色的聲調、動作、反應、心情、走位，以及在台上的相關位置[78]，無怪乎梅耶要視博瑪榭為現代舞台場面調度書寫之父[79]。

　　對舞台場面調度相當重視，博瑪榭在《費》劇「演員的走位」中不忘叮嚀「演員在舞台上務必走到對的位置上，稍不注意，全戲演出立刻就會鬆懈下來」。需知十八世紀尚未出現導演一職，舞台演出通常僅由資深演員或劇團經理大略安排上下台與場上的走位即可開演[80]。為求最佳效果，博瑪榭不得不鉅細靡遺記下一切動靜，從而賦予舞台表演指示在劇本組織中不容忽視的地位[81]。

4.2　洋溢戲劇性的場面調度

　　在場景設計上，博瑪榭尤其展現驚人的天分，每一幕均精心構思場面調度使觀眾稱奇。第一幕即出手不凡，舞台上的新房接近空房，房內只有一張大扶手椅，不見婚床。劇作家像是個魔術師，要在這個當年罕見的「空」間中變出許多驚奇來。戲一開演立即透露新意：費加洛忙著丈量房間，「寬 19 尺，長 26 尺」——首演劇院舞台的尺寸，這是古典戲劇從未見過的寫實細節[82]，令人耳目一新。而尚未搬上台的婚床，暗示舞台表演的核心懸念：婚事可能變卦。

---

78 他曾認真參與排戲，Lever, *Pierre-Augustin Caron de Beaumarchais*, vol. 2, *op. cit.*, pp. 398-99。

79 Meyer, "Réflexions préliminaires", *op. cit.*, p. 13.

80 Cf. Martine de Rougemont, *La Vie théâtrale en France au XVIIIᵉ siècle* (Paris-Genève, Champion-Slatkine, 1988), chapitre v.

81 此舉到了廿世紀上半葉，促使美國的歐尼爾（Eugene O'Neille）和西班牙的殷克南（Valle-Inclan）大幅擴充舞台表演指示的篇幅，使其成為劇作不可分割的一部分。如此到了下半葉的前衛劇本，舞台表演指示甚至於獨占劇本空間，例如貝克特的《無言劇》（*Actes sans paroles*, 1957）、漢得克的《高斯帕》（*Gaspard*, 1967）等。

82 參閱〈法國演出史〉之「4.3 古今無縫接合的妙戲」。

　　最關鍵的是，那張大扶手椅發揮了異想天開的妙用。從第 7 景薛呂班闖入開始，他爲了搶伯爵夫人的絲帶，和蘇珊娜圍著扶手椅追逐；下一景伯爵突現，小侍從嚇得躲到椅後去；第 9 景巴齊爾入，輪到伯爵躲到椅後，薛呂班順勢跳上扶手椅，蘇珊娜用衣服蓋住他。最巧的是，薛呂班最後遭伯爵揭露的瞬間，正好是後者爲了展示前夜在方雪特住處揭露小侍從的時機點。這個出其不意的表演動作精巧扣合台詞所指，帶給觀眾驚喜。非但如此，幾近全空的台上竟然有兩個藏匿處，場上的雙人對話等於是多了兩個隱形的聽眾，一個嚇得無法反應，另一個則蓄勢待發。場上變得妙趣橫生，而這一切只用到區區一張椅子 [83]，最爲人津津樂道。

　　第二幕發生在伯爵夫人的臥室，牆面凹處擺著上幕戲缺少的婚床，進出的門開在右側牆上，左側另有扇梳妝間的門，舞台後方的門則通向女僕房間，另一側有扇窗。這些窗門通通派上用場，無一爲裝飾用，更進一步形成室內室外雙層空間的較勁。這首先發生在第 10 景，伯爵在室外叫開門，夫人拖延時間，薛呂班躲入梳妝間中。接下來兩景，台上只見伯爵和夫人爭執不下。13 景，蘇珊娜悄悄從女僕房間的門上台，閃入後牆凹處，情勢更加複雜。伯爵對著梳妝間威脅蘇珊娜，而後者就躲在他身後，觀眾莞爾之際不禁好奇，看不見的薛呂班會如何反應呢？舞台表演張力因這兩名隱身的角色而大增。

　　第 14 景更新奇，找不到房間出口的薛呂班居然跳窗逃亡，根本令觀眾想像不到！這驚天一跳確認了稍後出事的花園空間。稍早，第二幕開場，蘇珊娜開窗看到伯爵騎馬穿過大菜園，便預告了窗外的空間。16 景，伯爵偕同妻子返回台上，在梳妝間門口上演口角與誤會的戲碼，知情的觀眾無不等著看伯爵出糗的好戲。一直到園丁捧著一盆紫羅蘭登

[83] 相對於傳統的舞台和後台空間，Scherer 特別稱此意外的空間為「第三地點」（"troisième lieu"），意指能使在場的角色消失之處，見其 *La Dramaturgie de Beaumarchais, op. cit.*, pp. 172-77。

圖9　小侍從被伯爵發現藏在椅上（1幕9景）
插圖，Saint-Quentin。

場，第三度讓台上的空間擴展到看不見的樓下花園裡，造成兩個空間的
壓力拉拔（薛呂班是否眞安全逃走了呢？），充滿懸疑。

　　第三與第四幕的情節要點不在於追躲，而分別是法庭開審和婚禮儀
式：在法庭上，各層級──原告、被告、法官、陪審法官及僕役──各
據排定的空間同時又彼此影響；在喜慶廳，則出現歌劇中常見的集合角
色列隊行進畫面。兩者均非話劇舞台常見，滿足了觀眾的視覺期待。

　　壓軸的第五幕承續首二幕多層次舞台空間的安排，博瑪榭藝高人膽
大，將表演空間分成六個層次！首先是整片栗樹林，其次是費加洛躲入
的右側角落（4-7景），第三處是蘇珊娜避入的左側角落（6-7景），
第四處是方雪特、瑪絲琳、薛呂班及蘇珊娜先後閃入的左側亭子（分別

在 1、4、6 及 9 景），第五處是伯爵夫人走進的右側亭子（第 7 景），第六處是伯爵誤入的遠方樹林（第 8 景），而巴齊爾、安東尼奧、霸多羅、法官與「抓太陽」幾名證人角色則等在事發現場不遠處（3-11 景）[84]。

　　總計共有 12 名說話的角色分布在台上的六處地點，於朦朧的夜色中，台詞和旁白交替並進，產生假扮、錯認、對話回音、張冠李戴的喜劇效果，妙不可言。博瑪榭精確規劃表演場面，角色方得以順理成章地冒出、行動、精確反應、消失，達到躲藏、製造驚奇及欺人之目的，處處使觀眾意想不到。綜觀這五幕戲的場景設計，博瑪榭屢屢挑戰舞台場景設計的極限，戲劇性無所不在。

　　更新鮮的是，這部精緻生動的劇本動用了數不清的小道具以推動劇情，諸如新娘頭飾、量尺、花束、絲帶、女袍、扇子、鏡子、女帽、一頁樂譜、軍官委任書、鑰匙、點痣盒、黏皮膏、剪刀、吉他、乙醚瓶、面罩、一盆紫羅蘭、紙糊燈籠、文具匣、用別針封口的信等等，通通是演戲必要的道具，數量多到讓導助為之頭大[85]。

　　重點在於，高任克（Jean Goldzink）指出，絲帶、別針、軍官委任書等關鍵道具，在舞台上經手不同的角色因而觸發系列喜劇即興動作，實發揮了噱頭（gags）的作用。這種形似捉迷藏的動作，也見之於本劇的扶手椅、更衣室及兩座亭子非比尋常的作用，均發揮同樣的效力，實乃博瑪榭的發明，不單單是「戲劇性」一詞即可帶過[86]。

　　更高明的是，幾樣核心道具透露了多重意涵，最顯眼的莫過於伯爵夫人的絲帶。這條每每適時蹦出來的絲帶被賦予「從未道出的言下之意」[87]，源自中古騎士競技時在手臂上綁著心儀貴婦喜愛顏色的絲帶傳

84　*Ibid.*, pp. 175-76.

85　Louis Jouvet, "Beaumarchais vu par un comédien", *La Revue universelle*, tome LXV, no. 5, juin 1936, p. 526.

86　*De chair et d'ombre* (Orléans, Paradigme, 1995), pp. 291-92.

87　Christiane Mervaud, "Le 'ruban de nuit' de la Comtesse", *Revue d'histoire littéraire de la France*,

統，它碰過夫人的頭髮與胸部、薛呂班的皮膚，收尾更被當成是新娘的襪帶，一把被小侍從奪走，豐富的寓意引人遐想。

4.3　超越傳統智僕設定的主角

最後但也是意味最深長的一點，是費加洛一角擺脫了《塞維爾的理髮師》之傳統智僕角色，搖身變成一個有血有肉的主角，這在法國戲劇史上意義重大。西方喜劇遠從希臘羅馬時代即重用一名「跑腿僕人」（servus currens）。奴隸出身，口齒伶俐、身手敏捷、詭計多端，腦袋裡成天轉著騙錢的鬼點子，負責推進情節，但受制於威權在握的主人。莫理哀沿用這個傳統，他創造與主演的史卡班（Scapin）即為代表人物[88]。《塞》劇中的費加洛亦即源自此傳統，作用是幫主人追到情人，是法國喜劇史上最後一位重要的智僕。

到了《費加洛的婚禮》，一開幕，蘇珊娜對主角說：「搞手段和搞錢，你的拿手好戲可派上用場了」，她沒用「詭計」（ruse, fourberie）一字，而改用「計謀」、「手段」（intrigue），雖然在這裡意思是一樣的。到了2幕2景，提到要搞計謀，費加洛自誇天生就是當朝臣（courtisan）的料[89]。這句回話將「計謀」一字的意義轉向社會層面，浮現出另一個有別於戲劇傳統的角色[90]。

在序文中，博瑪榭表明費加洛之所以對主人耍詭計，是為了保衛自己的財產——蘇珊娜。一言以蔽之，博瑪榭給了主角心理厚度、道德尺寸與社會縱深，劇情不再是單純的騙人或受騙把戲，費加洛成功轉變為可信的角色。更進一步言，他和伯爵的個人衝突與社會不滿接合，使他

no. 5, *op. cit.*, p. 725. Cf. Jean-Pierre Seguin, "Ruban noir et ruban rose ou les deux styles de Beaumarchais", *L'Information grammaticale*, no. 60, 1994, pp. 13-16.

88　參閱其《史卡班的詭計》（*Les Fourberies de Scapin*）。

89　本書譯為「搞政治的料」。

90　Georges Zaragoza, *Figaro en verve et en musique* (Chasseneuil-du-Poitou, Réseau Canopé, 2015), pp. 25-26.

晉升爲一個具象徵意義的人物。

　　法蘭西喜劇院的演員佩涵（Francis Perrin）曾有感而發：費加洛之所以感動我們，因爲他是個失去地位的人，無法歸類。他可能是定目劇場第一個位居社會邊緣的主角，既不是僕人也不是主人，既不是莫理哀的史卡班，也不是馬里沃的侍從，但從不是名奴才，總是獨立自主，具備法國人的威風（panache）、不遜。在法國戲劇史上，他是個嶄新的角色[91]。

　　基於上述所有理由，《費》劇實開十九世紀劇創的先河：從主角個人經歷看，第五幕激動的長篇獨白充滿人生哲學意味，爲浪漫劇鋪路；在浪漫喜劇層面上，愛情主宰一切的主題預告了謬塞（Alfred de Musset）之作；從道德與個性喜劇角度審視，小仲馬（Alexandre Dumas fils）與奧吉爾（Emile Augier）深受啓發；史克里布（Eugène Scribe）、拉比盧（Eugène Labiche）、沙度（Victorien Sardou）則將「計謀」喜劇發揮到淋漓盡致；本劇多層次的空間設計無疑給了費多（Georges Feydeau）許多編劇靈感；涕淚交織場面更成爲皮塞雷固（Guilbert de Pixérécourt）和德內里（Adolphe d'Ennery）的拿手好戲；歌舞遊行構成奧芬巴哈輕歌劇（opérette）的基本場面等等。簡言之，從 1800 至 1940 年，法國戲劇文學多多少少都看得到《費》劇的影子[92]。

5　作者的分身

　　博瑪榭原姓卡隆，爲老「卡隆之子」，其法語 "fils Caron" 和

91　Cité par Fabienne Pascaud, "Figaro-ci, Figaro-là", *Marie-France*, juillet 1989.

92　"Lecture intégrale du *Mariage de Figaro*", consultée en ligne en 7 juillet 2020 à l'adresse: https://www.ibibliotheque.fr/le-mariage-de-figaro-beaumarchais-bea_figaro/lecture-integrale/page2. Cf. Ubersfeld, "Beaumarchais : Une révolution dramaturgique", *Le Théâtre en France*, vol. I, *op. cit.*, p. 343.

圖 10　泰納（Thénard）主演的費加洛（1807），在黑暗
中挨了伯爵火辣辣的一巴掌（5 幕 7 景），Jolly。

"Figaro"（「費加洛」）發音一致 [93]，可見作者對他寄寓之深。曾見證本戲風光首演的喜劇院名演員弗勒里（Fleury）在回憶錄中寫道：「博瑪榭是費加洛，就是他！角色的肖像十分相似。大部分使他的人生如此奇特的知名事件都在那裡，還有整個時代！」[94] 細心的讀者不難發現一些重要台詞實是作者發言而非主角，因為角色說的話大大超出身分或情

[93] "fils" 在十八世紀讀 "fi"。
[94] Cité par Lever, *Pierre-Augustin Caron de Beaumarchais*, vol. II, *op. cit.*, p. 418.

境[95]。博瑪榭在劇中可說無所不在，從寫作風格即可看出，角色說話無時無刻不想讓人印象深刻，很難單從個別角色的處境去解讀，而比較像是劇作家留下的識別特徵[96]，刺激觀眾爲他喝采[97]。

深一層看，在本劇中，從自我反射、追尋，乃至於懷疑自我的存在，博瑪榭可說開了二十世紀文學的先河[98]。

5.1　法國人之代表

拋開西班牙服飾，費加洛本質上爲法國人、甚至是巴黎人的化身，儘管針對何謂法國人，意見有點分歧。早在十九世紀，開創博瑪榭研究的學者藍提拉克（Eugène Lintilhac）就已讚嘆：「費加洛是法國人類型最生動的體現」，形容他：「多半是調皮的，絕少上當，從不愚蠢；具有雅典人的精神，但夾雜高盧人放肆的笑鬧[99]；一時之間用玩笑復仇，不過終將釀成很嚴重的暴動：這就是費加洛，巴黎最出色及最可怕的孩子」[100]。

半個世紀後，給夫（Félix Gaiffe）認爲，費加洛或巴黎人，脾氣或許不佳但心腸好，看不慣不合理的現實，有點自吹自擂，可是感情豐富且忠心耿耿，最重要的是積極、幹練、機靈[101]。另一方面，佛瑞斯提埃

---

95 例如園丁回伯爵夫人說：「口不乾也喝，想做愛就做，夫人，我們人和其他畜牲只差在這兒」（2 幕 21 景）。費加洛的許多回話均可做如是觀，特別是在 3 幕 5 景和伯爵鬥智時。
96 Corvin, *Lire la comédie, op. cit.*, p. 108; cf. Gabriel Conesa, *La Trilogie de Beaumarchais: Ecriture et dramaturgie* (Paris, P.U.F., 1985), pp. 170-71.
97 精讀原文，除了兩三個鄉民角色以外，其他角色說的是一樣的語言，全部染上博瑪榭的風格，cf. notamment Conesa, *La Trilogie de Beaumarchais, op. cit.*, p. 94; Proschwitz, *Introduction à l'étude du vocabulaire de Beaumarchais, op. cit.*。
98 和狄德羅，參閱其《宿命論者雅克和他的主人》（*Jacques le fataliste et son maître*）。
99 分別指涉古希臘和法國喜劇傳統。
100 *Histoire générale du théâtre en France. La Comédie: Dix-huitième siècle*, tome IV (Pézenas, Théâtre-documentation, 2017), p. 446.
101 *Le Mariage de Figaro, op. cit.*, pp. 161-62. 給夫進一步歸納：費加洛工作不定時，但總能迅速妥貼完成；和權力機構關係不睦，其活潑議論卻經常披露有用的真理；無拘無束的表現或許有點太過分，一旦面對僞君子或卑劣小人，又能打趣地展現自傲，使對方對自己另眼相看，pp. 162-63。

（Louis Forestier）則強調是這個喜劇角色的機智、快樂、聰明、輕快、無憂無慮及不屈不撓的自信，流露出法國人的特徵[102]。

　　誠然，費加洛絕非一無缺點：他過度講究個人主義，難以饜足地搞陰謀陷阱，見錢眼開，太輕易為自己開脫，玩笑開不完，事事不提防可能造成的危險，發言意圖煽動人心等等，都令人不敢恭維。更甚者，源自傳統喜劇定型角色，照道理應該是個無賴、下等人，背脊軟，放肆是出於淺薄，再說他的傲骨一旦妨礙了交易，那尊嚴大可先擺到一邊[103]。給夫則指出費加洛對人儘管不敬，骨子裡卻無比機警，身段靈活但不卑鄙，自命不凡卻不陰險，故能讓人認同[104]。這些相對的優缺點，是造成今日舞台表演詮釋分歧的原因之一。

5.2　自我追尋、質疑與肯定

　　費加洛在第五幕的長篇獨白是今日演出時觀眾高度期待的橋段，然在首演前，博瑪榭不是沒有疑慮。他請教先後在《塞》劇及《費》劇主演此角的普雷維爾（Préville）和達任庫爾（Dazincourt）[105]，兩人不約而同地肯定這段獨白至關重要，堅持費加洛這才真正成為主角，希望博瑪榭不要刪詞[106]。

　　解析獨白的內容：在漆黑的夜色中，費加洛「用陰鬱至極的聲調說話」，先是對女人，意即蘇珊娜失望，「禁不起誘惑又會騙人」。繼則將矛頭轉向罪魁禍首——伯爵，只不過是出身好，才幹閱歷哪裡比得上自己呢？接著「他坐在長凳子上」，怒氣稍微消了下來，暫時從緊急的狀況中抽身而出，開始回顧過去「離奇」的奮鬥過程。

102 "Documentation thématique", *Le Mariage de Figaro*, vol. 1, *op. cit.*, pp. 136-37.
103 Pierre Marcabru, "La vertu est ennuyeuse", *Arts*, 16 janvier 1957.
104 *Le Mariage de Figaro, op. cit.*, pp. 162-63.
105 參閱「劇中角色個性和服裝」注釋 5 與 6。
106 Descotes, *Les Grands rôles du théâtre de Beaumarchais, op. cit.*, p. 197.

這長段憶往就此離開了主題，費加洛此時似乎跳開自己，在高處審視過往的人生[107]。他是個棄嬰，由強盜養大，一心卻想正當營生，因此，「為了活下去，什麼行業都幹過」。他學過化學、藥學、外科手術，當過獸醫，編過劇本，因文字賈禍被捕下獄，辦過刊物，在這個「你爭我奪」的世上走投無路時被迫開賭場，絕望時不是沒想過跳河自殺。後來才又重操舊業，靠理髮為生，巧遇之前的主人——阿瑪維瓦伯爵，並幫他娶到心上人。

這時故事回到劇情的危機點，伯爵居然要偷自己的太太，他本人則差點要娶親生母親！他情緒激動，站起來又再坐下，思考這「一連串不可思議的巧合」，「怎麼就發生在我身上呢？」曲折跌宕的過往讓他看破一切，「徹徹底底看破」，唯有蘇珊娜是他真正在乎的人。

于貝絲費兒德指出理解這段獨白的樞紐：整齣《費》劇實為「我—費加洛」之自我肯定。儘管屢遭挫敗，在人海中載浮載沉，現代第一位中產階級主角在舞台上肯定自我。更關鍵的是，主角提出了「我是誰」這個大哉問。事實上，回溯第三幕母子相認，主體性（identité）的問題即已露出端倪。

從這個觀點看，為了自我肯定，這個「我」和「他者」（阿瑪維瓦伯爵，一個「相當一般」的人）互相比較，再回想過去以重塑自我（「還有什麼人的遭遇比我的命運更離奇的呢？不知道父母是誰〔……〕」），然回溯生平無法提出解讀「我」或人生際遇的金鑰（「為什麼發生的是這些事，而不是其他事呢？是誰硬栽在我頭上的呢？」）。這個「我」提出了「自身存在」以及人生在世「所為何來」兩個大哉問（「再說，我嘴上儘管說我的快樂，卻不知道快樂到底屬不屬於我〔……〕連這個我自己關心的『我』到底是個

---

107 Scherer, *La Dramaturgie de Beaumarchais, op. cit.*, pp. 70-71. 一般而言，人在低潮時反思自己的人生也屬合理。

什麼東西，我也說不上來」）。這段質疑自我的獨白猶如出自二十世紀作家之手，可見博瑪榭編劇走在時代之先。

　　費加洛這個角色之所以大受歡迎，正因為他得到法國觀眾認可，從一個升斗小民被提升到神話的高度，是戲劇史上罕見的例子。作為經典，《費加洛的婚禮》今日存在的價值應在其普世面上。時而被同化為小老百姓，時而被視為有價值的中產階級，在一個注重出身門第的社會，費加洛反對世襲勢力及社會階級之分，從而具現了個人價值。一個小人物力抗特權及不平等，毫不退縮，任何抗拒暴政及專制政權的人民均可以他為榜樣，爭取自己的自由與平等。費加洛自此成為一個神話人物，具有永恆的象徵意義。

　　法國歷史最悠久的大報即以「費加洛」為名，於 1826 年發行，並引他的名言：「沒有批評的自由也就談不上阿諛諂媚」，作為報社的座右銘。1884 年 4 月 27 日，本劇在法蘭西喜劇院熱烈慶祝百年紀念。同年國慶日，法蘭西喜劇院免費公演此劇同慶，熱情的觀眾從第一句台詞歡呼到最後一句，足證其由衷的心理認同。重點是，《費加洛的婚禮》能和巴士底獄被攻陷一起歡慶，因二者在不同的層面上均為革命的動作[108]，影響到此劇的表演史，將在書末之〈法國演出史〉一文討論。

108　Yvernault, "La trilogie, une oeuvre révolutionnaire?", *op. cit.*, p. 36.

瘋狂的一天

或

費加洛的婚禮

五幕散文喜劇

「看在詼諧份上，
敬請理解其意。」
—— 劇終之「諷刺民歌」

序

　　提筆寫這篇序，我的目的不是無謂地探究自己到底是寫了一齣好劇本或壞劇本——對我而言已太遲[1]，而是一絲不苟地檢視本劇（無論如何我都應該如此），看看自己是否寫了一部該受譴責的作品。

　　沒有人寫喜劇必須取法他人，姑且認定我有充足的理由避免重彈老調，難道我就要被人用不是我的規則來評斷嗎？就像某某先生們對在下的指正，因為我企圖走出一條新路，他們就幼稚地發表議論，指責我使藝術倒退到搖籃期，可是劇本藝術的首要原則，或許是唯一的原則，難道不是寓教於樂[2]嗎？然而問題並不在這裡。

　　一個人對一部作品的批評，和他心裡真正想的，往往差之千里。將糾纏我們腦海的俏皮話、令我們心煩的字眼埋在心裡，作為報復，嘴上卻幾近全盤貶損作品。由此可知，在戲劇圈裡足以確定的一點是：一旦指責某位作者，傷害最深的是說得最少的部分。

　　揭露喜劇此雙重層面或許有用，我的作品隨之便能派上用場，仔細檢視，可將輿論聚焦在下列問題的理解上：什麼是**戲劇中的端莊**？

　　仗著表明我們是講究、敏感的行家，再者就像我在別處曾提及[3]，裝出偽善的端莊，替鬆散的道德效勞，使自己淪為無能之輩，無法自娛或判斷自己究竟喜歡什麼。總之需要直言嗎？我們變成煩膩的假正經之流，既不再知道自己要什麼，也不知道應該喜歡或拒絕什麼。這些重複再三的辭彙，諸如「談吐得宜」、「有教養」，總是能被各種乏味的小團體曲解。他們詮釋的自由如此之大，沒有人知道他們從何處開始與結

1　因為劇本已經製作演出了，這篇序在首演一年後才和劇本一起印行。
2　這是古典喜劇的編劇目標之一，莫理哀也奉為圭臬，參閱其《妻子學堂的批評》第 6 景，以及《達杜夫》之序。
3　指涉他寫的〈論《塞維爾的理髮師》之失敗與批評的中庸書簡〉（"Lettre modérée sur la chute et la critique du *Barbier de Séville*"），其中提及「好體裁」（bon genre）、「好風格」（bon style）、「好語調」（bon ton）、「好法文」（bon français）等詞。

圖 11　法官「呆頭鵝」（Brid'oison），劇本插圖，Emile Bayard。

束，已然摧毀了不折不扣的真正歡樂，這是我們國家的喜劇藝術有別於其他國家之特質。

　　再加上賣弄學問，濫用其他這些很重的字眼，比方「端莊」及「品性佳」，聽起來是如此重要、如此優越，萬一不能用在全部劇本上，我們喜劇的好議論者[4]將會感到遺憾。那麼諸位大約就可以知道是什麼扼殺了天才、威脅到所有作家，而且給了劇情的活力致命一擊。少了這股活力，就只有冰封的風趣、僅有四天舞台壽命的喜劇。

....

4　"jugeurs de comédie"：既指涉那些社交界以維護好品味之名而妄加評論者（他們與創新為敵），也指涉下文將提及的王室審查人。

　　總之，談到終極弊端，社會上各階層總算體認到需要擺脫戲劇審查。現今要演拉辛的《訴訟人》（Les Plaideurs），就一定會聽到宕丹（Dandin）們和戴頭謬（Brid'oison）[5]們，甚至是比他們更開明的人士大叫大嚷：今天對法官已不再有品德期許也沒有尊敬可言。

　　要上演《圖卡雷》（Turcaret）[6]，無法不馬上碰到棘手的田租稅、轉租稅、關稅、鹽稅、貨物與消費稅、人頭稅、人頭附加稅、食物稅、飲料稅[7]——所有這些王室的徵稅。今日確實已經找不到典型的圖卡雷。然而改換其他特徵推出，搬演的障礙仍然一樣。

　　莫理哀的「討厭鬼」、「侯爵」和「債務人」[8]不能登台，否則必然同時令高等、中等、古遠及現代貴族群起憤慨。他筆下的「女學究」（Femmes savantes）則會激怒我們雅好文藝的沙龍[9]。我們今日要把非凡的《達杜夫》（Le Tartuffe）[10]搬上舞台，哪一個會計算的人估算得出所需要的槓桿力量和長度呢？更何況，一心想「娛樂或教誨大眾」的作者，下筆不免受到大眾意見左右。原本應該按照自己的抉擇鋪排情節，臨了卻被迫在不可能的插曲中扭絞，挖苦取代了逗笑，還從社會之外選取人物典型。擔心樹立千名敵人，作者在寫可憐的劇本時可是連一個也不認識。

　　我於是反省，要是沒有一個人敢站出來徹底抖落這些灰塵，法

<hr />

5　宕丹是拉伯雷創造的荒謬法官，拉封丹和拉辛沿用。有關戴頭謬，參閱本劇「劇中角色個性和服裝」注釋 14。

6　*Turcaret ou le Financier*，為勒薩吉（Lesage）寫的喜劇（1709），諷刺包稅人如何自肥。

7　1789 年革命前的各種徵稅：田租稅和轉租稅（fermes et sous-fermes）是間接稅，包括關稅（traites）、鹽稅（gabelles）、貨物及消費稅（droits réunis），由包稅人（fermiers généraux）承攬，常成為他們自肥的手段；人頭稅（taille）和其附加稅（taillon）則是由王室直接徵收，貴族和神職人員免繳；飲料稅（trop-bu）確實存在，只是食物稅（trop-plein）應是作者開的玩笑。

8　「討厭鬼」（fâcheux）見於同名劇本，「侯爵」見於《妻子學堂的批評》和《凡爾賽即興》（1663），「債務人」（emprunteur）見於《貴人迷》（Le Bourgeois gentilhomme, 1670）中的多隆特（Dorante）、《唐璜》（1665）中的狄曼虛先生（Monsieur Dimanche）。

9　參閱本書〈博瑪榭之生平、時代與戲劇概況〉之「1 啟蒙的時代」。

10　為莫理哀名劇，曾兩度遭禁演。

國劇本之無聊立即可期，國家的編劇將降至輕浮的喜歌劇（Opéra-comique）[11] 水準，或等而下之，降到林蔭道戲劇 [12] 或野台 [13] 水平。在這個由成堆汙木堆起來的可恥台上，得體的自由遭法國劇場放逐，勢將淪為無節制的放蕩。我們年輕的一代去看戲會被餵養粗俗的蠢事，將喪失——連同他們的人格——對端莊以及對我們大師傑作的鑒賞力。我企圖成為這個有膽識的人，要是沒能在作品中展現更多才華加以證明的話，我的用心至少已在整體創作中表明了。

我曾想過，現在也仍然這樣想：在要處理的劇本主題中，若沒有一貫出自社會階級落差的有力情境，既寫不出偉大的悲情，也寫不出深刻的道德，或好看的真正喜劇。悲劇作家編劇方法大膽，有勇氣接受殘忍的罪行：謀反、篡位、謀殺、下毒、亂倫（在《伊底帕斯》和《費德兒》[14] 中）、手足相殘（在《凡棟》[15] 裡）、弒親（於《穆罕默德》[16] 中）、弒君（在《馬克白》[17]）等等。喜劇比較膽小，下筆不誇大難以置信之事，因為它的場景取自我們的風尚，主題出自社會。然而一旦阻止卑鄙的守財奴登台，要如何攻擊吝嗇呢？要揭破偽善者的面具，卻不許可惡的偽君子上場，例如《達杜夫》劇中的奧爾貢（Orgon）即言偽君子「要娶他的女兒，還覬覦他的太太」[18]？想戳穿一個登徒子 [19] 的行徑，偏不讓他跑遍輕佻的女人圈？欲暴露放縱的賭徒 [20]，硬是不准他被一群騙子圍

11　含歌唱的戲劇。博瑪榭似乎忘了自己的《塞維爾的理髮師》原先就是部喜歌劇。
12　théâtre de boulevard：參閱〈博瑪榭之生平、時代與戲劇概況〉注釋 6。
13　博瑪榭不記得年輕時曾寫過露天野台流行的招徠劇，參閱〈博瑪榭之生平、時代與戲劇概況〉之「4.1 招徠劇」。
14　《伊底帕斯》（Oedipe）指的可能是高乃依（1659）或伏爾泰的作品（1718），《費德兒》（Phèdre）是拉辛的悲劇。
15　凡棟（Vendôme）並非劇名，而是伏爾泰悲劇《阿德拉依德·呂葛斯克藍》（Adélaïde du Guesclin, 1734）中的一個角色，他命人暗殺手足。
16　Mahomet，伏爾泰寫於 1741 年的作品。
17　可能指涉 1784 年由杜西（Jean-François Ducis, 1733-1816）改編的悲劇。
18　出自原劇 4 幕 7 景：「你要娶我的女兒，還覬覦我的太太！」（第 1546 行詩）
19　"un homme à bonnes fortunes"：指涉巴宏（Michel Boyron dit Baron, 1653-1729）的同名喜劇（L'Homme à bonnes fortunes, 1686）。
20　"un joueur effréné"：指涉雷納（Jean-François Regnard, 1655-1709）的《賭徒》（Le Joueur,

繞，儘管他本人早已是個老千了？

　　這些人遠非有德之士，作者也沒這樣寫；他不偏袒任何角色，他描
繪他們的惡行。然因獅子兇猛，野狼貪吃又暴食，狐狸狡猾陰險，寓言
難道就沒有道德可言嗎？作者將矛頭對準一個被花言巧語迷倒的傻瓜，
他讓烏鴉口中的乳酪掉到狐狸的嘴巴裡，已經達到教化目的。倘若他的
矛頭對準的是下流的諂媚者，寓言會這樣結束：「狐狸抓到乳酪，大口
吞下肚，乳酪卻被下了毒」。寓言是輕鬆的喜劇，而喜劇不過是長篇的
寓言，兩者的差別在於：寓言中的動物有機智，但在我們的喜劇中，人
倒往往一如動物，更甚者，是邪惡的動物。

　　故而飽受傻瓜折磨的莫理哀，給了他的守財奴一個揮霍、墮落的兒
子，後者偷了老爸的錢箱還當面辱罵他。莫理哀是從品格還是惡行歸納
出劇情的道德呢？他在乎的是這些虛構的人物嗎？他要糾正的人是你。
確實，在他的時代，文藝小報記者和評論者[21]並未忽略告知善良的觀眾
這一切是多麼的可怕！同樣可以證實的是：那些善猜忌的要人，或是位
居要津的猜忌者，群起大肆攻擊他。為了替故友偉大的拉辛復仇，嚴直
的布瓦洛（Boileau）[22]曾寫書簡，提醒了我們下列事實：

　　　「無知和錯誤，在他初期的劇本中，
　　　穿著侯爵的衣服和伯爵夫人的長袍，
　　　來詆毀他新完成的傑作，
　　　在最精彩之處大搖其頭。
　　　騎士[23]要求更端正的場景，

....

1696）。

21　"afficheurs et balayeurs littéraires"：文藝記者和文評者的貶稱。
22　Nicolas Boileau（1636-1711）：十七世紀知名的文評家，下文引用的《書簡詩》（*Epîtres*）
　　出自第七封。
23　指涉蘇弗雷（Souvré）的騎士。

子爵，憤慨，在第二幕走出戲院 [24]；

一位熱心擁護台上演出的虔信者 [25]，

作為玩弄譏刺的代價，判決本劇火刑 [26]；

另一位，暴躁的子爵，因劇情攻擊朝廷，

而向莫理哀宣戰 [27]，對池座 [28] 的觀眾報復。」

在保護藝術方面，路易十四居功厥偉，沒有他開明的品味，我們的戲劇連一部莫理哀的傑作也不會有。在莫理哀寫給路易十四的陳情書中，我們看到這位哲學家作者對國王苦澀地抱怨：因為拆穿偽善者的真面目，他到處被誣指為「一個放浪形骸者 [29]、褻瀆宗教者、無神論者、身穿衣裝化身為人的惡魔」[30]，而這一切都印上了同為保護他的國王之**許可與允許出版**字樣。沒有什麼比這點更惡質了。

話說回來，一部劇的角色人品敗壞，難道就得驅逐他們嗎？那麼我們在戲院中將何以為繼呢？轉而改寫怪人和荒謬者？那還真是值得寫！他們總是和我們在一起，就像是時尚；他們絲毫不會改變，只是偶爾換個風格。

惡行、陋習是不會變的，僅僅在盛行的道德風尚掩護下以千百種形

....

24　指涉布魯申（M. du Broussin）子爵曾抗議《妻子學堂》編劇大肆違反慣例。

25　布瓦洛原文為 "Bigots"，博瑪榭改為 "dévots"，二字意義接近，後字較常見。

26　十八世紀，法國政府和教會公然焚燒被視為危險的書籍。1778 年博瑪榭雖打贏和拉布拉虛公爵的官司，但他寫的控告高茲曼法官的《備忘錄》則被判須公開焚毀，參閱〈博瑪榭之生平、時代與戲劇概況〉，注釋 29。

27　參閱《妻子學堂的批評》第 5 景。1664 年出現了一齣攻擊莫理哀的喜劇《子爵們的復仇》（*La Vengeance des Marquis*）。

28　"parterre"：古典劇院一樓站位區，票價低廉，觀眾多為下層階級，他們常直接表達看戲的觀感，因人數眾多，不容小覷，演員莫不努力爭取他們的好感。曾有二樓觀眾看《妻子學堂》時聽到池座觀眾爆笑，不屑地朝他們大喊：「笑吧，池座觀眾！笑吧」。莫理哀將此插曲寫入《妻子學堂的批評》中。

29　"libertin"：此字另有「不信教者」之意。參閱本書〈劇本導讀〉之「3.1 政治與社會批評」。

30　原文出自〈《達杜夫》第一請願書〉（1664），但有些許出入，主要是缺少了「無神論者」一字，原文為："Je suis un démon vêtu de chair et habillé en homme, un libertin, un impie"。博瑪榭可能是憑記憶引述，否則就是刻意強調其抨擊的力道。

式偽裝。摘下它們的面具，暴露它們的眞面目，這是獻身戲劇者的崇高任務。或者邊說敎邊笑，或者邊哭邊說敎，換句話說，看是要當赫拉克利特（Héraclite）或德謨克利特（Démocrite）[31]，劇作家沒有其他任務。偏離此途將遭不幸！除非被逼著去正視自己的原貌，人是不會改的。有用且眞正的喜劇絕非阿諛諂媚，或學院派的空泛論述。

另一方面，小心不要將這種一般性的評論——藝術的崇高目標，和卑鄙的人身攻擊混爲一談，前者的優點在於糾正但不傷人。在戲院裡，讓一位因善行遭到可怕誤用而惱怒的公道人士開口說：「凡人都是忘恩負義者」。誠然眾人所想都很接近他的說法，卻沒有人因此感到被冒犯。既然沒有恩人就談不上背棄恩義者，這個責備本身在好心和壞心之間建立了公正的平衡，大家都感受得到，並由此得到安慰。若是一個陰鬱的人回答說：「一位恩人創造了上百個忘恩負義者」，我們正可反駁：「世上可能沒有一個負義者不曾數度當過恩人」，而這點也能撫慰人心。經過這番推論，最辛辣的批評達到了效果卻不至於傷人；然人身攻擊則既無效又有害，總是傷人又毫無建設性。我憎恨這種人身攻擊，深信這是應受懲罰的陋習，曾數度按法規訴請法官提高警覺，以防止戲院淪爲古羅馬格鬥士的競技場。身在其中，強者自信有權收買文壇市儈以遂行報私仇之目的；這些寫手不幸都太庸俗，將自己低劣的黑文賣給出價最高者。

這些大人物從成千按頁計酬的寫手、八卦記者[32]、小道消息散播者中過濾出幾名惡名昭彰者，再從中選出最卑鄙的小人，來詆毀冒犯過自己的人，他們難道做得還不夠嗎？這麼輕微的惡行可以忍受，因爲毫不重要；朝生暮死的害蟲刺一下就死了。劇場可是巨人，凡遭它攻擊者必死無疑。強大的攻擊應該保留用來對抗陋習和公共弊端。

....

31 據說希臘哲學家德謨克利特嘲笑人的愚蠢，而赫拉克利特則是因此感到痛苦。
32 "faiseurs de bulletins"："bulletin" 指報上刊登的有趣事件短評，下一字 "afficheurs" 指寫布告並張貼在公共處者。

　　故此，既不是邪惡本身，也不是邪惡引發的事端造成戲劇之不端莊，而是缺少教訓和德性使然。作者若是態度軟弱或誠惶誠恐，不敢從他的課題中推論出教訓，他的劇本就會流於模稜兩可，或道德淪喪。

　　我將《娥金妮》（Eugénie）[33] 搬上舞台時（我不得不引用拙作，因為總是我遭到攻擊），我們全體負責審查劇作端莊與否的正經委員 [34] 群起點火搧風 [35]，厲聲指責我竟敢寫一位放蕩的貴族要他的僕人扮成神父，假裝和一名年輕女子舉行婚禮，還在舞台上讓這名女子未婚懷孕。

　　儘管遭到他們激烈抗議，此劇被評為若非最佳，至少是最道德之作，經常在各家戲院演出，並被譯為各種語言。聰明人看出本劇的道德、價值完全體現在一個有權有勢的惡人怎樣用他的名號、聲望折磨一名沒有靠山的弱女子，貞潔的她慘遭始亂終棄。可見這部作品具備之用處和優點出自作者的勇氣，他有膽略以最自由的創作心態處理社會階層差距的主題。

　　之後，我寫了《兩個朋友》（Les Deux amis），劇中的父親向他所謂的姪女坦承她是自己的私生女 [36]。此劇（drame）[37] 也相當合乎道德，通過自我犧牲而展現出最完美的友誼，作者志在昭示照顧出自舊愛的孩子這項天職，並揭發社會體面之苛刻，或者不如說是其弊端，因太常留下被拋棄的私生子女。

　　在此劇的其他批評中，我坐在戲院，從隔壁包廂聽到一名朝廷的年輕「要人」[38] 愉快地對女士們表示：「作者，毫無疑問，是個賣二手衣

33　博瑪榭 1767 年寫的處女作，主要被譯成義大利語、英語、瑞典語和俄語。
34　"jurés-crieurs"：「審查者－喊叫者」原指在城裡吹喇叭召集人群以宣讀法令的人員，此處是指劇本審查人，因他們鄭重其事地宣布什麼作品才是端莊的。
35　"jetaient des flammes dans les foyers"：「在戲院的休息空間（foyer）點火」，意即劇本審查人火上加油，煽動爭執，致使觀眾在戲院裡越發爭論不休。
36　出自此劇 3 幕 5 景。
37　即市民劇，或稱嚴肅劇，參閱本書〈博瑪榭之生平、時代與戲劇概況〉之「2.3 編劇思潮與種類」。
38　"important"：此字在十八世紀有「自命不凡」之意。

服的傢伙，見識最高只到收稅員和布料商 [39]。他是走到一家店鋪的底部去尋找他這幾位出現在法國舞台上的貴族朋友。」「哎呀！先生」，我走向他說道：「他們至少不至於出自無法想像的地方。你們應該取笑的是出自凡爾賽宮的接待室 [40]，或是乘坐高官馬車的兩個好朋友吧？就算要寫德行，好歹也需要考慮一點逼眞性吧。」

　　隨著快樂的天性，我之後在《塞維爾的理髮師》裡，嘗試將老式、直率的歡樂 [41] 帶回劇場，並結合我們目前說笑的輕鬆語調。沒想到就算如此也是新鮮事一樁，這個劇本遭到口誅筆伐。我看來像是動搖了國本。對此劇過度的提防、對我強烈的抗議，特別是揭破了當時一些不正經人士，他們目睹自己在劇中被摘下面具而大感恐慌。此劇被查禁了四次，有三次正在開演前一刻，直接就在演出海報上貼了另一齣戲的演出通知，甚至被告到當時的最高法院 [42]。而在下，對這些騷動感到震驚，但始終堅持本人爲了大眾娛樂所寫的一切，觀眾才是裁判。

　　三年之後我得到了演出權 [43]。激烈爭議過後是喝采，人人對我低語：「再爲我們寫些這類作品吧，只有你敢當面笑人。」

　　一名被陰謀集團和麻煩製造者折騰的作者，眼看著自己的劇本成功了，再度鼓起勇氣創作，這就是我的遭遇。已謝世的孔替親王 —— 愛國的記憶 [44]（僅消道出他的大名，就能感受到「祖國」這個古字引起迴

....

39　應爲包稅人和批發商。

40　"Oeil-de-boeuf"：「牛眼洞」，指圓形或橢圓形窗戶，此處隱喻凡爾賽宮中一個透過「牛眼洞」採光的接待室。

41　即俗稱的「高盧人」（gauloise）傳統，爲一種歡欣鼓舞的笑鬧喜劇，參閱 Sarrazac, "Le drame selon les moralistes et les philosophes", *op. cit.*, p. 303。

42　以首席法官莫培歐（Maupeou）爲首，於 1771 年上任，參閱本書〈劇本導讀〉之「3.1 政治與社會批評」。

43　1772 年，《塞維爾的理髮師》以原始喜歌劇的形式遭「義大利喜劇院」拒絕，修改後才被「法蘭西喜劇院」接受。

44　Louis-François de Bourbon-Conti（1717-1776）和其「愛國者」陣營，反對莫培歐爲首的最高法院陣營。孔替親王爲攝政王奧爾良公爵的女婿，本人爲出色的將才，雅好文藝，爲博瑪榭的保護人。

響），謝世的孔替親王，於是，向我傳達大眾的挑戰，那就是把本人的《理髮師》序言搬上舞台。他認爲這篇序比劇本有趣，我大可以在新劇中呈現費加洛一家人[45]，鋪排在序中提到的情節。「大人」，我回答說：「要這個角色再度登台，我會讓他年紀大一點，多少更了解世事，如此定然會造成另一股騷動，那麼誰知道這個作品能不能見到天日呢？」話說回來，出於敬意，我接受了這項挑戰。我編了這齣《瘋狂的一天》，造成了目前的騷亂。孔替親王給我面子，第一個閱讀此劇[46]。他是性格非常剛強的人，一位令人敬畏的親王，精神高貴驕傲。我可以直說結果嗎？他很喜歡。

　　唉，誰知道我掉入了什麼樣的陷阱啊！我屈從我們劇評的意見，將喜劇取了一個微不足道的劇名「瘋狂的一天」[47]！我的目的就是要減少劇本幾分重要性，可嘆我還不知道更改劇名可以誤導輿論到什麼程度。本劇最開始的劇名假使留下，大家就會讀到《偷情的丈夫》（L'Epoux suborneur）。對劇評人而言，這將會是另一條解讀的線索，我就會遭到不同的方式圍剿。偏偏出於這個「瘋狂的一天」標題，他們和我相距百哩。他們在其中只讀到絕對不會發生的情節。而說到輕易被不同的線索誤導而上當，在下略微嚴苛的意見其實影響更廣泛。不用《喬治·宕丹》（George Dandin）當劇名，莫理哀如果改用《聯姻的愚昧》（La Sottise des alliances），成效將更顯著[48]。假使雷納（Regnard）把他的《受遺贈人》（Légataire）[49]改名爲《單身之懲罰》（La Punition du célibat），這個劇本足以令人顫抖。這些作家沒想到要做的事，我思考過後做了。再說，涉及對人物及戲劇道德的評斷，我們可以寫上精彩的

---

45 即費加洛的身世，見 Beaumarchais, "Lettre modérée sur la chute et la critique du *Barbier de Séville*", *Oeuvres, op. cit.*, pp. 274-76。

46 一般認定此劇完稿是在 1778 年，孔替親王於兩年前逝世，他若讀到本劇，應是草稿或大綱。

47 這是本劇原用的劇名。

48 此作為一齣「喜劇－芭蕾」，男主角宕丹為富農，為了晉升貴族，娶了一個窮貴族的女兒，但她不甘心下嫁，多次侮辱丈夫，讓他戴綠帽子而苦不堪言，悔不當初。

49 完整劇名為 *Le Légataire universel*（1708），內容鋪排一個姪兒侵占獨身叔叔的遺產。

篇章，題名為「標題的影響」！

　　不管如何，《瘋狂的一天》有五年的時間擱在我的文件夾裡[50]，演員們[51]都知道，最後硬是要走了。他們此舉對自己是好或壞，之後就看得出來了。或許是排演這齣戲的困難激發起好勝心，或許是他們感受到排演喜劇要想能取悅觀眾，需要新的努力，一部這麼困難的劇本從未被如此同心協力地排練過。而倘若作者（一如大家所言）表現不如以往，則沒有任何演員的聲望未隨著這齣新戲建立、升高或確認[52]。不過，先回到演員朗讀本劇並通過搬演的決定。

　　他們精彩的表演獲得激賞，整個社交界都想要認識此劇[53]。從那時起，我被迫加入各種爭執，或對四處的懇求讓步。從那時起，在作者於劇中刺傷的朝廷上，他的強敵也沒忽略大肆宣傳這齣劇是「連串的蠢事」，宗教、政府、社會各階層、善良的道德，最後還有美德本身在劇中遭到打壓，罪惡則得到勝利，「一如理智」，有人補充說道。這些道貌岸然的先生重複了這些批評這麼多次，暫且賞給本人面子讀完這篇序，便可注意到我至少精確地引述了他們的發言；一位中產階級從中披露之正直，更能反襯他們身為貴族之背信。

　　總而言之，在《塞維爾的理髮師》中，在下不過是動搖了國本，而這部新作更惡名昭彰且反動，我則徹底顛覆了國本。這個劇本萬一獲准上演，世上再沒有什麼神聖不可侵犯之事了。作者被陰險至極的報告曲解，有人向有力的團體策動陰謀中傷我，有人嚇唬膽小怕事的女士，有人跪在教堂的跪凳上為我樹敵。而我，依據不同的當事人和地點，用極度的耐性、頑固的敬意、執拗的溫順反擊卑鄙的陰謀。不過當有人願意聆聽原委，我用理智回應。

....

50　若採信這個說法，本劇是在 1776 年底完稿，但博瑪榭很有可能誇大這段等待期。
51　法蘭西喜劇院的演員。
52　特別是主演伯爵夫人的珊瓦兒（Sainval）更是聲譽鵲起。
53　1781 年 9 月法蘭西喜劇院通過演出決議後，巴黎眾多沙龍爭相邀請博瑪榭朗讀此劇。

　　這場戰役持續了四年 [54]。再加上前五年此劇擱在我的文件夾中，大家處心積慮想在其中找到的影射如今還剩下什麼呢？唉！寫這個劇本的時候，今日遍地爆發的爭執在當時均尚未冒芽，那時是另一個世界。

　　在這四年的辯論中，我只要求一名審查人，結果撥了五或六名給我。在這部造成軒然大波的作品中，他們找到了什麼呢？最輕浮的情節：一位西班牙大貴族追逐一個他想釣上鉤的女孩，而這個即將成婚的女孩和她的未婚夫，加上貴族夫人三人聯合起來，齊心破壞專橫主人布的局。後者的地位、財產、揮霍促成他有權有勢，難以抵抗。全部故事就是這些，再沒別的了。劇本就在諸位眼前。

　　那麼這些刺耳的抗議聲出自何處呢？與其追緝一個品性不良的角色，諸如賭徒、野心家、吝嗇鬼或者是偽君子，寫這些角色，作者只會被單一階層的敵人糾纏，作者利用一輕快的結構，或者不如說，他如此布局是著眼於指斥折騰社會的諸多濫權問題，希望能藉此引發批評 [55]。同時，從開明的審查人視角來看，作品變質的問題不在這裡，他們全都批准上演 [56]，並向戲院推介。這麼一來大家不得不接受此劇，沒想到上層社會卻憤慨地看到它上演：

「此劇描繪一個放肆的僕人
厚顏地從主人的手中奪回自己的妻子。」

──桂丹（Gudin）[57] 先生

....

54　直到 1784 年 4 月。
55　參閱本書〈劇本導讀〉之注釋 23。
56　前後共有六位審查員，五位贊成（其中一位提出修正意見），真正反對者只有一位，參閱注釋 113。
57　Paul-Philippe Gudin de La Brenellerie：博瑪榭的好友，稍遲也寫了他的傳記。這兩句詩出自 "Exhortation à tous les Zoïles d'Andalousie ou de Vandalousie"，刊載於 1784 年 7 月 13 日的《歐洲郵報》（*Le Courrier de l'Europe*）。

　　啊！我真是懊悔沒將這個道德的主題寫成一部血淋淋的悲劇！將一把匕首放在遭到侮辱的先生手中（我不該將他取名費加洛），他爆發嫉妒的怒火時，我應該安排他高貴地刺殺那個有權有勢的壞人，他為了榮譽復仇之際理當道出正直的詩詞，聲韻鏗鏘。我妒火中燒的主角，至少應位居將軍，他面對的情敵應該是一位異常恐怖的暴君，窮凶惡極地宰制痛心的人民。這一切，和我們的道德習俗相距甚遠，諒必不至於，我相信，刺傷任何人。大家會高喊：「讚！一齣相當道德的作品！」我們就得救了，我和我野蠻的費加洛。

　　偏偏我單純只想取悅我們的同胞，而不是讓他們的妻子淚如泉湧。我將筆下有罪的情人設定為那個時期的年輕貴族，揮霍成性，相當風流，甚至有點放蕩，猶如當時的貴族。再說，除了怪罪這位顯貴太風流以外（這點難道不是他們本人最不抗議的缺點嗎？），誰有膽量在劇場中對貴族說三道四，而不激怒他們呢？我現在就可以看到，他們當中有許多人同意我言之有理而心虛臉紅（這是高貴的努力）。

　　基於上述，要將我筆下的貴族寫成有過錯，我還是帶著寬宏大度的敬意，沒將任何平民百姓的惡行加在他身上。你們說我不能如此，否則就會傷及整個逼真性？說到底，支持我的劇本吧，我終究沒有醜化貴族。

　　我指控他的缺點本身可能產生不了任何喜劇效果，假設我沒有快活地為他安排一個他的國家最機靈的人物——「真正的」費加洛[58]——成為對手，後者在保衛蘇珊娜——他的財產——時，不把主人的布局放在眼裡，他有膽和主人作對時氣急敗壞，引人發笑，又大耍詭計，在這種過招中，主人已經落伍了。

　　總之，一個有趣的情節遊戲發生在我的劇本裡，起於一場相當激烈

58　"*véritable* Figaro"，博瑪榭在被攻擊的黑文中，常被稱為費加洛或縮寫為 V. F.。

的角力，介於權力的濫用、原則之疏忽、揮霍、時機——所有這些要素使得誘情變得引人入勝，還有被激怒而加入角力的社會下層人民，他們為了對抗這場攻擊而展現出火力、機智和本領。結果這位「偷情的丈夫」遭到挫折，感到厭倦，精疲力竭，他的算計總是被阻撓，一天之內曾三度被迫臣服於妻子腳下[59]。她貞淑、寬容、敏感，原諒他的所作所為，這類女人總是如此。那麼這種品德有什麼好譴責的呢，諸位先生？

你們覺得這個道德教訓有點詼諧，不值得我採用嚴肅的語調？究其實，作品中存在一個讓你們看了不舒服、更嚴厲的教訓，儘管你們並未去探求：一位相當墮落的貴族為了要他的家僕通通屈從於自己的任性，在他的領地裡玩遍年輕純潔的女傭，到頭來，就像劇中這一位，反倒淪為下人的笑柄。更何況作者在第五幕強力發言，憤怒的阿瑪維瓦自以為當眾揭發了太太不守婦道，對他的園丁指著一間亭子大聲說：「你進去，安東尼奧，把那個壞我名譽的無恥女人帶出來見她的法官」。安東尼奧則回答說：「老天有眼，我敢賭咒！您在我們這方圓十里內的風流史……」[60]此處，作者很強烈地明白表達了自己的訴求[61]。

這種深刻的道德性在整部作品中處處都能感受到。透過有力的教訓，若是作者認為值得向敵人證明自己比任何人都要關切那名罪魁禍首的尊嚴，他筆下的堅信實不容置疑。我會提醒他們注意：阿瑪維瓦伯爵確實在他的每個行動中都遭到挫折，他總是出醜，可是從未失去尊嚴[62]。

事實上，伯爵夫人如果是為了背叛丈夫而利用詭計蒙蔽他的嫉妒，自己有錯在先，卻讓先生跪在自己腳前，那麼她無法不使伯爵不在我們

59　分別於 2 幕 19 景、4 幕 5 景及終場。
60　出自 5 幕 14 景。
61　參閱第五幕注釋 40。
62　因風流而出醜，但未失去作為丈夫的尊嚴。

眼前失去尊嚴。一位妻子若懷著邪念，破壞一個受到尊重的結合，作者就有理由被怪罪描繪了應受譴責的品性，因為我們對品性的裁判總是關乎女性，男人沒有得到我們足夠的敬重，無法強求這微妙的一點。不過伯爵夫人遠遠沒有這種不名譽的打算，說到底，這部作品中編得最好的部分是：沒有人想要欺騙伯爵，只是想制止他欺騙眾人而已。是動機的純潔在此彌補了可供究責的理由，況且伯爵夫人唯一的目標是挽回先生，伯爵感受到的尷尬確實相當合乎道德，過程中沒有出現任何情況令他顏面掃地。

　　為了加深諸位對這個真相的印象，作者在這個不甚敏感的先生對面，安排了一位在本性及原則上最貞潔的妻子。

圖 12　薛呂班為伯爵夫人唱情歌，劇本插圖，Naudet（1785）。

　　遭到過分心愛的先生冷落，她什麼時候在你們眼前洩露自己的情感呢？在那個關鍵的時刻，當她對一個可愛的孩子——她的教子——表現出和藹可親之時，若是她允許自己被合理的怨結掌控住，就有可能演變成危險的傾心。為了更能強調愛情義務中的真情，作者安排她處在對抗吸引力剛滋生之際。哎！單單憑著這個輕微的劇情動作，我們多麼容易被斥責爲不正經！在悲劇中，天下的王后、公主都能擁有燃燒的激情，她們或多或少與此奮鬥。相對而言，在喜劇中，任何普通女人一時軟弱一下也不行！喔「標題之影響」何其大！穩當又合邏輯的判斷何其要緊！鑑於文類之相異，在喜劇中被指摘的，於悲劇則能博得讚賞。然而在這兩個情況中，原則始終是一樣的：沒有犧牲根本就談不上美德。

不幸的年輕女性，萬一厄運竟讓你們和阿瑪維瓦這樣的男人連結在一起！我斗膽呼籲你們：自己的德性和抑鬱之別，你們總是分得清嗎？萬一某種糾纏的愛慾，很有可能驅散你們的抑鬱，到頭來難道沒有警惕你們，防禦自己人格的時刻到了嗎？失去不忠實的先生，這種抑鬱不是我們在此關心的重點，如此私人的遺憾遠非美德。關於伯爵夫人，令人欣喜的是，看到她下定決心，和一種初萌的好感搏鬥，她自責且力克自己合情合理的幽怨。她爲了挽回不忠的丈夫所做的種種努力，在一個最幸運的日子裡，痛苦地犧牲自己的情愫以及被冒犯的憤怒，這些努力想都不用想就能教人爲她的勝利鼓掌。她是德性的典範、女性的榜樣以及男性愛慕的對象。

假使探究這些場景之端正性，假設這個戲劇端莊性的公認原則全然沒有在演出時打動我們的審查人，那麼我在此提出其發展與結果就徒勞了。一個不正義的法庭根本不聽它負責要判輸的被告發言，我的伯爵夫人不是被國家的最高法院傳訊，而是由一個作品審查委員會。

我們在這齣迷人的《幸好》（*Heureusement*）[63]中看到這個可愛角色簡單的草樣。劇中年輕的女主角對她的軍官小表弟感受到初萌的情愫，這點並未讓任何人覺得可以非議，儘管場景安排的勢態令人感覺到，假如那個晚上她的先生並未——就像作者寫的——「幸好」回家了，劇情可能以不同的方式結尾。也幸好沒有人想詆毀這位作者，大家出自眞

---

[63] 夏班納（Rochon de Chabannes）寫於 1762 年的獨幕喜劇，博瑪榭在寫伯爵夫人和薛呂班的場景時受其影響。

心，溫柔地關注這名讓人感到貞淑又敏感的年輕女子，她克制自己剛冒出頭的愛苗。請注意在此劇中，先生只顯得有點傻；在我的劇中，他則是不忠實，我的伯爵夫人遂更是值得尊敬。

此外，在我辯護的作品裡，最真心的關切是放在伯爵夫人身上，但對其他角色也本著同樣的精神。

為什麼蘇珊娜，一名機智、靈巧、笑臉迎人的侍女，也值得我們關注呢？因為她被一個有力的追求者猛烈追求，後者提出更多的好處來征服她這個階層的女孩。她可沒稍遲疑，為了監視伯爵的舉動，立刻向兩名最相關的人物——她的女主人和未婚夫——吐露他的私心。因為在這個角色的整體塑造中——幾乎是全劇最長的，她沒說一句話或一個字，沒流露出智慧，行事也處處顯出對本分的盡心。她唯一允許自己運用詭計的情況是為了幫助她的女主人。她深愛伯爵夫人，對她忠心耿耿，對女主人發的誓言悉數是誠實的[64]。

為什麼費加洛放肆地回應他的主人時，我感到有趣而不是憤怒呢？因為和所有僕人相反，他不是——你們知道——本劇的壞人。看著他被迫以他的位階機靈地駁斥侮辱，一旦我們知道他之所以對主人用計，是為了確保他的最愛、挽救自己的財產，我們便完全原諒他了。

可見除了伯爵和他的手下，每名角色在劇中差不多都表現出應有的樣子。倘若因為他們說彼此的壞話而讓人覺得不誠實，這個評斷準則大謬不然。看看我們這個世紀的正派人士：他們終其一生沒幹過其他好事！將不在場的朋友毫不留情地批評到體無完膚，這種慣性是如此的流行，以至於總是為朋友說話的我，常聽到有人耳語：「他是個什麼魔鬼，真是愛說反話呀！他為人人說好話！」

64　博瑪榭之所以這樣強調蘇珊娜的人品，除了要證明劇本的純潔之外，也因為這個角色屬於「俏女侍」（soubrette）類型。在十八世紀，這類角色已越演越輕佻，Descotes, *Les Grands rôles du théâtre de Beaumarchais, op. cit.*, p. 174。

圖 13　宮達（Louise Contat）主演的蘇珊娜，2
幕 17 景剛從更衣室走出來，J.-F. Janinet。

　　最後，難道是我寫的小侍從，令大家感到震驚嗎？這部作品被批判
為不道德，其根本問題遂僅僅是次要的？喔，挑剔的審查人、不屈不撓
的知識分子、品德的詰問者，轉眼之間就否定了作者五年的省思。就這
麼一次，請公平對待本劇，不要為了反對而反對。一個 13 歲的孩子，
內心初次感到悸動，什麼都要探索卻釐不清任何事，崇拜 —— 就像人
在這個幸福的年紀會做的 —— 對他而言是天上的對象，而這人碰巧是他
的教母，這樣一個小孩是引起公憤的理由嗎？深得整個府邸的寵愛，活
潑、調皮、熱切，就像一切聰慧的孩子，出於興奮激動，他十次在無意
中打亂了伯爵理當責備的計畫。大自然的好小子[65]，他看到的種種使自

....

65　"Jeune adepte de la nature"：意指他行事受天然本能驅使，不理會社會規範，這點令人聯想盧

己的內在騷動，或許他已不再是個孩子了，但也還不是男人。這個生命階段是我為他挑選的，這樣他就能得到關注而不至於讓任何人臉紅。他天真地感受一切，也到處激發同樣的天真。諸位說他是熱烈愛情的對象？劇本審查大人，此處不是「愛」這個字出了問題。你們太開明，不可能不知道愛情，即使是最純粹的，也從來不是無私的。這時還沒有人愛上他 [66]，但我們感覺到有一天準會有人愛他。這就是為何作者戲謔地藉蘇珊娜之口，對這個孩子說：「喔！我敢說不出三、四年，你就會變成最混帳的小壞蛋！……」[67]

圖 14　首演由 19 歲的奧莉薇兒 (Olivier) 小姐反串的薛呂班，Coutellier。

　　為了加強他孩童特質的印象，我們特意讓費加洛用「你」稱呼他 [68]。只要多個兩歲，府邸裡哪個僕人敢這麼冒昧？請注意劇末的他：剛穿上

梭的哲學。
66　方雪特看來是愛上他了，稍後伯爵夫人也會情不自禁地愛上他，因而生下一個私生子，此為《有錯的母親》情節背景。
67　見 1 幕 7 景。
68　薛呂班出身貴族，費加洛照道理應敬稱他為「您」。

軍官制服，一聽到伯爵開的玩笑──關於那個錯打的耳光，他即刻拔劍相向。他將來會是個自傲的人，我們的冒失鬼！他現在卻仍是個孩子，如此而已。難道我沒看見我們的貴婦們坐在包廂裡，發狂地愛上我的小侍從嗎？她們期待他什麼呢？唉！什麼也沒有。這其中也涉及關注，不過宛如伯爵夫人的關注，這是一種純潔、天眞的關注：一種關注……不帶私心的 [69]。

話說回來，每當作者強迫小侍從和伯爵在劇中狹路相逢，究竟是小侍從這個人，抑或是良心問題，造成伯爵苦惱呢？專注思考這個輕鬆的基本情境，諸位有可能走到正解的路上。或者不如這樣說：從中理解到爲了顯示一個家中最專斷的人，一旦進行應被譴責的計畫，就有可能被最不起眼的人推向絕望，被一個其實最怕碰到他的人。這個孩子不過是用來增加作品的道德性而已。

當我的小侍從是 18 歲，個性活潑、激奮，我要是讓他這樣上台，那麼就是我有錯了。但是在 13 歲，他喚起什麼印象呢？一種敏感和溫柔的感覺，既非友情也非愛情，而是兩者多少都有一點。

要人相信這些印象之無邪，倘使我們活在更不端正的世紀，我就會遇到困難。然在一個充滿算計的世紀，大人物什麼都要求早熟，就像他們溫室中栽培的水果，待孩子到了 12 歲就著手爲他們安排門當戶對的婚事，自然、端莊、品味於是屈從於最利慾薰心的算計，且特別是急著要從這些尚未成形的孩子身上奪走更不成形的小孩。孩子的幸福則誰也不操心，他們不過是利益交換的藉口，和他們本人毫無關係，唯獨和他們的姓氏相關。幸而我們已遠離這些不像話的情況 [70]，我的小侍從個性本身如何並不重要，倒是在和伯爵的關係上是重要的。道德學者有意識到，可惜尚未撼動我們大多數好評論者。

....

69　"un intérêt...sans intérêt"：博瑪榭玩 "intérêt" 一字的雙重意義。
70　博瑪榭是在講反話，貴族女性一般年幼時即出嫁。這整段反諷的議論其實暴露了薛呂班一角之塑造有其曖昧性。

　　綜上所述，在這部作品中，每位要角皆具備某個道德目標，唯一似乎與之抵觸者是瑪絲琳。

　　多年前誤入歧途而犯了錯，費加洛是她失足的結果。她應該，有人說，當認出兒子時，至少要認錯，感到羞愧，才算是受到懲罰。作者應該從中引申出更深刻的道德教訓：在他想改革的道德中，一個年輕女孩失貞，錯在男人而不是女人。爲什麼作者沒這麼做呢？

　　他做了，公道的審查人！請研究下列橋段，這原本是第三幕的原動力[71]，沒想到演員卻懇求我刪演[72]，他們莫不擔心這麼嚴峻的指控將使喜劇的情節蒙上陰影。

　　莫理哀在《憤世者》中大加羞辱那個賣弄風情或是自甘墮落的女主角，透過公開宣讀她寫給每個情人的信[73]，他將矛頭指向她，令她顏面盡失。他有理由這麼做，否則該如何是好呢？基於傾向和選擇，這位女主角品性不良，是位堅韌的寡婦、一位出入朝廷的女人，她行事出錯，沒有任何藉口可言，心口如一的男主角則遭到了災難。作者放棄她，讓她遭受我們的蔑視，這就是他的道德教訓。至於我，當母子相認[74]時，透過瑪絲琳純眞的告白，我安排這個女人受到羞辱。霸多羅拒絕她，他們的兒子費加洛也在場，用意是將公眾的注意力指向放蕩行爲眞正的起因：來自民間的年輕女孩，只要長著漂亮的臉蛋，一概被無情地引誘，掉入陷阱。

　　這一景的進展如下：

71　這點言過其實。
72　3 幕 16 景，而且也太長。
73　《憤世者》5 幕 4 景，「賣弄風情的女人」是塞莉曼娜，「情人」（"amant"）實爲莫理哀辭彙中的「求婚者」，男主角阿爾塞斯特才會如此激憤。
74　十八世紀所有文類都很流行這個賺人眼淚的場面，Scherer, *La Dramaturgie de Beaumarchais*, *op. cit.*, p. 21。

戴　頭　諤（說起費加洛，他剛認瑪絲琳為母親）：事情很清楚了，
　　　　　　他、他不會娶她了。

霸　多　羅：我也不會。

瑪　絲　琳：你也不會！那你兒子怎麼辦呢？你對我發過誓……

霸　多　羅：我那時候瘋了。這種陳年舊帳一旦都要兌現，那所
　　　　　　有人都得娶進門了。

戴　頭　諤：凡事如、如果都看得這麼認真，那麼誰、誰也娶不
　　　　　　了誰了。

霸　多　羅：這種過錯稀鬆常見，不足為奇！年少輕狂，令人遺
　　　　　　憾。

瑪　絲　琳（越說越激動）：是的，令人遺憾，而且比你想的還要
　　　　　　遺憾！我不打算否認過錯，今天再清楚不過地得到
　　　　　　了證明！誰知道三十年來要節衣縮食，贖罪可真是
　　　　　　難！我生來就是個好女孩，到了長理智的年齡，就
　　　　　　成為端莊的小姐。偏偏在這個滿腦子幻想的年紀，
　　　　　　缺乏歷練，生活捉襟見肘，登徒子緊緊糾纏我們不
　　　　　　放，窮苦又刺中我們的要害，一個女孩子怎麼招架
　　　　　　得了這群敵人呢？在這裡嚴厲批判我們的男人，他
　　　　　　一生，可能，糟蹋過十個女人！

費　加　洛：最有罪的人最不情願原諒別人，這是定律。

瑪　絲　琳（激動）：男人不單單忘恩負義，而且還瞧不起、侮
　　　　　　辱你們感情的玩物、你們的受害者！我們女人青春
　　　　　　無知犯了錯，你們才是該受到懲罰的人。你們和你

們這些法官有權審判我們，洋洋得意卻怠忽職守，任人剝奪我們正當的生計。這些遭遇不幸的女孩可有工作做嗎？她們原來天生有權做女性的針線活兒，這一行現在卻教出了成千上萬的男工。

費　加　洛（憤怒）：男人甚至都會刺繡了！

瑪　絲　琳（激昂）：就算是社會階層較高的女性，也只得到你們可笑的尊重，被你們表面上的敬意給騙了，實際上是被當成下人看。提到財產，把我們看作是未成年，犯了錯，又當我們是成年人罰！啊！各方面來看，你們對待我們的態度讓人不是害怕就是可憐！

費　加　洛：她說得有道理！

伯　　　爵（旁白）：太有道理了！

戴　頭　謳：老、老天！她說得有道理。

瑪　絲　琳：話說回來，我的兒，一個不公道的人拒絕我們，有什麼大不了的呢？你不必回頭去看自己的出身，只要關注自己的前程，單單這點凡人都得當回事。再過幾個月你的未婚妻就可獨立自主了。她會接納你的，我掛保證。生活上有嬌妻和慈母作伴，我們兩個人都會爭著寶貝你。我的孩子對我們要包容，自己要活得開心，對人要快活、自在、好心，做母親的也就什麼都不缺了。

費　加　洛：你說的是金玉良言，媽，我一定照你的話做人。沒錯，人真是笨啊！世界轉了幾千幾萬年，在這歲月的汪洋裡，我偶然抓住了這微不足道的三十個年

頭，時間就此一去不復返，偏偏我卻自尋煩惱，一
直想知道是誰生下我的！誰要煩惱，誰就活該吧。
活得這樣煩心，就是不停加重自己的枷鎖，比如那
些可憐的馬兒拉著船逆水往前走，就算站住了，也
沒辦法喘口氣，即便不往前走，牠們也還是要使力
拉住船。我們等著吧。

　　這景被刪演，我相當遺憾。現在這齣劇本已經廣為人知，在我的請
求之下，演員要是有勇氣在舞台上復原這個橋段，我相信觀眾將很感
激。他們不會像我這樣，再被逼著回覆來自上流社會的數落：閱讀此劇
時，他們被迫關切一名品性不良的女子。「不，諸位先生，我提起這段
情節不是為她辯解，而是為了在整體公共道德最具毀滅性的一點上，讓
你們為自己的人品臉紅，那就是『腐化年輕女子』。我有理由這麼說，
你們叱責我的劇本太輕佻，實則往往是因為太嚴格之故。這只是我們彼
此理解方式不同。」

　　「話說回來，你的費加洛是個轉動的太陽，燦爛發光，噴出的火花
把天下人的蕾絲袖口都燒了起來。」「天下人的說法太誇張。對那些相
信在我的劇本裡看到自己的人至少得感謝我，費加洛至少沒同樣也燒到
他們的手指頭。這年頭，這種個人的脆弱性在戲院很有利。難道要我寫
劇本像是個剛出道的作家嗎？他們寫的東西總是能逗小孩子哈哈大笑，
對大人偏偏從沒什麼好說的。顧及我快樂的天性，你們難道不應該賞我
一點士氣作為嘉獎嗎？就像是大家念在法國人的理智，會給他們一點瘋
狂的自由一樣？」

　　針對我們的愚蠢，我僅僅發表了一些玩笑的批評，這並不表示我不
懂作更嚴厲的評論。任何人有本事在作品中全盤道盡腦中的一切想法，
那就超越了我的能耐。但是我仍保留許多想法在腦中，催促我討論戲劇

中最道德的主題之一，那就是我今天打算要動筆的《有錯的母親》（*La Mère coupable*）[75]。要是目前被反感淹沒的我有朝一日能完成此劇，我打算讓天下敏感的女性通通一掬憐憫的淚水：我會提升我的語言到達我的戲劇情境高度，不惜使用最嚴正的千秋筆法，如雷鳴般攻擊這些我以往太過遷就的惡行。諸位先生請準備好再次折磨我吧，我的胸膛已經發出不滿的隆隆鳴聲，我老早就寫滿許多張紙來回應你們的憤怒。

　　而你們，諸位漠不關心的老實人，享受一切，卻絕不為任何事選邊站。還有端莊、害羞的年輕小姐，你們喜歡我的《瘋狂的一天》（我出面為之辯護不過是要證實你們品味不俗），當你們看到那些說話斬釘截鐵的人，其中一位含糊地批評拙作，什麼都怪罪卻指不出任何不對，特別是非議作品之不端莊：請小心審視此人，弄清楚他的階級、他的身分、他的個性，你們立刻就能得知是作品中的哪個字刺傷了他。

　　大家知道我不是說那些文學海盜，他們按照每一段多少文錢[76]出賣自己的文稿。這種人，像是巴齊爾教士[77]，大可造謠生事：「他們說別人壞話，但卻沒有人信」[78]。

　　我也不是指涉那些可恥的黑文作者，他們找不到其他發洩怒氣的方法（暗殺太冒險了），當台上正在搬演當事人的劇本時[79]，居然從劇院的舞台上方拋下攻擊他的下流詩文！他們知道我認識他們，我若有意揭發，那就要上法院了。他們擔心我這麼做而飽受折磨，我的怒氣也就消了。倒是大家從未想到過，為了激發觀眾的疑心[80]，他們竟敢這般懦弱

75　完成於 1792 年，和《塞維爾的理髮師》、《費加洛的婚禮》構成三部曲。
76　liard：法國古銅幣名，相當於四分之一蘇（sou）。
77　巴齊爾在劇中為音樂教師，並非教會人士，Gunnar von Proschwitz 認為可能指涉奧柏教長（Abbé Jean-Louis Aubert），為王室審查人之一，見其 *Introduction à l'étude du vocabulaire de Beaumarchais, op. cit.*, p. 117, 184。
78　《塞維爾的理髮師》2 幕 9 景，博瑪榭略修改了原來的台詞。
79　本戲演出第五場時，攻擊博瑪榭的打油詩從包廂被擲下，樓下觀眾紛紛搶讀，演出為之中斷了半小時，cf. notamment Gaiffe, *Le Mariage de Figaro, op. cit.*, pp. 91-92。
80　有人企圖說服王室，那些打油詩實出自博瑪榭本人之筆。

地利用打油詩這一招到什麼程度！他們直如「新橋」[81]上的江湖郎中，為了騙人相信他們賣的假藥，不怕偽造商標，在包裝裡面塞了許多商標、裝飾[82]。

不，我指的是我們的大人物，他們不知怎麼地被我劇本裡傳達的批評所刺傷，就自行負責說這個作品的壞話，儘管他們從未停止登門看《婚禮》[83]。

坐在戲院觀察他們看戲是件相當刺激的悅事。他們陷在很有趣的尷尬中，既不敢露出滿意的表情也不敢表現出憤怒。看到他們往前走到包廂邊緣，準備要取笑作者，那個當下，卻瞬間後退，以便多少隱藏鬼臉；突然間被舞台上的一個字所激怒，他們因台詞的道學者筆法而轉陰鬱；對最無傷大雅的俏皮話，他們可悲地裝作受到驚嚇，擺出笨拙的風度假裝是位自重者，直視婦女觀眾，不啻指責她們竟能忍受如此的醜劇！最後看到他們對報以熱烈掌聲的觀眾，投以輕視、扼殺的眼光，隨時準備好對觀眾表示，就像是莫理哀提到的那名朝臣，對《妻子學堂》（L'Ecole des femmes）的賣座憤慨異常，居然從樓上包廂對下面的觀眾大喊：「笑吧，觀眾，笑吧！」[84] 說實話，欣賞這一切真是莫大的樂事，我已經享受過數回。

這句話使我想起另一句，《瘋狂的一天》首演時，大家（之中甚至有幾位正直的老百姓）在前廳熱烈爭論，他們機靈地稱之為「我的大膽」。一個乾瘦、暴躁的小老頭聽到這些吵嚷很不耐煩，用手杖猛敲地板，離開時說：「我們法國人就像是孩子，人家為他們擦屁股還大叫大

81　在塞納河上，橋上有市集。
82　"d'ordres, de cordons"："ordres" 指騎士團徽章的項鍊、絲帶或其他標誌，"cordons" 指繫住這些東西的絲帶。
83　"Noces"：莫札特的歌劇標題（Le nozze di Figaro）呼之欲出，莫札特是在 1785 年的下半年寫這齣歌劇。
84　參閱莫理哀《妻子學堂的批評》第 5 景，差別在於，博瑪榭用了「觀眾」（public）一字，而莫理哀則用「池座（觀眾）」。

嚷」。這個老傢伙，他說的可真是有道理！此話或許可以說得更文雅，不過我懷疑是否有人可以想得更透徹。

　　帶著這個非難一切的用意，我們也就不難理解本劇中最明智的挖苦為何也會遭人從惡意的角度曲解。演到下面費加洛這句回話時，我少說聽過不下二十回從包廂傳出耳語：

伯　　爵：你惡名在外！

費加洛：萬一我名聲好呢！有很多貴族敢這麼說嗎？[85]

　　我嘛，我說根本沒有人敢，而且沒有人能這樣說，除非冒出一個罕見的例外。卑微或不知名的人可能比他的聲名更有價值，所謂聲名不過是別人的評價。相對而言，一個蠢蛋若是位居要津，則將顯得更蠢，因為他什麼也藏不住。同樣地，一位大貴族，在尊榮中被教養成人，他的財富和出身將他放在一個人人看得見的大舞台上。一進入這個世界，他就擁有天生對自己有利的定見，而萬一他有本事讓自己聲名不值，本人幾乎總是更不值。這樣簡單的論點，如此遠離諷刺，怎麼竟遭人耳語呢？這個論點若是冒犯了那些不太在乎自己聲譽的大人物，那麼，寫打油詩訕笑值得我們尊敬的人，意義何在呢？在戲院裡，有什麼更合理的處世訓言能約束有力人士的行為，同時又能啟迪其他從未接受任何處世訓言者呢？

　　「並不是說我們應該忘記（一位嚴謹的作者說，我有幸引述他的話，因為我和他的意見一致）」，「並不是說我們應該忘記」，他說：「我們受恩於上層階級。相反地，出生的優勢最不可能引發爭議，這點是對的。因為這項世襲免費的好處，和承襲者先祖的功績、品德或素質有關，對那些無權坐擁這項世襲權利者，絕對傷不到他們的自尊。在君主政體體制內，一旦去除中間的階級，國王和他的子民就會距離太遠，社會上即刻僅存專制君主和奴隸兩個階層。維持一項從工人到專制君主漸進的階級制度對各階層同樣重要，這可能是君主政體最堅定的支持[86]。

　　話說回來，這番話是哪位作者說的呢？是誰發表這番有關貴族的信仰告白呢？這方面別人料想我會很反感。這段引文出自皮埃爾－奧古斯坦‧卡隆‧德‧博瑪榭於 1778 年寫給艾克斯（Aix）法院的文件，他為一個重大嚴肅的問題申辯，事關一位貴族的榮譽[87]，和他本人的。我辯護的作品沒有攻擊任何社會階級，而是批評每個階級之濫權。只有那些自覺受到指責的人才會因利害關係而覺得我寫了齣壞劇本。這些謠傳就此解釋開了，可是怎麼啦！濫用特權如今已變得這般神聖，以至於攻擊其中任何一項，不可能不冒出二十名辯護者？

　　一位有名的律師、一位受人尊敬的法官，難道當真會視一名霸多羅（Bartholo）的辯詞、一名戴頭諤的判決[88]為人身攻擊嗎？費加洛對我們今日法庭濫用申辯而使其不值的議論（「這就貶低了這個最崇高機構的聲譽」[89]），已充分證明我對律師這種高貴職業之重視。無人不知我是經由什麼歷練學到這個教訓的，我對法官的尊敬不容再受到質疑。大家讀下列的引述，也是出自一位道德學者之作，其中談到法官一職時，用了明確的措辭自我表白：

....

86　參閱孟德斯鳩，《論法的精神》（1772）第二卷第四章。
87　即拉布拉盧公爵，博瑪榭和他打遺產繼承官司，參閱本書〈博瑪榭之生平、時代與戲劇概況〉之「3.2 歷盡人生之挫折」。
88　3 幕 15 景，其實是伯爵身為「安達魯西亞首席法官」下最後判決，不是戴頭諤。
89　出自本劇 3 幕 15 景。

「哪一個生活優渥的人，為了最微薄的酬勞，會從事這一嚴峻的
行業呢？每天清晨四點即起，匆匆趕往法院，按照具時效性的格
式，開始處理永遠不會是自己的利益問題？不停地被無聊糾纏，對
各種請求產生反感，訴訟人喋喋不休，加上開庭的單調、審議的疲
倦、宣告判決所需經歷的天人交戰，如果不是一般相信，回報在於
這種辛苦又痛苦的人生得到了公眾的尊敬和重視？而這種尊敬，難
道不是出於極端嚴正的判決？對好法官而言這是種恭維，反其道而
行者則是壞法官。」

那麼，是哪一位作家教我這些教訓的呢？你們又會說是皮埃爾－奧
古斯坦。你們說對了，是他，1773 年，在他的第四篇備忘錄 [90] 中，當時
他遭到一名所謂的法官攻擊，只好拚死捍衛自己可憐的生計。我因此高
度尊敬人人均應尊敬的機構，但是譴責對其可能造成傷害之人。

「在這齣《瘋狂的一天》中，你沒有大刀砍向濫權，相反地，你在
戲院裡隨意發揮，尤其是你議論政治失勢者的獨白 [91]，言語超出許可，
理當問罪！」「哎！難道你們相信，諸位先生，向審查委員會和有關當
局提交作品時，在下擁有欺騙、勾引、征服他們的護身符嗎？我難道沒
被迫為自己斗膽寫下的內容申辯嗎？」費加洛提及政治流放者時，我到
底讓他說了什麼呢？「無稽的印刷品只有在無法流通處才危險」。
這句話的真理難道當真具有危險的後果嗎？與其進行這種幼稚及累人的
審訊，只有審訊本身賦予其內容從來沒有的重要性，假設，一如在英
國，那裡的人相當明智，處理這些胡說時，斷然採取扼殺的鄙視態度，
使胡說的肥料堆在即將發酵之際已然腐敗，根本無法再四下傳播。誹謗

....

90　為指控高茲曼法官的最後一篇備忘錄，原文法官是清晨五點起床，見 "Mémoires contre
　　Goëzman: Quatrième mémoire à consulter", *Oeuvres, op. cit.*, p. 870。參閱本書〈博瑪榭之生平、
　　時代與戲劇概況〉之「3.2 歷盡人生之挫折」。
91　指涉 5 幕 3 景費加洛的獨白。

之所以會繁殖是出於害怕它們的弱點；胡說之所以能大發利市，正是爲
之辯護。

　　那麼費加洛怎麼結論呢？「沒有批評的自由也就談不上阿諛諂
媚，而且只有小人害怕小文。」難道這句話是應該痛斥的放肆言論
嗎？或者是邁向光榮的儆戒[92]呢？是陰險的道德，或者是經過深思的格
言，既公正又鼓勵人心呢？

　　視上述事實爲憶往的結果，假設對當前滿意，作者批評過去是爲了
鑑往知來，誰又有權抱怨呢？況且，既未指明時間、地點或人物，他在
劇院裡開了一條路指向令人嚮往的改革，不是由此達到了目標嗎？

　　因此之故，《瘋狂的一天》說明了如何在一個繁盛的時代，在公正
的國王和溫和的大臣治理下，作家能夠怒斥壓迫者，而不必懼怕傷害任
何人。在明君統治下，作者方能無後顧之憂，安心記載昏君的歷史。況
且政府越是明智、開明，言論的自由就越不可能被壓抑[93]。個人盡其本
分，就不必害怕遭影射。身居高位者不必畏懼必須尊重之事，大家根本
不必假裝壓制我們國家在國外獲得榮耀的文學，這些作品在其他國家占
據優先的地位，我們在別的領域無法達到這等成就。

　　事實上，我們以什麼名義聲稱取得上述的榮譽呢？每個國家都珍視
自己的宗教信仰，深愛自己的政府。和交戰國相較，我們沒有更英勇。
我們的道德比較溫和卻非更佳，無法使我們排在其他國家之前。單單我
們的文學，得到各國敬重，擴展了法語的帝國，爲我們贏得全歐洲公開
的偏愛[94]，其他國家尊敬我們的政府，證實了政府對文學的保護。

　　既然凡人總是追求自己唯獨缺乏的優勢，在我們的學院中可以見到

92　"aiguillon"：作 "exemple" 解，見 *Dictionnaire de l'Académie française*（1798，以下簡稱 *Académie*）。
93　路易十六本人曾於 1783 年 6 月 13 日下令禁止《費加洛的婚禮》公演。此段和下段議論完全是反諷筆法。
94　1784 年 6 月 3 日，里瓦侯（Antoine de Rivarol）以〈論法語之普遍性〉（"De l'universalité de la langue française"）一文贏得「柏林學院」（Académie de Berlin）大獎。

朝廷要人和文學作家並肩而坐，個人能力和世襲尊榮相互競爭高貴之標的：學院的檔案室中，作家的手稿和登載貴族頭銜的羊皮紙幾乎裝得一樣滿。

回到《瘋狂的一天》。

一位相當機智的先生（雖然有點太捨不得展現），有個晚上來看戲時對我說：「請為我解釋，為什麼你的劇本出現這麼多不經心的草率句子呢？這完全不是你的風格[95]。」——「我的風格嗎，先生？我不幸有的話，編喜劇時，會強迫自己忘記。在戲劇領域裡，我不知道有什麼比單彩畫[96]更單調的東西，眼前一片藍，或者一片玫瑰紅。所有一切都是作者，不管他是誰。」

我的主題一逮住我，我就召喚全體角色，將他們放入情境中：「費加洛，好好想想，你的主人要識破你的計畫了。趕快逃，薛呂班，你招惹到伯爵了。——啊！伯爵夫人，和這麼暴躁的先生相處，你行事多麼冒失呀！」他們要說什麼，我完全不知道；我關心的是他們要做什麼。接下來，等到他們相當生動時，我記下他們快速的對話，確定沒有弄錯他們的意思。我認得出巴齊爾，他欠缺費加洛的機智，費加洛說話缺少伯爵高貴的語調，後者則沒有他的夫人敏感，夫人哪有蘇珊娜快活，蘇珊娜不比小侍從調皮，而特別的是上述諸人全比不上戴頭諤非凡。在劇本中，每個角色皆有自己說話的方式。哎！願自然之神維持他們的原樣，不必改用其他方式發言！由此可見，我們只要專注在檢驗這些角色的想法上，大可不必追究是否應該賦予他們我個人的風格。

幾名存心不良的人想要挑撥別人懷疑費加洛說這句話別用有心：「難道我們是那些不明就裡就殺人和被殺的士兵嗎？我要知道，

....

95　Cf. Proschwitz, *Introduction à l'étude du vocabulaire de Beaumarchais, op. cit.*, pp. 39-45, 51-54. 博瑪榭用字趕潮流，喜發明新字，又愛玩同音異義字的玩笑（calembour），確為時人所詬病，不過這也是時代潮流。

96　"camaïeux"：只用單一色彩之不同色調完成的畫作。

我個人，爲什麼我要生氣？」[97] 從一個不易消化的臆測，有人假裝發現我「從令人洩氣的視角揭破士兵艱難的處境，有一些事就是永遠不該提。」這就是證明我存心不良的有力論據！我剩下要做的就是證實其愚蠢。

假設，比較軍隊服役之嚴苛與其微薄的薪資，或者討論戰爭造成的其他不幸，而我竟然視光榮爲無物，那在下的確令人厭惡這類可怕行業中最高貴的一行，是本人不經意下錯筆，大家有理由究責。倒是從士兵到上校，只有將軍除外，哪一個軍事笨蛋曾經自負到認爲應該識破內閣的祕密呢？他個人正爲這個內閣上戰場！唯獨這一點是費加洛的意思。讓這個蠢蛋現身，要是有這個人的話。我們送他去哲學家巴布克（Babouc）[98] 門下，大師會從容地爲他闡明這個軍事準則。

思考凡人在困境中如何運用自由，費加洛也可以比較自身的處境，和其他不要求說明爲何需要服從的職務。比方熱忱的修士，其任務是相信一切，什麼也不檢查；如同英勇的戰士，他們的光榮是接受不加說明的命令，迎面而戰，「不明就裡就殺人和被殺」。費加洛這句話因此什麼也沒說，除了自由人士應該依照其他原則行事，而非盲目服從。

我的天！如果我引用一句被視爲是孔德親王[99] 說過的話，我聽到對我的句子胡亂批評的學者用同樣的邏輯對此言過度讚美，會發生什麼事呢？姑且相信他們所言：孔德親王曾勸阻國王：「陛下，您還需要高位嗎？」他展現了最高貴的心態。

幸好無人能證明這位偉人曾說過這種蠢話。這就等於是在整個軍隊

97　出自本劇 5 幕 12 景。
98　爲伏爾泰的哲學故事《世界就是如此，巴布克的視界，由他親撰》（*Le Monde comme il va, vision de Babouc, écrite par lui-même*, 1748）主角，他詢問一個士兵爲何上戰場，後者不知，巴布克層層問上去，才發現大戰肇因於一起發生在廿年前的小爭執！伏爾泰藉此批判戰爭之荒謬與殘酷。
99　Le Grand Condé（1621-1686）：1643 年因大無畏和西班牙作戰而樹立英名。

之前對國王說：「陛下，難道您當眞要冒著在河裡暴露自己的危險嗎？這些事讓那些希望致富或升官的人來做就可以了 [100]！」

這麼一來，他的世紀最英勇、最偉大的將軍遂無異於視榮譽、愛國和光榮爲無物！在他看來，英勇唯一的原則，僅在於微不足道的利益算計！要是他當眞講了這句可怕的話，我則借用這句話眞正的意思作爲諷諭，那我值得別人無緣無故非議我的文筆。

故而暫且擱下這些腦筋不清楚的知識分子，他們什麼也沒釐清，隨意讚美或怪罪別人，對一句絕無可能說出的傻話讚嘆不絕，卻駁斥一句公正和簡明之語，其中只見到常識。

另一項相當嚴重的指責，我卻洗脫不掉，是我爲伯爵夫人選定的僻靜處——吳甦樂修道院 [101]。「吳甦樂！」一位貴族說，用力地拍了手掌。「吳甦樂！」一位坐在包廂裡的夫人驚呼，震驚之際，身體翻倒在一名英國年輕人身上。「『吳甦樂』！啊！閣下！要是您懂法語的話！……」——「我感覺到，我完全感覺得到」，這名年輕人紅著臉回答。——「之前從未有人在戲院裡將女人送入『吳甦樂』！院長，您倒是說話呀！院長（她仍倒在英國人的手臂上），您對『吳甦樂』是什麼看法呢？」——「相當不體面」，院長答覆，視線卻始終沒移開盯著蘇珊娜看的望遠鏡。更何況整個上流社會都在複述他的話：「吳甦樂相當不體面」。可憐的作者！大家要以爲你被公審了，儘管每個人想的是各自的事情。我的用意完全徒勞。我在這景的情節試圖確立一件事實：伯爵夫人越不想被關在修道院裡，越是要裝出自己很想如此，並且使丈夫相信自己心意已決。偏偏我仍然不准提到「吳甦樂」！

....

100 原文直譯：「一個人要冒這種危險，定是想要升遷或財富！」博瑪榭覺得一代名將孔德親王嚴重低估路易十四的英勇以及對榮耀的渴求。不過他畢竟沒說這句話，只是謠傳而已。

101 Ursulines：十七世紀以聖吳甦樂（St. Ursule）之名建立的修道院，於十八世紀在法國發展迅速，其修女致力於女子教育，也接納紅杏出牆、被丈夫趕出家門的女人，謠傳常作爲情人幽會之處，名聲不佳。誹謗博瑪榭者認爲伯爵夫人在 2 幕 19 景提到此修道院並不單純，因而大做文章。

　　此事吵得最沸沸揚揚之時，生性善良的我，甚至懇求一位使我的劇本發光發熱的女演員出面去詢問那些不滿人士：伯爵夫人到底應該進其他哪一家修道院才算「得體」呢？對我而言，哪一家根本無所謂，我大可以把她送入他們心想的任何修道院——奧古斯坦、塞樂絲汀、克萊爾特、聖母往見會，甚至是小方濟會[102]，我個人並不特別偏愛吳甦樂修道院！萬萬沒想到大家反應卻這般激烈！

　　風暴與日俱增，最後，為了使此事溫和落幕，我仍把「吳甦樂」一字擺在原處。眾人因已藉機暢所欲言、盡展機智而洋洋得意，心情乃平靜下來，接受了「吳甦樂」，後轉論其他事。

　　一如別人所見，我根本不是我眾多敵人的敵人。說了我許多壞話，他們絲毫沒傷到我的劇本。要是他們樂在抨擊，就像我樂於寫作，無人因此苦惱。不幸的是他們從來不笑。他們看我的戲完全不笑，就因為別人看他們的戲完全不笑[103]。我認識幾位業餘愛好者從《婚禮》賣座以來甚至消瘦了不少，所以原諒憤怒對他們造成的後果吧。

　　作者結合整體道德和其細節，藉由一波又一波持續的愉悅散布到全劇，加上相當生動的對話，看似輕易的背後隱藏了作者的努力。情節自在地進展，當中的技藝掩藏了技藝本身。通過許多喜劇的情境，劇情不停糾結再解開，別出心裁又富有變化的場景支持觀眾看戲的三個半小時[104]（沒有一個文人有膽量一試！），不使他們感到疲倦。那麼那些對這一切相當惱火的可憐惡人還有什麼辦法呢？攻擊作者，以辱罵或寫黑文、印行謗文等途徑圍剿作者，是他們一刻不歇做的好事。他們無所不

102　奧古斯坦修女（Augustines）遵循聖奧古斯坦的教規，用心照顧病患；塞樂絲汀修女（Célestines）遵循聖伯納的教規；克萊爾特修女（Clairettes）隸屬西多教會；聖母往見會（Visitation de la Vierge）由聖方濟各・沙雷氏（St. François de Sales）建立；方濟會由聖方濟各・亞西西（St. François d'Assise）所創，其修女束腰繩（cordelière），乃以此名之。
103　眼見《費加洛的婚禮》首演轟動全巴黎，博瑪榭的敵人趁機推出《十多部戲仿之作。
104　全場演出共 2 小時 39 分鐘，中場休息 50 分鐘，見 Larthomas, "Notes et variantes du *Mariage de Figaro*: Préface", *Oeuvres* de Beaumarchais, *op. cit.*, p. 1379, note 1 du page 376。

用其極，甚至誣蔑我，企圖徹底剝奪我身為法國公民的安寧。所幸我的作品出現在全體國人眼前，在十個重要的月份中[105]，人人都能看到、評斷、欣賞。但願此劇能博君一笑時一直演下去，這是我允許自己進行的唯一報復。我寫這篇序全然不是為了今日的讀者，記述一樁眾所周知的是非畢竟影響不大，可是 80 年過後會產生結果。那時候的作者會比較他們的境遇和我們的，我們的晚輩會知道，為了娛人，他們的長輩付出了何等代價。

　　直入事實吧，上述事件均不傷人，遠非造成今日軒然大波的真正原因。真正的動機藏在內心深處，觸發了其他非議，含括在下列四行詩中：

　　「為什麼這個眾人如此捧場的費加洛
　　會遭到一堆傻瓜憤怒地抨擊呢[106]？
　　收錢、拿錢、要錢，
　　這一行的祕訣就在這三句口訣」！

　　事實上，用這些苛刻的措辭加以定義，費加洛說的是朝臣這一行，我不能否認他說過的話，我確實寫了後面兩句詞[107]。不過我反悔了嗎？這個定義若不佳，糾正之道則等而下之。我不得不有條有理地說明我先前僅提及之事，那就是回去分辨下面三個詞，在法文中並非同義詞——「朝廷中人」（"l'homme de la Cour"）、「朝臣」（"l'homme de Cour"）以及「職業朝臣」（"le courtisan par métier"）。

105　首演於 1784 年 4 月 27 日，劇本於 1785 年 2 月底完成印刷。
106　這兩句詩查不到出處，可能也出自博瑪榭筆下，Larthomas, "Notes et variantes du *Mariage de Figaro*: Préface", *op. cit.*, p. 1379, note 4 du page 376。
107　出自 2 幕 2 景費加洛對朝臣的定義。

　　必須重申[108]的是，「朝廷中人」單純描繪一個高貴的階層，意指有格調之士，活在他的階層所要求的高貴和光彩中，假定這位「朝廷中人」喜歡財產卻不帶私利性質；假定他得到上位者重視、平輩的喜愛、他人之尊敬而絕未傷害任何人，那麼這個詞就得到了新的光彩。我就認識其中不只一位，這個定義如有爭議，我樂於說出他們的姓名。

　　必須說明的是，用好法文說，「朝臣」一詞比較不是陳述一個階級，而是概述一個機靈、有彈性但卻有所保留的人；一個滑過時急著和大夥兒握到手的人；一個擅於玩弄陰謀者，外表看來卻總像是出手相救，絕不與人為敵，可是在深淵旁，在這種情況裡，伸出手給摯友，以確認對方掉到深處，自己好在頂部替代他；將可能減緩個人進程的偏見悉數擱到一邊，對自己不喜歡的人微笑，根據說話者的心態，批評自己認可之人；在妻子或情婦有用的曖昧關係中，只看到應該看的部分，最後……

　　　「簡言之，通通拿走，
　　像是真正的『朝臣』。」──拉封丹[109]

　　這個定義不像是「職業朝臣」那樣不利，這才是費加洛提到的類型。

　　然而一旦延伸此詞的定義，包括各種可能性，我指出這種人的舉止模稜兩可，既高調又低劣，不可一世，到處鑽營，滿懷奢望卻未證明其中任何一項之正當性。擺出「黨首」[110]的態勢保護成員以便成為他們的首領；詆毀各個可能影響自己信用的競爭者；從事不該從中圖利的行

108　在《女學究》的 4 幕 3 景，莫理哀曾描繪過 "courtisan honnête homme"。
109　見其詩文故事《喬孔德》（*Joconde*, 1665），但原文的第一句是「作為紳士」（"En galant homme"）。
110　"*protègement*"：為博瑪榭發明的新字，意指以團體首領自居者對其忠實成員的保護，無異於國王保護他的封臣。

業；將情婦賣給自己的主子，讓後者自行支付大飽豔福的代價等等，還有四頁長的等等，我們仍必須回到費加洛的兩行詩[111]：「收錢、拿錢、要錢，這一行的祕訣就在這三句口訣。」

　　這一類朝臣，我一個也不認識。有人說在亨利三世，或甚至其他國王統治下曾經有過，這是歷史學者的工作。至於我，我認為任何世紀的壞人和聖人一樣，均需要經過百年才能確認。倒是我曾承諾要自評拙作[112]，臨了必須做到。

　　一般而論，此劇最大的缺點是「我寫此劇全然未觀察這個世界，根本沒描繪任何存在之事物，也絕未使人想起我們社會的任何寫照。劇中論及道德之卑鄙、墮落，甚至不具真實的價值」[113]。這些批評最近出自一篇精彩的議論，由一名正派人士撰寫並付梓，他本人只不過缺少一點成為二流作家的才情。然二流與否，我從不走文學刺客拐彎抹角和扭曲歪解的行徑[114]：裝作沒看到人，可是猛然用一把尖細的短劍刺進你的側腹。我和這位人士的意見一致：我同意上個世代的實情神似我劇中的內容，未來的世代也將貌似本劇的情境，倒是現在的世代則一點也不像。何況我既不認識任何偷情的丈夫，也未結識任何放縱的貴族、貪婪的朝臣、無知或帶有偏見的法官、侮辱人的律師、位居高位的庸才，或是卑鄙猜忌的議論者。而萬一純潔的靈魂在本劇中完全無法認可任何事，故而對我的劇本異常惱火，不停攻擊，他們僅僅只是出於尊敬自己的祖父，同情他們的孫子。我期望，在這番宣言之後，大家不要再來打擾，讓我真正靜下心來。**我話說完了。**

....

111　"distique"，此詞僅用於詩體，在此指的卻是下句引言 "Recevoir, prendre et demander,/ Voilà le secret en trois mots"，這兩行台詞各有八個音節，由此可見博瑪榭對台詞節奏之重視。

112　見本文第一與第四段。

113　出自法蘭西學院院士虛阿爾（J.-B.-A. Suard）於 1784 年 6 月 15 日在院內發表的歡迎孟德斯齊烏侯爵加入學院的頌詞（"Discours prononcé dans l'Académie française le mardi 15 juin 1784 à la réception de M. le marquis de Montesquiou"）。虛阿爾為《費》劇的第二位審查人，是前後六名審查者中唯一一位反對其舞台演出者。

114　虛阿爾曾受國王的弟弟（未來的路易十八）之託，在《巴黎日報》（*Le Journal de Paris*）上發表詆毀《費》劇之評論。

劇中角色個性和服裝

阿瑪維瓦伯爵（Comte Almaviva）必須要演得很有貴族氣派，風流倜儻，他內心的墮落不應損及其「優雅」的儀態。「當時」的社會風氣，大貴族視追逐女性為嬉戲。這個角色特別難演，因總是為了襯托其他角色而遭到犧牲[1]。然而由優秀的演員（莫雷先生[2]）出任能烘托眾角色，保證了演出的成功。

他在前兩幕戲穿老式西班牙獵裝、半長筒靴；後三幕，換穿華麗的古裝。

伯爵夫人受到兩種對立的情緒左右，只能表現出壓抑的親切，或是溫和的慍色；任何傷及她在觀眾眼中可愛又貞淑個性的舉動，尤其不能出現。這個角色是本劇最難演的角色之一，經過才華洋溢的小聖瓦兒[3]小姐詮釋，表現光彩奪目。

她在一、二、四幕穿舒適的長袍[4]，未戴頭飾；她待在自己的房間，因此被視為身體不適。第五幕，她穿蘇珊娜的服裝，戴後者的高冠。

費加洛（Figaro）對主演這個角色的演員，再怎麼叮嚀也不為過：務必要參透角色的精神，就像達任庫爾[5]先生的舞台表現。演員一旦只發現這個角色的論證帶著風趣和機智，或者等而下之，演得稍稍過度，就會貶低此角。喜劇泰斗普雷維爾[6]先生曾評斷：這個角色能使任何演

1　由於嘲諷之故。
2　François-René Molé（1734-1802）：以演出情人、侯爵等古典主角出名。
3　Mlle Marie-Blanche Saint-Val, cadette（1752-1836）：原為悲劇演員，曾成功演出許多公主角色。
4　"lévite"：穿在內裡的長袍，鈕扣開在前面。
5　Dazincourt（1747-1809）：原名 Joseph Jean-Baptiste Albouy，擅長智僕的角色。他主演《塞維爾的理髮師》中之費加洛肖像，見本書圖 16。
6　Préville（1721-1799）：原名 Pierre-Louis Du Bus，為博瑪榭的好友，1775 年主演《塞維爾的理髮師》之費加洛。1784 年《費加洛的婚禮》首演時，他已年屆 63 歲，演不動主角，而改演老法官一角。

員發揮才華，只要抓得住角色變化多端的細微心理，並體現角色塑造的全盤構思。

他的服裝與《塞維爾的理髮師》同[7]。

蘇珊娜（Suzanne）是機靈、慧黠、愛笑的年輕女子，可是不同於我們墮落的女侍[8]那種幾乎是厚臉皮的輕浮。她可愛的個性已在本劇的序言描繪，沒見過宮達[9]小姐出任此角的演員應該好好揣摩以求神似。

她在前四幕穿緊身束腰白衣白裙，非常雅致，戴無邊高帽（後來被生意人稱為「蘇珊娜帽」）。第四幕的婚禮上，伯爵為她戴上插著長羽毛、以白絲帶裝飾的帽子，配上長紗。第五幕，她穿女主人的內袍，未戴頭飾。

圖 15　戴新娘帽的宮達小姐，Coutellier。

7　西班牙服飾，頭戴髮網、外加白帽子（其上圍著一條彩帶）；脖子鬆鬆地繫著絲巾；絲質背心、及膝短褲和腰帶，背心的鈕釦和釦眼鑲銀邊；上衣顏色鮮豔，其大翻領的顏色和背心同；白襪、灰鞋，襪穗垂在小腿兩側。

8　soubrette：法國古典戲劇的「俏女侍」，慧黠、機靈，身為女主角的貼身侍女，不免為她的愛情穿針引線，故被視為道德墮落，到了十八世紀，更是越演越輕佻。

9　Louise Contat（1760-1813）；擅長莫理哀和馬里沃劇中「賣弄風情的女人」（coquette）和「天真少女」（ingénue）角色。

瑪絲琳（Marceline）是位聰穎的女性，天性活潑，然過去失足，加上生活歷練已經改造了她的性格。主演此角的女演員若能在第三幕母子相認過後，表現出一股傲氣，將自己提升到一定的道德高度，將大大增加本劇的價值。

她穿西班牙女家庭教師[10]的衣服，顏色低調，頭戴黑軟帽。

安東尼奧（Antonio）只宜演出半醉的狀態，之後醉意逐漸消退，到了第五幕幾乎看不出來。

他穿西班牙鄉下人的服裝，兩隻袖子垂在後面，頭戴白帽，腳穿白鞋。

方雪特（Fanchette）是個 12 歲的孩子，天真無邪。她穿褐色緊身上衣，有花邊裝飾、鑲銀鈕釦，配條顏色鮮豔的裙子，頭戴插著羽毛的黑帽子。其他參加婚禮的鄉下女孩也穿同樣的服裝。

薛呂班（Chérubin）這個角色只能沿用傳統，由非常美麗的年輕女性擔任[11]；我們的戲院沒有年紀很輕的男演員能夠充分感受到這個角色的細膩心理。在伯爵夫人面前，他極為腼腆，在別的地方，則是個可愛的小淘氣。一股隱約蠢動的慾望潛藏在他的本質裡。他一頭衝向青春期，偏偏沒有任何規劃，對世事缺乏認知，心情完全隨外在發生的事件起伏。總之，他是每位母親心底可能都想要有的孩子，縱使心知不免要為他煩憂。

在前兩幕戲，他穿西班牙宮廷華麗的少年侍從服飾，白色、繡銀邊，肩披藍色輕外套，頭戴插羽毛的帽子。第四幕，他換穿女裝，樣式和帶他來的鄉下女孩同：緊身上衣配裙子，戴女帽。第五幕，他穿軍官制服，帽上有軍徽，佩劍。

....

10　"duègne"：舊時西班牙負責監護和教育貴族家中的少女或少婦，有時兼家管。瑪絲琳在《塞維爾的理髮師》是羅西娜的家庭教師。
11　首演由 19 歲的奧莉薇兒（Olivier）小姐擔任。

　　霸多羅（Bartholo）個性和服裝與在《塞維爾的理髮師》中雷同[12]；他在本劇中只是個次要角色。

　　巴齊爾（Bazile）個性和服裝與在《塞維爾的理髮師》中雷同[13]，在本劇中也只是個次要角色。

　　唐古斯曼・戴頭諤（Don Gusman Brid'oison）[14]該有不怕生的動物那種善良與坦率的自信神情。他說話口吃[15]不過是一種額外的魅力，幾乎讓人察覺不到；演員如果想要加強角色的好笑面，那可就大錯特錯，將與詮釋方向背道而馳。這個角色妙在他嚴肅的身分和荒謬的性格這個反差上；演員表現越不誇張，角色的性格就越清楚流露，表演天分也就看得出來了。

　　他穿西班牙法官的長袍，不像法國檢察官的法袍那樣寬大，幾乎是件教士袍；頭戴大頂假髮，脖子圍著西班牙式領巾，手拿白色權杖[16]。

　　兩隻手（Double-Main）和法官穿著一樣，只是白色權杖比較短。

　　執達員（L'Huissier ou Alguazil[17]）探克里斯潘[18]式的裝束：外套斗篷，身側佩有劍鞘的長劍，未圍佩劍的皮帶。不穿靴子，改穿黑色皮鞋，頭戴捲曲的白長髮，手拿白色短權杖。

....

12　黑色短外套、袖口往上翻，大頂假髮，戴皺領（fraise），佩黑腰帶，外出時穿鮮紅色大衣。
13　黑色垂邊帽、教士袍、長大衣，既未戴皺領，袖口也沒往上翻。
14　這個角色明顯指涉高茲曼（Goëzman）法官，參閱本書〈博瑪榭之生平、時代與戲劇概況〉之「3.2 歷盡人生之挫折」一節。"oison" 為「小鵝」（oie），指涉片語「呆頭鵝」（bête comme une oie）；"Brid" 應指涉 "bridé"，為「被阻撓、受限」（empêché, gêné, limité）之意，是以 "oison bridé" 影射這個角色的智慧受限。此外，Brid'oison 也令人聯想拉伯雷《巨人傳》第三部中的法官 Bridoye（39-44 章），他擲骰子以定官司的輸贏。
15　為何如此有不同的說法，根據 E.-J. Arnould，可能因高茲曼法官輕微口吃，cf. Larthomas, "Notes et variantes du *Mariage de Figaro*", *Oeuvres* de Beaumarchais, *op. cit.*, p. 1402, note 2 du page 438。
16　此為法國法官的標誌之一。
17　為西班牙文「執達員」之意。
18　Crispin：義大利喜劇的定型僕人角色，佩長劍，圍水牛皮腰帶。

　　「抓太陽」（Grippe-Soleil）[19] 穿鄉下人的服裝，袖子垂下，外套顏色鮮豔，頭戴白帽。

　　一名牧羊女穿著和方雪特同。

　　佩德里耶（Pédrille）穿短外套、背心，束皮帶，手拿馬鞭，腳穿馬靴，頭罩髮網，戴信差的帽子。

　　啞角方面，一部分穿法官的衣服，一部分穿鄉下人的衣服，其餘穿僕人的制服。

演員的走位

　　為了舞台演出順利，每個場景開始均按照角色出場的順序列出他們的名字。角色位置一出現重要變動，他們的名字就會重新列出 [20]，寫在頁面左側空白處 [21]。本劇首演建立的表演傳統有其重要性，演員在舞台上務必走到對的位置上，稍不注意，全戲演出立刻就會鬆懈下來；演技一馬虎，劇團最後勢必淪為蹩腳的戲班子。

19　中譯名為法文直譯，此詞今日已不用。
20　具體而言，是每遇角色上場即換新場景，故重列所有在場角色的名字。
21　這是原稿的處理方式。

人　物

阿瑪維瓦伯爵	安達魯西亞首席法官
伯爵夫人	他的妻子
費加洛	伯爵的隨身僕人兼伯爵府邸總管[1]
蘇珊娜	伯爵夫人的貼身侍女，費加洛的未婚妻
瑪絲琳	女管家[2]
安東尼奧	伯爵府園丁、蘇珊娜的舅舅、方雪特的父親
方雪特	安東尼奧的女兒
薛呂班	伯爵的第一少年侍從[3]
霸多羅	塞維爾的醫生
巴齊爾	伯爵夫人的羽管鍵琴教師
唐古斯曼・戴頭諤	代理法官[4]
兩隻手	法院書記，戴頭諤的祕書
一名執達員	
「抓太陽」	年輕的牧羊人

....

1　"concierge"：「門房」，但費加洛實為伯爵府的總管。
2　"femme de charge"：為大宅第中負責洗衣、擦銀器的女僕（*Académie*, 1798）。不過從服飾
　　來看，瑪絲琳應該是女管家兼家庭教師的身分，見「劇中角色個性和服裝」，注釋 10。
3　"page"：出身貴族的少年，因家貧服務於大貴族府邸。
4　"lieutenant du siège"：地方法院院長。參閱第三幕注釋 14。

佩德里耶　　　　伯爵的馬夫

一名牧羊女

一群僕役、農夫和農婦（無詞的角色）

地點　清泉（Aguas-Frescas）府邸，距塞維爾三古里 [5]

5　lieu：舊制測量單位，一古里約今日的四公里。

第 一 幕

第 1 景

　　一個房間，家具半騰空，中央擺一張病人坐的大扶手椅。費加洛用尺[1]量地板長度。蘇珊娜對著鏡子，把人稱「新娘帽」的一束橙花戴在頭上。

費加洛、蘇珊娜。

費 加 洛：寬 19 尺，長 26 尺[2]。

蘇 珊 娜：你看，費加洛，我的小帽子，這樣戴是不是比較好看？

費 加 洛（握住她的雙手）：好看得不得了，我的美人。啊！這束貞潔的橙花[3]，戴在美麗的小姐頭上，在婚禮當天的早晨，看在新郎愛慕的眼裡，是多麼甜蜜！……

蘇 珊 娜（走開）：你在量什麼呢，我的寶貝[4]？

費 加 洛：親愛的蘇珊娜，我在看大人要給我們的這張美麗大床擺在這兒好不好？

蘇 珊 娜：擺在這間房子裡？

費 加 洛：他讓給我們住了。

蘇 珊 娜：要是我，我才不要。

費 加 洛：為什麼？

蘇 珊 娜：我就是不要。

1　toise：法國舊長度單位，相當於 1.949 公尺。
2　pied：法國舊長度單位，相當於 0.324 公尺，所以這個房間是寬 6.5 公尺、長 8.5 公尺。
3　橙花象徵處女的貞潔，只有第一次當新娘才能戴。
4　"mon fils"：「我的兒」，莫理哀的幾位女主角用此詞暱稱先生，玩笑地透露出一種優越感。

費 加 洛：到底是為什麼？

蘇 珊 娜：這個房間我不喜歡。

費 加 洛：總得說出個道理來呀。

蘇 珊 娜：要是我不想說呢？

費 加 洛：啊！女人只要搞定了我們！

蘇 珊 娜：要我證明我有道理，等於是說我有可能不對。你到底對我忠不忠誠[5]呢？

費 加 洛：你居然不滿意府邸中最方便的房間。這間房就夾在兩個大臥室中間，晚上夫人萬一不舒服，搖個鈴，嗖一聲！只要兩步路，你就到了她房裡；大人要個什麼東西嗎？搖搖鈴，咻一聲！三個快步我人就趕到。

蘇 珊 娜：好得很！不過要是大人早上「搖搖鈴」，給你一個耗時間的好差事，嗖一聲！兩步路，他就到了我的房門口，再咻一聲，三個快步……

費 加 洛：你這說的是什麼話呀？

蘇 珊 娜：你最好靜下來聽我說。

費 加 洛：哎，到底是發生什麼事啊？老天！

蘇 珊 娜：就是，親愛的，阿瑪維瓦伯爵追膩了附近的美女，想回府邸來找樂子，不過倒不是回到他的夫人身

5　"mon serviteur"：「我的忠僕」，為戀人語彙，原由貴婦稱呼騎士，此處由下人道出，戲謔之意更甚，參閱 Bernard Montoneri（孟承書），"Traductions chinoises du *Mariage de Figaro*: Problèmes, omissions et contresens"（〈「費加洛的婚禮」中文譯本的問題、遺漏與誤解〉），*Providence Forum: Language and Humanities*（《靜宜語文論叢》），vol. V, no. 1, December 2011, p. 70。

　　　　　邊；他是看中你的妻子，聽懂了嗎？他希望這間房
　　　　　不會礙了他的好事。他那個忠心耿耿的巴齊爾，教
　　　　　我唱歌的高尚[6]老師，向來一心爲他尋歡作樂穿針
　　　　　引線，每天上課就是對我嘮叨這事。

費 加 洛：巴齊爾！啊我的小心肝！要是拿棍子猛打一個混帳
　　　　　的背脊梁，可以打到直的話……

蘇 珊 娜：好傢伙！你以爲伯爵給我嫁妝是爲了酬謝你的功勞
　　　　　嗎？

費 加 洛：功勞我可是立下不少[7]，這麼期望也不爲過呀。

蘇 珊 娜：聰明人可眞是笨啊[8]！

費 加 洛：是有這麼一說。

蘇 珊 娜：偏偏就是有人不願意信呀！

費 加 洛：這話錯了。

蘇 珊 娜：說給你聽，這份嫁妝是要我答應私底下和他單獨消
　　　　　磨一刻鐘，就是貴族老爺從前的那項權利[9]……你
　　　　　知道這項特權有多可恨吧！

費 加 洛：我很清楚，要不是伯爵大人在結婚時廢掉了這項可
　　　　　恥的特權，我絕不可能在他的莊園裡和你成婚。

蘇 珊 娜：好吧！萬一他廢除了，現在可反悔啦；今天他正要

6　"noble"（高尚的），以及"loyal"（一心，原義為「忠誠的」）和"honnête"（忠心耿耿）三
　　個形容詞為諷刺利用語，《塞維爾的理髮師》中的巴齊爾絕非這樣的角色。
7　指涉《塞維爾的理髮師》劇情，費加洛幫伯爵娶到羅西娜。
8　"Que les gens d'esprit sont bêtes!"：這句話引自拉克羅的《危險關係》（Les Liaisons
　　dangereuses）第38封信，出自梅特依（Merteuil）侯爵夫人，差別只在於她說的是「這些人」
　　（"ces gens"）。
9　即所謂的「初夜權」，參閱本書〈劇本導讀〉之「1.2『初夜權』神話」一節。

從你未婚妻身上偷偷地贖回去。

費 加 洛（揉他的前額）：這麼一嚇，我的腦袋都癱掉咯，額頭
　　　　　　都要長出 [10]……

蘇 珊 娜：那就別揉了！

費 加 洛：有什麼危險？

蘇 珊 娜（笑）：小心揉出小疹子來……迷信的人……

費 加 洛：你還笑，小壞壞！啊！要是有辦法逮到這個大騙
　　　　　　子，引誘他上鉤，再削他一筆！

蘇 珊 娜：搞手段和搞錢，你的拿手好戲可派上用場了。

費 加 洛：怕丟臉是不會讓我縮手的。

蘇 珊 娜：那是害怕嗎？

費 加 洛：幹件危險的事算不上什麼，而是要有本事避開風
　　　　　　險，把事情辦成：要知道晚上溜進別人家裡，睡了
　　　　　　人家妻子，到頭來卻挨了上百下鞭子，天底下沒有
　　　　　　更容易的事啦，多少壞蛋都曾幹過。可是……

（屋內傳來鈴聲。）

蘇 珊 娜：夫人醒了，她特別交代要我在結婚的早上頭一個和
　　　　　　她說話。

費 加 洛：這當中還有什麼花樣嗎？

蘇 珊 娜：田園詩的牧羊人說，這樣一來被冷落的妻子會得到
　　　　　　幸福。待會兒見，我的小費 [11]、費、費加洛。好好想

---

10 傳言戴綠帽的男人額頭上會長出角來。
11 "mon petit fi"：指涉上述情人的暱稱「我的兒」（"mon fils"，字尾的「s」在十八世紀不發音），
　　故而和費加洛（Figaro）的第一個音節發音相同。

想我們的婚事該怎麼辦吧。

費 加 洛：要我打開思路，吻我一下下。

蘇 珊 娜：今天給我的情人一吻？你想得美！明天我丈夫會怎麼說呢？

　　　　　（費加洛吻她。）

蘇 珊 娜：好啦！好啦！

費 加 洛：那是你不明白我的愛。

蘇 珊 娜（整理衣服）：討厭鬼，你什麼時候才能不再從早到晚對我告白呢？

費 加 洛（祕密地）：等我可以從晚到早向你證明我的愛。

　　　　　（第二次響鈴。）

蘇 珊 娜（從遠處，手指併攏放在嘴上）：你要的吻在這兒，先生，我沒別的給你了。

費 加 洛（追她）：喔！我剛剛不是這樣吻你的……

第 2 景

費加洛，單獨一人。

費 加 洛：眞是位迷人的小姐呀！總是笑咪咪，生氣勃勃，渾身滿是喜氣、聰明、愛情和幸福！不過本性端莊！……（他激動地走來走去，一邊搓手。）啊，大人！我親愛的大人！您是想要讓我……掉進圈套吧？我本來也想不通，爲什麼指派我當府邸總管之後，又要帶我到他倫敦的大使館，任命我當公務信差。我現在才搞懂，伯爵大人：三個人同時升官；

您，初任大使[12]；我嘛，當政界的信差[13]；而蘇松[14]，
使館名媛，就成了隨身的大使夫人。然後派我快馬
加鞭去送急信！我這頭飛奔在路上，您那頭就可以
帶著我美麗的太太踏上美妙的路！為了您的家族榮
耀，我趕路趕到滿身泥巴，精疲力竭；您卻紆尊降
貴，幫我光耀門楣！多麼甜蜜的互利互惠呀！但
是，大人，這是仗勢欺人。在倫敦，同時要處理您
主子的事，還要過問下人的事！在外國朝廷上，您
既代表國王又代表我，這已經越過中線，太超過
啦。——說到你，巴齊爾！要在老哥面前搞鬼，你
只是個小老弟！我要教你怎麼在無賴面前耍無賴[15]。
我要……不對，應當先陪他們玩一玩，讓他們自相
殘殺。費加洛先生，今天要當心！要想完成終身大
事，首先提前舉行你小小的婚禮；支開愛你愛到狂
的瑪絲琳；笑納禮金和禮物；設陷阱讓伯爵先生和
他的小小愛慾走岔路[16]；結結實實地修理巴齊爾先生
一頓，再……

第3景

瑪絲琳、霸多羅、費加洛。

12　"compagnon ministre"：這兩字為玩笑的連結，伯爵身為大臣（ministre），被派到倫敦任大使；
　　"compagnon" 指已出師的學徒在正式開店前，先在別家店幹活以吸取經驗，此處用以比喻伯
　　爵初任大使，經驗有限。

13　"casse-cou politique"：原指受僱的馬師（Académie, 1798），後引申為負責磋商的小人物
　　（Académie, 1833）。4 幕 10 景，巴齊爾戲稱費加洛為「外交界的快馬信差」（jockey
　　diplomatique），參閱該幕注釋 13。

14　"Suzon"：為 "Suzanne"（蘇珊娜）的暱稱。

15　"clocher devant les boiteux"：「在跛子面前裝跛腳」，看誰厲害，因為易被識破。

16　donner le change à quelqu'un："change" 是指被追獵的動物被另一隻同類替換，這個片語引申
　　為「騙人」之意，參閱第三幕注釋 3。本劇用到許多狩獵的比喻和片語，寓意豐富，參閱
　　Elisabeth Lavezzi, "Métaphore et modèle de la chasse dans La Folle Journée", Beaumarchais, éd.
　　Robinson, op. cit., pp. 267-80。

費　加　洛（中斷獨白）：嘿，嘿，嘿，嘿，胖大夫來啦，那麼婚
　　　　　禮就沒缺憾嘍。嗨，早啊，我親愛的大夫。是爲了
　　　　　我和蘇松的婚禮，您趕到府裡來的嗎？

霸　多　羅（輕蔑地）：我親愛的先生，根本不是！

費　加　洛：您大駕光臨，才能顯示大度量呀！

霸　多　羅：確實，那才是傻到不行。

費　加　洛：我不幸壞了您的婚事[17]！

霸　多　羅：你還有其他要說的嗎？

費　加　洛：您那匹騾子當年不應該救的[18]！

霸　多　羅（憤怒）：貧嘴滑舌的瘋子！滾開！

費　加　洛：您發脾氣咯，大夫？幹你們這一行的眞夠狠！對可
　　　　　憐的畜牲……眞的，就算牠們是人……您也毫無憐
　　　　　憫心！回頭見，瑪絲琳，你還是一直想告我嗎？
　　　　　「相愛不成，何必相恨呢？」[19] 我請大夫評評理。

霸　多　羅：這是怎麼回事呢？

費　加　洛：她會一五一十告訴您。（下。）

第 4 景

瑪絲琳、霸多羅。

霸　多　羅（看著費加洛離開）：這小子本性難改！除非活剝他的

---

17 在《塞維爾的理髮師》，霸多羅原想娶羅西娜，遭費加洛從中作梗，阿瑪維瓦伯爵方能抱得
　　美人歸。
18 《塞維爾的理髮師》2 幕 4 景及 3 幕 5 景提到，費加洛在瞎騾子的雙眼塗了膏藥。
19 出自伏爾泰的喜劇《納妮娜或戰勝的成見》（*Nanine ou le Préjugé vaincu*, 1749）3 幕 6 景。

　　　　　　　　　　皮，否則到死也是這副張狂的德性⋯⋯

瑪　絲　琳（拉他轉身）：你可總算到咯，老板著臉的大夫！總是
　　　　　　這麼一本正經、刻板做作，要等你出手相救非得等
　　　　　　到嚥了氣不可，怪不得從前你再怎麼提防[20]，受你監
　　　　　　護的小姐還是和別人成婚了。

霸　多　羅：你也老是尖嘴薄舌！好吧，是誰非要我來不可呢？
　　　　　　是伯爵大人出了什麼意外嗎？

瑪　絲　琳：不是，大夫。

霸　多　羅：那就是羅西娜，他那位會騙人的伯爵夫人身體不舒
　　　　　　服嗎？老天有眼。

瑪　絲　琳：她鬱鬱寡歡。

霸　多　羅：爲了什麼？

瑪　絲　琳：先生冷落她。

霸　多　羅（高興）：啊！我的仇報了，伯爵先生可敬可佩！

瑪　絲　琳：沒有人知道怎麼解釋伯爵的個性，他善妒又浪蕩[21]。

霸　多　羅：浪蕩是出於無聊，嫉妒是因爲虛榮，道理顯而易見。

瑪　絲　琳：就說今天，打個比方，他把我們的蘇珊娜嫁給他
　　　　　　的費加洛，爲了這椿婚事，他給了費加洛許多好
　　　　　　處⋯⋯

霸　多　羅：用來解決不得不處理的難題吧[22]！

20　「防不勝防」（*La Précaution inutile*）爲《塞維爾的理髮師》之副標題。
21　"libertin"：十八世紀的意思是 "débauché"（放蕩者），參閱本書〈劇本導讀〉之「3.1 政治
　　與社會批評」。
22　暗示蘇珊娜懷了伯爵的孩子。

瑪　絲　琳：不完全是，不過伯爵大人也想趁機偷偷和新娘玩一下……

霸　多　羅：和費加洛先生的新娘？這筆買賣跟他肯定做得成。

瑪　絲　琳：巴齊爾說鐵定不成。

霸　多　羅：另一個無賴也住這兒嗎？這裡簡直成了賊窩[23]咯！呃，他來幹什麼呢？

瑪　絲　琳：無惡不作。倒是我覺得最糟的，就是他始終對我死心眼，教人討厭。

霸　多　羅：換作是我，老早就擺脫他的糾纏了。

瑪　絲　琳：怎麼做呢？

霸　多　羅：嫁給他呀。

瑪　絲　琳：盡會笑人，無聊又沒良心，以這種代價，你過去為什麼不擺脫我呢？難道你不應該娶我嗎？你當初對我發的誓丟到哪裡去了呢？我們的小寶貝艾曼紐兒，那個被丟到腦後的愛情結晶，你也記不得了吧？既然有了他，我們當年就該結婚。

霸　多　羅：（摘帽）：你把我從塞維爾找來就是為了聽這些廢話嗎？你又這麼想結婚來了……

瑪　絲　琳：好吧！這件事就略過不提。話說回來，既然你不顧公道不願娶我，至少出手幫我嫁給別人。

霸　多　羅：啊！那倒是樂意之至。說吧，你到底是看上哪一個上天不要、女人不愛的男人呢？……

瑪　絲　琳：喲！還會是誰呢？大夫，除了那個英俊、快樂又可

23　"caverne"：指涉源自西班牙的流浪漢小說（roman picaresque）。

愛的費加洛呢？

霸　多　羅：那個混蛋？

瑪　絲　琳：從不發脾氣，總是好心情；開開心心活在當下，既
　　　　　　不愁未來也不後悔過去；活潑、大方！大方到……

霸　多　羅：像個賊。

瑪　絲　琳：像位貴族大人。說到底，有魅力，偏偏他也是個最
　　　　　　沒心沒肺的人！

霸　多　羅：那他的蘇珊娜該怎麼辦呢？

瑪　絲　琳：她休想得到費加洛，就會賣乖，只要你肯助我一臂
　　　　　　之力，我的好大夫，讓費加洛兌現和我成婚的約
　　　　　　定 24。

霸　多　羅：在他結婚的這一天？

瑪　絲　琳：就算婚禮舉行在即，取消也不成問題。哪怕要我洩
　　　　　　露女人的小祕密！……

霸　多　羅：對治療身體病痛的醫生，女人哪有什麼祕密可言
　　　　　　呢？

瑪　絲　琳：咳！你知道我對你是沒有祕密的。我們女人生性熱
　　　　　　情只是覥腆：受到誘惑，我們或許去尋歡作樂，可
　　　　　　是膽子再大的女人內心也會聽到一個聲音說：愛
　　　　　　美，盡可能美；要莊重，你想的話也行；不過要讓
　　　　　　人看得起，你非得如此不可。那麼，既然至少要讓
　　　　　　人看得起，女人也都感覺這點非同小可，我們就先
　　　　　　嚇唬這個蘇珊娜，把伯爵要給她的好處給掀出來。

24　"engagement"：「約定、契約、婚約」，在法律上指涉「債務負擔」，因這項婚約始於一筆
　　借款（2 幕 22 景、3 幕 15 景），這個字因而語義雙關，而瑪絲琳看重的是「婚約」這一層意思。

霸　多　羅：目的何在呢？

瑪　絲　琳：讓她羞得沒臉見人，那她就會拒絕伯爵到底，而爲了報復，伯爵肯定會支持我，那麼我的婚事就成了。

霸　多　羅：她說得有理。沒錯！這眞是個好計謀，把我的老管家婆 [25] 嫁給那個混蛋，他從前幫別人搶走我的意中人。

瑪　絲　琳（快接）：他爲了追求快樂就騙我，害我的希望落空。

霸　多　羅（快接）：他當時偷了我一百艾居 [26]，我忘也忘不了。

瑪　絲　琳：哈！眞是痛快！……

霸　多　羅：教訓一個壞蛋……

瑪　絲　琳：嫁給他，大夫，嫁給他呀！

第5景

瑪絲琳、霸多羅、蘇珊娜。

蘇　珊　娜（手裡拿著一頂結著大絲巾的女帽，手臂上挽件女袍）：嫁給他！嫁給他！嫁給誰呀？我的費加洛嗎？

瑪　絲　琳（尖酸地）：爲什麼不行？你安心嫁給他好啦！

霸　多　羅（笑）：發火的女人一開口就是理直氣壯！我們在說，美麗的蘇松，他能娶到你眞是好福氣。

瑪　絲　琳：還沒算上人人閉口不提的伯爵大人呢。

----

25 "gouvernante"：原義爲「家庭教師」，參閱本書「劇中角色個性和服裝」之注釋 10。
26 écu：幣制單位，《塞維爾的理髮師》3 幕 4 景及 4 幕 8 景提到這筆欠款。

蘇 珊 娜（屈膝禮）：失禮了[27]，這位女士，您說話總是酸溜溜。

瑪 絲 琳（屈膝禮）：失禮了，小姐，我的話哪裡酸溜溜呢？一位慷慨的大人分享一點他賜予下人的快樂，不是很公道嗎？

蘇 珊 娜：他賜予的？

瑪 絲 琳：是的，小姐。

蘇 珊 娜：幸虧女士的嫉妒心無人不知，就像您對費加洛的權利也無足輕重。

瑪 絲 琳：如果用小姐的方式來加強，那我的權利就更有力了。

蘇 珊 娜：喔！女士，這種方式正是滿腹學問的老小姐[28]用的。

瑪 絲 琳：可這個丫頭就是胸無點墨！天真得像是個老法官[29]！

霸 多 羅（拉走瑪絲琳）：再見，我們費加洛美麗的未婚妻。

瑪 絲 琳（屈膝禮）：伯爵大人的祕密情人。

蘇 珊 娜（屈膝禮）：她很敬重您，女士。

瑪 絲 琳（屈膝禮）：往後能不能給我面子，多關照我一點呢，小姐？

蘇 珊 娜（屈膝禮）：這點，女士用不著提。

瑪 絲 琳（屈膝禮）：小姐真是位大美人！

---

27 "votre servante"：「您的僕人」，為客套語，通常是用來諷刺地表達相反的意思。
28 "dames savantes"：「女士」（dame）是諷刺瑪絲琳年長，而「有學問的」（savante）一字語義雙關，一個人太博學或很博學（bien savante），是指這個人知道了不應該知道的事（*Académie*, 1798），瑪絲琳下一句才會反唇相譏。
29 言下之意為「老謀深算」、「相當狡猾」。

蘇 珊 娜（屈膝禮）：哈！不敢，倒是美得夠讓女士懊惱。

瑪 絲 琳（屈膝禮）：尤其還十分令人尊敬。

蘇 珊 娜（屈膝禮）：管家婆³⁰才令人尊敬。

瑪 絲 琳（發怒）：管家婆！管家婆！

霸 多 羅（拉開瑪絲琳）：瑪絲琳！

瑪 絲 琳：大夫，走吧，我真是受不了。再見，小姐。（屈膝禮。）

第 6 景

蘇珊娜，獨自一人。

蘇 珊 娜：走了最好，女士！走吧，什麼才女！我既不怕你要
　　　　　陰謀也瞧不起你侮辱人。——瞧瞧這個賣弄聰明的
　　　　　老處女³¹！只不過讀了幾本書，折磨了青春時期的
　　　　　夫人，就想在這個府邸管起大小事！（她把手臂上的
　　　　　袍子丟到椅子上。）我都不記得要進來拿什麼啦。

第 7 景

蘇珊娜、薛呂班。

薛 呂 班（跑上）：啊，蘇松！我守了兩個鐘頭，就為了等到
　　　　　你單獨一個人好見你。唉！你要結婚，我卻得走
　　　　　了。

蘇 珊 娜：我結婚，大人的第一侍從為什麼就要離開府邸呢？

---

30 "duègne"，參閱本書「劇中角色個性和服裝」之注釋 10。

31 "cette vieille sibylle"："sibylle" 原為希臘羅馬時代傳達神諭的女預言師，到了十八世紀，則
　是譏刺喜歡炫耀自己才智和學識的老處女（*Académie*, 1798）。

薛呂班（可憐兮兮）：蘇珊娜，他趕我走了。

蘇珊娜（模仿他的語調）：薛呂班，又幹了什麼好事！

薛呂班：他昨晚在你表妹方雪特房裡，碰到我正在教她怎麼演一個天真少女[32]的小角色，是為了晚上婚宴表演用的。他一看到我就火冒三丈！——大叫：「滾蛋，小……」，當著女士的面，我不敢說出他的粗話：「滾，明天起你不用睡在府裡了」。萬一，夫人，要是我美麗的教母也不能讓他消氣，那就完咯，蘇松，我就永遠沒有福氣見到你了。

蘇珊娜：見到我！是我嗎？現在可輪到我嘍！你暗地裡唉聲嘆氣，對象換人了，不再是我的女主人咯？

薛呂班：喔！蘇松，她是這麼的高貴，這麼美麗！儀態卻又這麼讓人肅然起敬！

蘇珊娜：這也就是說，我就不讓人肅然起敬，對我可以壯著膽子亂來……

薛呂班：你很清楚呀，壞蘇珊，我哪敢壯著膽子亂來。可是你好幸福啊！隨時可以看到她，跟她說話，早上幫她穿衣服，晚上幫她脫下來，別針一根一根取……啊！蘇松！我可以用……你手上拿的是什麼呢？

蘇珊娜（笑他）：唉！一頂幸福的帽子和一條幸運的絲帶，晚上用來收攏這位美麗教母的頭髮……

薛呂班（熱切地）：她的夜用絲帶！給我吧，我的心肝兒。

蘇珊娜（抽回來）：嘿！不行！「我的心肝兒」！叫得好親熱

---

32 "innocente"：「天真的」、「單純的」，此處是指古典戲劇的「天真少女」角色（ingénue）。諷刺的是，薛呂班和方雪特晚上關在房裡的情況並不「單純」。

　　　　　　呀！你要不是個毛頭孩子沒人當回事……（薛呂班
　　　　　　搶走絲帶。）啊！絲帶！

薛　呂　班（繞著大扶手椅跑）：你就說絲帶一時找不著、髒咯，
　　　　　　或者丟啦。隨便你怎麼說吧。

蘇　珊　娜（追著他轉圈跑）：喔！我敢說不出三、四年，你就會
　　　　　　變成最混帳的小壞蛋！……絲帶還不還給我？（她
　　　　　　要搶回。）

薛　呂　班（從口袋中掏出一頁浪漫情歌[33]）：留給我，喔！留給我
　　　　　　吧，蘇松。這首情歌送給你。每回想起你美麗的女
　　　　　　主人讓我黯然神傷，一想到你，會帶給我一線快樂
　　　　　　的光芒，逗我開心。

蘇　珊　娜（搶走歌詞）：逗你開心，小無賴！你以為是在和你的
　　　　　　方雪特說話吧。你就是在她房裡被逮個正著，一邊
　　　　　　又為夫人長吁短嘆，不單單這樣，你還對我甜言蜜
　　　　　　語！

薛　呂　班（情緒高昂）：這是真的，我以名譽發誓！我再也弄不
　　　　　　清楚自己是怎麼回事。這些日子以來，我感到內心
　　　　　　很激動。見到女人，心就怦怦地猛跳；一聽到「愛
　　　　　　情」和「快感」兩個字內心就悸動，心煩意亂。總
　　　　　　之我感覺自己禁不住想對人說出「我愛你」，還衝
　　　　　　進花園自言自語，對你的女主人、對你、對樹木、
　　　　　　對白雲、對帶走我的話的輕風說出來。昨天我碰到
　　　　　　瑪絲琳……

蘇　珊　娜（笑）：哈，哈，哈，哈！

．．

33　"romance"：一種多愁善感的情歌，十八至十九世紀流行法國。這首情歌將在 2 幕 4 景演唱。

薛　呂　班：對她爲什麼不能説呢？她也是個女人呀！她是位小
　　　　　　姐！小姐！女人！啊，這些詞多麼溫柔！多麼教人
　　　　　　興奮 34 ！

蘇　珊　娜：他瘋嘍！

薛　呂　班：方雪特可溫柔咯，她至少還聽我説話；你呢，你可
　　　　　　不是！

蘇　珊　娜：眞是遺憾。你聽我説，先生！

　　　　　（她想搶回絲帶。）

薛　呂　班（轉身逃離）：喔！哼 35 ！沒人搶得回去，你看，除非
　　　　　　要我的命。話説回來，你要是不滿意這個代價，我
　　　　　　再追加一千個吻。

　　　　　（他轉身追蘇珊娜。）

蘇　珊　娜（轉身逃跑）：賞你一千個耳光，你走過來試試看。我
　　　　　　要向夫人告狀；不但不替你求情，還要親口對大人
　　　　　　説：「做得好，大人。替我們趕走這個小土匪吧，
　　　　　　把這個小壞蛋送回他父母身邊。他裝模作樣愛慕夫
　　　　　　人，卻順勢老想要吻我。」

薛　呂　班（看到伯爵走進來，嚇得躲到扶手椅後）：我完啦！

蘇　珊　娜：嚇成這副德性？

第 8 景

蘇珊娜、伯爵、薛呂班（藏著）。

....

34　intéressant：十八世紀意思較強，爲 "émouvant"（感人的）、"excitant"（激起愛慾的）之意。
35　"ouiche"：感嘆詞，表示「不輕信」和「嘲笑」。

蘇　珊　娜（看到伯爵）：啊呀！……

　　　　　　（走向椅子以擋住薛呂班。）

伯　　　爵（走向她）：你好興奮，蘇松！你自說自話，你小小的
　　　　　　心好像激動不已……再說，在這樣的日子也是情有
　　　　　　可原。

蘇　珊　娜（心緒不寧）：大人，有什麼吩咐嗎？萬一有人發現您
　　　　　　跟我在一起……

伯　　　爵：被人撞見，那就太遺憾了，不過你也知道我對你的
　　　　　　意思[36]。巴齊爾不會沒轉告我的愛意吧。我只有一點
　　　　　　時間跟你說明我的心意[37]，你聽著。

　　　　　　（他坐在扶手椅上。）

蘇　珊　娜（激動地）：我什麼也不聽。

伯　　　爵（拉住她的手）：只說一句話。你知道國王任命我到倫
　　　　　　敦當大使。我要帶費加洛上任，給他一個上好的差
　　　　　　事。再說，既然嫁夫隨夫，做妻子的義務……

蘇　珊　娜：喔！要是我敢說出來！

伯　　　爵（把她拉近點）：說啊，說啊，我的寶貝。你對我終身
　　　　　　有特權，今天就用吧。

蘇　珊　娜（驚懼）：我全都不要，大人，我都不要。請離開，
　　　　　　求求您。

伯　　　爵：你倒是先說出來呀。

蘇　珊　娜（生氣）：我不記得剛才要說什麼啦。

....

36 "intérêt"："désir"（愛慾）。
37 他正準備出門狩獵。

伯　　爵：要說做妻子的義務。

蘇 珊 娜：好吧！大人當初從大夫家拐走夫人，因為愛她而娶
　　　　　了她；大人為了夫人廢除那項貴族可怕的特權……

伯　　爵（愉快地）：結果讓多少小姐懊惱呀！啊！小蘇珊！這
　　　　　項權利多迷人！如果你天暗了之後肯來花園和我聊
　　　　　聊這事，我會大大酬謝你這個小小的恩惠……

巴 齊 爾（在外面說話）：大人不在他的房裡。

伯　　爵（站起）：誰在說話？

蘇 珊 娜：我真是倒楣呀！

伯　　爵：你出去，不要讓別人進來。

蘇 珊 娜（心緒不寧）：只留您一個人在這裡？

巴 齊 爾（在門外大聲說）：大人剛剛在夫人房裡，之後出來
　　　　　了。我去看看。

伯　　爵：連個藏身的地方也沒有！啊！躲在這張扶手椅後
　　　　　面……實在彆扭，你倒是快點打發他走呀。

　　蘇珊娜擋住他的去路。他輕輕推開她，她後退，站在他和小侍從
之間。正當伯爵蹲下身去占了薛呂班的位置，後者已轉到椅子側面，
嚇得跳上扶手椅，跪在上面，縮成一團。蘇珊娜拿起方才拿進來的袍
子蓋住小侍從，自己站在椅子前。

第 9 景

伯爵和薛呂班（兩個人藏著）、蘇珊娜、巴齊爾。

巴 齊 爾：小姐，你沒看到大人嗎？

蘇 珊 娜（唐突地）：嘿！我怎麼會看到他呢？走開。

巴齊爾（靠近她）：你用點腦筋想想，聽到我問起大人就沒什
　　　　麼好吃驚了。是費加洛找他。

蘇珊娜：這麼說他是要找除了你之外，那個最想害他的人？

伯　　爵（旁白）：看看他是怎麼爲我效勞的。

巴齊爾：要給一個女人甜頭，難道就會害她的先生嗎？

蘇珊娜：照你可怕的原則來看當然不會，給人牽線，傷風敗
　　　　俗！

巴齊爾：別人在這兒向你要的，不就是你要獻給另一個男人
　　　　的嗎？多虧了婚禮，你昨天不准做的事，明天都准
　　　　啦。

蘇珊娜：卑鄙！

巴齊爾：天底下的正經事中，婚姻是最滑稽的，我有想
　　　　過……

蘇珊娜（火大）：盡想些下流事！誰准你進來的？

巴齊爾：好啦，好啦，拗丫頭！你冷靜冷靜！婚事會照你心
　　　　裡想的進行。不過，你也不要以爲我會讓費加洛先
　　　　生礙了大人的好事，假使沒有那個小侍從……

蘇珊娜（小心翼翼）：唐[38]薛呂班？

巴齊爾（模仿她的語調）：Cherubino di amore[39]，他老是圍著你
　　　　身邊轉，今天早上我離開那時候，他還在這門邊繞
　　　　來繞去，想要進來。你敢說沒這回事？

....

38　"Don"：「唐」（先生）是西班牙的貴族稱號，小侍從都是貴族出身。
39　義大利文「愛的天使」之意，「薛呂班」（Chérubin）爲義大利文的「天使」之意。巴齊爾
　　彈羽管鍵琴、教音樂，懂義大利語。

蘇 珊 娜：什麼鬼話！走開，你這個壞蛋！

巴 齊 爾：一個人是壞蛋，就因為看穿了一切。他神神祕祕寫
　　　　　的那首情歌，不也是給你的嗎？

蘇 珊 娜（生氣）：啊！沒錯，是寫給我的！……

巴 齊 爾：除非他是寫給夫人的！的確，聽說他侍候用餐，盯
　　　　　著夫人看的那種眼神！……不過，哼，他千萬不要
　　　　　玩過頭！大人對這種事可是向來反應「過火」的[40]。

蘇 珊 娜（火大）：你真是混帳透頂，到處散布這種謠言，毀
　　　　　掉一個在主人面前失寵的小可憐。

巴 齊 爾：是我捏造的嗎？我會這麼說是因為大家都這麼說。

伯　　　爵（站起身）：怎麼？大家都這麼說！

蘇 珊 娜：天啊！

巴 齊 爾：哈！哈！

伯　　　爵：快出去，巴齊爾。把他打發走。

巴 齊 爾：啊！真是抱歉，我不應該進來的！

蘇 珊 娜（心亂）：我的天啊！我的天啊！

伯　　　爵（對巴齊爾）：她嚇壞嘍，我們扶她坐到這張椅子上
　　　　　來。

蘇 珊 娜（用力推開他）：我不要坐。這樣隨隨便便闖進來，真
　　　　　是沒品！

伯　　　爵：我們有兩個人和你在一起，親愛的，半點風險也沒
　　　　　有！

．．

40 "brutal"：意即「絕不寬恕」。此字原文用斜體，應該是要提醒演員強調這個字的言下之意。

巴 齊 爾：我呢，很抱歉剛才消遣了小侍從，讓您聽見了。我只是想試探她的心意，說到底……

伯　　爵：給他 50 個金幣[41]、一匹馬，打發他回老家。

巴 齊 爾：大人，就爲了我的一句玩笑話？

伯　　爵：那個風流小子，昨天我還撞見他和園丁的女兒混在一塊兒。

巴 齊 爾：和方雪特？

伯　　爵：而且是在她房裡。

蘇 珊 娜（火大）：大人去那兒，想必也是有事要辦嘍！

伯　　爵（高興地）：說得好。

巴 齊 爾：好兆頭，她聽懂了[42]。

伯　　爵（高興地）：你誤會了！我是要去找你舅舅安東尼奧，我那個酒鬼園丁，交代他幾件事。我敲門，等了好一陣子門才開。你表妹看來尷尬，我不由得起了疑心，一邊和她說話一邊觀察四周。門後頭有片布簾子什麼的，或者衣帽架[43]，不知道是個什麼東西，外頭蓋著些舊衣服。我裝作沒事，慢慢地走過去，慢慢掀起簾子（爲了模仿當時的動作，他掀開扶手椅子上的袍子），我就看見……（看見小侍從）啊！

巴 齊 爾：哈！哈！

伯　　爵：這一景相當於另一景。

....

41　pistole：一種舊制金幣。
42　原文直譯「這是個好預兆」：因爲蘇珊娜點出了伯爵的言下之意，換句話說，她了解伯爵對自己的意思，伯爵可望成功勾引她。
43　釘在牆上的木架子，上面包著布，用來吊掛衣物。

巴 齊 爾：還更精彩。

伯　　爵（對蘇珊娜）：好極咯，小姐，才剛訂婚，你就玩這
　　　　　些花樣來準備婚禮嗎？你想要一個人待在這裡，就
　　　　　是為了見我的小侍從？而你，先生，積習難改，對
　　　　　你的教母大不敬，追求她的貼身侍女、你朋友的妻
　　　　　子！但是費加洛是我看重也喜歡的人，我絕不允許
　　　　　他淪落為這種欺騙行為的受害者。巴齊爾，剛才他
　　　　　和你在一起嗎？

蘇 珊 娜（氣憤）：什麼欺騙，什麼受害者，根本是子虛烏有。
　　　　　您跟我說話的時候，他就在這裡了。

伯　　爵（發怒）：你怎麼睜眼說瞎話呢！他再怎麼凶狠的死
　　　　　敵，也沒膽量咒罵他碰到現在這個不幸。

蘇 珊 娜：他是來求我請夫人出面，懇求您原諒他。您進來，
　　　　　他嚇壞啦，就趕緊躲在這張椅子裡。

伯　　爵（怒火中燒）：鬼才信的狡辯！我一進來就坐在那張椅
　　　　　子上。

薛 呂 班：唉！大人，我那時正躲在椅子背後直發抖呢。

伯　　爵：又胡說！我自己剛才就站在椅子後面。

薛 呂 班：對不起，我就是那時候躲進椅子裡的。

伯　　爵（怒火更盛）：這條長蟲[44]原來就是條小……蛇！他偷
　　　　　聽我們談話！

薛 呂 班：正好相反，大人，我拚了全力不去聽[45]。

....

44 "couleuvre"：為一種無毒的水蛇。
45 "entendre"：有「聽」和「聽懂」雙重意涵。

伯　　爵：啊，卑鄙！（對蘇珊娜）你不用想嫁給費加洛了。

巴 齊 爾：您克制一下，有人來嘍。

伯　　爵（從扶手椅拉下薛呂班，讓他站著）：他就站這兒出糗！

第 10 景

薛呂班、蘇珊娜、費加洛、伯爵夫人、伯爵、方雪特、巴齊爾；許多僕人、穿上節慶衣服的農夫和農婦。

費 加 洛（拿一頂裝飾白羽毛和白絲帶的女帽，對伯爵夫人說）：只有您，夫人，能為我們向大人懇求這個恩澤了。

伯爵夫人：您看，伯爵先生，他們以為我有影響力，其實我根本沒有。話說回來，他們的要求也不是不合理⋯⋯

伯　　爵（尷尬）：應該是很不合理⋯⋯

費 加 洛（低聲，對蘇珊娜）：為我打氣。

蘇 珊 娜（低聲，對費加洛）：只是白花力氣。

費 加 洛（低聲）：好歹總要試試。

伯　　爵（對費加洛）：你們要什麼？

費 加 洛：大人，因為您廢除了一項可惡的特權，您的下人非常感動，這是出於您對夫人的愛⋯⋯

伯　　爵：嗯，怎麼，這項特權已經沒了。你想說什麼呢？

費 加 洛（狡點地）：就是現在，正是個好時機來頌揚一位好主人的美德。我今天從中得到這麼大的好處，想要在我的婚禮上帶頭慶祝。

伯　　爵（更尷尬）：你愛說笑，老弟！廢除一條可恥的律法

　　不過是償還品節的一筆欠債。一個西班牙人爲了征
　　服美人可以大獻殷勤，不過硬要美人獻出最甜蜜的
　　東西先讓我們享樂[46]，那就像是要求農奴繳交租稅。
　　哎！這是汪達爾人[47]的專制暴行，高貴的卡斯提亞
　　人[48]絕不認可。

費　加　洛（拉起蘇珊娜的手）：由於您的明智，這個女孩保住了
　　　　　　貞操，請當著所有人，親手將象徵您心意純潔的這
　　　　　　頂白絲帶羽毛處女帽爲她戴上。而且日後再舉行婚
　　　　　　禮，也請一律比照辦理，大夥兒再合唱四行詩歌以
　　　　　　資紀念……

伯　　　爵（尷尬）：要是我不知道抬出情人、詩人和音樂家這
　　　　　　三種人的名號可以賣傻的話……

費　加　洛：大夥兒，和我一起懇求大人吧！

全　　　體：大人！大人！

蘇　珊　娜（對伯爵）：爲什麼要躲開您受之無愧的讚美呢？

伯　　　爵（旁白）：可惡！

費　加　洛：看看她吧，大人。沒有更美麗的未婚妻能彰顯您犧
　　　　　　牲之大。

蘇　珊　娜：我的面貌不值一提，大人的美德才值得讚揚。

伯　　　爵（旁白）：這整套是耍人的把戲。

伯爵夫人：我也加入他們一起懇求，伯爵大人。這項儀式源自
　　　　　　您過往對我的眞情，我永遠珍惜。

46　意指初夜權。
47　“Vandale”：爲日耳曼民族，第五世紀起侵略西班牙。
48　“Castillan”：住在西班牙中部，爲文化薈萃之地。

伯　　爵：我始終對您一片真心，夫人，正因如此我才同意的。

全　　體：萬歲！

伯　　爵（旁白）：我中計啦。（高聲）為了把婚禮辦得更盛大，我想稍稍延後舉行。（旁白）趕緊把瑪絲琳找來。

費 加 洛（對薛呂班）：怎麼啦，淘氣鬼，你不拍手叫好嗎？

蘇 珊 娜：他正絕望呢，大人趕他走了。

伯爵夫人：喔！先生，請您原諒他吧。

伯　　爵：他完全不配。

伯爵夫人：唉！他還這麼小！

伯　　爵：不是您想的那麼小。

薛 呂 班（顫抖）：寬宏大度不是您迎娶夫人時放棄的貴族權利。

伯爵夫人：他只放棄了折磨你們所有人的那一項。

蘇 珊 娜：要是大人曾經放棄寬恕的權利，那他肯定情願頭一個私底下贖回來。

伯　　爵（尷尬）：這還用說。

伯爵夫人：咦！為什麼要贖回來呢？

薛 呂 班（對伯爵）：我過去行為輕浮，沒錯，大人，可是我絕不隨意洩露……

伯　　爵（尷尬）：好了，夠了……

費 加 洛：他是什麼意思呢？

伯　　爵（快接）：夠了，夠了。大家要求原諒，我照准，不

　　　　　　但如此，我派他去我的軍團當連長。

全　　體：萬歲！

伯　　爵：不過他得立刻動身到加泰隆尼亞[49]報到。

費 加 洛：喔！大人，明天吧。

伯　　爵（堅持）：這是我的命令。

薛 呂 班：遵命。

伯　　爵：向你的教母致敬，請求她的保佑。

　　　　（薛呂班單膝跪在伯爵夫人身前，說不出話來。）

伯爵夫人（受到感動）：既然你連今天都不能留，年輕人，那就
　　　　　動身吧。新的職務在召喚，你要盡忠職守。要爲你
　　　　　的恩人增光。不要忘了這座府邸，你年少時候是在
　　　　　這裡被寵大的。你要服從、誠實、勇敢，你的成功
　　　　　就是我們的成功。

　　　　（薛呂班站起身，回到原地。）

伯　　爵：您深受感動，夫人！

伯爵夫人：我不否認。一個孩子投身這麼危險的一行，誰知道
　　　　　未來的命運呢？他是我家族的親戚；再說，也是我
　　　　　的教子。

伯　　爵（旁白）：看來巴齊爾說得沒錯。（揚聲）年輕人，吻
　　　　　別蘇珊娜……最後一次。

費 加 洛：爲什麼呢，大人？他還要回來過冬呢。也親我一下
　　　　　吧，連長！（他擁抱薛呂班。）再會，我的小薛呂班。

----

49 Catalogne：位於西班牙東北邊，離安達魯西亞最遠的省分。

你要去過完全不同的生活了，我的孩子。嘿！你再也不能成天混在女人堆裡，不能吃到小甜點、奶油糕餅，不能再玩打手背或捉迷藏。見鬼啦！士兵可要好好帶。臉晒黑，制服穿到破，肩揹重步槍。向右轉，向左轉，向前走，走向光榮。小心馬前失蹄，除非一顆子彈飛來……

蘇　珊　娜：別說咯，好可怕！

伯爵夫人：什麼祝福嘛！

伯　　　爵：瑪絲琳哪裡去了呢？好奇怪，她倒是沒同你們在一起！

方　雪　特：大人，她抄農場的小路到鎮上去了。

伯　　　爵：她去去就回來嗎？……

巴　齊　爾：如果老天爺高興的話。

費　加　洛：但願老天爺永遠不高興……

方　雪　特：大夫先生挽著她的手臂走。

伯　　　爵（急切地）：醫生來了嗎？

巴　齊　爾：醫生一來，她就纏住不放……

伯　　　爵（旁白）：他來的正是時候。

方　雪　特：她一副氣鼓鼓的樣子，一邊走一邊大聲講話，然後站住，像這樣揮她的手臂……大夫先生用手這樣安撫她。她看樣子是氣壞啦！她提到我表姊夫費加洛的名字。

伯　　　爵（掐她的下巴）：表姊夫……還早著呢。

方　雪　特（指著薛呂班）：大人，昨天的事您饒了我們嗎？……

伯　　爵（打斷她[50]）：好，好[51]，小姑娘。

費　加　洛：她被愛情給迷了心竅，有可能來我們的婚禮搗亂。

伯　　爵（旁白）：她準來搗亂，我打包票。（高聲）走吧，夫
　　　　　　　人，我們進去吧。巴齊爾，你來我房裡一趟。

蘇　珊　娜（對費加洛）：你回頭來找我好嗎，我的寶貝？

費　加　洛（低聲對蘇珊娜）：他這下子上鉤[52]了吧！

蘇　珊　娜（低聲）：傻小子[53]！

　　　　　（全體下。）

第 11 景

薛呂班、費加洛、巴齊爾。

（全體離場時，費加洛喊住薛呂班和巴齊爾，把他們拉回來。）

費　加　洛：啊呀，你們倆先別走！結婚典禮一訂下來，接下來
　　　　　　　就是我的慶祝晚會了。我們務必要好好排練，千萬
　　　　　　　不要像一些演員，在劇評最注意的那一天反倒演砸
　　　　　　　了。我們也不可能演第二天作為彌補。大家今天務
　　　　　　　必把個人演的角色練好。

巴　齊　爾（狡猾地）：我的角色比你想的可要難得多。

費　加　洛（趁他不注意，在他背後做揍人的手勢）：你也遠遠想不

50　本劇阿姆斯特丹海盜版註記：伯爵招她的下巴，小聲說「什麼都不要說」，Larthomas, "Notes
　　et variantes : *La Folle journée ou le Mariage de Figaro*", *op. cit.*, p. 1389, note 3 du page 400。

51　"Bonjour, bonjour"：「早安，早安」，此處是打發人離開之意。

52　"enfilé"：此字的發音和上一句最後 "mon fils" 諧音，參閱注釋 11。

53　"charmant garçon"：「可愛的傢伙」，指費加洛，語意略諷刺，蘇珊娜清楚伯爵沒那麼容易
　　受騙。

　　　　　　　到你的角色會有多成功。

薛 呂 班：好朋友，你忘了我得立刻上路。

費 加 洛：偏偏你呢，卻很想留下來！

薛 呂 班：啊！要是我想留就能留！

費 加 洛：那就得用詭計。你上路時不要嘀嘀咕咕。披上旅行
　　　　　披風，當著人整理行囊，讓人看到你的馬拴在鐵柵
　　　　　門邊，騎馬快跑到農場，再從後面走回來。這麼
　　　　　一來，大人就會以為你已經走了。只要離開他的視
　　　　　線，晚會過後，我負責讓他氣消下來。

薛 呂 班：不過方雪特還不知道怎麼演她的角色！

巴 齊 爾：八天來你老跟著她，到底是教了她什麼鬼東西呢？

費 加 洛：你今天沒別的事，拜託教教她吧。

巴 齊 爾：小心，年輕人，小心！她爸爸老大不高興，賞了
　　　　　她幾個耳光，她肯跟你學戲才怪。薛呂班！薛呂
　　　　　班！你害她愁眉苦臉！俗語說：「老拿瓦罐去盛
　　　　　水！」……

費 加 洛：喔！我們的蠢蛋又在賣弄老話嘍！好吧，教書匠[54]，
　　　　　世間的至理名言是怎麼說來著？「老拿瓦罐去盛
　　　　　水，結果……」

巴 齊 爾：結果就盛滿了[55]。

費加洛（邊走開邊說）：不是那麼蠢，不賴嘛，沒那麼蠢！

....

54 "pédant"：「學校老師」，引申為「好為人師者」，因巴齊爾教音樂。
55 巴齊爾暗示方雪特可能懷孕。這句老諺語的結尾應該是瓦罐就「破了」（"Tant va la cruche à
　l'eau (qu'à la fin elle se casse)"），意喻「夜路走多了，總會碰到鬼」。2 幕 23 景再度指涉了
　這句話，參閱下一幕注釋 30。

第 二 幕

　　一間華麗的臥房，牆凹處擺一張大床，舞台前面有座平台。進出的門開在右邊第三道幕上，梳妝室的門開在左邊第一道幕上。房間深處有扇門通向女傭的房間，另一側有扇窗。

第 1 景

蘇珊娜、伯爵夫人從右側的門上場。

伯爵夫人（撲向沙發椅上）：門關上，蘇珊娜，告訴我全部實情，鉅細靡遺。

蘇　珊　娜：我什麼也沒瞞著夫人。

伯爵夫人：什麼！蘇松，他想引誘你？

蘇　珊　娜：喔！才不是！大人對他的下女用不著這麼客套，他用錢買我。

伯爵夫人：當時那個小侍從也在場嗎？

蘇　珊　娜：對，也就是說躲在大椅子後面。他是來求我請您出面求大人原諒。

伯爵夫人：咦！他為什麼不直接來找我呢？難道我會拒絕他嗎，蘇松？

蘇　珊　娜：我就是這麼說的呀，可是離情依依，尤其是捨不得要離開夫人！「喔！蘇松，她是這麼的高貴，這麼美麗！儀態卻又這麼讓人肅然起敬！」

伯爵夫人：我看起來是這樣子嗎，蘇松？我一向都是護著他的呀。

蘇　珊　娜：然後他看到我手上拿著您晚上挽頭髮用的絲帶，就撲上來搶……

伯爵夫人（微笑）：我的絲帶？……多麼孩子氣！

蘇　珊　娜：我想搶回來，夫人，沒想到他簡直是頭獅子，兩隻眼睛閃閃發亮……用細細的嗓子出力尖叫「你搶不回去的，除非要我的命」。

伯爵夫人（遐想）：然後呢，蘇松？

蘇　珊　娜：然後，夫人，和這個小魔鬼糾纏哪能收場呢？東一句「我的教母」，西一句「我真想這樣那樣」。他連吻夫人裙擺的膽子都沒有，就直想著要吻我。

伯爵夫人（遐想）：不說……不說這些傻事了……說到底，我可憐的蘇珊娜，我丈夫最後還是對你說……？

蘇　珊　娜：說我要是不肯聽他的，他就要支持瑪絲琳。

伯爵夫人（站起身，邊走動邊用力搧扇子）：他根本不愛我了。

蘇　珊　娜：那為什麼又這麼愛嫉妒呢？

伯爵夫人：就像所有的丈夫，我親愛的！全是自尊心作祟！啊！我太愛他了！他對我的溫柔膩了，對我的愛情厭了，這是我犯的唯一過錯。倒是你既然說出實話，我就不會讓他壞了你的婚事，你準能如願嫁給費加洛，只有他能幫我們忙。他就要來了嗎？

蘇　珊　娜：一看到大人出發打獵他就過來。

伯爵夫人（搧扇子）：打開一點靠花園那邊的窗戶。這裡真是熱！……

蘇　珊　娜：那是因為夫人一直很激動，邊走邊說的關係。

（她走過去打開房間後方的窗子。）

伯爵夫人（陷入沉思）：一直這樣迴避我……男人眞是不可原
　　　　　諒！

蘇　珊　娜（從窗口大聲喊）：啊！大人騎馬穿過大菜園，後面跟
　　　　　著佩德里耶，還有兩隻、三隻、四隻獵狗。

伯爵夫人：那我們就有時間了。（她坐下。）有人敲門嗎，蘇
　　　　　松？

蘇　珊　娜（唱著歌跑去開門）：啊！是我的費加洛！啊！我的費
　　　　　加洛來了！

第 2 景

費加洛、蘇珊娜、伯爵夫人（坐著）。

蘇　珊　娜：我親愛的，進來吧。夫人都等不及了！……

費　加　洛：那你呢，小蘇珊，你不急嗎？夫人不必急。這是怎
　　　　　麼一回事呢？說穿了，不過是樁小事罷了。伯爵大
　　　　　人覺得我們年輕的太太[1]可愛，想收她當情婦，說
　　　　　來也是理所當然。

蘇　珊　娜：什麼理所當然？

費　加　洛：再說他任命我當公文信差，蘇松當大使館顧問，這
　　　　　種任命並不冒失。

蘇　珊　娜：你有完沒完？

費　加　洛：就因爲蘇珊娜，我的未婚妻，不願接受這個職務，
　　　　　伯爵大人就支持瑪絲琳的盤算。天底下還有更簡單
　　　　　的事嗎？誰妨礙了我們的計畫，就推翻誰當作報

1　費加洛已經以蘇珊娜的丈夫自居了。

　　　　　　　復。大家都來這一套，我們也來。好啦，話說完
　　　　　　　了。

伯爵夫人：費加洛，這個計畫可能賠上我們所有人的幸福，你
　　　　　　　怎麼能一派輕鬆呢？

費　加　洛：誰說輕鬆來著？

蘇　珊　娜：我們憂愁得很，你不但不……

費　加　洛：我忙著打理這件事，難道還不夠嗎？不行，我們也
　　　　　　　要像他那樣行動，井井有條。先讓他擔心自己的
　　　　　　　事，他就不會對我的財產[2]這麼熱情。

伯爵夫人：說得好，可是怎麼做呢？

費　加　洛：已經啟動了，夫人。他收到一個假情報，說您……

伯爵夫人：說我？你昏頭了！

費　加　洛：哈！昏頭的人應該是他。

伯爵夫人：像他那種愛嫉妒的人！……

費　加　洛：再好不過。要利用這種個性的人，只要稍稍刺激他
　　　　　　　們一下。女人最懂這一手喲！等到他們氣得滿臉通
　　　　　　　紅，再耍個小小詭計，就能牽著他們的鼻子走，一
　　　　　　　直走到瓜達基維爾河[3]裡去。我叫人交給巴齊爾一
　　　　　　　封匿名信，警告大人今晚的舞會[4]上有一位愛慕者
　　　　　　　會來找您。

伯爵夫人：而你就這樣玩弄一個貞潔女人的名節！……

⋯⋯⋯⋯⋯⋯⋯⋯⋯⋯⋯⋯⋯⋯⋯⋯⋯⋯⋯⋯⋯⋯⋯⋯⋯⋯⋯⋯⋯⋯⋯⋯⋯

2　指蘇珊娜。
3　Guadalquivir；安達魯西亞的主要河流。
4　指涉伯爵將舉行的狩獵晚宴，Lavezzi, "Métaphore et modèle de la chasse dans *La Folle
　　Journée*", *op. cit.*, p. 278.

費 加 洛：這個計策，夫人，我只敢用在少數幾位女人身上，
　　　　怕的就是當眞被我說中了。

伯爵夫人：這麼說我還得謝謝你費心！

費 加 洛：言歸正傳，把伯爵今天的行程排滿，讓他原來打算
　　　　要和我們妻子調情的時間，全耗在夫人身邊轉來繞
　　　　去，嘴裡詛咒個沒完，您說這不有趣嗎？他已經
　　　　沒了方向：是應該追逐這個女人呢？還是監視另一
　　　　個？他的心思整個亂了套。看啊，看啊，他跑過草
　　　　原，猛追一隻無路可逃的野兔子。婚禮的時間眼看
　　　　就要到了，他不至於反對我們的婚事。他絕對不敢
　　　　在夫人面前唱反調。

蘇 珊 娜：他是不敢，但是瑪絲琳，那位才女，她可敢啦。

費 加 洛：哎呀呀。這事可讓我擔心啦，眞是的！你找人去對
　　　　大人說，天黑時候要去花園走走。

蘇 珊 娜：你靠這一招？

費 加 洛：喔，怎麼不！聽著：那些什麼都不想動手的人，什
　　　　麼都別想做，最後就落得一無是處。我要說的就是
　　　　這話。

蘇 珊 娜：說得漂亮！

伯爵夫人：想得也一樣美。你可同意她去花園赴約？

費 加 洛：門兒都沒有。我要找個人換穿蘇珊娜的衣服去，伯
　　　　爵在約會當場被逮個正著，還能不認帳嗎？

蘇 珊 娜：誰來換上我的衣服呢？

費 加 洛：薛呂班。

伯爵夫人：他已經走了。

費 加 洛：對我來說沒有。你們可願意聽我的？

蘇 珊 娜：要搞計謀，他這人信得過。

費 加 洛：同時搞兩個、三個、四個，搞得錯綜複雜，互相交錯。我天生就是搞政治的料。

蘇 珊 娜：人家說做這一行非常難！

費 加 洛：收錢、拿錢、要錢，這一行的祕訣就在這三句口訣。

伯爵夫人：他這麼有把握，我也信了。

費 加 洛：這就是我的計畫。

蘇 珊 娜：你剛剛說什麼？

費 加 洛：我說趁大人不在，我去叫薛呂班過來。你們幫他梳好頭，換穿衣服，我再把他藏起來，指點他要做的事。然後，大人，您的好戲就上場嘍。

　　　　（他下。）

第 3 景

蘇珊娜、伯爵夫人（坐著）。

伯爵夫人（拿起點痣盒 [5]）：我的天，蘇松，看我這副模樣！……那個年輕人就要來了！……

蘇 珊 娜：夫人不願意他逃過這個情關 [6] 嗎？

伯爵夫人（對著點痣盒中的小鏡子，遐想）：我嗎？……你看我怎麼責備他。

5　十八世紀的婦女流行在臉上點痣，盒蓋上附鏡子。
6　"en réchappe"：為浪漫說法，意指薛呂班將難抵伯爵夫人的美貌襲擊。

蘇　珊　娜：要他唱他寫的那首浪漫情歌。

　　　　　　　（她把歌詞頁放在伯爵夫人膝上。）

伯爵夫人：可是我的頭髮真是亂得……

蘇　珊　娜（笑）：我只要把這兩綹捲髮再撥一下，夫人責備他
　　　　　　　　效果就更好喲。

伯爵夫人（回過神來）：你在説什麼呢，小姐？

第 4 景

薛呂班面有愧色，蘇珊娜、伯爵夫人（坐著）。

蘇　珊　娜：請進，軍官先生，夫人可以見客咯。

薛　呂　班（發抖地走上前）：啊！聽到別人這樣喊我真是傷心，
　　　　　　　　夫人！這也就是説我必須離開這個地方……離開一
　　　　　　　　位教母這麼樣的……好！……

蘇　珊　娜：又這麼美！

薛　呂　班（嘆息）：唉！是呀。

蘇　珊　娜（模仿他的語調）：「唉！是呀。」這位好青年！長著
　　　　　　　　假惺惺的長睫毛。來吧，美麗的青鳥[7]，爲夫人唱這
　　　　　　　　首浪漫曲。

伯爵夫人（展開歌詞）：這是誰……編的呀？

蘇　珊　娜：瞧瞧這個滿臉通紅的罪魁禍首，臉上是塗了一吷厚
　　　　　　　　的腮紅嗎？

7　拿薛呂班的服裝顏色開玩笑，同時也可能指涉有名的故事《青鳥》（*L'Oiseau bleu*, Mme
　　d'Aulnoy, 1697），其男主角扮成青鳥，唱出憂鬱和愛意。

薛　呂　班：難道不准人⋯⋯心儀⋯⋯

蘇　珊　娜（把拳頭舉到他鼻下）：我要抖出一切，小搗蛋！

伯爵夫人：好啦⋯⋯他要唱嗎？

薛　呂　班：喔！夫人，我抖成這樣！⋯⋯

蘇　珊　娜（取笑並模仿他）：囁囁囁囁囁囁，夫人要聽就開口
　　　　　　唱，害羞的作者！我來伴奏。

伯爵夫人：拿我的吉他來。

　　伯爵夫人坐著，拿起歌詞對著看。蘇珊娜站在她坐的椅子後面，越過女主人頭部看樂譜，開始彈琴。小侍從站在伯爵夫人面前，兩眼低垂。這個舞台畫面複製范洛[8]美麗的版畫《西班牙對話》。

浪漫情歌

曲調：〈馬爾勃羅從軍曲〉[9]

第一節

我的戰馬氣喘吁吁

（我的心，我的心好痛！）

跑過大片大片的平原，

任憑戰馬四處奔馳。

8　Van Loo：全名 Charles André (dit Carle) Van Loo，法國畫家（1705-1765），其畫作在十八世紀頗有名氣。

9　*Marlbroug s'en va-t-en guerre*：十八世紀流行的浪漫情歌，其曲調來源古老，法文歌詞則是十八世紀新寫，用來揶揄驍勇善戰的英軍將領馬爾勃羅公爵（1650-1722），但他並未如原歌詞所言在西班牙王位戰爭（bataille de Malplaquet, 1709）中陣亡，只是受了傷。

第二節

任憑戰馬四處奔馳，

既無馬夫也無侍從；

跑到一道冷泉旁，

（我的心，我的心好痛！）

想念我的教母，

想到我淚涔涔。

第三節

想到我淚涔涔，

悲悲戚戚淚漣漣，

我在桦樹上

（我的心，我的心好痛！）

刻下她的芳名，沒刻我的，

國王恰巧經過。

第四節

國王恰巧經過，

男爵和教士陪侍在旁。

美侍從，王后開口說，

（我的心，我的心好痛！）

誰讓你傷心欲絕？

誰讓你淚如泉湧？

第五節

誰讓你淚如泉湧？
務必要告訴我們。
啓稟王后和國王
（我的心，我的心好痛！）
我有過一位教母，
是我永遠的愛慕[10]。

第六節

是我永遠的愛慕，
我想我會心碎而死。
美侍從，王后說，
（我的心，我的心好痛！）
不就是一位教母嗎？
我來當你的教母。

第七節

我來當你的教母，
你就當我的侍從；
然後和年輕的海倫，
（我的心，我的心好痛！）
一名上廚的女兒，

10　伯爵夫人聽到這裡，對折歌詞單，示意薛呂班不要再唱下去。

有一天你和她共結連理。

第八節

有一天你和她共結連理。
不，請不要說了！
我寧願，拖著我的鎖鏈，
（我的心，我的心好痛！）
為這痛苦而死，
也不願得到安慰。

伯爵夫人：唱得好自然……還帶著感情。

蘇　珊　娜（將吉他放在椅子上）：喔！說到感情，他是一個年輕
　　　　　人自然……喔，對了，軍官先生，有沒有人告訴
　　　　　你，今天的晚會要辦得好玩[11]。我們想先知道，你要
　　　　　是穿上我的衣服合不合身？

伯爵夫人：我怕不合身。

蘇　珊　娜（和他比身高）：他和我一樣高。先脫掉這件外套再
　　　　　說。（她幫薛呂班脫下外套。）

伯爵夫人：有人進來怎麼辦？

蘇　珊　娜：難道我們在做什麼壞事嗎？我去關門。（她跑過
　　　　　去。）倒是，我要看看帽子行不行。

伯爵夫人：就在梳妝台上，有一頂我的。

....

11 薛呂班被蒙在鼓裡，不知道全盤的計畫。

（蘇珊娜走進梳妝間，門開在舞台邊上。）

第5景

薛呂班、伯爵夫人（坐著）。

伯爵夫人：舞會之前，伯爵不會知道你還在府裡。之後我們再
　　　　　向他解釋：要辦你的軍官委任狀時，我們忽然靈機
　　　　　一動……

薛　呂　班（出示委任狀）：唉！夫人，委任狀在這裡！大人派巴
　　　　　齊爾交給我的。

伯爵夫人：已經給了你？連一分鐘也不耽擱。（看委任狀。）他
　　　　　們辦得這麼火急，竟然忘記蓋上伯爵的印信。

　　　　　（她還給薛呂班。）

第6景

薛呂班、伯爵夫人、蘇珊娜。

蘇　珊　娜（拿頂大帽子上場）：印信，要蓋在哪裡呢？

伯爵夫人：他的委任狀上。

蘇　珊　娜：已經給了他？

伯爵夫人：就是說啊。是我那一頂嗎？

蘇　珊　娜（坐到伯爵夫人身旁）：而且是最美麗的那一頂。（嘴裡
　　　　　銜著別針，一邊唱。）

　　　　　「臉轉向這邊吧，

我英俊的朋友尚德利拉 [12]。」

（薛呂班跪下，蘇珊娜幫他戴上帽子。）

夫人，他眞是可愛！

伯爵夫人：領子理一理，會更像個女生。

蘇　珊　娜（整理薛呂班的領子）：好啦……看這個小鬼，扮成女
　　　　　　孩多美啊！連我也要眼紅！（托住他的下巴。）你不
　　　　　　要這麼美好不好？

伯爵夫人：她瘋啦！袖口應該拉高才能扣緊一點 [13]……（捲起薛
　　　　　呂班的袖子。）他手臂上綁著什麼呀？一條絲帶！

蘇　珊　娜：而且是您的絲帶。夫人看到啦，我眞是高興。我老
　　　　　早警告過他，我會抖出來的！喔！如果大人那時候
　　　　　沒闖進來，我早搶回來了，我的力氣不比他小。

伯爵夫人：上面有血！（解開絲帶。）

薛　呂　班（面有愧色）：今天早上，打算要動身，我爲馬調整馬
　　　　　　銜索，牠的頭一動，馬纓擦傷了我的手臂。

伯爵夫人：絲帶可不是拿來當 [14]……

蘇　珊　娜：尤其是一條偷來的絲帶。瞧瞧……什麼馬纓……
　　　　　馬直立 [15]……馬什麼的 [16]……這些名堂我完全聽不
　　　　　懂。啊呀！他的手臂好白！像女人一樣！比我的還

12　出自《札摩拉公主》（L'Infante de Zamora, texte de N.-E. Framery, musique de Paisiello）中的〈臉
　　轉向這邊吧〉（Tournez-vous par ici）曲子，1781 年出版。
13　"amadis"：一種窄袖，鈕釦在手腕處；之所以如此稱呼，因爲第一次出現在呂利（Lully）的
　　歌劇《阿馬迪斯》（Amadis, 1684）。
14　作繃帶用。
15　"courbette"：馬術用語，指馬兒用後肢站立，前肢彎曲。
16　原文爲 "cornette"：一種圓錐形女帽。此字和之前的 "courbette"（馬直立）、"bossette"（馬纓）、
　　"gourmette"（馬銜索）的尾韻一致，蘇珊娜不懂馬術用語，隨口胡說。

要白！您看呀，夫人！

（她比較兩個人的手臂。）

伯爵夫人（冷冷地）：你還是到梳妝間把黏皮膏拿過來吧。

（蘇珊娜笑著推了推薛呂班的頭，害他差點倒下，雙手撐著。她走進舞台邊上的梳妝間。）

第 7 景

薛呂班（跪著）、伯爵夫人（坐著）。

伯爵夫人（沉默一陣子，眼睛看著絲帶。薛呂班熱情地注視她。）：我的絲帶中，先生……這條的顏色我最喜歡……丟掉了，我很氣惱。

第 8 景

薛呂班（跪著）、伯爵夫人（坐著）、蘇珊娜。

蘇　珊　娜（回來）：要包紮他的手臂嗎？

（她把黏皮膏和剪刀交給伯爵夫人。）

伯爵夫人：去拿你的衣服來給他換上，把另一頂帽子的絲帶一起拿過來。

（蘇珊娜從舞台深處的門出去，帶走薛呂班的外套。）

第 9 景

薛呂班（跪著）、伯爵夫人（坐著）。

薛　呂　班（雙眼垂下）：那條我被收走的絲帶馬上就能派上用場。

伯爵夫人：有什麼功效？（拿黏皮膏給他看。）這才有用。

薛　呂　班（吞吞吐吐）：一條絲帶……綁過頭髮……或者是碰觸
　　　　　　　　　　過皮……

伯爵夫人（打斷他）：……一個外人的皮膚，對傷口就有用嗎？
　　　　　　　　我還不知道有這種療效。我留下這條你綁過胳臂的
　　　　　　　　絲帶試試看。一擦破皮……我的下人一擦破皮，我
　　　　　　　　就拿來試試看。

薛　呂　班（被看破）：絲帶您留下了，我呢，卻必須離開。

伯爵夫人：不是一去不回呀。

薛　呂　班：我是多麼不幸！

伯爵夫人（感動）：他哭了！都怪那個壞費加洛盡說些不吉祥
　　　　　　　　的話！

薛　呂　班（激昂地）：啊！我倒寧願走到他預言的人生盡頭！要
　　　　　　　　是一了就能百了，我的嘴也許就敢……

伯爵夫人（打斷他，用手帕爲他拭淚）：不要説了，不要説了，孩
　　　　　　　　子！你的話沒半點道理。（有人敲門，她提高聲量。）
　　　　　　　　誰這樣敲我的門？

第 10 景

薛呂班、伯爵夫人、伯爵（在門外）。

伯　　　爵（在外面）：門爲什麼鎖住了呢？

伯爵夫人（心慌，站起身）：是我丈夫！老天呀！……（對薛呂
　　　　　　　　班，他也站起來。）你沒穿外套，脖子和手臂露出
　　　　　　　　來！單獨和我在一起！衣衫這樣不整，再加上他收
　　　　　　　　到了匿名信，又多疑善妒！……

伯　　爵（在外面）：您不開門嗎？

伯爵夫人：因爲……我只有一個人。

伯　　爵（在外面）：一個人！那您在和誰說話呢？

伯爵夫人（找話說）：……和您呀，眞是的。

薛　呂　班（旁白）：昨天和今早才被他逮住，這回他鐵定當場
　　　　　　　　把我殺了！

　　　　（他跑進梳妝間，關上門。）

第 11 景

伯爵夫人獨自一人，取下梳妝間的鑰匙，跑去爲伯爵開門。

伯爵夫人：啊！完了！完了！

第 12 景

伯爵、伯爵夫人。

伯　　爵（有點嚴厲）：您平時沒習慣把自己關在房裡呀！

伯爵夫人（心慌意亂）：我……我在試穿衣服……對，我和蘇珊
　　　　　　　　娜在試穿、修改衣服，她剛剛才回自己房裡去。

伯　　爵（端詳她）：您的臉色和聲音整個兒變了！

伯爵夫人：這沒什麼好奇怪……一點也不奇怪……我向您保
　　　　　　證……我們說起您……她前腳才剛走，就像我剛剛
　　　　　　說的……

伯　　爵：你們談起我！……我心裡有件事放不下，這才趕了
　　　　　　回來。方才上馬就要出發，有人交給我一封匿名
　　　　　　信，裡面的話我雖然一個字也不信，我卻……心情

激動。

伯爵夫人：怎麼回事，先生？……什麼匿名信呀？

伯　　爵：夫人，我們不得不承認您或我身邊圍著一些……很壞的人！有人通知我，說是就在今天，有一個我以為不在這裡的人要找機會接近您。

伯爵夫人：不管那個大膽的人是誰，要想見我，就得進到這個房間裡來，我今天一整天都不打算走出房門。

伯　　爵：那麼今天晚上，蘇珊娜的婚禮怎麼辦呢？

伯爵夫人：什麼都不成理由，我人很不舒服。

伯　　爵：幸好大夫在這裡。（薛呂班在梳妝間弄倒了一張椅子。）什麼聲響？

伯爵夫人（心更慌）：聲響？

伯　　爵：有人翻倒了家具？

伯爵夫人：我……我什麼也沒聽到。

伯　　爵：您準是心神不寧！

伯爵夫人：心神不寧！為了什麼？

伯　　爵：梳妝間裡面有人，夫人。

伯爵夫人：哎……您想會有誰呢，先生？

伯　　爵：該問的人是我，我剛才進來的。

伯爵夫人：呃誰知道呀……自然是蘇珊娜在整理東西。

伯　　爵：您之前說她回自己房裡去了！

伯爵夫人：回她房裡……或者是進那裡面去了，我不確定。

伯　　爵：如果是蘇珊娜，您見到我有什麼好慌的呢？

伯爵夫人：爲了我的女傭心慌？

伯　　爵：是不是爲了您的女傭，我不知道，但是您的神情慌張，誰都看得出來。

伯爵夫人：毫無疑問，先生，這個丫頭搞得您心慌意亂，您關心她遠勝於我。

伯　　爵（惱怒）：我是這樣關心她，夫人，所以要馬上見到她。

伯爵夫人：我相信，説實話，您時時想見到她，不過這樣無憑無據就疑神疑鬼……

第 13 景

伯爵、伯爵夫人、蘇珊娜（拿著衣物從舞台後方的門上）。

伯　　爵：這種懷疑很容易排除。（對著梳妝間説。）出來，蘇松，我命令你。

　　（蘇珊娜停在舞台底部，靠近牆凹處。）

伯爵夫人：她幾乎是光著身子，先生。您怎麼能打擾迴避不見的女人呢？她這就要出嫁，我送她幾件衣服，她正在試穿，一聽見您的聲音，趕緊就躲了進去。

伯　　爵：要是她這麼怕見人，至少可以説句話吧。（轉向梳妝間的門。）回答我，蘇珊娜，你在梳妝間裡面嗎？

　　（蘇珊娜仍站在舞台後方，立時衝向牆凹處躲起來。）

伯爵夫人（急切地對著梳妝間説）：蘇松，我不許你回答。（對伯爵）從來沒見過有人這麼霸道的！

伯　　爵（走向梳妝間）：哈！那好！既然她不出聲，不管有沒有穿衣服，我一定要見到她。

伯爵夫人（攔在伯爵前面）：在任何別的地方，我不能攔
　　　　　著……，不過我也希望在我的房間裡……

伯　　爵：我嘛，倒是希望很快就能知道這位神祕的蘇珊娜究
　　　　　竟是誰。要你交出鑰匙，我知道是白費功夫。不過
　　　　　還有一個妥貼的辦法，那就是撬開這扇薄薄的門。
　　　　　喂！來人呀！

伯爵夫人：喊下人來，疑心病一起就鬧成公開的醜聞，存心要
　　　　　把我們兩個人變成整個府邸的笑柄嗎？

伯　　爵：說得極是，夫人。其實，我一個人就行，我這就去
　　　　　我的房裡拿需要的……（剛要出去又折返。）話說回
　　　　　來，這麼不想出醜的話，爲了維持這裡的原狀，就
　　　　　麻煩您不聲張、不出聲陪我走一趟吧？……這麼簡
　　　　　單的請求，您不至於拒絕吧！

伯爵夫人（慌亂）：唉！先生，誰會想到要和您唱反調呢？

伯　　爵：啊！我差點忘了還有那扇通向您下人房間的門也必
　　　　　須鎖上，好完全證明您說過的話。

　　　　（他走過去鎖上舞台後面的門，並拔走鑰匙。）

伯爵夫人（旁白）：老天啊！竟然這樣大意，可惡！

伯　　爵（回到她身邊）：現在房間鎖好了，請挽著我的手走
　　　　　吧。（提高嗓門。）在梳妝間的蘇珊娜，就麻煩她等
　　　　　一等；我一回來，她可要吃點小苦頭……

伯爵夫人：老實說，先生，這真是最丟人現眼的演出……

　　　　（伯爵挽著她出場，並鎖上門。）

第 14 景

蘇珊娜、薛呂班。

蘇　珊　娜（從牆凹處出來，跑向梳妝間，對鑰匙孔說）：開門，薛呂
　　　　　　　班，快開門，我是蘇珊娜，開門，出來。

薛　呂　班（走出來）：啊！蘇松，多可怕的場面呀！

蘇　珊　娜：出去，一分鐘都不能耽擱。

薛　呂　班（驚嚇）：呃！從哪裡出去呢？

蘇　珊　娜：我不知道，可是你非得出去不可。

薛　呂　班：要是沒有出路呢？

蘇　珊　娜：你早上已經被撞見一回，這回他包準把你揍扁，我
　　　　　　和夫人也完蛋啦。快跑去告訴費加洛……

薛　呂　班：花園那頭的窗戶不太高吧。

　　　（他跑過去看。）

蘇　珊　娜（驚恐）：有一整層樓高耶！絕對不行！啊！我可憐
　　　　　　的女主人！還有我的婚禮也泡湯了，天啊！

薛　呂　班（走回來）：窗戶下面是瓜田，大不了壓垮一、兩座苗
　　　　　　床……

蘇　珊　娜（拉住他，大聲喊）：往下跳準沒命！

薛　呂　班（激昂地）：就算是個火坑，蘇松！是的，我也會跳下
　　　　　　去，絕不能連累她……這一吻會保佑我。

　　　（他吻蘇珊娜，然後跑向窗戶往下跳。）

第 15 景

蘇珊娜單獨一人，發出尖叫聲。

蘇 珊 哪：啊！……（跌坐在椅上一會兒，好不容易起身走到窗口
　　　　　去看，再走回來。）他已經一溜煙跑得不見人影喲。
　　　　　喔！這個小搗蛋！快手快腳，又長得俊！這傢伙不
　　　　　愁沒有女人愛……趕緊替補他的位置吧。（走進梳
　　　　　妝間。）伯爵大人，現在要是覺得好玩，不妨破門
　　　　　而入，鬼才會回應您！

　　　（她把自己鎖在梳妝間裡。）

第 16 景

伯爵和夫人回到房間。

伯　　　爵（把手中的鉗子扔到椅上）：一切沒變，和我剛才離開時
　　　　　一模一樣。夫人，您當真要看我撬開這扇門，想想
　　　　　後果吧。再問一次，您願意自己打開嗎？

伯爵夫人：唉！先生，怎麼爆發這麼可怕的脾氣，傷了夫妻的
　　　　　情分呢？要是出於愛，您勃然大怒，那不管如何不
　　　　　合情理，我都可以原諒。顧慮到這一層，我也許可
　　　　　以忘記您大發怒氣，這對我是一種冒犯。不過單單
　　　　　因為虛榮，一位翩翩君子的反應就能這麼極端嗎？

伯　　　爵：不管是愛情或虛榮，您還是打開門，否則我立刻
　　　　　就……

伯爵夫人（攔在門前）：住手，先生，我求求您！難道您認為我
　　　　　會不守婦道嗎？

伯　　　爵：隨您怎麼說吧，夫人。不過我倒要看看到底是誰藏

在這梳妝間裡。

伯爵夫人（驚恐）：好吧，先生，那個人您要看就看吧[17]。您聽我說……心平氣和地。

伯　　爵：這麼說不是蘇珊娜？

伯爵夫人（戰戰兢兢）：至少也不是一個……值得您害怕的人……我們在排練一場小玩意兒……其實完全無傷大雅，為了今天晚上的……而且我向您發誓……

伯　　爵：您向我發誓？

伯爵夫人：發誓說我們也沒打算要冒犯您，那個人和我。

伯　　爵（快接）：那個人和您？是個男人嗎？

伯爵夫人：是個孩子，先生。

伯　　爵：嗯！是誰？

伯爵夫人：我幾乎不敢說出他的名字！

伯　　爵（憤怒）：我要殺了他。

伯爵夫人：老天啊！

伯　　爵：說！

伯爵夫人：就是那個小……薛呂班……

伯　　爵：薛呂班！那個肆無忌憚的小子！我的疑心和那封匿名信現在都證明了不是空穴來風。

伯爵夫人（雙手合攏）：啊！先生！千萬不要以為……

伯　　爵（跺腳，旁白）：我到處都碰到這個該死的小侍從！

17　"vous le verrez"：「您將看到那個人」，"le" 為男性代詞，因此下句話伯爵才會知道不是蘇珊娜。

（高聲）好咯，夫人，打開門吧，現在我通通都知
　　道了。這裡面假使沒有什麼罪過，今天早上送他走
　　的時候，您就不會這麼感動了。我命令他走，他不
　　會不走。您不必費心編出這麼一個蘇珊娜騙人的故
　　事，他也用不著這麼小心地躲起來。

伯爵夫人：他怕一露臉就惹您光火。

伯　　爵（暴怒，對梳妝間大吼）：滾出來，不幸的小子！

伯爵夫人（抱住他的腰，拉開他）：啊！先生，先生，您暴躁如
　　　　雷，我真替他害怕。求求您，不要相信沒有根據的
　　　　懷疑！不要看到他衣衫不整就……

伯　　爵：衣衫不整！

伯爵夫人：唉！是的，正要反串女人，套上女裝，頭上戴了我
　　　　的帽子，身上只穿上衣，沒穿外套，上衣領子敞
　　　　開，手臂露在外面。他正要試……

伯　　爵：而您還想要待在自己房裡！不自重的妻子！啊！您
　　　　就守在房裡好了……長年守著[18]，不過我必須先趕走
　　　　那個非分的小子，無論在任何地方絕對再也見不到
　　　　他。

伯爵夫人（跪下，高舉雙臂）：伯爵先生，饒了一個孩子吧。我
　　　　一輩子都原諒不了自己，是我造成……

伯　　爵：您越怕，他的罪就越重。

伯爵夫人：他沒有罪，他原來就要走了，是我派人叫他過來的。

----

18 伯爵威脅要把夫人關進修道院裡去。十八世紀，做丈夫的有權把不守婦道的妻子送進修道
　　院。

伯　　爵（盛怒）：起來。走開……你 [19] 好大膽子，竟然在我面
　　　　　前為另一個男人求情！

伯爵夫人：好吧！我這就走開，先生，我站起來，甚至給您梳
　　　　　妝間的鑰匙。可是，看在您愛我的份上……

伯　　爵：愛你的份上，無恥！

伯爵夫人（站起來，交給他鑰匙）：答應我，放那個孩子走吧，
　　　　　別傷害他。要是信不過我，等等把怒氣全發在我身
　　　　　上好了……

伯　　爵（抓起鑰匙）：我什麼也不聽。

伯爵夫人（撲倒在一張靠背椅上，用手帕遮住眼睛）：啊！天呀！他
　　　　　沒命了！

伯　　爵（打開門，往後退）：是蘇珊娜！

第 17 景

伯爵夫人、伯爵、蘇珊娜。

蘇　珊　娜（笑著走出來）：「我要殺了他，我要殺了他」。殺死
　　　　　他吧，這個可惡的小侍從。

伯　　爵（旁白）：啊！天大的烏龍 [20]！（看到驚愕的伯爵夫人。）
　　　　　您也一樣，您裝出吃驚的樣子？……裡面或許不只
　　　　　她一個人。

　　　　　（他走進去。）

19　貴族家庭中，夫妻彼此以「您」相稱，表示敬重。此處，伯爵改用「你」，意謂著對夫人的
　　鄙視。
20　"quelle école"："école" 在西洋雙六棋（trictrac）中意味著棋手犯的錯誤，引申解釋為「蠢事」、
　　「錯誤」。

第 18 景

伯爵夫人（坐著）、蘇珊娜。

蘇　珊　娜（跑向女主人）：回過神來，夫人，他已經跑掉嘍，剛
　　　　　　　　才他一跳就……

伯爵夫人：啊！蘇松！嚇死我咯！

第 19 景

伯爵夫人（坐著）、蘇珊娜、伯爵。

伯　　　爵（困惑地走出梳妝間，沉默片刻）：裡面沒有人，這下子
　　　　　　　是我錯了。夫人……您這場喜劇演得真好。

蘇　珊　娜（愉快地）：那我呢，大人？

　　　　　（伯爵夫人用手帕摀住嘴，讓自己恢復平靜，不發一語。）

伯　　　爵（走向她）：什麼！夫人，您是在開玩笑嗎？

伯爵夫人（逐漸鎮定下來）：有何不可呢，先生？

伯　　　爵：多麼可怕的玩笑！我請問您動機何在？……

伯爵夫人：您行事荒謬就情有可原嗎？

伯　　　爵：攸關名譽的大事，您稱之為荒謬！

伯爵夫人（慢慢掌握語調）：我和您成婚，難道是為了一輩子被
　　　　　　忽視，一輩子忍受您的嫉妒嗎？也只有您敢調解其
　　　　　　中的矛盾，兩樣都來，既風流又愛嫉妒。

伯　　　爵：啊！夫人，您說話完全不留情面。

蘇　珊　娜：夫人剛才只要讓您叫人來……

伯　　　爵：你說得對，我應該賠身下氣……原諒我，我真是困

　　　　　　窘！……

蘇　珊　娜：承認吧，大人，您有點兒活該！

伯　　　爵：那麼我剛才叫你，怎麼不出來呢？這麼壞心眼！

蘇　珊　娜：我要盡快把衣服穿好呀，有好多別針要別上耶。再說，夫人不准我出來也有她的道理在。

伯　　　爵：別再提我的錯了，還是幫我安撫她吧。

伯爵夫人：不用了，先生，這種侮辱是無法原諒的。我要進吳甦樂修道院[21]，我看得太清楚，現在就是時候。

伯　　　爵：這麼一走，您不遺憾嗎？

蘇　珊　娜：我嘛，我敢說，離開的那一天起，傷心的淚水可就流都流不完喲。

伯爵夫人：唉！就算是這樣又如何呢，蘇松？我寧可遺憾，也不願自貶身分，原諒一個負心人，他傷透了我的心。

伯　　　爵：羅西娜！……

伯爵夫人：我不再是了，不再是那個您緊追不捨的羅西娜！我是可憐的阿瑪維瓦伯爵夫人，是您不再心愛的傷心怨婦。

蘇　珊　娜：夫人！

伯　　　爵（懇求）：發發慈悲吧！

伯爵夫人：您方才對我可是半點慈悲也沒有。

伯　　　爵：再說還有那封匿名信……把我氣昏頭了！

....

21　Ursulines：參閱本劇之〈序〉注釋 101。

伯爵夫人：我可沒同意寫那封匿名信。

伯　　爵：您事先知情？

伯爵夫人：就是那個冒失的費加洛……

伯　　爵：他也參與其中？

伯爵夫人：……是他交給了巴齊爾。

伯　　爵：巴齊爾卻說是個農夫交給他的。好一個奸詐的歌唱
　　　　　老師，耍兩面三刀的技倆！這些帳通通要算到你頭
　　　　　上去。

伯爵夫人：不肯原諒別人，卻要別人原諒自己，男人就是這副
　　　　　德性呀！唉！顧慮到是那封匿名信造成您失常，要
　　　　　我答應原諒的話，我有一項請求：要原諒，就一視
　　　　　同仁。

伯　　爵：好！我衷心接受，伯爵夫人。倒是怎麼彌補這麼難
　　　　　堪的過錯呢？

伯爵夫人（站起）：對我們兩人都一樣不光彩吧。

伯　　爵：啊！您就說是我一個人難堪吧。我還是想不通女人
　　　　　怎麼能說變就變，一轉眼神色和聲調全變了，還變
　　　　　得這麼恰恰好。您剛才又是臉紅，又是流眼淚的，
　　　　　臉色發白……說真的，現在還是白的。

伯爵夫人（強笑）：我臉紅……是怨您疑心我。話說回來，一
　　　　　個誠實的人到底是遭到侮辱才氣憤，還是受到應得
　　　　　的責備而感到慚愧，男人是不是夠細膩，能分辨得
　　　　　出來呢？

伯　　爵（陪笑）：還說那個小侍從衣衫不整，沒穿外套，差
　　　　　不多就是衣不蔽體……

伯爵夫人（指著蘇珊娜）：那位就站在您面前。您喜歡碰到這一
　　　　位而不是那一位吧？反正，碰到這一位您可是不討
　　　　厭。

伯　　爵（笑得更大聲）：還有那聲聲哀求，眼淚流得像是眞
　　　　的……

伯爵夫人：您想逗我笑，我卻一點也笑不出來。

伯　　爵：我們男人自以爲在政治上有點老練，其實幼稚的
　　　　很。是您，是您，夫人，國王應該派您去倫敦當大
　　　　使！你們女性一定深入研究過僞裝的藝術，才能演
　　　　得這麼傳神！

伯爵夫人：要說也總是你們男人把我們逼出來的。

蘇　珊　娜：姑且相信我們說的話吧。日後你們再看，我們女人
　　　　是不是說話算話。

伯爵夫人：這事到此爲止，伯爵先生。我也許做過頭，倒是這
　　　　麼嚴重的情況我都能不計較，您至少也該原諒我吧。

伯　　爵：那麼請再說一次您原諒我了。

伯爵夫人：我說過這話嗎，蘇松？

蘇　珊　娜：我沒聽見，夫人。

伯　　爵：好吧！這句話就當作是不經意說溜嘴的吧。

伯爵夫人：值得嗎？您這麼薄情！

伯　　爵：當然值得，我眞心懺悔。

蘇　珊　娜：懷疑有男人藏在夫人的梳妝間裡！

伯　　爵：她已經這麼嚴屬地懲罰我了！

蘇　珊　娜：她說是女傭，您還信不過！

伯　　　爵：羅西娜，您就這麼冷面冷心嗎？

伯爵夫人：啊！蘇松，我太軟弱了！給了你什麼榜樣呀！（伸出手給伯爵。）任誰也不會相信女人當眞會生氣咯。

蘇　珊　娜：好啦，夫人，和男人交手，結果不總是這樣收場嗎？

（伯爵熱情地親吻妻子的手。）

第 20 景

蘇珊娜、費加洛、伯爵夫人、伯爵。

費　加　洛（喘著氣跑上來）：聽說夫人不舒服，我馬上跑過來……我很高興看到原來不是這麼回事。

伯　　　爵（冷冷地）：你很用心呀。

費　加　洛：這是我的職責所在。那麼既然不是這麼回事，大人，您年輕的下人男男女女全待在下面，拿著小提琴和風笛等著要爲我伴奏，只要您一聲令下，允許我挽著我的未婚妻……

伯　　　爵：那麼誰留在府裡照看夫人呢？

費　加　洛：照看夫人！她沒病呀。

伯　　　爵：是沒病，但是那個不在這裡、要見她的男人呢？

費　加　洛：哪一個不在這裡的男人呀？

伯　　　爵：你交給巴齊爾的匿名信上說的那個男人。

費　加　洛：這是誰說的？

伯　　　爵：就算我不知情，騙子，你的表情就揭穿了你，證明你在說謊。

費　加　洛：要是這樣，那麼說謊的是我的表情，不是我。

蘇　珊　娜：算啦，我可憐的費加洛，不用再瞎編[22]，我們通通都招嘍。

費　加　洛：招了什麼？你們把我當成巴齊爾這種人啦！

蘇　珊　娜：說你剛才寫了匿名信想騙過大人，等他回來，說是小侍從藏在梳妝間裡，不過其實是我關在裡面。

伯　　　爵：你有什麼好說的呢？

伯爵夫人：沒什麼好瞞了，費加洛，那個玩笑已經結束了。

費　加　洛（想要猜出意思）：那個玩笑……已經結束了？

伯　　　爵：是的，已經結束了。你還有什麼話好說呢？

費　加　洛：我嘛！我說……我希望我的婚禮也能結束了，您只要一聲令……

伯　　　爵：你總算認了那封匿名信嗎？

費　加　洛：既然夫人要我認，蘇珊娜要我認，您自己要我認，我就不得不認。話說回來，換成是您，其實，大人，方才對您說的話，我一個字也不信。

伯　　　爵：老是睜眼說瞎話！到頭來就是惹我發火。

伯爵夫人（笑）：哎！這個可憐蟲！為什麼，大人，非要他說一次實話不可呢？

費　加　洛（低聲，對蘇珊娜）：我警告他有危險，正人君子能做的我都做咯。

蘇　珊　娜（低聲）：你看到那個小侍從了嗎？

....

22　"n'use pas ton éloquence en défaite"："défaite" 作 "excuse artificieuse"「狡辯」解（*Académie*,1798）。

費 加 洛（低聲）：還渾身傷呢。

蘇 珊 娜（低聲）：啊！可憐喲！

伯爵夫人：走吧，伯爵先生，他們急著結婚呢，這是人之常情！我們去參加婚禮吧。

伯　　爵（旁白）：偏偏瑪絲琳，瑪絲琳人呢⋯⋯（高聲）我想要⋯⋯至少換身正式衣服。

伯爵夫人：就爲了我們自己人！難道我換了嗎？

第 21 景

費加洛、蘇珊娜、伯爵夫人、伯爵、安東尼奧。

安東尼奧（宿醉，捧著一盆壓垮的紫羅蘭上）：大人！大人！

伯　　爵：你叫我做什麼，安東尼奧？

安東尼奧：這回您眞得派人去我花園苗圃上面的窗戶裝鐵窗。大家什麼東西都從那兒往下丟，剛剛還丟了一個人下來。

伯　　爵：從那些窗戶？

安東尼奧：您看我的紫羅蘭被壓成什麼樣子！

蘇 珊 娜（低聲對費加洛）：小心，費加洛，小心！

費 加 洛：大人，他一大早就喝醉酒。

安東尼奧：你沒說對。這是昨天留下的一點點酒意。大夥兒數落別人就是這樣⋯⋯稀裡糊塗[23]。

伯　　爵（激動）：那個人！那個人！他在哪裡呢？

23　"ténébreux"：「黑暗的」、「晦澀」；他想說的其實是 "téméraires"（大膽的、魯莽的、冒失的）。

安東尼奧：他在哪裡？

伯　　爵：對。

安東尼奧：我就是這麼説。早就該給我找到人啦。我是您的下
　　　　　人，只有我一個人負責照料您的花園，這會兒居然
　　　　　有一個人掉下來，您能感到……我的名譽掉色啦[24]。

蘇　珊　娜（低聲對費加洛）：岔開話題，快岔開！

費　加　洛：你不喝不行嗎？

安東尼奧：不喝的話，我會抓狂。

伯爵夫人：所以説沒犯酒癮也要喝……

安東尼奧：口不乾也喝，想做愛就做，夫人，我們人和其他畜
　　　　　牲只差在這兒。

伯　　爵（激動）：你倒是回話呀，否則我趕你走。

安東尼奧：我難道就這麼走啦？

伯　　爵：怎麼？

安東尼奧（摸摸額頭）：萬一您這兒不夠用，留不住一名好下
　　　　　人，我嘛可沒這麼笨，打發走這樣好的主人。

伯　　爵（憤怒地搖晃他）：你説，有人從這扇窗户扔下一個
　　　　　人？

安東尼奧：是的，大人。就是剛剛，穿著白上衣，一溜煙逃走
　　　　　了，天殺的[25]，人跑得飛……

....

24　"effleurée"：原形動詞 "effleurer" 是花匠的術語，意指「摘下花朵」，*Dictionnaire de
　　Trévoux*。安東尼奧説話三句不離本行。

25　"jarni"："jarnibleu" 的縮寫，為 "je renie Dieu!"（我否認神！）的變體，是喜劇中下人慣用的
　　詛咒。

伯　　爵（不耐煩）：然後呢？

安東尼奧：我立馬追了上去，沒想到撞上柵欄，這隻手整個兒
　　　　　腫得好粗，這根手指頭一動也不能動，指根不行，
　　　　　指尖也動不了。

　　　　　（他豎起手指頭。）

伯　　爵：至少，你認得出那個人吧？

安東尼奧：喔！當然啦！……只要我當時有看到人！

蘇　珊　娜（低聲向費加洛）：他沒看到。

費　加　洛：爲了一盆花這樣鬧哄哄！你的紫羅蘭，這樣哼哼唧
　　　　　唧，能值多少啊？不用找啦，大人，跳下去的人是
　　　　　我。

伯　　爵：怎麼？是你！

安東尼奧：「這樣哼哼唧唧，能值多少啊？」這一眨眼功夫，
　　　　　你的身子就抽得老高，我先前看到你個頭就矮很
　　　　　多，還更細瘦！

費　加　洛：當然嘍，人往下跳，自然就縮成一團……

安東尼奧：依我看應該是……怎麼說呢，那個瘦不溜丟的小侍
　　　　　從。

伯　　爵：你是說，薛呂班？

費　加　洛：是啊，特意騎著馬，從塞維爾城門一路跑回來，他
　　　　　這會兒沒準人已經到了塞維爾喲。

安東尼奧：喔！不是，我沒這麼說，我沒這麼說。我沒看見他
　　　　　跳下馬，要是見了就會說。

伯　　爵：眞急死人！

費　加　洛：我當時待在女傭房裡，上身只穿白上衣，天好
　　　　　　熱！……我在那裡等我的蘇珊娜，忽然聽到大人說
　　　　　　話的聲音，再聽見好大的聲響！我不知怎樣突然想
　　　　　　起之前寫的匿名信，心裡一下子慌了起來。我不得
　　　　　　不招認自己幹了件蠢事，想也沒想就往下跳到苗圃
　　　　　　裡，右腳還扭到呢。

　　　　（他揉了揉腳。）

安東尼奧：既然是你，這張字條就該還給你，你跳下來，從上
　　　　　　衣掉出來的。

伯　　　爵（搶過去）：給我。

　　　　（他打開紙條又折攏。）

費　加　洛（旁白）：這下子給逮個正著。

伯　　　爵（對費加洛）：你再怎麼害怕，也不至於忘記這張紙上
　　　　　　的內容吧？而且又怎麼會在你的口袋裡呢？

費　加　洛（尷尬，在口袋中找，掏出了幾張紙）：當然不會忘……
　　　　　　只是我有這麼多張，需要一張一張去查……（他注
　　　　　　視其中一張。）這張？啊！這是瑪絲琳寫的信，滿
　　　　　　滿四頁，文情並茂！……這不是那個偷打獵的在
　　　　　　牢裡寫的陳情書[26]嗎？好可憐……不對，啊這不就
　　　　　　是……另一個口袋有小城堡的家具清單……

　　　　（伯爵再打開手上的字條看。）

伯爵夫人（低聲對蘇珊娜）：啊！天呀！蘇松，是軍官委任書。

蘇　珊　娜（低聲向費加洛）：完了完了，是委任書。

26　貴族在山區的領地禁止老百姓打獵，外人若偷偷潛入行獵，一旦抓到，會被判刑下獄。

伯　　爵（折攏委任書）：如何！你足智多謀，猜不出來嗎？

安東尼奧（靠近費加洛）：大人說你猜不出來嗎？

費 加 洛（推開他）：呸！鄉下大老粗²⁷，衝著我的鼻子說話！

伯　　爵：你想不起來這張紙可能是什麼嗎？

費 加 洛：啊，啊，啊，啊！天可憐見²⁸！這是軍官委任書，
　　　　　是那個不幸的孩子交給我的，我居然忘了還給他。
　　　　　喔，喔，喔，喔！我真是糊塗！沒有委任書，他該
　　　　　怎麼去報到呀？趕緊得……

伯　　爵：他為什麼要交給你呢？

費 加 洛（尷尬）：他……想說這上頭要加個什麼來著。

伯　　爵（看了看他那張紙）：這上面什麼也不缺。

伯爵夫人（低聲向蘇珊娜）：印信。

蘇 珊 娜（低聲向費加洛）：缺印信。

伯　　爵（對費加洛）：你不回答嗎？

費 加 洛：這個嘛……說實在的，上面缺了點東西。他說這是
　　　　　慣例。

伯　　爵：慣例！慣例！什麼慣例？

費 加 洛：這上頭要蓋您家族紋章的印信。或許也用不著這麼
　　　　　麻煩吧。

伯　　爵（再打開那張紙，氣得揉成一團）：好，我就注定問不
　　　　　出個所以然來。（旁白）就是這個費加洛在操縱他

---

27 "vilain"：此處作 "paysan rustre" 解。
28 原文為義大利文 "povero"。

們，我不報復才怪！（氣得想走出去。）

費　加　洛（攔住伯爵）：您這就要走，不吩咐舉行我的婚禮嗎？

第 22 景

巴齊爾、霸多羅、瑪絲琳、費加洛、伯爵、「抓太陽」、伯爵夫人、
蘇珊娜、安東尼奧、伯爵的僕役。

瑪　絲　琳（對伯爵）：不要吩咐舉行婚禮，大人！在您准許他的要
　　　　　　求 29 之前，應該爲我們主持公道。他和我有約在先。

伯　　　爵（旁白）：報仇的機會來咯。

費　加　洛：有約在先！是什麼性質呢？請解釋。

瑪　絲　琳：我會解釋。你這人說話不算話！

　　　　　（伯爵夫人坐在扶手椅上，蘇珊娜站在她身後。）

伯　　　爵：這是怎麼回事呢，瑪絲琳？

瑪　絲　琳：事關婚約。

費　加　洛：是張票據，沒什麼大不了的，爲了一筆借款。

瑪　絲　琳（對伯爵）：條件是還不出錢就要娶我，您是大貴族，
　　　　　　是本省首席法官……

伯　　　爵：你到法庭提告，我爲每個人主持公道。

巴　齊　爾（指著瑪絲琳）：既然如此，請大人也允許我行使對瑪
　　　　　　絲琳的權利吧？

伯　　　爵（旁白）：哈！這就是那個拿匿名信誆我的傢伙。

....

29　Faire grâce à quelqu'un：指應允某人超乎法律的要求（*Académie*, 1798），瑪絲琳暗指費加洛
　　提出和蘇珊娜成婚不合法。

費加洛：物以類聚，另一個瘋子！

伯　　爵（發怒，對巴齊爾）：你的權利！你的權利！你有什麼
　　　　　　權利到我跟前說話，大笨蛋！

安東尼奧（握拳擊另一手掌心）：眞行！大人一出手，就正中他
　　　　　　的要害。他就是叫大笨蛋。

伯　　爵：瑪絲琳，一切事項暫停，直到公開在大廳開庭審查
　　　　　　你的字據。誠實的巴齊爾，忠實可靠的代辦人，你
　　　　　　去鎮上把陪審的法官全部找來開庭。

巴齊爾：爲了瑪絲琳的案子？

伯　　爵：再把那個送匿名信的鄉下人給我帶來。

巴齊爾：我難道就認識嗎？

伯　　爵：你違抗命令！

巴齊爾：我進這個府邸不是來給人當差的。

伯　　爵：那是來做什麼的？

巴齊爾：我是村子裡有天賦的管風琴樂師，我教夫人彈羽管
　　　　　　鍵琴，教她的女傭唱歌，教小侍從們彈曼陀林，特
　　　　　　別是您高興的時候，聽您的吩咐爲您的佳賓彈吉他
　　　　　　助興。

「抓太陽」（走上前）：我去好啦，大人，您喜歡的話。

伯　　爵：你叫什麼名字？是做什麼的？

「抓太陽」：我叫「抓太陽」，我的好大爺。是放羊的，被叫
　　　　　　來放煙火。今天整個教區都放假，倒是我知道上哪
　　　　　　兒去找那夥吃官司飯鬧哄哄的傢伙。

伯　　爵：你的熱心正合我意，去吧。（對巴齊爾）你呢，彈吉

他唱歌陪著這位先生上路，討他開心。他就是我的佳賓。

「抓太陽」（高興）：啊！我嘛，我是大人的……

（蘇珊娜手指著伯爵夫人，示意他安靜下來。）

巴　齊　爾（驚愕）：要我彈琴陪「抓太陽」上路？……

伯　　　爵：這是你的工作。走吧，否則趕你出去。

第 23 景

除了伯爵，人物同上一場。

巴　齊　爾（自言自語）：喔！我絕不去碰這個鐵鍋，我不過是……

費　加　洛：一個瓦罐[30]。

巴　齊　爾（旁白）：我才不幫他們搞定婚事，先確保我和瑪絲琳的婚事要緊。（對費加洛）話說在先，直到我回來，不要達成任何協議。

（他從後面一張椅子上拿起吉他。）

費　加　洛（跟著他）：達成協議！喔，沒問題！上路吧，什麼都不必怕，就算你再也回不來……看來你沒有唱歌的心情，要我起個頭嗎？……來吧，笑起來，啦—咪—啦[31]，為我的未婚妻唱歌。

....

30　上句話，巴齊爾用了 "pot de fer"（鐵鍋）一詞，觀眾原本預期費加洛會回覆 "pot de terre"（瓦罐、陶罐），因為法文成語是說「這是用瓦罐去擊打鐵罐」（c'est le pot de terre contre le pot de fer），意即「以卵擊石」。可是，費加洛偏偏用了其同義字 "cruche" 一字，用以指涉第一幕結尾引用的諺語「老拿瓦罐去盛水」。參閱第一幕注釋 55。

31　音符，意指「來點音樂」。

（他倒退，邊跳舞邊唱下列的「塞格迪拉曲」[32]；巴齊爾伴奏，所有人加入。）

塞格迪拉曲

和黃金相比
我更愛蘇松，
智慧又聰明，
松，松，松，
松，松，松，
松，松，松，
松，松，松。

她的親切
也主宰
我的理智，
松，松，松，
松，松，松，
松，松，松，
松，松，松。

（歌舞聲漸遠，直到聽不見。）

第 24 景

蘇珊娜、伯爵夫人。

伯爵夫人（坐在扶手椅上）：你看，蘇珊娜，你那個冒失鬼寫的

....

32　"séguedille"：一種西班牙舞曲，輕快活潑。

匿名信給我鬧出多大的好戲來。

蘇　珊　娜：啊，夫人，我從梳妝間出來，要是您看得到自己的臉色呀！忽然間暗下來，那還只是一塊烏雲，慢慢地，您就滿臉通紅，紅啊紅的！

伯爵夫人：那麼他是從窗口跳下去的嗎？

蘇　珊　娜：毫不猶豫，可愛的孩子！動作輕得……像隻小蜜蜂！

伯爵夫人：啊！那個要命的園丁！這一切把我搞得……沒辦法同時想兩件事。

蘇　珊　娜：啊！夫人，正好相反，我這才見識到上流社會的生活習性，夫人一直保持儀態從容，就算說謊也看不出來。

伯爵夫人：你覺得伯爵會上鉤嗎？萬一他在府邸撞見那個孩子！

蘇　珊　娜：我去叮嚀務必把他藏起……

伯爵夫人：他必須離開。經過剛才的風波，你也明白，我不想派他代替你去花園赴約了。

蘇　珊　娜：我肯定也不會去。那麼我的婚事又要……

伯爵夫人（站起）：等等……不用找別人，你也不必去，換成是我自己去呢？

蘇　珊　娜：您去嗎，夫人？

伯爵夫人：那就不會有人被揭穿……到時候伯爵也無從否認……懲罰了他的嫉妒，再證明他對我不忠實，那麼……好，就這麼辦。第一回冒險出手就幸運過

關，讓我有膽量再試一次。快去通知伯爵，說你會
去花園。不過最重要的是千萬別讓任何人……

蘇　珊　娜：啊！費加洛也不行嗎？

伯爵夫人：不行，不行。他會想插一手……把我的天鵝絨面罩
和手杖拿過來，我去陽台想一想。

（蘇珊娜走進梳妝間。）

第 25 景

伯爵夫人單獨一人。

伯爵夫人：有夠放肆，我這小計謀！（轉身。）啊！絲帶呀！
我美麗的絲帶！我竟然把你忘嘍！（從椅子上拿起絲
帶，把它捲起來。）你再也離不開我了……你讓我想
起那一景，那個可憐的孩子……啊！伯爵先生，您
做了什麼好事呢？……而我呢，我現在又在做什
麼？……

第 26 景

伯爵夫人、蘇珊娜。

（伯爵夫人偷偷地把絲帶塞入胸部。）

蘇　珊　娜：您的手杖和面罩拿來了。

伯爵夫人：記住，一個字也不准向費加洛透露。

蘇　珊　娜（快樂地）：夫人，您的計策妙極嘍。我剛剛想了一
下，這個計策拉近一切，結束一切，包括一切。再
說，不管怎樣，我的婚事這下子準成嘍。

（她吻女主人的手，兩人出場。）

　　幕間時分，幾個僕人把大廳布置成法庭：他們搬上兩張給律師坐的長椅，擺在舞台兩側，後面留下走動的空間。舞台中央後方放了一座兩級階梯高的平台，上面擺著伯爵的座椅。書記的桌子和板凳斜放在前舞台，戴頭諤和其他法官的座椅則擺在伯爵座位的兩邊。

第 三 幕

　　古堡內通稱的「王座廳」，作爲法庭用，一側有華蓋，下面懸掛國王的畫像。

第 1 景

伯爵、佩德里耶（穿短外套和長靴，手裡拿著密封的文件袋）。

伯　　爵（快速）：我的吩咐你聽懂了嗎？

佩德里耶：聽懂了，大人。（下。）

第 2 景

伯爵獨自一人，大喊。

伯　　爵：佩德里耶！

第 3 景

伯爵、佩德里耶（走回來）。

佩德里耶：大人？

伯　　爵：沒人看見你吧？

佩德里耶：誰也沒有。

伯　　爵：你們騎那匹非洲馬[1]去。

佩德里耶：馬已經拴在菜園的鐵柵門，上好了馬鞍。

伯　　爵：不要停，一口氣，跑到塞維爾。

....

1　"cheval barbe"：源自北非（Barbarie）的純種馬，以善跑著稱。

佩德里耶：只有三里[2]，路況很好。

伯　　爵：一下馬，你們就打聽那個侍從到了沒。

佩德里耶：到大人的官邸嗎？

伯　　爵：對，尤其是到了多久。

佩德里耶：我懂了。

伯　　爵：交給他委任狀，再快馬回來。

佩德里耶：要是他不在那兒呢？

伯　　爵：那更要快上加快，回來向我報告。去吧。

第 4 景

伯爵獨自一人，邊走邊推想。

伯　　爵：支開巴齊爾，我真是笨！……一發火什麼好處也沒有。他轉交給我的那封匿名信，警告我說有個人要接近伯爵夫人，我趕到的時候，卻是女傭關在裡頭。她的女主人假裝被嚇到或者當真是嚇到了。一個人從窗戶跳下去，之後是另一個承認……或者冒充是跳窗的人……這條線索斷了。這其中有不清不楚的事……我的下人太胡鬧，不過這種人胡來有什麼大不了的呢？倒是伯爵夫人！萬一有什麼明目張膽的傢伙意圖……我在哪裡走岔了路呢？老實說，疑心一起，想像力就算再有節制也管不住，瘋狂得像是在做夢！夫人覺得有趣，她忍不住笑，藏不住快樂！她是個自重的人，可我的名譽……現在

2　約今日 12 公里，參閱本劇劇首人物，注釋 5。

是被擺到哪個鬼地方去啦！另一方面，我到底進行
到哪裡了呢？這個不可信的蘇珊娜有沒有洩露我的
祕密呢？⋯⋯因為這還不是她的祕密⋯⋯是誰讓我
這麼想入非非的？有多少次我都想算了⋯⋯三心二
意，結果就是意想不到！我想要她，內心要是沒有
掙扎，我就遠遠不會這麼想嘍。這個費加洛還等不
來！我需要用點技巧來探探他的口風（費加洛出現在
舞台深處，停步），和他聊幾句，看看能不能拐彎抹
角地套出話來，弄清楚他是否知道我對蘇珊娜有意
思。

第 5 景

伯爵、費加洛。

費 加 洛（旁白）：好戲上場。

伯　　爵：⋯⋯一旦他從蘇珊娜口中聽到隻字片語⋯⋯

費 加 洛（旁白）：我早料到是這麼回事。

伯　　爵：⋯⋯我就讓他娶那個老的。

費 加 洛（旁白）：巴齊爾先生的心上人。

伯　　爵：⋯⋯然後再看要怎麼處理那個年輕的。

費 加 洛（旁白）：啊！我的太太，麻煩你了。

伯　　爵（轉身）：嗯？什麼？有什麼事嗎？

費 加 洛（走向前）：是我，遵命來聽您的差遣。

伯　　爵：為什麼說這些有的沒有的呢？

費 加 洛：我什麼也沒說。

伯　　爵（重複他的話）：「我的太太，麻煩你了」。

費 加 洛：那是……我在回答別人：「去告訴我的太太，麻煩
　　　　　你了」。

伯　　爵（踱步）：「他的太太」！……我倒是很想知道，剛才
　　　　　派人去叫你，什麼事拖住了先生呢？

費 加 洛（假裝整理衣服）：我先前掉下花圃，衣服弄髒了，去
　　　　　重換一套。

伯　　爵：要花一個鐘頭換。

費 加 洛：總要點時間。

伯　　爵：這裡的僕人……穿衣服比主人還要花時間！

費 加 洛：因為他們壓根兒沒有僕人侍候。

伯　　爵：……我不太懂剛才是什麼逼著你平白冒著險往下跳
　　　　　……

費 加 洛：冒險！我簡直是活活掉進……

伯　　爵：別想騙我，假裝會錯意，我不會上當的[3]。你這下人
　　　　　賊頭鬼腦！明明聽懂我在意的不是你冒的危險，而
　　　　　是動機。

費 加 洛：收到一個假情報，您怒氣沖沖地跑來興師問罪，像莫
　　　　　雷納山脈[4]衝下來的激流，什麼也擋不住。您在找一
　　　　　個男人，非得找到不可，不然就要砸壞大門，敲破
　　　　　隔間牆！我碰巧在現場，誰知道您暴怒之下會……

3　"Essayer de me donner le change en feignant de le prendre"："donner le change"，參閱第一幕注
　　釋16；"prendre le change"，在狩獵術語中，指獵犬攻擊獵物後改追另一隻，引申為「受騙
　　上當」之意，cf. Lavezzi, "Métaphore et modèle de la chasse dans *La Folle Journée*", *op. cit.*,
　　p. 272, note 14。
4　Sierra Morena：在塞維爾的西北方。

伯　　爵（打斷他）：你可以從樓梯逃走呀。

費 加 洛：好讓您在走廊上逮到我！

伯　　爵（憤怒）：在走廊上！（旁白）我在生氣，根本無濟於
　　　　　　事。

費 加 洛（旁白）：看看他玩什麼把戲，見招拆招。

伯　　爵（語氣緩和下來）：我想說的不是這個意思，這事不談
　　　　　　了。我原本……對，我原本有意帶你到倫敦去，當
　　　　　　名信差……可惜，經過多方考慮……

費 加 洛：大人改變了主意嗎？

伯　　爵：首先，你不懂英文。

費 加 洛：我懂 "God-dam"[5]。

伯　　爵：我不懂。

費 加 洛：我說我懂 "God-dam"。

伯　　爵：那又如何？

費 加 洛：見鬼啦！英語真是美妙的語言！只要懂幾句就能無
　　　　　　往不利。光憑一句 "God-dam"，在英國就能通行無
　　　　　　阻，什麼也不缺。您想嚐嚐肥雞的好滋味？走進一
　　　　　　家小餐館，單單向夥計這麼比畫一下（他做轉動烤肉
　　　　　　叉的動作），"God-dam"！他就會為您端上鹹牛腿，
　　　　　　不配麵包，真是美味！您喜歡喝點勃艮地的上等
　　　　　　紅酒，還是波爾多的薄紅酒？只要這麼比一下（做
　　　　　　開酒瓶的動作），"God-dam"！酒保立刻為您端上大
　　　　　　杯啤酒，裝在純錫的杯子裡，泡沫滿到邊上來。

5　為英文的咒罵，在法國已廣為人知。

多大的享受呀！您沒準碰見個漂亮的妞兒，走小碎步，眼睛向下，手肘往後擺，走起路來有點扭著屁股？您就十指併攏，做作地放在嘴上。啊！"God-dam"！她鐵定惡狠狠甩您一個耳光，證明她聽懂了。說實話，英國人交談，東一句、西一句地加些別的字，不過倒是不難看出來，"God-dam"就是英語的根本[6]。所以說大人要是沒有其他理由把我留在西班牙的話……

伯　　爵（旁白）：他有意去倫敦，蘇珊娜沒說。

費 加 洛（旁白）：他以為我什麼都不知情，索性陪他玩下去。

伯　　爵[7]：伯爵夫人出於什麼動機要這麼耍我呢？

費 加 洛：實話實說，大人，您心知肚明。

伯　　爵：我什麼都替她預先想到，送給她滿滿的禮物。

費 加 洛：您送她禮物，卻對她不忠。送了一堆用不上的東西，最需要的卻省下，我們會感激嗎？

伯　　爵：……從前你對我知無不言。

費 加 洛：現在我對您言無不盡。

伯　　爵：伯爵夫人給了你多少，讓你和她合作無間？

費 加 洛：我當年把她從大夫的手中救出來，您又給了我多少呢？哎，大人，最好不要侮辱為您效勞的人，免得他變成狗奴才。

6　這長段台詞原是《塞維爾的理髮師》中的台詞，後刪除，乃用在此處，參閱本書〈劇本導讀〉之注釋 41。

7　本劇阿姆斯特丹海盜版註記：伯爵做手勢要費加洛靠近，接著友好地用手臂圈住他的脖子，Larthomas, "Notes et variantes: *La Folle journée ou le Mariage de Figaro*", *op. cit.*, p. 1400, note 6 du page 433。

伯　　爵：你做事怎麼老是藏頭藏尾呢？

費 加 洛：因為您存心找碴，看什麼都不順眼。

伯　　爵：你惡名在外！

費 加 洛：萬一我名聲好呢？有很多貴族敢這麼說嗎？

伯　　爵：多少次我看你走上交好運的路，偏偏從不直直走下去。

費 加 洛：您想怎麼樣呢？到處都是人，大家爭先恐後，推來擠去，相互掣肘，東奔西撞，翻倒一切，衝到最前頭才算有本事，後頭的全給踩扁啦。前程萬里就這麼一回事。所以說，我嘛，我放棄了。

伯　　爵：放棄前程萬里？（旁白）這可新鮮了。

費 加 洛（旁白）：現在該我探他的底了。（高聲）多虧大人厚愛，讓我當上府邸的總管[8]，運氣已經相當好。說真的，不當信差，我少了優先知道有趣消息的好處[9]，倒是能和太太快活地窩在安達魯西亞底部……

伯　　爵：誰攔著你帶她到倫敦去呢？

費 加 洛：那我非得常常離開她不可，用不了多久，老婆就會被我拋到腦後了。

伯　　爵：你有骨氣，有才智，總有一天可以升到部會裡面去做事。

費 加 洛：往上升的才智？大人笑話我咯。才幹平平但會爬，嘿，什麼位置都爬得上。

8　"conciergerie"：「門房職位」，參閱劇首人物，注釋 1。
9　"courrier étrenné des nouvelles intéressantes"：費加洛不僅僅只是信差（courrier），他實為管家，因而享有優先讀到信件內容的好處（"étrenne"，原義為「新年禮」）。

伯　　爵：……你只要跟我學點政治。

費 加 洛：政治我懂。

伯　　爵：就像你懂的英文，就懂根本！

費 加 洛：沒錯，其實沒什麼好吹牛皮的。倒是知情裝不知情，不知情裝作知情，不懂裝懂，懂的假裝沒聽見。尤其是要擺出超乎自己的能耐，時不時冒充掌握了重大祕密的樣子，其實根本沒有祕密。關在家中削羽毛筆尖，表面上佯裝有深度，偏偏就像人家說的，只不過是個空心草包。不管像不像，演個大人物，四處派出間諜，收買內奸，偷拆火漆印[10]，攔截信件，把下流技倆用緊要意圖包裝成高尚的樣子。政治整個兒就是這麼一回事，否則我不得好死。

伯　　爵：嘿！你是在給陰謀下定義！

費 加 洛：政治，陰謀，隨您怎麼説吧。不過我倒是認為這兩者有點雙生關係，想怎麼玩就怎麼玩吧！「我更愛我的心上人，喔！」，就像「好國王歌謠」唱的[11]。

伯　　爵（旁白）：他要待下來。我懂了……蘇珊娜出賣我了。

費 加 洛（旁白）：他上鉤嘍，再讓他自己結清。

伯　　爵：這麼説來你指望打贏和瑪絲琳的官司嘍？

費 加 洛：大人既然可以隨意偷遍我們年輕的小姐，我只不過是拒絕了一位老小姐，難道就判我有罪嗎？

10　"amollir des cachets"：融掉封住信封的漆蠟印以偷讀信件。

11　國王為亨利四世，這首老歌因直述心聲，用字簡單誠摯，也是莫理哀名劇《憤世者》（Le Misanthrope）主角阿爾塞斯特（Alceste）的最愛（1 幕 2 景）。差別只在於莫理哀是寫 "au gué"，博瑪榭則寫 "ô gué"。

伯　　爵（嘲諷）：在法庭上，法官沒有自我，眼裡只有判決。

費 加 洛：有錢判生，無錢判死……

伯　　爵：你當我是在開玩笑嗎？

費 加 洛：嘿！誰知道呢，大人？義大利諺語說得好："Tempo è galant'uomo"¹²，時間總說真話。誰對我壞，誰對我好，時間會告訴我。

伯　　爵（旁白）：我看他什麼都知道了，他得娶那個管家婆¹³。

費 加 洛（旁白）：他跟我鬥智，究竟發現了什麼呢？

第 6 景

伯爵、一名僕人、費加洛。

僕　　人（通報）：唐古斯曼・戴頭諤到。

伯　　爵：戴頭諤？

費 加 洛：嘿！沒有錯，是那位常任法官、首席代理法官，您的法律顧問¹⁴。

伯　　爵：讓他等一下。

　　　　　（僕人下。）

---

12 字面意思：「時間是君子」，隱喻的意思是費加洛隨後的說明。
13 "duègne"：參閱本劇之「劇中角色個性和服裝」注釋 10。
14 "juge ordinaire"（常任法官）和 "lieutenant du siège"（地方法院院長）為同義詞。每當伯爵親自審判時，常任法官就是伯爵的顧問（prud'homme）。

第 7 景

伯爵、費加洛。

費 加 洛（觀察了一會兒出神的伯爵）：……大人還需要什麼嗎？

伯　　爵（回過神）：我嗎？……把這間大廳整理好，要開庭了。

費 加 洛：嘿！還缺什麼呢？您坐的大椅子、法律顧問坐的好椅子、書記的板凳、陪審律師坐的兩張長椅。上流人士站地板，老百姓站後頭。我這就去打發擦地板的人。（下。）

第 8 景

伯爵，獨自一人。

伯　　爵：這個無賴真是讓我下不了台！剛才鬥嘴，他占盡便宜，一步步逼近，把人逼到角落……啊！母狐狸、公狐狸，你們倆串通好來耍我！你們倆要做朋友、當情人，隨便你們彼此要幹什麼，我悉聽尊便。可是老天在上！想做夫妻……

第 9 景

蘇珊娜、伯爵。

蘇 珊 娜（喘不過氣）：大人……對不起，大人。

伯　　爵（沒好氣）：有什麼事，小姐？

蘇 珊 娜：您在生氣！

伯　　爵：你是來要什麼東西吧？

蘇 珊 娜（怯生生）：是夫人又氣悶了。我跑來借您那瓶乙醚用
　　　　　　一下。回頭我就拿來還。

伯　　　爵（給她乙醚）：不必不必，你留著用吧。沒多久你就用
　　　　　　得著了。

蘇 珊 娜：我這種身分的人難道也會氣悶嗎？這是一種貴婦
　　　　　　病，只有悶在深閨 15 裡才會得。

伯　　　爵：一個熱戀的未婚妻，失去她的未婚……

蘇 珊 娜：用您答應給我的嫁妝來還瑪絲琳的……

伯　　　爵：我答應過你？我有嗎？

蘇 珊 娜（眼睛垂下）：大人，我相信聽過您說這話。

伯　　　爵：沒錯，只要你本人願意聽懂我的話。

蘇 珊 娜（眼睛仍垂下）：聽大人的話，難道不是我的本分嗎？

伯　　　爵：那怎麼不早點告訴我呢，無情的丫頭？

蘇 珊 娜：說真話難道還會嫌太晚嗎？

伯　　　爵：天暗了之後，你 16 會去花園嗎？

蘇 珊 娜：我不是每天晚上都去那兒散步嗎？

伯　　　爵：你今天早上對我這麼無情！

蘇 珊 娜：今天早上？那個小侍從不是躲在椅子後頭嗎？

伯　　　爵：她說的有理，我忘了小侍從……但是巴齊爾替我傳
　　　　　　話，你怎麼老是回絕呢？……

蘇 珊 娜：為什麼需要巴齊爾這樣的人在中間傳話呢？……

....

15　"boudoirs"：貴婦的小沙龍。
16　為表示親近，伯爵在此改用「你」，而非沿用敬稱「您」。

伯　　爵：她總是有道理。倒是還有個費加洛，我怕你一五
　　　　　一十都告訴他了！

蘇 珊 娜：當然咯！對，我一五一十都告訴他……除了不應該
　　　　　告訴他的。

伯　　爵（笑）：喔！親愛的！那麼你這是答應我嘍？萬一你
　　　　　說話不算話，我的甜心，我們話說在先：沒來赴
　　　　　約，就沒有嫁妝，沒有婚禮。

蘇 珊 娜（屈膝行禮）：不過同樣的沒有婚禮，就沒有貴族老爺
　　　　　的權利，大人。

伯　　爵：她這句回話是哪裡學來的呢？憑良心說，我迷她迷
　　　　　死了！言歸正傳，你的女主人還在等這瓶……

蘇 珊 娜（笑著把瓶子還給他）：不找個藉口，能和您說句話嗎？

伯　　爵（想吻她）：可人兒！

蘇 珊 娜（閃開）：有人來了。

伯　　爵（旁白）：她是我的人了。

　　　　　（伯爵急下。）

蘇 珊 娜：趕緊去告訴夫人。

第 10 景

蘇珊娜、費加洛。

費 加 洛：蘇珊娜，蘇珊娜！離開大人，你跑這麼快去哪裡
　　　　　呢？

蘇 珊 娜：要打官司，現在就去打吧，你已經贏了。

　　　　　（她急下。）

費　加　洛（跟著她。）：嘿！不過，你倒是説……

第 11 景

伯爵，獨自走回。

伯　　　爵：「你已經贏了！」我又掉到陷阱啦！這麼為所欲為！我親愛的混蛋，我一定要處分你們，罰得你們……就用法庭的裁決，公公正正……另一方面，要是他還了那個管家婆的錢呢……可拿什麼還呢？……哪怕他當真還了……哎呀！我不是還有神氣的安東尼奧這張底牌嗎？他自高自大，瞧不起費加洛，打心底就不願把外甥女嫁給這個父母不詳的小子。挑動安東尼奧這個執念……有何不可呢？在陰謀寬廣的園地裡，什麼都要知道栽培，就算是一個傻瓜的虛榮心……（喊。）安東……

（他看到瑪絲琳等人進來，下。）

第 12 景

霸多羅、瑪絲琳、戴頭諤。

瑪　絲　琳（對戴頭諤）：先生，請聽聽我的案子。

戴　頭　諤（身穿法袍，有點口吃）：好吧！我們就口頭說、說一下。

霸　多　羅：這是一個成婚的約定。

瑪　絲　琳：連帶著一筆借款。

戴　頭　諤：我了、了解，等等，其他一切。

瑪　絲　琳：不是，先生，沒有「等等，其他一切」。

戴　頭　諤：我了、了解。你拿到這筆錢了？

瑪　絲　琳：不是，先生，我是借出這筆錢的人。

戴　頭　諤：我很了、了解。你、你想要討回這筆錢？

瑪　絲　琳：不想，先生，我要他娶我。

戴　頭　諤：哎！我完全了、了解。那麼他呢，他願、願意娶你嗎？

瑪　絲　琳：不願意，先生，這就是整個案子！

戴　頭　諤：這件官司，你以為我不了、了解嗎？

瑪　絲　琳：不了解，先生。（對霸多羅）我們是在什麼情況呀？（對戴頭諤）什麼！是您要審理我們這個案子嗎？

戴　頭　諤：我花、花錢買這官位難道是為了別的嗎？

瑪　絲　琳（嘆氣）：買官賣官真是一大弊病！

戴　頭　諤：對，不、不如白白送給我們才對。你要告、告誰呢？

第13景

霸多羅、瑪絲琳、戴頭諤、費加洛（搓著手上）。

瑪　絲　琳（指著費加洛）：先生，就是告這個說話不算話的傢伙。

費　加　洛（輕鬆愉快狀，對瑪絲琳）：也許我礙著你嘍。顧問先生，大人一會兒就回來。

戴　頭　諤：我在什麼地方見、見過這小、小子？

費　加　洛：在尊夫人家裡[17]，在塞維爾，我侍候過她，顧問大
人。

戴　頭　諤：什、什麼時候？

費　加　洛：在您小少爺出生前一年不到的時間，眞是個漂亮的
孩子，說起來，我還挺得意。

戴　頭　諤：對，他是最漂、漂亮的孩子。人家說你、你在這兒
又幹了好事？

費　加　洛：先生這是抬舉我啦。這不過是件芝麻綠豆的小事。

戴　頭　諤：一椿婚約！啊、啊！可憐的傻瓜！

費　加　洛：先生……

戴　頭　諤：你見過我、我的祕書，那個好小子嗎？

費　加　洛：是不是指兩隻手，那個書記？

戴　頭　諤：是，那是、是因爲他兩頭吃[18]。

費　加　洛：吃！我掛保證他是呑。喔！沒錯，我是見過他收司
法文件摘錄費、補充摘錄費，再說，這也是慣例。

戴　頭　諤：法、法律的形式定要遵守。

費　加　洛：確實，先生。如果案子的原委屬於兩造，誰不知道
形式正是法庭的資產。

戴　頭　諤：這小子不、不像我起初想的那麼蠢。那好吧，朋
友，既然你懂這麼多，我、我們開庭時會關照你的
案子。

---

17 指涉高茲曼事件，其妻曾在家中收下博瑪榭的賄款，參閱〈博瑪榭之生平、時代與戲劇概況〉
「3.2 歷盡人生之挫折」。
18 同上注，差別在於是高茲曼太太假藉祕書的名義索取 15 個金路易。

費　加　洛：先生，我仰賴您的公正，儘管您是我們的司法官。

戴　頭　謷：嗯？……是，我是司、法官。倒是你如果欠錢，又
　　　　　　不肯還呢？…

費　加　洛：那麼先生包準清楚，這就等於是說我沒欠錢。

戴　頭　謷：毫、毫無疑問。哎！不過他到底是在說什麼呢？

第 14 景

霸多羅、瑪絲琳、伯爵、戴頭謷、費加洛、法警。

法　　　警（走在伯爵之前，高聲）：諸位先生，大人到。

伯　　　爵：戴頭謷閣下，在這裡穿法袍！這只是樁私人案件，
　　　　　　穿上城裡的衣服太正式了。

戴　頭　謷：您、您這樣穿可以，伯爵先生，我可不行。不穿袍
　　　　　　子我從不出門，因為形式，要明白，形式！人人嘲
　　　　　　笑穿便裝的法官，偏偏看到穿長袍的檢察官就直
　　　　　　發、發抖。因為形式，形、形式！

伯　　　爵（對法警）：宣布開庭。

法　　　警（開門並尖聲喊叫）：開庭！

第 15 景

　　前場人物，安東尼奧、府邸的僕役、農夫和農婦（著節慶服裝）。
伯爵坐在大椅子上，戴頭謷坐在旁邊的椅子，書記坐在自己桌後，陪
審法官和律師均坐長椅，瑪絲琳坐在霸多羅身邊，費加洛坐在另一張
長椅上，鄉民和僕人站在後面。

戴　頭　謷（對兩隻手）：兩隻手，宣、宣讀訴狀。

兩　隻　手（宣讀）：「高貴、非常高貴、無上高貴的**唐彼得羅・喬治，貴族，高山、峻嶺和其他山脈的男爵**[19]，控告年輕劇作家阿隆佐・卡爾德隆[20]。」事關一齣流產的喜劇，雙方都否認是作者，並推給對方。

伯　　　爵：他們兩人都有道理。原案駁回。日後他們若是再合作寫書，爲了讓上流社會多少注意到，理當由貴族署名，詩人展才華。

兩　隻　手（宣讀另一份訴狀）：「**安德雷・佩特魯齊奧，農民，控告本省收稅員。**」事關強行超收租稅。

伯　　　爵：這件案子不在我的管轄範圍內。我當面向國王陳情，保護我的屬下，更能幫到他們[21]。下一案。

兩　隻　手（拿起第三份訴狀，霸多羅和費加洛起立）：「**巴帛－阿蓋兒－拉帛－瑪德蓮－妮可兒－瑪絲琳・德・薇兒特－阿律爾**[22]，成年未婚女性（瑪絲琳起立，行禮）控告費加洛……」教名空白？

費　加　洛：無名氏。

....

19　"baron de Los Altos, y Montes Fieros, y Otros Montes". 博瑪榭著實揶揄了西班牙人的長串姓名。
20　Alonzo Calderon：指涉西班牙最富盛名的同名劇作家 Pedro Calderon de la Barca (1600-1681)。
21　博瑪榭在第三幕譏諷司法的用意殆無異議，一般解讀伯爵對這兩個小案子的判決多數採諷刺的觀點，主張伯爵冠冕堂皇的說詞迴避了問題，窮人根本沒得到保障；而前一案，伯爵俏皮的判決實際上是剝奪了詩人的創作。相反地，Derek F. Connon 則主張，貴族和詩人均否認一齣失敗的合作劇本，這個典故早見於拉辛之警句 "Sur l'*Iphigénie* de Le Clerc"。至於第二案，伯爵的發言無可挑剔，之所以匆匆帶過，是因為他想趕快進入費加洛一案。故而先審理這兩個小案子，是要證明伯爵有判案的能力，且態度公正，事實上「貴族就要有貴族樣」（Noblesse Oblige），當貴族有其道德義務。到了費加洛一案，伯爵儘管有私心，他在法庭上的表現卻非譏諷的目標，因為他發問切中關鍵，發言也中肯，更何況他的判決不能說是偏頗：借據文字或有瑕疵，可是從前後文關係看來，「將借款如數奉還」和「娶她爲妻」理應有關連性，"*Noblesse Oblige*: The Role of the Count in the Trial Scene of *Le Mariage de Figaro*", *British Journal for Eighteenth-Century Studies*, no. 25, 2002, pp. 39-40。
22　"Barbe-Agar-Raab-Madeleine-Nicole-Marceline de Verte-Allure".

戴　頭　謬：無、無名氏！這是哪、哪位守護聖徒的名字[23]？

費　加　洛：是我的。

兩　隻　手（寫）：「**控告無名氏‧費加洛**」。身分？

費　加　洛：貴族。

伯　　　爵：你是貴族？

　　　　　　（兩隻手記下。）

費　加　洛：老天在上，我沒準是親王的兒子。

伯　　　爵（對書記）：繼續。

法　　　警（尖聲喊叫）：肅靜！諸位先生。

兩　隻　手（讀）：「……案由是上述的**德‧薇兒特－阿律爾**對
　　　　　　上述**費加洛**的婚事提出異議。霸多羅醫生為原告辯
　　　　　　護，如蒙庭上批准，上述**費加洛要自己辯護**[24]，但這
　　　　　　點違反本轄區的司法慣例和判例。」

費　加　洛：司法慣例，兩隻手先生，往往造成濫用。受過一點
　　　　　　教育的當事人對自己的案子總比某些律師懂得多。
　　　　　　辯護時候，這些律師扯著喉嚨說話，內心卻冷汗直
　　　　　　流，除了事實什麼都知道。他們既不介意當事人打
　　　　　　官司可能打到傾家蕩產，也不在乎自己寫的辯詞，
　　　　　　聽眾可能聽著無聊，或催陪審大人進入夢鄉。自以
　　　　　　為寫了一篇《為穆瑞納辯護詞》[25]，事後他們還沾沾
　　　　　　自喜，得意忘形。我嘛，只用幾句話就能把事實說
　　　　　　清楚。諸位先生……

....

23　西方人的名字多數取自聖徒之名。
24　博瑪榭本人即曾在高茲曼案三審時（在南部的艾克斯法院）自行辯護。
25　*"Oratio pro Murena"*：古羅馬學者西塞羅傳世的辯護詞。

兩　隻　手：説了這許多都是廢話，你不是原告，只有答辯的
　　　　　份。到前面來，大夫，請讀字據。

費　加　洛：對，字據！

霸　多　羅（戴上眼鏡）：字據白紙黑字寫得清清楚楚。

戴　頭　諤：那、那也得看看。

兩　隻　手：各位先生，請肅靜！

法　　　警（尖聲叫道）：肅靜！

霸　多　羅（讀）：「立字據人確認收到瑪絲琳・德・薇兒特－
　　　　　阿律爾小姐等等，在清泉府邸，兩千皮阿斯特[26]，
　　　　　她一旦提出要求，本人就在這座府邸，將借款如數
　　　　　奉還，並娶她爲妻，以示謝意等等」。簽字人「**費
　　　　　加洛**」，完了。我的結論是被告清償借款，履行承
　　　　　諾，並負擔訴訟費用。（開始申辯。）諸位先生……
　　　　　法庭歷來從未審理過更有意思的案子：從亞歷山
　　　　　大大帝承諾和美麗的塔蕾絲特莉絲[27]締結連理以來
　　　　　……

伯　　　爵（插入）：您説下去之前，律師，這張字據是否有
　　　　　效[28]？

戴　頭　諤（對費加洛）：你反、反對剛剛讀的字據內容嗎？

費　加　洛：我要提出的是，諸位先生，讀這項證據的方式有惡
　　　　　意、錯誤或疏忽之處，因爲字據上沒寫「將借款如
　　　　　數奉還**並**娶她爲妻」，而是「將借款如數奉還**或娶**

26　piastre forte cordonnée：一種西班牙錢幣，其邊緣鑄上一圈紋飾。1 皮阿斯特約值 100 蘇
　　（*Académie*, 1798），1 法朗等於 20 蘇，據此費加洛共欠一萬法朗。
27　Thalestris：亞馬遜王后，此為神話傳說。Cf. Quinte Curce, *Histoire d'Alexandre*, livre V, chap. v.
28　1757 年，博瑪榭的元配突病逝，打遺產官司時，被質疑假造文件。

她為妻」，這兩者差別可大了。

伯　　爵：字據寫的是「**並**」字還是「**或**」？

霸 多 羅：是「**並**」字。

費 加 洛：是「**或**」字。

戴 頭 諤：兩、兩隻手，你親自讀一下。

兩隻手（拿起字據）：這樣最確實，因為雙方讀的時候往往篡
　　　　　改事實。（讀。）「呃、呃、呃德‧薇兒特－阿律爾
　　　　　小姐，呃，呃，呃，啊！她一旦提出要求，本人就
　　　　　在清泉府邸，將借款如數奉還……**並**……**或**……
　　　　　並……**或**」，這個字寫得這麼不清楚……上面有墨
　　　　　漬。

戴 頭 諤：墨、墨漬？我懂了 [29]。

霸 多 羅（申辯）：我主張，我個人，這是連繫語連接詞
　　　　　「**並**」，用來連接句子裡互相連繫的部分：「將借
　　　　　款如數奉還**並**娶她為妻」。

費 加 洛（申辯）：我主張，我個人，這是選擇連接詞「**或**」，
　　　　　用來分開上述的部分：「將借款如數奉還**或**娶她為
　　　　　妻」。要當學究，我更學究；他要講拉丁文，我説
　　　　　希臘文 [30]，讓他沒戲唱。

伯　　爵：如何判定這樣的問題呢？

霸 多 羅：要解決這個問題，諸位先生，不必再為一個字辯歪
　　　　　理，我們姑且認定上面寫的是「**或**」字吧。

....

29　博瑪榭曾被拉布拉虛公爵控告篡改巴黎斯－杜維奈（Pâris-Duverney）簽字的財產結帳清單。
30　希臘文遠比拉丁文困難。再者，十八世紀指一個人在某方面很「希臘」，是指他很在行
　　（*Académie*, 1798）。

費　加　洛：請求法庭記錄這一點。

霸　多　羅：我方也同意 [31]。一個這樣壞的脫身之計根本救不了
　　　　　罪魁禍首。我們就按這個字義研究研究原文。
　　　　　（讀。）「本人就在這座府邸將借款如數奉還，**在這
　　　　　裡娶她爲妻。**」諸位先生，這就好比說：「你讓人
　　　　　在這張床上放血，**在這裡**再暖暖地躺著」，指的是
　　　　　「在床上」。再舉一個例子：「他服用兩格羅 [32] 的
　　　　　大黃，**在裡面**混點羅望子 [33]」，指的是「混在大黃裡
　　　　　面」。同理，「**在這裡娶她爲妻**」，諸位先生，指
　　　　　的就是「在這座府邸」。

費　加　洛：牛頭根本不對馬嘴。這句話的意思是：「**或者**病痛
　　　　　要你的命，**或者**就是大夫」，**或者**就是大夫，這是
　　　　　無可爭辯的。再舉一例：「**或者**你什麼膾炙人口的
　　　　　作品都不要寫，**或者**笨蛋就要詆毀你」，「**或者笨
　　　　　蛋**」，句子的意思很清楚了。在這個例子裡，「**笨
　　　　　蛋或者壞蛋**」都是起統領作用的名詞。霸多羅老師
　　　　　以爲我把句法都忘光了嗎？以此類推，我就在這座
　　　　　府邸將借款如數奉還，**逗點** [34]，或者娶她爲妻……

霸　多　羅（快接）：沒有逗點。

費　加　洛（快接）：有逗點。句子是，諸位先生，**逗點**，或者
　　　　　我娶她爲妻。

....

31　"Et nous y adhérons"：等同法律用語 "nous passons que"、"nous concédons que"（我方承認、
　　我方讓步）。霸多羅實則未讓步，下文他將連接詞 "ou"（或），硬解釋為關係代詞 "où"（在
　　……地方）。
32　"gros"：測量單位，等於 1/8 盎司，即 3.24 公克。
33　"tamarin"（羅望子）和 "rhubarbe"（大黃）均有輕瀉的作用。身為醫生，霸多羅辯論不忘本行，
　　費加洛下文才會酸他。
34　十八世紀，連接詞前面慣用逗點。

霸 多 羅（看一下字據，快接）：沒有逗點，先生們。

費 加 洛（快接）：逗點原來是有的，各位先生。再說，男的
　　　　　　既然娶了女的當太太，還用得著還錢嗎？

霸 多 羅（快接）：要還；我們 35 結婚，雙方財產分開。

費 加 洛（快接）：我們是分居，萬一結婚抵不了債。

　　　　　　（法官起立，低聲討論。）

霸 多 羅：這叫還債，真是荒唐 36 ！

兩 隻 手：肅靜，先生們！

法　　警（尖聲叫喊）：肅靜！

霸 多 羅：這種騙子把結婚當成抵債！

費 加 洛：律師，你是在辯護自己的案子嗎？

霸 多 羅：我為這位小姐辯護。

費 加 洛：你儘管胡說吧，但是不要出口傷人。法庭怕打官司
　　　　　的兩造情緒激動，才允許第三方 37 介入，不過這並
　　　　　不表示說話節制的辯護人可以不負責任地變身行事
　　　　　放肆的特權人物。這就貶低了這個最崇高機構的聲
　　　　　譽。

　　　　　（法官們繼續低聲討論。）

安東尼奧（對瑪絲琳，指著法官們）：他們有什麼好嚼舌根 38 的？

....

35 指自己和瑪絲琳。
36 婚姻關係無法取消債權。
37 意指和官司沒有利害關係的律師。
38 "balbucifier"：為 "balbutier" 的變形，「結結巴巴」、「講不清楚」之意。

瑪　絲　琳：有人買通了大法官，大法官又買通另一位[39]，我的官司輸了。

霸　多　羅（低聲，語調陰沉）：我怕是這樣。

費　加　洛（快樂地）：加油，瑪絲琳！

兩　隻　手（起立，對瑪絲琳）：啊！太過分了！我要告發你。為了法庭的榮譽，我請求先處理此事，然後再審理另一案。

伯　　　爵（坐下）：不必，書記，對我個人的侮辱，我絕不受理。一位西班牙法官對於過激的議論全然不必臉紅，這種激論至多適用於亞洲法庭[40]。其他濫用職權之事大有所在！但是我要糾正其中一種弊病，向你們解釋我的判決，任何法官下判決卻拒絕說明理由就是法律的大敵。本案原告有權要求什麼？不還債就結婚，兩項要求同時提出互相矛盾。

兩　隻　手：肅靜，諸位！

法　　　警（尖聲叫喊）：肅靜！

伯　　　爵：被告如何回答？他如果要保持人身自由，法庭准許。

費　加　洛（快樂地）：我贏啦！

伯　　　爵：另一方面，字據寫著：「她一旦提出要求，本人即將借款如數奉還，或者娶她為妻等等」，法庭判被告還給原告兩千精鑄的皮阿斯特，否則今天必須娶她為妻。（起身。）

39　「大法官」指伯爵，另一位法官指戴頭諤，因此下文書記才會覺得瑪絲琳的議論太過分而提出抗議。在高茲曼事件中，拉布拉處公爵曾經賄賂承審法官。

40　以野蠻、殘酷著稱，嘲弄亞洲法庭是十八世紀法國文學的流行主題之一。

費 加 洛（驚愕）：我輸了。

安東尼奧（高興）：判得好！

費 加 洛：好在哪裡？

安東尼奧：好在你做不成我的外甥女婿嘍。大大感謝，大人。

法　　警（尖聲叫喊）：退庭，諸位先生。

　　　　　（眾人下。）

安東尼奧：我去告訴我外甥女這一切。（下。）

第 16 景

伯爵（走來走去）、瑪絲琳、霸多羅、費加洛、戴頭諤。

瑪 絲 琳（坐下）：啊！我可以喘口氣了！

費 加 洛：我呀，悶得喘不過氣來。

伯　　爵（旁白）：至少報了一仇，我出了口氣。

費 加 洛（旁白）：這個巴齊爾原來應該要出面反對瑪絲琳的
　　　　　　婚事，看他回來怎麼辦！（對正要出去的伯爵。）大
　　　　　　人，您要走了嗎？

伯　　爵：案子已經全部審理完畢。

費 加 洛（對戴頭諤）：要不是這個自以為是的胖大個兒顧問
　　　　　　……

戴 頭 諤：我，自以為是的胖、胖大個兒 [41]！

費 加 洛：不用說，我不會娶她，好歹我也是位貴族。

41　"gros enflé"：出自拉伯雷的《巨人傳》第二部第 17 章，為帕紐奇（Panurge）的咒罵。

（伯爵站住。）

霸　多　羅：你要娶她。

費　加　洛：難道不需要我高貴的父母同意？

霸　多　羅：説出他們的姓名，指出他們是誰呀。

費　加　洛：給我一點時間，我找他們找了 15 年，眼看就要找到人了。

霸　多　羅：眞是招搖！不過就是個撿到的孩子！

費　加　洛：丟掉的孩子，大夫，或者説是被偷抱走的孩子。

伯　　　爵（走回來）：「偷抱走」、「丟掉」，證據何在呢？他會四處嚷嚷説判決不公 42 ！

費　加　洛：大人，我被強盜偷走的時候，穿的衣服鑲了蕾絲邊，身邊有繡花毯子和黃金首飾，這些衣物就算沒辦法指證我高貴的出身，我身上細心留下的特殊標誌，足夠證明我是個多麼寶貝的兒子。另外，我手臂上這個看不懂的記號……

（他要捲起右臂的袖子。）

瑪　絲　琳（急忙站起）：你的右手臂有個外科刮刀的圖案 43 。

費　加　洛：你怎麼知道？

瑪　絲　琳：天呀！是他！

費　加　洛：是我，沒錯。

霸　多　羅（對瑪絲琳）：是誰呀？他！

42　一旦不允許他提出證據的話。
43　"spatule"：為外科器具，這個記號令人聯想霸多羅的職業。

瑪　絲　琳（急速）：是艾曼紐兒。

霸　多　羅（對費加洛）：你是給吉普賽人拐走的嗎？

費　加　洛（興奮）：在很靠近一個古堡的地方。好大夫，您如
　　　　　　果能幫忙找到我高貴的家庭，要多少酬勞都不成問
　　　　　　題，就算是要成堆的黃金，我顯赫的父母也不會縮
　　　　　　手的。

霸　多　羅（指著瑪絲琳）：你的母親在這裡。

費　加　洛：……奶媽？

霸　多　羅：你的親生母親。

伯　　　爵：他的母親！

費　加　洛：請說清楚。

瑪　絲　琳（指著霸多羅）：你的父親在這裡。

費　加　洛（痛心）：喔，喔！哎呀，我真是命苦！

瑪　絲　琳：難道天性沒有千百次告訴過你嗎？

費　加　洛：從來沒有。

伯　　　爵：他母親！

戴　頭　諤：事情很清楚了，他、他不會娶她了。

霸　多　羅：我也不會。

瑪　絲　琳：你也不會！那你兒子怎麼辦呢？你對我發過誓……

霸　多　羅：我那時候瘋啦。這種陳年舊帳一旦都要兌現，那所
　　　　　　有人都得娶進門了。

戴　頭　諤：凡事如、如果都看得這麼認真，那麼誰、誰也娶不
　　　　　　了誰了。

霸　多　羅：這種過錯稀鬆常見，不足爲奇！年少輕狂，令人遺憾。

瑪　絲　琳（越說越激動）：是的，令人遺憾，而且比你想的還要遺憾！我不打算否認過錯，今天再清楚不過地得到了證明！誰知道三十年來要節衣縮食，贖罪可眞是難！我生來就是個好女孩，到了長理智的年齡，就成爲端莊的小姐。偏偏在這個滿腦子幻想的年紀，缺乏歷練，生活捉襟見肘，登徒子緊緊糾纏我們不放，窮苦又刺中我們的要害，一個女孩子怎麼招架得了這群敵人呢？在這裡嚴厲批判我們的男人，他一生，可能，糟蹋過十個女人！

費　加　洛：最有罪的人最不情願原諒別人，這是定律。

瑪　絲　琳（激動）：男人不單單忘恩負義，而且還瞧不起、侮辱你們感情的玩物、你們的受害者！我們女人青春無知犯了錯，你們才是該受到懲罰的人。你們和你們這些法官有權審判我們，洋洋得意卻怠忽職守，任人剝奪我們正當的生計。這些遭遇不幸的女孩可有工作做嗎？她們原來天生有權做女性的針線活兒，這一行現在卻教出了成千上萬的男工。

費　加　洛（憤怒）：男人[44]甚至都會刺繡啦！

瑪　絲　琳（激昂）：就算是社會階層較高的女性，也只得到你們可笑的尊重，被你們表面上的敬意給騙了，實際上是被當成下人看。提到財產，把我們看作是未成年，犯了錯，又當我們是成年人罰！啊！各方面來

44　原文爲「士兵」，但博瑪榭應是泛指一般男性，瑪絲琳的控訴揭露了當時女性的工作問題：連女性服裝都由男性工人縫製，cf. Michel Viegnes, *Le Mariage de Figaro (1785), Beaumarchais* (Paris, Hatier, «Profil d'une oeuvre», 1999), p. 84。

　　　　　看，你們對待我們的態度讓人不是害怕就是可憐！

費 加 洛：她說得有道理！

伯　　爵（旁白）：太有道理了！

戴 頭 諤：老、老天！她說得有道理。

瑪 絲 琳：話說回來，我的兒，一個不公道的人拒絕我們，有
　　　　　什麼大不了的呢？你不必回頭去看自己的出身，只
　　　　　要關注自己的前程，單單這點凡人都得當回事。再
　　　　　過幾個月你的未婚妻就可獨立自主嘍。她會接納你
　　　　　的，我掛保證。生活上有嬌妻和慈母作伴，我們兩
　　　　　個人都會爭著寶貝你。我的孩子對我們要包容，自
　　　　　己要活得開心，對人要快活、自在、好心，做母親
　　　　　的也就什麼都不缺了。

費 加 洛：你說的是金玉良言，媽，我一定照你的話做人。沒
　　　　　錯，人真是笨啊！世界轉了幾千幾萬年，在這歲月
　　　　　的汪洋裡，我偶然抓住了這微不足道的三十個年
　　　　　頭，時間就此一去不復返，偏偏我卻自尋煩惱，一
　　　　　直想知道是誰生下我的！誰要煩惱，誰就活該吧。
　　　　　活得這樣煩心，就是不停加重自己的枷鎖，比如那
　　　　　些可憐的馬兒拉著船逆水往前走，就算站住了，也
　　　　　沒辦法喘口氣，即便不往前走，牠們也還是要使力
　　　　　拉住船。我們等著吧。

伯　　爵：這樁蠢事打亂我的計畫！

戴 頭 諤（對費加洛）：你說的貴族身分呢？府邸呢？你這是
　　　　　欺、欺騙法庭！

費 加 洛：法庭！剛剛差點害我幹了件荒謬絕頂的事。之前，
　　　　　為了那該死的一百艾居，我三番兩次差點就要搥死

這位先生，結果他原來是我的父親！多虧上天保佑，把我從危機救了出來，保住了我的名譽。我的父親，請原諒我吧……還有你，親愛的母親，抱住我……，用你最愛我的方式。

（瑪絲琳撲上摟住他的脖子。）

第 17 景

霸多羅、費加洛、瑪絲琳、戴頭諤、蘇珊娜、安東尼奧、伯爵。

蘇　珊　娜（手裡拿著錢袋跑上）：大人，等一下！別讓他們成婚，我用夫人給我的嫁妝來還這位太太的錢。

伯　　爵（旁白）：夫人見鬼去吧！這一切看來是串通好……
（下。）

第 18 景

霸多羅、安東尼奧、蘇珊娜、費加洛、瑪絲琳、戴頭諤。

安東尼奧（看到費加洛擁抱母親，對蘇珊娜說）：啊！對，還錢！看呀，看哪。

蘇　珊　娜（轉身）：我看夠啦。走吧，舅舅。

費　加　洛（攔住她）：別走，先別走！你看到什麼呢？

蘇　珊　娜：我夠笨，你缺德。

費　加　洛：前一句談不上，後一句也對不上。

蘇　珊　娜（氣憤）：還看到你擁吻她，可見你情願娶她。

費　加　洛（愉快）：我擁吻她，可偏不娶她。

（蘇珊娜要走，被費加洛拉住。）

蘇　珊　娜（甩費加洛耳光）：你真是蠻不講理，竟敢拉住我！

費　加　洛（對在場的人）：這就是愛情呀！走之前，求求你，好
　　　　　　　　好看看這個心愛的女人。

蘇　珊　娜：我正看著。

費　加　洛：你覺得她？

蘇　珊　娜：醜到不行。

費　加　洛：嫉妒萬歲！嫉妒可是容不下人 [45] 的。

瑪　絲　琳（張開雙臂）：擁抱你的母親吧，我美麗的小蘇珊。這
　　　　　　　　個欺負你的壞東西是我的兒子。

蘇　珊　娜（跑向她）：你，是他的母親！

　　　　　（兩人緊緊相擁抱。）

安東尼奧：這是剛剛發生的事嗎？

費　加　洛：是我剛才知道的。

瑪　絲　琳（激昂）：我的心老是向著他，只是弄錯了動機，這
　　　　　　　是血緣在呼喚我。

費　加　洛：而我嘛，是理智 [46]，像本能一樣讓我拒絕你，我的母
　　　　　　　親，因為我一點也不恨你，這筆借款可以證明……

瑪　絲　琳（交給他一張字條）：錢是你的啦。借據收起來吧，給
　　　　　　　你當結婚的花費。

蘇　珊　娜（拋給他錢袋）：再拿這一袋！

....

45　marchander：“épargner”（寬容、寬待，*Académie*, 1798）。
46　博瑪榭玩了一個同音異義字的玩笑：“sens”（理智）字尾的「s」在十八世紀不發音（除非在
　　母音前），和上句台詞的 “sang”（血緣）發音相同。

費 加 洛：感激不盡！

瑪 絲 琳（激昂地）：我起先是個苦命的女孩，後來簡直要變成
　　　　　最歹命的女人，現在卻是命最好的母親！我的兩個
　　　　　孩子過來吻我吧。我給你們滿滿的愛，和你們相親
　　　　　相愛。我眞是歡喜得不得了啊！我的孩子，我多愛
　　　　　你們啊！

費 加 洛（受到感動，很激動）：別再説了，親愛的母親！別説
　　　　　啦！你想看到我生平第一次流淚就如泉湧嗎？至
　　　　　少，這是快樂的淚水。誰知道我多麼笨啊！我感
　　　　　覺到淚水掉到我的手指間，幾幾乎要難爲情。你看
　　　　　（張開他的手指給母親看），我還傻傻地想忍住不流
　　　　　眼淚！羞愧閃到一邊去吧！我既想笑又想哭，現在
　　　　　的感受，我一輩子不會再有。

（他一手抱母親，一手抱蘇珊娜。）

瑪 絲 琳：喔我親愛的！

蘇 珊 娜：我親愛的！

戴 頭 諤（用手帕拭淚）：怎麼啦！我呀，我也是傻、傻乎乎
　　　　　的！

費 加 洛（激昂）：悲傷，現在我可以向你挑戰！有膽的話，
　　　　　就在這兩個心愛的女人之間傷害我看看。

安東尼奧（對費加洛）：拜託拜託，這些甜言蜜語就省省吧。要
　　　　　知道，在家裡面談婚嫁，長輩要先結。你的父母已
　　　　　經牽手做夫妻了嗎？

霸 多 羅：牽我的手！我還寧願老到這隻手臂乾枯、脱落，也
　　　　　不願和這麼個怪咖的母親當牽手！

安東尼奧（對霸多羅）：那麼你也只是個沒天良的繼父 [47] 嘍？（對
費加洛）這樣的話，我們的情人 [48]，婚事就甭談啦。

蘇 珊 娜：啊！舅舅……

安東尼奧：難道要我把妹妹的女兒嫁給這 [49] 沒人生的孩子。

戴 頭 諤：傻瓜，這、這怎麼可能呢？凡人、人總是某某人生
的孩子呀。

安東尼奧：夠啦夠啦 [50]！……他這輩子娶不到蘇珊娜了。

第 19 景

霸多羅、蘇珊娜、費加洛、瑪絲琳、戴頭諤。

霸 多 羅（對費加洛）：現在去找一個人來收養你當兒子吧。
（欲下。）

瑪 絲 琳（跑過去摟住霸多羅的腰，拉他回來）：站住，大夫，別走
呀！

費 加 洛（旁白）：不可能，我看安達魯西亞的蠢蛋通通都出
籠來扯我的後腿，好讓我結不成婚。

蘇 珊 娜（對霸多羅）：親愛的好爸爸，他是你的兒子呀。

瑪 絲 琳（對霸多羅）：聰明、能幹、又有型。

費 加 洛（對霸多羅）：再說沒讓你花過一分錢 [51]。

....

47 "père marâtre"：前一字為「父親」，後字為「繼母」、「虐待子女的母親」，兩字創意聯用，
表達「沒天良的繼父」之意；安東尼奧用字富喜劇效果。
48 "not'galant"："notre prétendant"，安東尼奧用第三人稱和費加洛對話，這是鄉下人說話的特
色。
49 "sti"：為 "celui-ci"、"cet homme-ci" 的變形。
50 "Tarare"：為感嘆詞，意思是「不在乎或不相信聽到的話」（*Académie*, 1798）。此字也是博
瑪榭一部歌劇主角的名字，參閱〈博瑪榭之生平、時代與戲劇概況〉之「4.4 歌劇」。
51 "obole"：遠古時代的貨幣單位，幣值極小。

霸　多　羅：那麼他從我手裡騙走的一百艾居呢？

瑪　絲　琳（撫愛他）：我們會全心全意照顧你，爸爸！

蘇　珊　娜（撫愛他）：我們是這麼愛你，好爸爸！

霸　多　羅（心軟下來）：爸爸！好爸爸！親愛的爸爸！現在我呀
　　　　　　可比這位先生更傻嘍。（手指戴頭諤。）像個小孩，
　　　　　　我任人擺佈。（瑪絲琳和蘇珊娜擁吻他。）喔！不成，
　　　　　　我沒說行。（轉身。）伯爵大人這是去哪裡呢？

費　加　洛：趕快找他去，逼他做出個決定來。萬一他再出個什
　　　　　　麼花招，一切又得從頭再來。

全　　　體：跑啊，跑啊。

　　　　　　（他們拉霸多羅下。）

第 20 景

戴頭諤，獨自一人。

戴　頭　諤：比這位先生更、更傻！這、這種話，一個人自己說
　　　　　　說倒也罷了，偏偏……在、在這種地方說，他、他
　　　　　　們真是不懂禮貌。

第 四 幕

第1景

　　一間大廳，裝飾點燃的枝形燭台吊燈、鮮花、花環等，總之就是一個為舉行婚禮而裝飾的場面。台前右側放了一張桌子，上頭有文具，桌子後面有張椅子。

費加洛、蘇珊娜。

費 加 洛（摟著她的腰）：如何！親愛的，這下子你可稱心如意嘍？我媽舌粲蓮花，總算說動她的大夫！再怎麼不情願，大夫會娶她的，你那個難搞的舅舅也搞定咯。只有大人還在火大，因為說到底，我父母一成親，我們倆就能完婚。結果這麼圓滿，你也該笑一笑吧。

蘇 珊 娜：你沒見過更奇怪的事吧？

費 加 洛：不如說是這麼快樂的事。我們原來只是想從大人那邊爭取到一份嫁妝，現在已經有兩份到手了，而且不是來自他的手中。一個死不放手的情敵原先一直糾纏你，發狂地折磨我[1]。結果這一切全變咯，她變成我們「最好的」母親。昨天，我還像是隻身在世，現在我父母雙全。他們不是那樣顯赫，沒錯，不是權貴，像我之前吹噓的，不過也夠好了，我們可沒有富豪的那種虛榮心。

....

1　"j'étais tourmenté par une furie"：「我曾被一個瘋狂的潑婦折磨」，"furie" 指希臘的復仇女神（通常是三位一起現身），轉喻「潑婦」、「悍婦」。

蘇珊娜：話說回來，你之前的種種安排，我們也一直等著看結果，親愛的，倒是一樁也沒兌現！

費加洛：謀事在人，成事在天，我的小親親。世事就是這麼回事。一個人再怎麼打拚、籌劃、安排，成事還是得看運氣。從一心想吞併天下、貪得無饜的征服者，一路到與世無爭、靠狗領路的瞎子，個個都是命運無常的玩物。再說靠導盲犬領路，比較不會被別人的觀點給矇住，往往還比隨扈來得可靠。——至於大家稱為愛神的那個可愛盲眼²⋯⋯

（他又溫柔地摟住她的腰。）

蘇珊娜：啊！我只對他感興趣！

費加洛：那就准我滿懷瘋狂的熱情³，當一條好狗，把愛神引到你美麗的小門前，讓我們長相廝守吧。

蘇珊娜（笑起來）：愛神和你。

費加洛：我和愛神。

蘇珊娜：你們不會去找別的窩嗎？

費加洛：萬一讓你逮到我有金屋，我甘願成千上萬的風流情種⋯⋯

蘇珊娜：你言過其實，說說你老實的真心話吧。

費加洛：這就是我最真誠的真心話！

蘇珊娜：呸！壞蛋！一個人的真心話難道有好多種嗎？

2　愛神常被畫成一個矇著眼睛的小孩，手上拿著弓箭四下亂射。

3　"prenant l'emploi de la Folie"：「擔任『瘋狂』的角色」。希臘神話中，「瘋狂」使「愛神」喪失視力，遭到懲罰要為愛神引路，參閱拉封丹的寓言（Fables）第12章第14則〈愛情與瘋狂〉（L'Amour et la folie）。

費 加 洛：喔！沒錯。隨著時間，過去的一些瘋話如今反倒成了至理名言。以往隨口胡說的小謊話再怎麼漏洞百出，時間一久，就變成莫大的真理，真心話也就有了成千上百種。有一些大家心知肚明卻不敢說破，因為真心話並不是都能說；有一些被吹捧到天卻沒人信，因為真心話不是通通都可信。其他還有山盟海誓的愛情、母親嚇唬孩子、酒鬼的決心、政客開的支票、生意人出的最後底價，例子多到說不完。只有我愛蘇松是切切實實的真心話。

蘇 珊 娜：你樂瘋咯，我好喜歡，可見你打心裡高興。說一下和伯爵的約會吧。

費 加 洛：不如別再提了吧，害我差點賠上我的蘇珊娜。

蘇 珊 娜：所以你不要我去赴約了？

費 加 洛：你要是愛我，蘇松，請用人格保證，教他苦苦白等。他這是自討苦吃。

蘇 珊 娜：你之前要求我去赴約才叫難，現在不要我去，那簡單，沒問題。

費 加 洛：這可是你的真心話？

蘇 珊 娜：我才不像你們其他有學問的人！我嘛，只有一種真心話。

費 加 洛：那麼你多少愛我一點嘍？

蘇 珊 娜：很多。

費 加 洛：還差遠了。

蘇 珊 娜：什麼意思？

費　加　洛：說到愛情，你懂嗎，愛過頭也不嫌多。

蘇　珊　娜：我聽不懂其中的奧妙，我只懂愛我的丈夫。

費　加　洛：說到就要做到，那你準是女性裡一個出色的例外了。

　　　　　（他要吻她。）

第 2 景

費加洛、蘇珊娜、伯爵夫人。

伯爵夫人：啊！我說的沒錯，不管在哪裡，他們倆一定是在一塊兒。好啦，費加洛，你私會情人就等於是先享受未來，小心毀了婚事和自己。大夥兒都在等你，等都等得不耐煩咯。

費　加　洛：對，夫人，我忘了自己。我這就帶去讓他們看看我遲到的理由。

　　　　　（他要帶走蘇珊娜。）

伯爵夫人（拉住蘇珊娜）：她一會兒就過去。

第 3 景

蘇珊娜、伯爵夫人。

伯爵夫人：我們倆要換穿的衣服，都準備好了嗎？

蘇　珊　娜：什麼都用不著準備啦，夫人，約會打住了。

伯爵夫人：啊！你改變了心意？

蘇　珊　娜：是費加洛。

伯爵夫人：你騙我。

蘇　珊　娜：老天爺發發慈悲吧！

伯爵夫人：費加洛可不是一個會讓到手的嫁妝白白溜走的人。

蘇　珊　娜：夫人！唉！您是怎麼想的呢？

伯爵夫人：我想你最終答應了伯爵，現在卻後悔告訴我他的計
　　　　　畫。我看穿你這個人咯。給我走開。

　　　　（她要離開。）

蘇　珊　娜（跪下）：救苦救難的老天呀！您不知道，夫人，您
　　　　　傷了蘇珊娜的心！您對我一向和藹可親，還給了我
　　　　　一筆嫁妝……

伯爵夫人（扶她起來）：哎喲，真的是……我都不知道自己說了
　　　　　些什麼！既然你讓我代替你去花園，親愛的，你就
　　　　　不必去了。那麼你對丈夫就算不上失信，又能幫我
　　　　　挽回伯爵。

蘇　珊　娜：您剛才真是傷了我的心！

伯爵夫人：我一時心急，說話不經心。（她吻蘇珊娜的前額。）
　　　　　你和伯爵約在哪裡見呢？

蘇　珊　娜（吻夫人的手）：我只聽到花園兩個字。

伯爵夫人（指著桌子）：拿起筆，訂下地點。

蘇　珊　娜：寫信給他！

伯爵夫人：非寫不可。

蘇　珊　娜：夫人！至少由您……

伯爵夫人：一切由我負責。

　　　　（蘇珊娜坐下，伯爵夫人口述。）

「一首新歌，按照這個曲調：『今夜良辰美景，大栗
樹下……今夜良辰美景……』」

蘇　珊　娜（寫下）：「大栗樹下……」再來呢？

伯爵夫人：你怕他看不懂嗎？

蘇　珊　娜（重讀）：有道理。（她折信。）用什麼封信呢？

伯爵夫人：用別針，快，用別針代替回覆。在信紙背面寫「這
個封印請還給我」。

蘇　珊　娜（笑著寫）：啊！「封印」！……這個封印，夫人，比
起委任狀上的那個有趣多了。

伯爵夫人（痛苦地回憶）：啊！

蘇　珊　娜（在身上找）：我身上沒有別針耶！

伯爵夫人（解開袍子的領口）：拿這根吧！（小侍從的絲帶掉了下
來。）啊！我的絲帶！

蘇　珊　娜（撿起來）：是那個小偷搶去的！您怎麼狠心呢？……

伯爵夫人：難道要讓他綁在手臂上嗎？那可就好看嘍！給我
吧！

蘇　珊　娜：這條夫人不能再用啦，上面沾了這個年輕人的血。

伯爵夫人（拿回來）：給方雪特最好……一會兒她來給我獻
花……

第 4 景

一個牧羊女、穿女裝的薛呂班、方雪特、以及許多少女（穿著和方雪
特一樣，手上全捧著花束）、伯爵夫人、蘇珊娜。

方雪特：夫人，她們是鎮上的姑娘，來給您獻花。

伯爵夫人（匆忙收起絲帶）：她們真是可愛。很抱歉，美麗的孩
　　　　　子們，我不認得你們每一個人。（指薛呂班。）這個
　　　　　可愛的女孩這麼羞答答的，是誰呢？

牧 羊 女：是我的一個表妹，夫人，她來參加婚禮的。

伯爵夫人：她很漂亮。我拿不了你們這許多束花，就禮遇這位
　　　　　外地來的客人吧。（她接過薛呂班手上的花束，吻他的
　　　　　前額。）她臉紅啦！（對蘇珊娜）你不覺得，蘇松……
　　　　　她像一個人嗎？

蘇 珊 娜：真的，像到分不出誰是誰。

薛 呂 班（旁白，雙手按住胸口）：啊！這一吻，吻到我心上了！

第 5 景

一群少女、薛呂班（夾在其中）、方雪特、安東尼奧、伯爵、伯爵夫
人、蘇珊娜。

安東尼奧：我跟您說，大人，他人就在這兒。這些女孩在我女
　　　　　兒房裡替他換裝的。他一身衣服還丟在那兒呢，
　　　　　這是他的軍帽，是我從他的背包裡翻出來的。（他
　　　　　走向前，逐一審視每個女孩，認出薛呂班，扯下他戴的女
　　　　　帽，他兩邊長長的麻花辮[4]掉了下來。安東尼奧為他戴上軍
　　　　　帽。）天公伯[5]，這是我們的軍官嘛！

伯爵夫人（退後）：啊！天吶！

蘇 珊 娜：這個搗蛋鬼！

4　"en cadenette"：「卡德內髮型」，路易十三時代一位卡德內（Cadenet）的貴族達爾貝（Honoré
　　d'Albert）在頭部左側編一條麻花辮，這個髮型漸漸在軍隊流行起來。
5　"parguenne"："par Dieu" 的變形，為鄉下人強調肯定的感嘆詞。

安東尼奧：剛才在樓上我就說是他跳窗！……

伯　　爵（憤怒）：如何，夫人？

伯爵夫人：如何，先生！您也看到我比您還要吃驚，至少，是
　　　　　一樣氣惱。

伯　　爵：話是沒錯，不過先前、今天早上的事呢？

伯爵夫人：再瞞下去，的確，我就有不是了。今天早上他到我
　　　　　房裡來。我們排練這些孩子們剛剛演完的小玩意
　　　　　兒。我們為他換衣服，您忽然闖了進來，一進門就
　　　　　這麼衝動！他嚇得溜走了，我也心慌意亂。一慌之
　　　　　下，就發生了後來的事。

伯　　爵（氣惱，對薛呂班）：你怎麼還沒走？

薛　呂　班（突然脫下軍帽）：大人……

伯　　爵：違抗命令，我要罰你。

方　雪　特（想也不想）：啊，大人，請聽我說！每回您來親我，
　　　　　您自己知道，您總是對我說：「你愛我的話，小方
　　　　　雪特，你要什麼，我都給你。」

伯　　爵（臉紅）：我！我說過這種話？

方　雪　特：是的，大人。要懲罰薛呂班，不如把他給我當新郎
　　　　　吧，我會愛您愛到瘋。

伯　　爵（旁白）：被一個小侍從給迷得團團轉！

伯爵夫人：如何，先生，又輪到您了！這個孩子天真的告白和
　　　　　我的一樣，總算證明兩件事實：如果我曾經讓您不
　　　　　安，那都是出於無心，您則是不顧一切讓我更不
　　　　　安，現在得到了證實。

安東尼奧：您也是這種人嗎，大人？眞格的！我準代您管教小
　　　　　女，就像管教她死去的娘一樣，她娘死於……不是
　　　　　這有什麼要緊的，夫人您也知道這些丫頭，一旦長
　　　　　大……

伯　　爵（狠狠，旁白）：這裡有個惡魔煽動一切和我作對！

第 6 景

少女們、薛呂班、安東尼奧、費加洛、伯爵、伯爵夫人、蘇珊娜。

費 加 洛：大人，要是您不放我們的女孩子走，那麼婚禮和舞
　　　　　會都沒辦法開始喲。

伯　　爵：你要跳舞！別想了吧。早上你才從二樓跳下來，右
　　　　　腳還扭傷呢！

費 加 洛（搖了搖腿）：我還有點痛，不過不礙事。（對少女們）
　　　　　走吧，我美麗的小姐，走！

伯　　爵（扳過他的身體）：你很走運，花壇的土挺鬆的嘛！

費 加 洛：眞是走運，沒錯，要不然……

安東尼奧（把他的身體扳到另一邊）：再說他是身體縮成一團摔到
　　　　　地上的。

費 加 洛：身手再快一點，就可以停在半空中了，不是嗎？（對
　　　　　少女）小姐們，走不走呀？

安東尼奧（扳回他的身子）：而這會兒工夫，小侍從正騎馬飛奔
　　　　　塞維爾吧？

費 加 洛：騎馬飛奔，或者一步一步慢……

伯　　爵（扳過他的身子）：你口袋裡有他的委任狀是吧？

費　加　洛（有點吃驚）：當然咯，可是在調查什麼呀？（對少女）
　　　　　走吧，小姐們！

安東尼奧（拉住薛呂班的手臂）：這個小姑娘偏偏說我未來的外
　　　　　甥女婿不過是個騙子。

費　加　洛（吃驚）：薛呂班！……（旁白）該死！這個混小子[6]。

安東尼奧：你現在懂了吧？

費　加　洛（找話說）：懂了……懂了……嘿！他瞎說些什麼呀？

伯　　　爵（冷冷地）：他沒瞎說。他說是他跳到紫羅蘭上的。

費　加　洛（尋思）：他要是這麼說……就有這個可能。不知道
　　　　　的事我不爭論。

伯　　　爵：那麼你和他？……

費　加　洛：爲什麼不行呢？往下跳的瘋勁可是會感染的。看看
　　　　　帕紐奇的羊一隻一隻通通跳進海裡去[7]。您一發火，
　　　　　誰不馬上閃人，寧可……

伯　　　爵：怎麼，兩個人同時往下跳！……

費　加　洛：就算跳下二十個也不成問題。這又如何呢，大人，
　　　　　反正又沒有人受傷？（對少女）喂，你們到底是來，
　　　　　還是不來呢？

伯　　　爵（火大）：我們是在演鬧劇嗎？

　　　　　（銅管演奏的序曲傳入舞台。）

費　加　洛：進行曲開始了。各就各位，美麗的小姐，各就各

6　"fat"："impertinent, sans jugement"，「放肆，沒有判斷力」（*Académie*, 1798）。
7　指涉《巨人傳》第四部第8章，帕紐奇為了報復，向一名羊商買了一隻羊後丟進海裡，結果
　　其他羊也一隻一隻跟著跳下去，最後包括羊商，悉數淹死海裡。

位！來吧，蘇松，讓我挽著你。

（眾人跑下，唯獨薛呂班留著，垂頭。）

第 7 景

薛呂班、伯爵、伯爵夫人。

伯　　爵（看著費加洛下）：有誰看過比他更明目張膽的人嗎？
（對小侍從）至於你，滑頭先生，少裝出慚愧的樣
子，快去換下這身衣服，今天晚上不管在那裡都別
讓我看到你。

伯爵夫人：那他會無聊透頂。

薛 呂 班（不假思索地）：無聊！我的額頭頂著這個福氣，就算
要坐牢坐上一百年也甘願。

（他戴上軍帽，一溜煙跑掉。）

第 8 景

伯爵、伯爵夫人。

（伯爵夫人用力搧扇子，未接腔。）

伯　　爵：他額頭上有什麼，讓他這麼開心？

伯爵夫人（發窘）：他……頭上戴的第一頂軍帽吧，錯不了。
孩子嘛，什麼東西都好玩。

（她要離開。）

伯　　爵：您不留下來嗎，伯爵夫人？

伯爵夫人：您知道，我人不舒服。

伯　　爵：爲了您喜歡的貼身侍女，多待一會兒吧，不然我就
　　　　　當您還在氣頭上。

伯爵夫人：看，兩對新人來舉行婚禮嘍，我們坐下來接見他們吧。

伯　　爵（旁白）：婚禮！擋不了的事就只好先吞下去。

　　　　（伯爵和夫人坐在大廳的一側。）

第 9 景

伯爵和夫人坐著，樂隊以進行曲的節奏演奏《西班牙狂歡曲》[8]。

遊行（列隊行進）：

獵場看守人，肩上荷槍。

法警、法院調解委員、戴頭謬。

農夫和農婦，身著節慶的服裝。

兩名少女，手捧裝飾白羽毛的處女帽。

另外兩名少女，捧著白色頭紗。

另外兩名少女，捧著手套和花束。

安東尼奧作爲至親，挽著蘇珊娜的手。

其他少女另外捧著要給瑪絲琳的同樣女帽、頭紗、白花。

費加洛作爲至親，一會兒要將瑪絲琳交給醫生，挽著她走，醫生捧著
一大束花殿後。

女孩們經過伯爵面前，把要給蘇珊娜和瑪絲琳的行頭交給他的僕人。

....

8　"Folies d'Espagne"："Folies" 出自葡萄牙文的 "Folia"，意謂著「熱鬧的娛樂」、「縱情的歡
　欣」。在音樂上，則指巴洛克音樂中一種標示出特定和聲與旋律模式的變奏（16 小節，三拍，
　通常是大調）。

農夫和農婦排在大廳的兩側，敲響板跳起芳丹戈舞曲[9]。接著響起二重唱的前奏，安東尼奧領著蘇珊娜走到伯爵面前，她跪下。

伯爵爲她戴處女帽、頭紗，給她花束，兩個女孩唱起下面的二重唱：

> 「青春的新娘，歌詠主人的恩典和光榮，
> 他放棄原先對你的特權，
> 珍視高貴行爲勝於愛慾，
> 將你貞潔並純潔地交到丈夫手中。」

蘇珊娜跪著，二重唱演唱到最後兩行歌詞，她拉拉伯爵的衣服，給他看自己手中的信。她舉起向著觀眾那一面的手放到頭上，伯爵假裝爲她調整帽子，她趁機把信交給他。

伯爵偷偷把信塞入懷裡。二重唱完畢，新娘起身，向伯爵深深行屈膝禮。

費加洛走上前，從伯爵手中接過蘇珊娜，兩人一起走到大廳的另一側，靠近瑪絲琳。

（這段時間，大家又跳起芳丹戈舞。）

伯爵急著要讀方才到手的信，走到舞台前方從懷裡掏出來，做出被別針狠狠扎到的手勢，搖搖手指頭，擠它、吮它，這才注意到信是用別針封口的。

伯　　　爵（他說話的時候，費加洛也說話，樂隊輕聲伴奏）：該死的
　　　　　女人，到處用別針！（他把別針丟到地上，讀信，吻

9　"fantango"：一種輕快的西班牙三步舞曲，兩人對舞，吉他伴奏，打響板爲節奏。

信。）

費　加　洛（全部看在眼裡，對母親和蘇珊娜說）：這可是封情書，
　　　　　　應該是哪個小丫頭經過時塞給他的。信用別針封
　　　　　　口，把他給狠狠刺了一下。

　　　（眾人又開始跳舞。伯爵讀完信後翻到背面，看見請他退回別
　　　針作爲回覆之語。他在地上找了一番，總算找到，將它別在袖
　　　口上。）

費　加　洛（對蘇珊娜和瑪絲琳）：情人的東西都是寶。看，連根
　　　　　　別針也要撿起來。哈！眞是個怪傢伙！

　　　（這段時間，蘇珊娜和伯爵夫人交換會意的眼色。舞蹈結束，又
　　　開始二重唱的前奏。費加洛挽著瑪絲琳到伯爵面前，就像剛才
　　　蘇珊娜一樣。伯爵拿起處女帽的刹那，二重唱又要開始，儀式
　　　被下面的吵鬧聲打斷。）

法　　　警（在門口大喊）：站住，各位先生！你們不能全部進
　　　　　　去……守衛！守衛快來！

　　　（守衛跑到門邊。）

伯　　　爵（站起來）：怎麼回事？

法　　　警：大人，是巴齊爾先生，他邊走邊唱，全村人都圍著
　　　　　　他。

伯　　　爵：讓他一個人進來。

伯爵夫人：允許我退下吧。

伯　　　爵：您的好意我不會忘。

伯爵夫人：蘇珊娜！……她去去就來。（旁白，對蘇珊娜）我們
　　　　　　換衣服去。

　　　（她和蘇珊娜下。）

瑪　絲　琳：他來了準壞事。

費　加　洛：哈！我去讓他唱不出來 [10]。

第 10 景

除了伯爵夫人和蘇珊娜以外，人物同上一場；巴齊爾（拿著吉他）、
「抓太陽」。

巴　齊　爾：（唱著歌上場，用本劇終場新填詞的「諷刺民歌」[11] 調子）

> 「敏感的心，忠誠的心，
> 都在譴責輕浮的愛情，
> 停止你們無情的抱怨，
> 變心難道犯了罪嗎？
> 愛神如果長著翅膀，
> 難道不是為了飛來飛去？
> 難道不是為了飛來飛去？
> 難道不是為了飛來飛去？」

費　加　洛（走向巴齊爾）：對，正是為了飛來飛去，愛神背上才
　　　　　　長了翅膀。我們的朋友，你唱這首歌是什麼意思
　　　　　　呢？

巴　齊　爾（指著「抓太陽」）：我的意思是我服從了大人的命令，
　　　　　　一路上彈彈唱唱讓大人的客人開心，現在我可以要
　　　　　　求大人主持公道了。

10　引喻為「使其期待落空」，巴齊爾也教聲樂。
11　"vaudeville"，參閱本書〈博瑪榭之生平、時代與戲劇概況〉之「2.3 編劇思潮與種類」。

「抓太陽」：哼！大人，他根本沒讓我開心，唱來唱去都是些
　　　　　老調[12]。

伯　　爵：你到底要什麼呢，巴齊爾？

巴 齊 爾：大人，我來要屬於我的權利，就是和瑪絲琳成婚，
　　　　　我來是要反對……

費 加 洛（走上前）：先生，你很久沒看到瘋子的臉了吧？

巴 齊 爾：先生，眼前就有。

費 加 洛：既然你拿我的眼睛當鏡子照，請研究研究我的警
　　　　　告，你再靠近這位太太一步看看……

霸 多 羅（笑）：何必呢？讓他說。

戴 頭 諤（走到兩人中間）：難、難道兩個朋友要？……

費 加 洛：我們、朋友！

巴 齊 爾：大錯特錯！

費 加 洛（快接）：就仗著他寫了幾首在教堂裡唱唱、沒腔沒
　　　　　調的曲子？

巴 齊 爾（快接）：那他，就仗著寫一些登在小報上的打油詩。

費 加 洛（快接）：小酒館裡彈琴的！

巴 齊 爾（快接）：小報社裡跑腿的！

費 加 洛（快接）：寫神劇的書呆子！

巴 齊 爾（快接）：外交界的快馬信差[13]！

伯　　爵（坐著）：放肆，二位！

....

12 ariette：明亮輕快、親切的小曲，當時剛從義大利傳入，十分流行。
13 "Jockey diplomatique"："jockey" 指「賽馬騎師」，因1幕2景費加洛自稱為「政界的信差」。

巴　齊　爾：他一有機會就損我。

費　加　洛：說得好，只要一有可能！

巴　齊　爾：到處說我不過是個蠢蛋。

費　加　洛：所以說你當我是反映了街談巷議？

巴　齊　爾：事實上我調教過的歌手，沒有一個不發光發亮的。

費　加　洛：怪腔怪調的。

巴　齊　爾：他又來了！

費　加　洛：事實如此，為什麼不能說呢？難道你是王公貴族，就等著別人吹捧嗎？既然沒錢買通別人說好話，你這個無賴，就只好硬著頭皮接受真相吧。要是怕聽我們的真相，憑什麼來我們的婚禮搗亂呢？

巴　齊　爾（對瑪絲琳）：你有沒有答應過我，如果，四年內，還是獨身，就優先考慮我？

瑪　絲　琳：我答應你的時候還附帶了什麼條件呢？

巴　齊　爾：就是萬一你找回那個丟掉的兒子，我情願收養他。

眾　　　人：兒子找到了。

巴　齊　爾：這有什麼大不了！

眾　　　人（指費加洛）：就是他。

巴　齊　爾（因恐懼而後退）：見鬼啦！

戴　頭　諤（對巴齊爾）：那你、你就放棄娶他心愛的母親嗎？

巴　齊　爾：被別人看成是無賴的父親，還有比這更惱火的嗎？

費　加　洛：被別人看成是無賴的兒子，你這是在開我玩笑[14]！

巴　齊　爾（指著費加洛）：一旦這位先生要在這裡當個人物，我嘛，我宣布什麼也不當啦。（下。）

第 11 景

除了巴齊爾，人物同上一場。

霸　多　羅（大笑）：喔！哈！哈！哈！

費　加　洛（樂得跳起來）：我終於有老婆啦。

伯　　　爵（旁白）：我嘛，有了情婦。

　　　　　　（他起身。）

戴　頭　謬（對瑪絲琳）：這樣大、大家都滿意嘍。

伯　　　爵：兩份婚約都準備好，我簽字。

眾　　　人：萬歲！

　　　　　　（眾人下。）

伯　　　爵：我需要離開一個小時。

　　　　　　（他想與眾人一起下場。）

第 12 景

「抓太陽」、費加洛、瑪絲琳、伯爵。

「抓太陽」（對費加洛）：我嘛，要到大栗樹下去幫忙放煙火，人家這樣交代我的。

14　因為更不堪。

伯　　爵（跑回來）：是哪個蠢蛋下了這樣的命令？

費 加 洛：有什麼不對嗎？

伯　　爵（急切）：伯爵夫人身體不適，她要在哪裡看煙火呢？
　　　　　　應該在涼台上放才對，正對著她的房間。

費 加 洛：聽到嘍，「抓太陽」？是在涼台上。

伯　　爵：在大栗樹下放！想得美！（下場時旁白）他們要燒掉
　　　　　我的幽會！

第 13 景

費加洛、瑪絲琳。

費 加 洛：這麼關心他的太太！

　　　　（他要下場。）

瑪 絲 琳（攔住他）：說句話，我的兒。我欠你一個說明。之前
　　　　　　對你弄錯感情，害我冤枉了你可愛的太太。我誤以
　　　　　　爲她已經同意和伯爵幽會，雖然我聽巴齊爾說她一
　　　　　　直沒點頭。

費 加 洛：你不了解你的兒子，以爲女人的任性衝動可能會動
　　　　　搖他。我可以向最機靈的女人挑戰，看看能不能讓
　　　　　我上當。

瑪 絲 琳：能這樣想總是好的，我的兒，可是嫉妒……

費 加 洛：……不過是驕傲生出來的傻孩子，不然就是瘋子的
　　　　　病徵。喔！這方面，媽媽，我有一種哲學……不可
　　　　　動搖。萬一蘇珊娜有朝一日騙了我，我事先就原諒
　　　　　她，她可要花點時間、費些腦筋才能……

　　　　（他轉過身，看到方雪特東張西望。）

第 14 景

費加洛、方雪特、瑪絲琳。

費 加 洛：嘿嘿！……我的小表妹在偷聽我們説話！

方 雪 特：哼！才沒有，人家説偷聽不道德。

費 加 洛：話是沒錯，偏偏就因爲有用，往往值得一試。

方 雪 特：我是來看看有一個人是不是已經到咯。

費 加 洛：已經會説謊嘍，不老實的丫頭！你明明知道他不可
能在這兒。

方 雪 特：是説誰呢？

費 加 洛：薛呂班。

方 雪 特：我要找的人不是他，我很清楚他人在哪裡。我找的
是蘇珊娜表姊。

費 加 洛：我的小表妹找她做什麼呢？

方 雪 特：對你，親愛的表姊夫，我可以説。是一根……只不
過是一根別針，我要交給她。

費 加 洛（激動）：一根別針！一根別針！……是誰派你來的，
壞丫頭？小小年紀，你就在做這種見不……（改
口，用溫和的口吻説。）你已經什麼事都會辦嘍，方
雪特，我可愛的表妹這麼熱心……

方 雪 特：他這是在對誰發脾氣呢？我走啦。

費 加 洛（攔住她）：別走、別走，我開玩笑的。喏，你的這根
小別針是大人要你交給蘇珊娜的，是拿來封住他手
裡的那張信紙用的。你看，我知道實情。

方　雪　特：你既然這麼清楚，爲什麼還要問呢？

費　加　洛（找話說）：因爲很好玩，想說大人居然想到要派你辦
　　　　　　　這事。

方　雪　特（天眞地）：跟你說的一樣：「喏，小方雪特，把這根
　　　　　　　別針交給你美麗的表姊，只要告訴她這是大栗樹的
　　　　　　　封印。」

費　加　洛：大栗……？

方　雪　特：「栗樹」。沒錯，他還說：「小心不要讓別人看到
　　　　　　你……」

費　加　洛：要聽大人的話，我的小表妹，幸虧沒人看見你。把
　　　　　　你的事漂漂亮亮地辦妥，大人沒交代的話，不要對
　　　　　　蘇珊娜多嘴。

方　雪　特：我爲什麼要對她多嘴呢？我的表姊夫還當我是個孩
　　　　　　子呢。

　　　（她蹦蹦跳跳下場。）

第 15 景

費加洛、瑪絲琳。

費　加　洛：如何，我的母親？

瑪　絲　琳：如何，我的兒子？

費　加　洛（透不過氣）：要這一招！……有些事確實太……！

瑪　絲　琳：有些事！嘿，有什麼事呢？

費　加　洛（雙手放在胸口上）：我剛剛聽到的話，媽，就像一塊
　　　　　　鉛壓在這裡。

瑪　絲　琳（笑）：結果這顆自信滿滿的心只不過是顆充了氣的球？一根別針就扎破了！

費　加　洛（憤怒）：可是這根別針，媽，就是他撿起來的那根呀！

瑪　絲　琳（重述他剛才的話）：嫉妒！喔！這方面我有一種哲學……不可動搖；萬一蘇珊娜有朝一日騙了我，我事先就原諒她……

費　加　洛（激動萬狀）：喔，媽！一個人感覺到什麼就說什麼。你讓最沉得住氣的法官為自己的案子辯護，看看他怎麼解釋法條！伯爵為什麼對放煙火發這麼大脾氣，這事就沒什麼好奇怪了！至於那個玩小別針的小寶貝，她可別太自信，親愛的媽媽，要去什麼栗子樹！我一旦結了婚，就能名正言順發脾氣，不過卻還不能讓我拋棄她，另娶一位……

瑪　絲　琳：好一個結論！為了一丁點懷疑就賠上所有一切。告訴我，誰向你證明她要騙的人是你呢？為什麼不是要去騙伯爵呢？不容她分辯就判她有罪，你有重新檢視她嗎？你知道她會去那些樹底下嗎？當真去了，又是出於什麼動機呢？她會說出什麼話？要做出什麼事呢？我還以為你比我更有判斷力呢！

費　加　洛（激動地吻她的手）：媽媽說得對，說的有道理，很有道理，永遠都有道理！話說回來，媽，估量凡人衝動的天性，發洩出來會好過一點。沒錯，先調查，再指控和行動。我知道約會的地點。回頭見，媽。
（下。）

第 16 景

瑪絲琳獨自一人。

瑪　絲　琳：回頭見。我嘛，也知道約會的地點。攔住他以後，
　　　　　我得留意蘇珊娜的動靜，或者乾脆提醒她多留心，
　　　　　她是這麼美麗！啊！我們要不是因為個人利益而互
　　　　　相防著對方的話，誰不願意支持我們受壓迫的可憐
　　　　　女性，來對抗那些驕傲、可怕……（笑出來）卻傻
　　　　　乎乎的男性。（下。）

第 五 幕

　　花園中的栗樹林，左右兩側各有間亭子，後面是張燈結綵的綠地，前台草坪上有張長椅。台上陰暗。

第 1 景

方雪特獨自一人，一手拿著兩塊餅乾和一顆橘子，另一手提著點亮的紙燈籠。

方　雪　特：在左邊的亭子裡，他是這麼說的。是這一間。萬
　　　　　　一他不能來的話！我這個小角色就……廚房裡那
　　　　　　幾個壞蛋，連一顆橘子和兩塊餅乾也不肯給！「是
　　　　　　要給誰呢，小姐？——嗯，先生，是要給一個人
　　　　　　的。——哦！我們知道。」知道又怎麼樣？就因為
　　　　　　大人不願意看到，他就活該餓死嗎？為了這一點點
　　　　　　東西我還被人狠狠地在臉上親了一下！……誰知道
　　　　　　呢？他也許會還我一個吻。（看到費加洛走過來要查
　　　　　　看是誰，她叫出聲。）啊！……

　　　（她逃走，躲進左側的亭子。）

第 2 景

費加洛（身披大斗篷，頭戴垂邊的大帽子）、巴齊爾、安東尼奧、霸多羅、戴頭諤、「抓太陽」、一群僕人和工人。

費　加　洛（先是獨白）：是方雪特！（他環視陸續上場的人，粗聲道）
　　　　　　大家好，各位晚安，都到了嗎？

巴　齊　爾：你催著要來的人都到齊了。

費　加　洛：現在大概是幾點？

安東尼奧（望望天空）：月亮快出來了喲。

霸　多　羅：嘿！你到底在搞什麼陰謀？看來活像是個歹徒[1]！

費　加　洛（激動）：請問大家是不是爲了參加婚禮才聚到府裡
　　　　　　　　　來的？

戴　頭　謬：當、當然咯。

安東尼奧：我們正要走去那兒，到花園，等著看到信號好慶祝
　　　　　你的婚禮。

費　加　洛：用不著走遠，諸位先生。就等在這兒，在這些栗子
　　　　　　樹下，大家一起慶祝我娶到一個忠實的太太，還有
　　　　　　一位正直的貴族大人準備再納她入懷。

巴　齊　爾（想起白天的事）：啊！是咯，我知道這是怎麼一回事
　　　　　　　　　　嘍。相信我的話就走吧，事關幽會，離開這兒，我
　　　　　　　　　　再說給各位聽。

戴　頭　謬（對費加洛）：我、我們回頭再來。

費　加　洛：一聽見我喊人，務必通通跑過來。要是沒讓各位看
　　　　　　到一場好戲，儘管罵我便是。

霸　多　羅：記住，聰明人絕對不和大人物硬碰硬。

費　加　洛：我記住了。

霸　多　羅：單憑著身分地位，他們就贏過[2]我們。

費　加　洛：更不用提他們的精明[3]，這點別忘了。要記住，人一

1　"conspirateur"：一如當時流行的「通俗劇」（mélodrame）中的「歹徒」、「惡棍」一角。

2　"quinze et bisque"：為網球術語，指一方向另一方讓 15 分，意即占了優勢（*Académie*,
　　1798）。

3　"industrie"："dextérité"（靈活、機敏，*ibid.*）。

旦被看扁，就只好落得被無賴騎到頭上去。

霸　多　羅：說得非常好。

費　加　洛：再說我隨高貴的母姓，德‧薇兒特－阿律爾。

霸　多　羅：他被魔鬼附身啦。

戴　頭　諤：他、他是。

巴　齊　爾（旁白）：伯爵和蘇珊娜不經過我就喬好了幽會？費
　　　　　　　　　加洛要挑釁[4]，讓他們倆當場出醜，我沒什麼好不高
　　　　　　　　　興的。

費　加　洛（對僕人）：說到你們這些混蛋，我已經下了命令，
　　　　　　　　　把這四周圍照得通亮。否則，我就掐住閻羅王的喉
　　　　　　　　　頭，要是哪一個被我抓到胳臂……

（他搖晃「抓太陽」的手臂。）

「抓太陽」（邊離開邊大叫）：啊、啊、啊，哎喲！該死，真是
　　　　　　　　　粗魯！

巴　齊　爾（一邊走開）：上天賜你快樂，新郎先生[5]！

第3景

費加洛，獨自一人，在暗中踱步，用陰鬱至極的聲調說話。

費　加　洛：喔！女人！女人！女人！禁不起誘惑又會騙
　　　　　　　人！……世上一切生物都違背不了本能，你的本
　　　　　　　能難道就是騙人嗎？……我先前在她的女主人面

4　"algarade"："insulte faite avec bravade"（挑釁以侮辱），Jean-François Féraud, *Dictionnaire critique de la langue française*, Marseille, Jean Mossy, 1787。

5　"monsieur du marié"：對應1幕2景結尾費加洛說的 "monsieur du Bazile"（「巴齊爾先生」），但因為是獨白，巴齊爾並未聽到。

前懇求，她執意不肯，偏偏就在她答應我不去赴約時[6]，就在婚禮進行到一半的時候……伯爵竟然笑著讀信[7]，這個陰險的傢伙！而我呢，像個呆瓜……不行，伯爵大人，您別想得到她……您別想得到她。因為您是位大貴族，就自以為擁有不世出的才華[8]！……家世、財產、身分、官位，這一切讓人這麼自命不凡！可是您又做過什麼，值得這麼多好處呢？您只不過是出生時花了點力氣出了娘胎而已，其他沒啦。再說，人還相當一般！至於我嘛，天地良心！在沒沒無聞的芸芸眾生之間載浮載沉，光是為了混口飯吃，我就必須展現更多學識，更會算計，用的心力比一百年來用在統治整個西班牙還要多！您卻還想要和我鬥……有人來了……是蘇珊娜吧……沒人。黑漆漆的夜，我在這兒扮演丈夫這個傻瓜角色[9]，儘管我也只算當了一半！（他坐在長凳子上。）還有什麼人的遭遇比我的命運更離奇的呢？不知道父母是誰，被強盜偷走，按照他們的風俗養大，不過我打心底就厭惡，想照規矩討生活，無奈卻處處碰壁！化學、藥學、外科手術[10]我都學了，最後還是要仰仗一位貴族大人的勢力，才勉強拿上獸醫的柳葉刀[11]！話說折磨生病的動物煩了，想著還不如做相反的行業，逗逗沒病的人開心，就奮不顧身地投入戲劇，誰知道還不如綁塊石頭在自己的脖子上更省事！我快手快腳地編了齣喜劇，

6　分別指2幕2景及4幕1景。
7　參閱4幕9景。
8　"génie"：作「個人才華、才幹」（mérite personnel）解，無關社會階級。
9　在傳統鬧劇中，丈夫一角通常是個醋罐子，經常被戴綠帽子。
10　這三學門在十八世紀為新進的學識。
11　"lancette"：手術的器具，用來放血。

以伊斯蘭王國[12]的後宮風尚為體裁。身為西班牙作家，我以為可以不顧一切，大肆批評穆罕默德。冷不防一名特使……不知從哪裡冒出來，指責我劇本中的詩詞冒犯了鄂圖曼帝國[13]、波斯、部分印度半島、整個埃及、巴爾卡[14]、的黎波里、突尼斯、阿爾及爾和摩洛哥。我的劇本就這樣給燒了[15]，為了取悅那些伊斯蘭親王——他們沒有一個——我敢說，認得幾個大字，卻反倒打斷我們的肩胛骨，喊我們是「狗基督徒」。貶損不了一個人的人格，就以糟蹋作為報復。我的兩頰直直陷下去，房租付不出來，打老遠就看到假髮上插著鵝毛筆的可怕法警來了。我提心吊膽，一邊拚命想找其他出路。那時正好流行討論財富的本質問題，說起來凡夫俗子其實未必要擁有什麼才能加入議論，所以我儘管一文不名，卻寫了文章辯論錢財的價值和淨利。說時遲那時快，我就坐上了囚車，從車子的底部望見一座碉堡[16]的吊橋為我放下，一進到裡面，我就放棄了希望和自由[17]。（站起。）那些五日京兆的大人物[18]，他們隨意就叫人吃足苦頭，當他們失勢、得意不起來，我真想逮住一個對他說……無稽的印刷品只有在無法流通處才危險，沒有批評的自由也就談不上

---

12 意指土耳其，當年流行以後宮風尚為創作背景，用來偽裝哲學論述，參閱孟德斯鳩的《波斯人信札》（*Lettres persanes*）、伏爾泰的《穆罕默德》（*Mahomet*）。
13 "Sublime-Porte"：指鄂圖曼政府，為今日的土耳其。
14 Barca：今日的利比亞。
15 參閱本劇之〈序〉注釋26。
16 "château fort"：原稿明白寫出是巴士底監獄（原為一座碉堡），cf. Larthomas , "Notes et variantes: *La Folle journée* ou *le Mariage de Figaro*", *op. cit.*, p. 1421, note a du page 471。
17 指涉但丁的《神曲》第三章第9節的詩句：「放下一切希望，你們進去的人」，為刻在地獄門上的銘文。
18 時值路易十六政府頻繁更換大臣之際。

阿諛諂媚，而且只有小人害怕小文 [19]。（他坐下。）有
一天，牢裡不耐煩再供養無名小卒，索性把我趕到
街上去。可是一個人就算出了牢門好歹也要吃飯，
我只好重新修剪我的鵝毛筆，逢人便請教近來可
以寫些什麼。人家告訴我，我節約隱退 [20] 的這段期
間，馬德里建立了一套自由產出的制度 [21]，連報紙
也包括在內，只要我下筆不談有關當局、不談宗教
信仰、不談政治、不談道德、不談當權人物、不談
有聲望的機構、不談歌劇院 [22]、也不談其他戲院 [23]、
不談任何有點地位的人物，只要通過兩、三名審查
人的審閱，我想寫什麼都可以出版。為了利用這麼
甜美的自由，我宣布要發行一份定期刊物，取名為
《無用報》，以為這樣可以避開侵犯任何刊物的勢
力範圍 [24]。哎呀呀，我的天！我看到上千名可憐的報
刊寫手群起圍攻 [25]，我的刊物被查禁，我又再一次失
業！眼看著要陷入絕境，湊巧碰到有個職位出缺，
有人想到了我，不幸的是我的資格又恰好符合，哪
裡料得到人家需要的是名會計，結果卻是一個跳舞
的拿到工作 [26]。我走投無路，不得不詐騙為生。我

---

19 "les petits écrits"：「小品雜文」，但此處應是為了對應「小人」（les petits hommes），應作
「小文」（低劣的文字）解（「漢語網」）。

20 "retraite économique"：「省錢的引退」，為吃牢飯的婉語。

21 "un système de liberté sur la vente des productions"：指涉自由放任（"laissez-faire"）的經濟理論。

22 為接受國家補助的機構之一，深受貴族保護，院內的歌者與舞者和貴族交往甚密。

23 意指「法蘭西喜劇院」，博瑪榭因劇本在此上演，不便公開道出其名。

24 aller sur les brisées de quelqu'un：「與某人競爭」；"brisée" 為狩獵用字，意指將折斷的樹枝，
丟到地上以標記獵物被趕回巢穴的路徑，參閱 Lavezzi, "Métaphore et modèle de la chasse dans
La Folle Journée", *op. cit.*, p. 272, note 16。

25 根據原始草稿的說明，「無用」乃報刊的本質，所以新刊物儘管取名為低調的《無用報》，
實際上卻將瓜分既有利益，故而遭到圍剿，cf. Larthomas, "Notes et variantes: *La Folle journée
ou le Mariage de Figaro*", *op. cit.*, p. 1421, note a du page 471。

26 "il fallait un calculateur, ce fut un danseur qui l'obtint"：為俗語，意喻「尸位素餐」，或「任人
唯親」。

當上賭場老闆，哈！好傢伙，這下子走路有風。我上館子吃飯，那些「有頭有臉」的人物畢恭畢敬地為我打開他們的房子當場地，不過要抽走四分之三的盈利。我大可以東山再起，甚至於開始明白，要賺錢，本事可比學問管用多咯。可我身邊的人都忙著你爭我奪，偏偏要求我當個正人君子，我還是被逼著走上了絕路。心想乾脆一了百了，二十法尋[27]深的水就夠我離開人世。誰知正待跳下，大慈大悲的神卻召喚我回到人間。我重操舊業，又一次拿起我的理髮箱和磨刀皮帶，把過眼煙雲的榮譽留給迷信此道的傻瓜，輕裝上路，把恥辱的大包袱也擱在路上。我從一城走到另一城給人理髮，這下子過日子總算可以高枕無憂了。一位大貴族路過塞維爾，他認出我來，我幫他完婚[28]。我費盡心思幫他娶到美嬌娘，作為酬勞，他居然要偷我的太太！勾心鬥角、動盪風暴隨之而起。我差點要掉入深淵，眼看就要迎娶我的母親，我的親生父母竟然先後來到我面前。（站起來，情緒激動。）大夥兒吵了起來。是你們，是他，是我，是你，不對，不是我們。唉！那麼是誰呢？（他又坐下。）喔！一連串不可思議的巧合！怎麼就發生在我身上呢？為什麼發生的是這些事，而不是其他事呢？是誰硬栽在我頭上的呢？被迫走在人生這條路上時，我無知無覺，什麼時候要離開，也不是我說了算。隨著快樂的天性，我在路上撒了好多鮮花。再說，我嘴上儘管說我的快樂，卻不知道快樂到底屬不屬於我，其他一切就更

27　brasse：法尋，為舊水深單位，1 法尋相當於 1.62 公尺。
28　《塞維爾的理髮師》之本事。

不用提了。連這個我自己關心的「我」到底是個什麼東西，我也說不上來。一個由不明成分湊合的無定形體，再來是個不懂事的小毛頭[29]、一隻活蹦亂跳的小動物、一名熱衷追歡的年輕人，他找樂子的胃口好得很。為了活下去，什麼行業都幹過。這兒當個主人，那兒做個下人，全憑命運擺佈。虛榮心激勵我野心勃勃，手頭不便逼得我辛勤打拚，偏偏懶散……卻是無上的快樂！遭遇危險懂得發揮口才，閒來消遣寫詩怡情，一時興起玩玩音樂，情不自禁就談談戀愛。我什麼都見識過，什麼都做過，又什麼都消磨殆盡。幻想就此破滅，一切都看透了……徹徹底底看破！……蘇松、蘇松、蘇松！你讓我這麼痛苦！……我聽到腳步聲……有人來了。危機[30]時刻到了。

（他退到右邊第一道翼幕旁。）

第 4 景

費加洛、伯爵夫人（換上蘇珊娜的衣服）、蘇珊娜（換上伯爵夫人的衣服）、瑪絲琳。

蘇　珊　娜（低聲對伯爵夫人）：是的，瑪絲琳告訴我費加洛會來這兒。

瑪　絲　琳：他人也到了，說話小聲點。

蘇　珊　娜：這麼說一個在偷聽我們，另一個要來找我。我們就

....

29　"un chétif être imbécile"："chétif" 為 "vil, méprisable"（無價值、可鄙）之意 ；"imbécile" 指尚無理解能力之人。

30　"crise"：除表示存在危機之外，更指劇情的關鍵時刻。費加洛使用悲劇術語，因他正和自己的命運搏鬥，cf. Frantz et Balique, *Beaumarchais, op. cit.*, p. 185。

　　　　　　　開演吧。

瑪　絲　琳：我躲到亭子裡去，好聽個一字不漏。

　　　　　　（她走進先前方雪特進去的亭子裡。）

第 5 景

費加洛、伯爵夫人、蘇珊娜。

蘇　珊　娜（高聲）：夫人在發抖！會冷是吧？

伯爵夫人（高聲）：晚上濕氣重，我要回去了。

蘇　珊　娜（高聲）：夫人不需要我的話，我想到樹下走走，呼
　　　　　　　　　　吸點新鮮空氣。

伯爵夫人（高聲）：你吸的是涼氣[31]。

蘇　珊　娜（高聲）：我早習慣咯。

費　加　洛（旁白）：嘿對了，涼氣！

　　　　　　（蘇珊娜退到舞台側邊，在費加洛的對面。）

第 6 景

費加洛、薛呂班、伯爵、伯爵夫人、蘇珊娜。

（費加洛和蘇珊娜各自退回前台的兩側。）

薛　呂　班（著軍官制服，愉快地哼著他作的那首浪漫情歌）：啦啦
　　　　　　啦……

31　"C'est le serein que tu prendras"："prendre le serein" 於十八世紀意味「體驗其有害影響」，
　　聽在有心人的耳中，指涉蘇珊娜將私會伯爵一事，費加洛隨後才會冷笑說：「嘿對了，涼
　　氣！」

「我有過一位教母，

是我永遠的愛慕。」

伯爵夫人（旁白）：那個小侍從！

薛呂班（站住）：這兒有人來散步，快去我要躲起來的地方，
小方雪特等在那兒呢……那是個女人！

伯爵夫人（聽）：啊，老天呀！

薛呂班（低下身以眺望遠處）：我看錯了嗎？那頂羽毛帽出現
在遠遠的夜色中，看來像是蘇松。

伯爵夫人（旁白）：萬一伯爵到了呢！……

（伯爵出現在舞台深處。）

薛呂班（走上前，握住伯爵夫人的手，她反抗）：對，這就是那
位叫蘇珊娜的可愛小姐。嘿！這隻玉手，渾身微微
顫抖，特別是心怦怦跳！我怎麼可能弄錯人呢？

（他想把伯爵夫人的手背按在自己心上，她把手抽走。）

伯爵夫人（低聲）：走開！

薛呂班：你是不是可憐我，特地過來看我的呢？我才躲到花
園這裡沒多久？……

伯爵夫人：費加洛要來了。

伯爵（往前走，旁白）：咦，那不就是蘇珊娜嗎？

薛呂班（對伯爵夫人）：我才不怕費加洛，你等的人不是他。

伯爵夫人：那我是在等誰呢？

伯爵（旁白）：有人和她一道。

薛呂班：你等的是大人，少假正經略。今天早上我躲在椅子

　　　　　後面，聽到他約你來這兒。

伯　　爵（發怒，旁白）：又是這個叫人受不了的小侍從。

費 加 洛（旁白）：人家說，話偷聽不得！

蘇 珊 娜（旁白）：多嘴的小鬼！

伯爵夫人（對小侍從）：麻煩請走開。

薛 呂 班：不給一點甜頭就要我聽話，門兒都沒有。

伯爵夫人（驚嚇）：你怎麼敢？⋯⋯

薛 呂 班（熱情地）：先來二十個香吻，記在你帳上，再來一百
　　　　　個給你那位美麗的女主人。

伯爵夫人：你敢？⋯⋯

薛 呂 班：喔！對，我可敢啦。你在大人身邊代替夫人；我
　　　　　嘛，就在你眼前代替伯爵。最倒楣的是費加洛。

費 加 洛（旁白）：這個小土匪！

蘇 珊 娜（旁白）：色膽包天，果然就是個小侍從的料。

　　　　（薛呂班想吻伯爵夫人，伯爵走到兩人中間，薛呂班吻到他。）

伯爵夫人（走開）：啊！天吶！

費 加 洛（聽見親吻的聲音，旁白）：我真是娶了一個美嬌娘！

　　　　（他往下聽。）

薛 呂 班（摸了摸伯爵的衣服，旁白）：是大人！

　　　　（他逃到方雪特和瑪絲琳躲入的亭子裡。）

第 7 景

費加洛、伯爵、伯爵夫人、蘇珊娜。

費 加 洛（走上前）：我要去……

伯　　爵（以爲對薛呂班說話）：既然你不再吻下去……

　　　　　（他以爲打了對方一個耳光。）

費 加 洛（正好迎上，被打個正著）：哇！

伯　　爵：……無論如何，第一個吻總算結清了。

費 加 洛（揉著臉走開，旁白）：偷聽，也不是光有好處。

蘇 珊 娜（在另一側大笑）：哈！哈！哈！哈！

伯　　爵（對伯爵夫人，他誤以爲是蘇珊娜）：能理解那個小侍從
　　　　　嗎？他剛挨了火辣辣的耳光，逃走時還哈哈大笑。

費 加 洛（旁白）：要眞的是他挨了這一下的話！……

伯　　爵：怎麼！我才剛踏一步就撞見……（對伯爵夫人）不管
　　　　　這件怪事嘍，不然就壞了興致，毀掉在這裡見到你
　　　　　的樂趣。

伯爵夫人（模仿蘇珊娜的聲調）：您這樣想嗎？

伯　　爵：當然嘍，在收到你那封機靈的信後！（他拉起伯爵夫
　　　　　人的手。）你在發抖嗎？

伯爵夫人：我怕。

伯　　爵：我接了他一吻，並不是要剝奪給你的這一吻。

　　　　　（他吻她的額頭。）

伯爵夫人：這麼隨便！

費 加 洛（旁白）：眞是輕佻！

蘇 珊 娜（旁白）：眞是迷人！

伯　　　爵（抬起妻子的手）：多麼細緻又柔嫩的肌膚，伯爵夫人
　　　　　　　　　　　　　就沒有這麼美麗的手！

伯爵夫人（旁白）：哼！什麼成見！

伯　　　爵：她有這樣堅實又圓潤的手臂嗎？這樣優雅的纖纖玉
　　　　　　指？個性又這麼俏皮？

伯爵夫人（模仿蘇珊娜的聲音）：那麼愛情……

伯　　　爵：愛情……不過是內心幻想的小說，溫存才是實際的
　　　　　　歷史，讓我拜倒在你的石榴裙下。

伯爵夫人：您不再愛她了嗎？

伯　　　爵：我很愛，不過哪裡料得到三年的婚姻下來，夫妻之
　　　　　　間竟然變得相敬如賓！

伯爵夫人：您從前看上她的什麼呢？

伯　　　爵（愛撫她）：就是我在你身上發現的趣味，我的美人
　　　　　　　　　　兒……

伯爵夫人：說來聽聽。

伯　　　爵：……我也說不上來，也許不那麼千篇一律吧，動作
　　　　　　可以挑逗一點，一種我說不上來的魅力，或許時不
　　　　　　時欲拒還迎，我又知道什麼呢？我們的妻子以爲
　　　　　　光是愛我們就已經功德圓滿。說到這點，她們愛我
　　　　　　們，理所當然地愛我們！就拿愛我們來說吧，她們
　　　　　　總是那麼百依百順，那麼體貼入微，而且始終不
　　　　　　渝，從不鬆懈，直到有一天才恍然大悟，原來幸福
　　　　　　已經膩了！

伯爵夫人（旁白）：啊！好一個教訓！

伯　　爵：老實說，蘇松，我想過千百遍，我們要是到別處找
　　　　　樂子，是因爲從她們身上找不到了，因爲她們沒有
　　　　　用心推敲怎麼維持我們的興致，沒有翻新情愛的吸
　　　　　引力，讓愛情起死回生，也就是說，變換新花樣來
　　　　　激發我們占有她們的慾望。

伯爵夫人（氣惱）：所以錯全在她們身上？……

伯　　爵（笑）：而男人完全沒錯嗎？人難道改得了天性？我
　　　　　們男人的任務，就是要占有她們；她們的任務……

伯爵夫人：她們的任務？……

伯　　爵：就是要拉住我們，這一點常被忘了。

伯爵夫人：我可忘不了。

伯　　爵：我也忘不了。

費 加 洛（旁白）：我也忘不了。

蘇 珊 娜（旁白）：我也忘不了。

伯　　爵（又拉起伯爵夫人的手）：這兒說話有回聲，我們要小
　　　　　聲點。這方面你根本不必煩惱，你就是愛神的化
　　　　　身，這麼活潑又這麼美麗！再任性一點點，你就
　　　　　是最刺激的情婦嘍！（吻她的前額。）我的蘇珊娜，
　　　　　一個卡斯提亞人說話算話。這些金幣是我答應要送
　　　　　你的，用來贖回我已經不再擁有的權利，酬謝你給
　　　　　我的絕妙時刻。對你無價的美意，我再追加這顆美
　　　　　鑽，看在我對你的愛，請戴上吧。

伯爵夫人（行屈膝禮）：蘇珊娜謝過了。

費 加 洛（旁白）：女人再輕佻也不過如此。

蘇珊娜（旁白）：我們又有大筆進帳。

伯　　爵（旁白）：她上鉤啦，再好不過！

伯爵夫人（望著舞台深處）：我看到火把。

伯　　爵：那是爲你的婚禮準備的。我們是不是先進這裡的亭
　　　　　子避一避，等他們過去？

伯爵夫人：裡面暗暗的？

伯　　爵（溫柔地拉她）：要光線做什麼呢？我們又沒有東西要
　　　　　讀。

費加洛（旁白）：她進去了，天啊！我早料到。

　　　　　（他走上前去。）

伯　　爵（回過頭，提高聲量）：是誰走過？

費加洛（憤怒）：走過！是特地來的。

伯　　爵（低聲，對伯爵夫人）：是費加洛！……

　　　　　（伯爵逃開。）

伯爵夫人：我跟著您。

　　　　　（她進入右手邊的亭子，伯爵則避到舞台底部的森林裡。）

第 8 景

費加洛、蘇珊娜，在暗地。

費加洛（想查看伯爵和他當作是蘇珊娜的伯爵夫人走避何處）：我
　　　　　什麼也聽不見。他們兩人進去了，這下我可弄清楚
　　　　　啦。（聲調變質。）你們這些笨手笨腳的丈夫，只知
　　　　　道花錢找偵探，浪費幾個月時間圍著一個疑問轉，

卻什麼也搞不定，為什麼不學學我呢？結婚當天，我就跟蹤我的妻子，偷聽她說些什麼，兩三下就搞定事實。妙啊！疑問一股腦兒全數排除，要怎麼處理也知道啦。（急步走路。）好在我不怎麼在乎，她就是欺騙我的感情也完全沒事。我終於逮到他們了！

蘇　珊　娜（摸黑輕輕往前走，旁白）：你疑心的好，叫你付出代價。（模仿伯爵夫人的聲音。）誰在那兒呢？

費　加　洛（怪腔怪調）：「誰在那兒呢？」就是那個一出生就甘願得瘟疫憋死的……[32]

蘇　珊　娜（用伯爵夫人的聲調）：喂！是費加洛呀！

費　加　洛（看著她，激動地說）：伯爵夫人！

蘇　珊　娜：小聲點。

費　加　洛（快接）：啊！夫人，老天有眼，您正好來嘍！猜猜看大人在哪裡呢？

蘇　珊　娜：那個負心漢，提他做什麼呢？還不如告訴我……

費　加　洛（接的更快）：還有蘇珊娜，我的太太，您猜她在哪兒呢？

蘇　珊　娜：你小聲點呀！

費　加　洛（飛快）：這個蘇松，大家以為人挺正經，原來只是假正經！他們關在裡頭。我這就叫人來。

蘇　珊　娜（用手掩住他的嘴，忘了改換聲調）：別叫！

費　加　洛（旁白）：哈，是蘇松！God-dam！

---

32 他要說出蘇珊娜或伯爵。

蘇　珊　娜（用伯爵夫人的聲調）：你看來心神不寧。

費　加　洛（旁白）：小叛徒！想突擊我！

蘇　珊　娜：我們非得報復不可，費加洛。

費　加　洛：您很想嗎？

蘇　珊　娜：除非我不是女人！倒是說起報復，你們男人的手段
　　　　　　才多。

費　加　洛（推心置腹地）：夫人，這裡沒有旁人。女人報復的手
　　　　　　段……抵得過所有男人的 [33]。

蘇　珊　娜（旁白）：看我怎麼打他耳光！

費　加　洛（旁白）：眞有趣，洞房花燭之前就先……

蘇　珊　娜：話說回來，不加點愛情來調味，這種報復算什麼
　　　　　　呢？

費　加　洛：您一點也看不出我對您的愛情，請相信，是因爲被
　　　　　　敬意掩蓋了。

蘇　珊　娜（被激怒）：我不知道你是不是眞心這樣想，可是你話
　　　　　　說得不夠文雅。

費　加　洛（跪下，帶點喜劇的熱忱）：啊！夫人，我愛慕您。請斟
　　　　　　酌這個時間點、這個地方、這個情境，我的請求不
　　　　　　夠文雅，您就用惱怒填上吧。

蘇　珊　娜（旁白）：我的手心發燙。

費　加　洛（旁白）：我的心臟直跳。

蘇　珊　娜：另一方面，先生，你想過沒有？……

---

33 女人最狠的報復方法莫過於偷情。

費　加　洛：有，夫人。有，我有想過。

蘇　珊　娜：……就是怒氣和愛情……

費　加　洛：一擱下來就沒了。您的手，夫人？

蘇　珊　娜（用原來的聲調，甩他耳光）：在這裡。

費　加　洛：哎喲！見鬼啦[34]！好一個耳光！

蘇　珊　娜（再打他一個耳光）：好一個耳光！那麼這一個呢？

費　加　洛：這是啥呀[35]？活見鬼！今天是甩耳光的日子嗎？

蘇　珊　娜（說一句，打一下）：喔！「這是啥呀？」，是蘇珊娜。這一下給你的疑心，這一下給你的報復、給你的背叛、給你的權宜之計、給你的糟蹋和花招。難道這就是愛情嗎？你像早上一樣再說一遍來聽聽？

費　加　洛（笑著起身）：真個兒是見鬼啦[36]！對，這就是愛情。噢好幸福！喔無上的快樂！喔幸福百倍的費加洛！打吧，我最心愛的人，手不要停。等你把我打到渾身瘀青，蘇珊娜，你再好心地看看這個挨老婆打、最有福氣的丈夫。

蘇　珊　娜：「最有福氣的丈夫！」好個騙子，連伯爵夫人你也敢勾引，滿嘴的花言巧語，我都聽到忘記自己了。說實話，我剛剛是為了夫人才順著你的。

費　加　洛：聽到你美妙的聲音，我還能認錯人嗎？

蘇　珊　娜（笑）：你認出我了？唉！看我怎麼報這個仇！

....

34　"Demonio"：為西班牙語的「魔鬼」。
35　"qùes-à-quo"：普羅旺斯的俗語。
36　"Santa Barbara"：義大利詛咒語，為 "Sainte Barbe"（"Ah! Diable"，「見鬼啦」）之意。

費　加　洛：把人痛打一頓，還要記仇，這也是女性本色啦！等等，告訴我是什麼好運讓我看到你在這裡，我還以爲你和伯爵待在一塊兒呢。還有這身衣服，剛才把我騙了，哪裡想到結果卻證明了你的眞心⋯⋯

蘇　珊　娜：哈！是你太天眞 37，自己跑來掉進爲另一個人設的圈套裡。我們本來只想逮住一隻狐狸，現在倒是逮到了兩隻，難道錯在我們嗎？

費　加　洛：那麼誰逮住了另一隻？

蘇　珊　娜：他太太。

費　加　洛：他太太？

蘇　珊　娜：他太太。

費　加　洛（欣喜若狂）：啊！費加洛！上吊吧！這一招你居然沒料到。他太太？喔！百倍、千倍機靈的女人呀！那麼，花園中的那些吻呢？⋯⋯

蘇　珊　娜：都給了夫人。

費　加　洛：小侍從的那個吻呢？

蘇　珊　娜（笑）：給了大人。

費　加　洛：還有今天早上，在椅子後面的那個吻呢？

蘇　珊　娜：誰也沒吻到。

費　加　洛：你確定？

蘇　珊　娜（笑）：一陣耳光又要來了喲，費加洛。

費　加　洛（吻她的手）：你打的耳光是珠寶。不過伯爵的那一下

---

37 "innocent"：上句台詞的結尾「真心」也用同一個字。

可真是火辣辣。

蘇　珊　娜：好啦，得意的傢伙，卑躬屈膝吧！

費　加　洛（邊說邊做）：對，下跪、哈腰、趴在地上、五體投
　　　　　　　　　地。

蘇　珊　娜（笑）：啊！可憐的伯爵！他花了多大的功夫……

費　加　洛（跪坐）：……來追求自己的太太。

第9景

伯爵（從舞台後方上，直直走到他右手邊的亭子）、費加洛、蘇珊娜。

伯　　　爵（自語）：我在樹林沒找到她，也許進了這兒。

蘇　珊　娜（對費加洛，低聲）：是他。

伯　　　爵（打開亭子的門）：蘇松，你在裡面嗎？

費　加　洛（低聲）：他在找夫人，我還以為……

蘇　珊　娜（低聲）：他沒認出來。

費　加　洛：給他致命一擊，如何？

　　　　　　（吻她的手。）

伯　　　爵（轉過身）：一個男人跪在伯爵夫人腳下！……可恨！
　　　　　　　我手無寸鐵。

　　　　　　（他往前走。）

費　加　洛（起身，改變語調）：抱歉，夫人，我沒想到這個平常
　　　　　　　的約會地點竟然是婚禮的場地。

伯　　　爵（旁白）：是早上梳妝室的那個男人。

　　　　　　（敲自己的額頭。）

費　加　洛（繼續）：不管如何，這麼蠢的妨礙不足以拖延我們
　　　　　　　的好事。

伯　　　爵（旁白）：天殺的！去死吧！下地獄去！

費　加　洛（領著蘇珊娜到亭子裡，低聲）：他在咒罵。（高聲）快
　　　　　　　點，夫人，我們彌補一下。早上跳窗，耽擱了些時
　　　　　　　間。

伯　　　爵（旁白）：啊！一切終於水落石出。

蘇　珊　娜（走到她左邊的亭子附近）：進去之前，看看有沒有人跟
　　　　　　　蹤。

　　　　　　　（他吻她的前額。）

伯　　　爵（大叫）：報仇啊！

　　　　　　　（蘇珊娜逃入方雪特、瑪絲琳和薛呂班已在裡面的亭子。）

第 10 景

伯爵、費加洛。

　　　　　　　（伯爵抓住費加洛的手臂。）

費　加　洛（假裝驚恐）：是我的主人！

伯　　　爵（認出他）：啊！壞蛋，是你！喂！來人呀，來人呀！

第 11 景

佩德里耶、伯爵、費加洛。

佩德里耶（腳穿皮靴）：大人，我總算找到您啦。

伯　　　爵：好，佩德里耶。就只有你一個人嗎？

佩德里耶：從塞維爾快馬加鞭趕回來。

伯　　爵：過來，大聲喊！

佩德里耶（放大聲喊）：那個侍從連個影子也沒見到。委任狀在
　　　　　這兒。

伯　　爵（推開他）：哎呀！畜牲！

佩德里耶：大人叫我大聲喊的呀。

伯　　爵（一直抓著費加洛）：是叫你喊人來。喂，來人呀！聽
　　　　　到我喊的人，通通跑過來！

佩德里耶：費加洛和我，我們兩個人就在這裡，您能出什麼事
　　　　　呢？

第 12 景

前場人物，戴頭諤、霸多羅、巴齊爾、安東尼奧、「抓太陽」，以及
來參加婚禮的客人全拿著火把跑過來。

霸　多　羅（對費加洛）：你看，你一打信號……

伯　　爵（指著左邊的亭子）：佩德里耶，守住這扇門。

　　　　　（佩德里耶走過去。）

巴　齊　爾（低聲，對費加洛）：你逮住他和蘇珊娜在一塊兒啦？

伯　　爵（指著費加洛）：還有你們，我全部手下，給我圍住這
　　　　　個人，用性命擔保，不許他跑掉。

巴　齊　爾：哈！哈！

伯　　爵（憤怒）：住嘴！（對費加洛，口氣冰冷。）高貴的護花

使者 [38]，能否回答我幾個問題呢？

費　加　洛 (冷冷地)：咳！誰能豁免我回答呢，大人？您在這裡
　　　　　　可以號令一切，除了您本人。

伯　　　爵 (控制自己的怒氣)：除了我本人！

安東尼奧：這才叫講話。

伯　　　爵 (再度發飆)：他假裝沉著，更讓人火大。

費　加　洛：難道我們是那些不明就裡就殺人和被殺的士兵嗎？
　　　　　　我想知道，我個人，爲什麼我要生氣？

伯　　　爵 (怒氣沖沖)：眞是令人火冒三丈！(控制怒氣。) 假裝
　　　　　　不知情的正人君子，能不能請你至少告訴我們，這
　　　　　　位被你帶進這間亭子的女人是誰呢？

費　加　洛 (狡點地指另一間)：在那裡面嗎？

伯　　　爵 (快接)：在這裡面。

費　加　洛 (冷冷地)：那不一樣。這裡面有一位年輕女子對我青
　　　　　　睞有加。

巴　齊　爾 (吃驚)：哈！哈！

伯　　　爵 (快接)：你們都聽見了，先生們？

霸　多　羅 (吃驚)：我們都聽見了？

伯　　　爵 (對費加洛)：而這位年輕女子有沒有婚約，你可知
　　　　　　道？

費　加　洛 (冷冷地)：我知道一位大貴族照顧過她一段時間，後
　　　　　　來也許是遭到忽視，也許我比別人更討她喜歡，她
　　　　　　今天對我特別垂青。

---

38 "cavalier"：「騎士」，在此意指陪伴、護送女性的貴族，但費加洛只是個僕人。

伯　　爵（激動地）：特別垂……（控制情緒。）至少他很坦白！
　　　　他招認的事，各位，我向你們發誓，我已經從他的
　　　　女共犯口中聽到了。

戴 頭 謁（驚愕）：他、他的女共犯！

伯　　爵（憤怒）：既然名譽已經當眾損害，報復也應當比照
　　　　辦理。

　　　　（他走進亭子。）

第 13 景

前場人物，除了伯爵。

安東尼奧：這才公平。

戴 頭 謁（對費加洛）：誰、誰偷了誰的太太？

費 加 洛（笑）：誰都沒這個桃花運。

第 14 景

前場人物，伯爵、薛呂班。

伯　　爵（在亭子裡說話，用力拉出一個觀眾還沒看見的人）：再怎
　　　　麼掙扎也沒用，完了，夫人，您的末日到咯！（他
　　　　沒看自己拉住的人就走出來。）所幸這椿這麼可恨的婚
　　　　姻還沒有愛情的擔保品 [39]……

費 加 洛（大叫）：薛呂班！

伯　　爵：我的侍從？

....

39　意即孩子，沒有說完的句子是「將我們兩人綁在一起」。

巴 齊 爾：哈！哈！

伯　　　爵（怒不可遏，旁白）：又是這個受不了的小侍從！（對薛
　　　　　呂班）你在這個亭子裡做什麼？

薛 呂 班（膽怯）：我躲起來，遵照您的命令。

佩德里耶：差點沒把馬給活活累死，白白跑一趟！

伯　　　爵：你進去，安東尼奧，把那個壞我名譽的無恥女人帶
　　　　　出來見她的法官。

戴 頭 諤：您去裡、裡面要找的是夫人？

安東尼奧：老天有眼，我敢賭咒！您在我們這方圓十里內的風
　　　　　流史……40

伯　　　爵（暴怒）：給我進去！

　　　　　（安東尼奧走進亭子。）

第 15 景

前場人物，除了安東尼奧。

伯　　　爵：你們看吧，諸位先生，那裡面不只是有小侍從一個
　　　　　人而已。

薛 呂 班（膽怯）：萬一沒有好心人出面為我求情，我的命運
　　　　　真太慘咯。

第 16 景

前場人物，安東尼奧、方雪特。

....

40 言下之意：「現在可也輪到您要戴綠帽子了！」

安東尼奧（拉住一個人的手臂，觀眾還沒看到人影）：出來吧，夫
　　　　　人，不用等人求了，大夥兒都知道您在裡面。

費　加　洛（驚叫）：小表妹！

巴　齊　爾：哈！哈！

伯　　　爵：方雪特！

安東尼奧（轉過身，大叫）：啊！老天爺呀，大人，開這個沒品
　　　　　的玩笑，偏偏挑我在大家面前出糗，是我的女兒攪
　　　　　出這些壤壤來！

伯　　　爵（憤慨）：誰知道她也在裡面呢？

　　　　　（伯爵要再進去。）

霸　多　羅（搶上前去）：讓我效勞吧，伯爵大人，這事還是不清
　　　　　不楚。我生性冷靜，可……

　　　　　（他走進去。）

戴　頭　諤：又來了一件亂、亂糟糟的案子。

第 17 景

前場人物，瑪絲琳。

霸　多　羅（在亭子裡說話，走出來）：不用怕，夫人，誰也傷不了
　　　　　您，我保證。（他轉身，大叫）瑪絲琳！

巴　齊　爾：哈！哈！

費　加　洛（笑）：嘿！發什麼瘋！我媽也在裡面？

安東尼奧：看誰最倒楣。

伯　　　爵（憤慨）：關我什麼事呢？伯爵夫人才……

第 18 景

前場人物，蘇珊娜（用扇子遮住臉）。

伯　　爵：……喔！她終於出來了。（粗暴地抓住她的手臂。）諸
　　　　　位，你們認爲應該怎麼處置一個可恨的……？

　　　　（蘇珊娜跪下，低著頭。）

伯　　爵：不行！不行！

　　　　（費加洛跪在另一側。）

伯　　爵（更大聲）：不行！不行！

　　　　（瑪絲琳跪在他面前。）

伯　　爵（更大聲）：不行！不行！

　　　　（除了戴頭諤，全體跪下。）

伯　　爵（怒氣衝天）：你們就是下跪一百個人也不行！

第 19 景

前場人物，伯爵夫人從另一間亭子走出來。

伯爵夫人（跪下）：至少讓我湊個數。

伯　　爵（輪流看著伯爵夫人和蘇珊娜）：啊呀！我看到了什麼
　　　　　呢？

戴 頭 諤（笑）：嘿天啊，是、是夫人呀。

伯　　爵（想扶起伯爵夫人）：什麼！原來剛才是您呀，伯爵夫
　　　　　人？（求情的口吻）只有心胸最寬厚的……

伯爵夫人（笑）：您要是處在我的位置會説「不行、不行」，
　　　　　而我呢，今天是第三次無條件原諒您。（起身。）

蘇　珊　娜（起身）：我也一樣。

瑪　絲　琳（起身）：我也一樣。

費　加　洛（起身）：我也一樣，這裡有回音！

　　　　　　（全體起身。）

伯　　　　爵：回音！我原本想和他們鬥智，結果卻像個孩子被耍
　　　　　　了！

伯爵夫人（笑）：用不著後悔，伯爵先生。

費　加　洛（用帽子擦擦他的膝蓋）：像今天這樣短短一天的歷練
　　　　　　足夠訓練出一名大使來咯。

伯　　　　爵（對蘇珊娜）：用別針封口的那封信？……

蘇　珊　娜：是夫人口述的。

伯　　　　爵：應該給她回覆。

　　　　　　（他吻伯爵夫人的手。）

伯爵夫人：每個人都會拿到自己的份。

　　　　　　（她把錢袋交給費加洛，鑽石給蘇珊娜。）

蘇　珊　娜（對費加洛）：又來了一份嫁妝。

費　加　洛（拍拍手中的錢袋）：共有三份。這一份得來不易！

蘇　珊　娜：像我們的婚事一樣不容易。

「抓太陽」：新娘子的襪帶[41]，可以給我們嗎？

伯爵夫人（從懷裡掏出小心保存的絲帶，扔在地上）：襪帶？就塞在
　　　　　　她的衣服裡，在這兒呢。

41　"jarretière"：被視為吉祥物，婚禮結尾時拋給賓客去搶。

（參加婚禮的男生全擁上前搶。）

薛呂班（動作更快，跑過去撿起來）：誰想要，過來搶搶看！

伯　　爵（笑，對小侍從）：你這麼敏感，剛剛才挨了一巴掌，有什麼好樂的呢？

薛呂班（退後，拔出半截佩劍）：是我挨的嗎？我的上校。

費加洛（假裝生氣的逗笑表情）：他的那一巴掌是打在我臉上，大人物主持公道就是這麼一回事！

伯　　爵（笑）：打在他臉上？哈！哈！哈！您作何感想呢，我親愛的伯爵夫人？

伯爵夫人（失神，回過神來，充滿感情地說）：呃！對，親愛的伯爵，這一生，再也不分心了，我發誓。

伯　　爵（拍拍法官的肩膀）：您呢？戴頭諤先生，您意下如何？

戴頭諤：關、關於我看到的一切，伯爵先生？……實、實話實說，我嘛，我、我不知道對您說什麼才好，這是我的想法。

全　　體：判得好！

費加洛：從前我窮，沒人瞧得起。我表現出一點才情又遭人忌恨。現在有了美麗的太太，荷包滿滿……

霸多羅（笑）：大夥兒的心又回到你身上來。

費加洛：可能嗎？

霸多羅：我懂人心。

費加洛（向觀眾行禮）：除了我的太太和荷包，歡迎大家和我

分享一切，謝謝蒞臨捧場，在下深感榮幸，不勝快
樂。

（樂隊演奏舊曲新唱的「諷刺民歌」前奏。）

第一節

巴 齊 爾：三份嫁妝，漂亮的太太，
　　　　　對新郎是多大的財富！
　　　　　一位貴族，一個嘴上無毛的侍從，
　　　　　只有傻瓜才會嫉妒他們。
　　　　　拉丁文有一句老諺語，
　　　　　機靈人總能從中獲益。

費 加 洛：我知道那句諺語……（唱）「有幸生在好人家好快
　　　　　樂」。

巴 齊 爾：不對……（唱）「有幸生爲有錢人好快樂」[42]。

第二節

蘇 珊 娜：一個丈夫背叛他的婚約，
　　　　　他自吹自擂，人見人笑；
　　　　　他的妻子一時迷情，
　　　　　他提出控告，她必遭罰。
　　　　　這麼荒唐的不公道，
　　　　　需要道出箇中原由嗎？

---

42 上一句費加洛說的是 "Gaudeant bene nati"，巴齊爾把拉丁原文 "nati"（出生），改爲 "nanti"（富
裕的，這個法文字看來像是拉丁文），原句變成 "Gaudeat bene *nanti*"（有幸生爲那位富人多
歡喜），言下之意幡然而變。費加洛之言指涉擁有世襲權力與財富的伯爵，巴齊爾之語則指
後天需打拼的費加洛。

法律是強權者制定的……

第三節

費 加 洛：尚・雅諾 [43]，可笑的醋罈子，
　　　　　要討老婆又要省心過日子。
　　　　　他買了一條惡狗，
　　　　　放牠在院子裡走。
　　　　　夜裡，什麼鬼哭狼嚎啊！
　　　　　惡狗亂跑亂吠，見人便咬，
　　　　　就是不咬賣牠的情夫……

第四節

伯爵夫人：這個女人自傲又自誇貞潔，
　　　　　偏偏卻不再愛自己的丈夫；
　　　　　另一個女人可以說是不忠實，
　　　　　卻發誓單單愛丈夫一個人。
　　　　　比較有理智的，唉！是那個
　　　　　留心自己婚姻的女人，
　　　　　她什麼誓言也不敢發……

第五節

伯　　　爵：追求一個鄉下女子，
　　　　　她謹守婦道，嚴以律己，

....

43　Jean Jeannot：法國十三、十四世紀韻文故事《傻瓜－尚在市集》（*Jean-Bête à la foire*）的
　　主角。

即便到手，也不值一提。
舉止高尚的女人萬歲！
一如國王的銀幣，
只鑄上丈夫圖案的模子，
就解決了人人的需求[44]……

第六節

瑪 絲 琳：這世上無人不知
　　　　　生育自己的慈母。
　　　　　其餘一切是個謎，
　　　　　這就是愛的祕密。

費 加 洛（續唱）：這個祕密揭露了
　　　　　　　　　粗漢之子為什麼
　　　　　　　　　具有黃金的品質。

第七節

費 加 洛：每個人由於出生不同，
　　　　　一個當王，另一個是牧童。
　　　　　命運造成兩人之天差地別，
　　　　　只有才幹[45]可以改變一切。
　　　　　多少受人焚香膜拜的國王，
　　　　　一旦駕崩，祭台立時拆毀，
　　　　　而伏爾泰則永垂不朽……

----

44 "Elle sert au bien de tous"：「供所有人使用」，此處一語雙關，反映招徠劇的情慾色彩。
45 "esprit": 作 "génie individuel" 解，Frantz et Balique, *Beaumarchais, op. cit.*, p. 94。

第八節

薛　呂　班：愛慕的女性，輕佻的女性，
　　　　　　你們折磨我們美好的歲月，
　　　　　　眾人爭相指責你們，
　　　　　　又總是回到你們身邊。
　　　　　　戲院池座[46]的觀眾是你們的形象：
　　　　　　這人看來輕視池座，
　　　　　　卻又賣力爭取他們……

第九節

蘇　珊　娜：這齣快樂、這齣瘋狂的[47]作品
　　　　　　若是隱含什麼教訓，
　　　　　　看在詼諧份上，
　　　　　　敬請理解其意[48]。
　　　　　　明智的天性於是
　　　　　　透過追歡逐樂，
　　　　　　引導我們到它的目標……

第十節

戴　頭　諤：不過，諸位先生，這齣喜、喜劇
　　　　　　大家此、此刻就要加以評價，
　　　　　　除非我說錯，描、描繪的是
　　　　　　善良百姓理解的人生。

....

46 參閱本劇〈序〉之注釋 28。
47 本劇原用的標題為「瘋狂的一天」。
48 作者將這句話和上一句當成本劇的題詞，請觀眾看在有趣的情節份上包容其言下之意。

受到壓迫，他咒罵，他呐喊，
用千百種、種行動表達抗議，
但這一切全在歌聲中結、結束……

（全體跳芭蕾舞。）

法國演出史

　　《費加洛的婚禮》始終是「法蘭西喜劇院」的招牌劇目，但因為表演體制龐大，加上莫札特的歌劇版搶了風頭，比起其他經典，這個劇本反倒不常在其他戲院推出，連在「喜劇院」也不時因卡司喬不攏而難以常態性重演。這毋寧是件憾事，因為此劇在法國可謂無人不知，再加上內容詼諧，意涵深刻，老少咸宜，極適合作為「人民劇院」（théâtre populaire）的常演劇目。然調查「國立人民劇院」（Théâtre National Populaire）的演出記錄，赫然發現此劇僅有維拉（Jean Vilar）1956 年一次製作。

　　綜觀二十世紀的演出史，不禁使人想起 1989 年維德志（Antoine Vitez）排練此劇的「挫折」，他略微抱怨博瑪榭說得太多、太明白[1]，言下之意導演排起戲來不免感到綁手綁腳。說得更明確，這部傑作精密的情節機關設計非得照章排演不可，導演並沒有太多發揮長才的機會。這點說明了《費》劇之當代演出，相較於其他古典名劇，其創意較難發揮，或許也因此妨礙了新世代導演的重演意願。

　　就劇本的詮釋而言，十九世紀仍糾結於部分敏感台詞之政治意涵，不同的政治體制（共和、帝國或君主立憲）解讀方向不同，戲院往往根據特定的政治目標刪詞[2]。到了二十世紀下半葉，維拉執導此戲的感想反映了現代導演的一般看法。

　　維拉接受時任「國立人民劇院」刊物《短訊》（Bref）主編維德志訪問，表示《費》劇在同類作品中獨一無二，其書寫探古典形式，有些句子意思不明確，有些又用玩笑的方式岔開正題。劇情是一個愛情故事，這點先於其政治層面，搬上舞台時，政治意味只宜於字裡行間透露。斷然拒絕將本劇與大革命掛勾，維拉強調這個作品是由一名肯定自由意義的年輕人寫在一個受到壓抑但知識沸騰的時代，台詞中混入了作

1　Vitez, "Entretien d'Antoine Vitez avec Anne Ubersfeld pendant les répétitions du *Mariage de Figaro*", *op. cit.*, p. 7.
2　Cf. notamment Descotes, *Les Grands rôles du théâtre de Beaumarchais*, *op. cit.*, pp. 130-32.

者的警句，當時的觀眾聽到確實相當震驚。退一步看，或許也正因如此，本劇是部革命之作，然今日之所以重演，基本上仍在於其絲絲入扣的情節，以及對司法的嘲諷。另一方面，維拉也強調劇中「美麗的十八世紀」氛圍爲一則神話，這個石破天驚的世紀實乃醞釀革命的動盪時代[3]。

　　關於本劇和大革命的關係，維拉之後的導演大抵如此思考，實際的舞台呈現卻往往是另外一回事。究其實，現代導演傾向擴大詮釋本劇的「革命」意涵。例如巴侯（Jean-Louis Barrault）即主張，費加洛揭發的濫權現象如今已消失或修正了，因此劇中的「革命」應在於伯爵和費加洛男人對男人的舌戰、農民和農婦熟門熟路地潛入伯爵夫人的臥室、方雪特在人前搬弄不合時宜的蠢事[4]、荒謬的法庭演出可媲美著名美國諧星馬克斯兄弟（Marx brothers）的拿手鬧劇，以及結尾瘋狂的幽默等等。終極境界是社會各階層共同歡慶的「聯盟節」（fête de la Fédération）[5]，人人平等，融爲一體[6]，這些想法均落實在他執導的版本中。

　　其次，莫札特的同名歌劇在在影響當代的解讀方向。作詞者達彭特（Da Ponte）迫於時勢刪除原劇大膽的政治譏評，第五幕費加洛的獨白也大幅精簡，僅保留疑遭背叛的情緒。最關鍵的是，莫札特的音樂比較多情善感，他譜寫出十八世紀閨閣的感傷與情色（sensualité）氛圍。歌劇中，薛呂班不單單是個初識情滋味的少年，他的情感越發熱烈與激昂，而伯爵夫人哀婉的懷舊曲風也與劇本原始的喜劇設定出入甚大。話說回來，抒情的歌劇提示了當代舞台劇導演十八世紀的風情。

　　最後，則是當代的舞台劇導演無一不受到電影大師尚雷諾（Jean

3　Vilar, "Vilar et Figaro", propos recueillis par A. Vitez, *Comédie-Française: La Folle journée ou le Mariage de Figaro*, no. 174, *op. cit.*, p. 21.

4　指 4 幕 5 景，方雪特為了替薛呂班求情，在眾人面前揭穿伯爵私下騷擾她一事。而佃農是在 2 幕 22 景潛入伯爵夫人的臥房。

5　1790 年 7 月 14 日在巴黎舉行。

6　Barrault, "Beaumarchais", "Les Célestins: saison 1965-66", Lyon, Théâtre des Célestins, 1965.

Renoir）經典之作《遊戲規則》（*La Règle du jeu*, 1939）的感召，該片開頭即引巴齊爾於 4 幕 10 景唱的歌。片中那種大難來臨前上流階級集體狂歡，愛慾橫流，道德觀式微，一群僕役有樣學樣，整個社會一起沉淪，人人略過眼前的嚴重問題，稱之為按照遊戲規則運轉，大大啓發當代舞台劇導演切入《費》劇的新思維。

　　另外還有一個實際問題，那就是演員的年齡。原劇中的重要角色都算年輕[7]，實際演出的卡司卻未必能配合，從而形成和原作相異的觀感。

　　時至今日，博瑪榭的名劇每年都可見到新製作，從豪華的歷史化演出到精簡的現代版都有，然而真正展露新意又不強詞奪理的製作算是罕見。和其他經典相較，重演《費》劇的意義比較不是在劇意的新詮上，而是在表演細節的處理，且特別著重本劇之娛樂層面——如同博瑪榭所再三強調的。作爲千錘百鍊的喜劇傑作，本劇之娛樂作用可說無與倫比。

　　從費加洛一角的演出傳統論起，本文探討二十世紀起的重要演出，至巴侯 1965 年的盛大製作可視爲上半期，期間大導演如傑米耶（Firmin Gémier, 1924）、杜朗（Charles Dullin, 1939）、梅耶（Jean Meyer, 1946）和維拉均導出叫座的大戲。下半期從羅斯內（Jacques Rosner, 1977）開始，出現了樊尚（Jean-Pierre Vincent, 1987）與維德志（1989）兩部大戲，前者得到交相稱譽，後者則意外逆轉劇評的期待。進入二十一世紀，新世代導演登場，西瓦第埃（Jean-François Sivadier, 2000）、洛克（Christophe Rauck, 2007）及巴爾凱（Rémy Barché, 2016）各自展現本劇的新氣象。

　　此外，這齣名劇還有不少影視改編版，從梅耶舞台版演化而來的皮亞（Jean Piat）主演版（1962）、布魯瓦爾（Marcel Bluwal, 1961）、

7　參閱本書〈劇本導讀〉之「3.2 洋溢歡慶的氣息」。

圖 16　達任庫爾於《塞維爾的理髮師》主演
　　　 的費加洛，1 幕 2 景，Charles。

巴德爾（Pierre Badel, 1981）、寇吉歐（Roger Coggio, 1989）及韋伯
（Jacques Weber, 2008）推出的影視版均受到矚目。

1　費加洛的表演傳統

　　主演這個舞台上特別精彩的角色，德斯寇（Maurice Descotes）
指出需要天賦的樂觀個性、節奏感與連番說台詞的本事，令觀眾聽得
樂陶然；此外，尚需精力過人才能帶動這「瘋狂的一天」[8]。這個角色
可比「塞維爾的理髮師」困難許多，因為費加洛被擺在沙龍和候見室
（antichambre）之間的位置，說話既不能帶著僕人的口氣，也不能是主

8　*Les Grands rôles du théâtre de Beaumarchais, op. cit.*, p. 223.

人的口吻，而是要視情況靈活結合二者，並擁有比周圍人聰明的自信[9]。博瑪榭本人即提醒出任費加洛的演員不應賣弄角色的機智[10]。

　　首演時 37 歲的達任庫爾（Dazincourt）憑著俊俏的外貌、靈活的身手和高雅的舉止，特別是說話語調高貴[11]，演活了一位上流社會的僕人[12]，然其言語的尖銳性也就被淡化了[13]。伯爵一角首演時由年過半百的永恆小生莫雷（Molé）擔綱，天生貴氣清雅，儀表出眾，聲音宏亮，說詞有生氣，感情表達重深淺層次，將一位出入朝廷的貴族刻畫入微[14]。兩人表現均得到觀眾高度認可。繼任的杜卡容（Dugazon）則向博瑪榭偏愛的鬧劇、義大利傳統喜劇汲取養分，形塑了一名「計謀喜劇」興致勃勃的僕人[15]。之後飾演伯爵的弗勒里（Fleury）表現逾越嘲諷，冷笑的時刻不少[16]。自此之後，費加洛的舞台詮釋就分裂為這兩大方向。

　　隨著波動不定的政局，十九世紀的演員擺盪在內斂和誇張表演兩極之間。建立新傳統的是一代名角科克蘭（Constant Coquelin）。與其專注於揣摩角色個性，他從戲劇情境下手，注意使台詞和動作互相反射出意義，說詞遂未放入過多情感，只是單純、清楚地道出，使觀眾能聽到其原味。可惜晚年上台，他化身的費加洛因一味義正詞嚴地要求公平正義，像是未來革命的代言人，氛圍轉趨沉重。另一方面，為了和他區隔，他的弟弟（Ernest Coquelin）演技偏向娛樂面，加入不少鬼臉和身段，演到第五幕竟然又大轉向，變成像是為受壓迫者發言[17]。這兩派演法各有其擁護者。

9　A. V. Arnault 的意見，引文見 Lever, *Pierre-Augustin Caron de Beaumarchais*, vol. 2, *op. cit.*, p. 397。

10　參閱博瑪榭對「劇中角色個性和服裝」之說明。

11　他常伴年輕貴族左右，教他們演戲，養成了高貴的語調，Descotes, *Les Grands rôles du théâtre de Beaumarchais*, *op. cit.*, pp. 202-03。

12　Lever, *Pierre-Augustin Caron de Beaumarchais*, vol. 2, *op. cit.*, p. 397.

13　Descotes, *Les Grands rôles du théâtre de Beaumarchais*, *op. cit.*, p. 207.

14　Lever, *Pierre-Augustin Caron de Beaumarchais*, vol. 2, *op. cit.*, p. 398.

15　Descotes, *Les Grands rôles du théâtre de Beaumarchais*, *op. cit.*, p. 207.

16　*Ibid.*, pp. 114-15.

17　*Ibid.*, pp. 210-12.

如此直到 1920 年代又細膩地分化爲兩大路線，一爲貝爾（Georges Berr）所建，前面幾幕表現生動有趣，直到第五幕逆轉爲陰鬱、憤怒，強化第三階級長年累積的怨恨和怒氣；二爲布魯諾（André Brunot）所創，他化身的費加洛簡單、快樂、坦白，獨白憶往時僅聲調轉劇，但避免社會性解讀，一時的心煩意亂有點狼狽、困窘，樂天的個性則依然[18]。

從上述表演傳統可得知，費加洛早就超越了古典舞台上的智僕角色，而被視爲一個有血有肉的眞人琢磨，尤其是在壓軸的長段獨白，外表蠻不在乎的他感受到了失望、痛苦和憤懑。在舞台上，男主角有兩種選擇：表現出一位遭愚弄的未婚夫之氣憤；或者更進一步，表達對造成傷害、使自己憤憤不平的大貴族之積恨，藉以凸顯社會階層之不平等[19]。換句話說，演出要不要在社會批判的層面上大做文章呢？若嚴陣以待，費加洛的辭令就會變成屬色的指控，他揭發社會上的不公不義，行爲挑釁，讓人笑不出來；相反的，費加洛的不滿則轉爲有點鋒利的玩笑詞，隨意脫口而出，藉以迴避正面交鋒。說到底，是要當一個揭發社會實況的小人物，或是一名搞笑的僕人呢[20]？

2　二十世紀前期

上個世紀的重要舞台製作全部出自國家劇院體制，其中法蘭西喜劇院占最大宗，包括其第二表演場地——「奧得翁劇院」，其次還有「國立人民劇院」和之後改稱的「夏佑國家劇院」（Théâtre national de Chaillot）[21]。本節將討論傑米耶、杜朗、梅耶、維拉和巴侯執導的版本，

18　*Ibid.*, pp. 212-15.
19　*Ibid.*, p. 223.
20　*Ibid.*, p. 196.
21　「國立人民劇院」於 1972 年遷到里昂，其原在巴黎的戲院建築逐恢復原名「夏佑劇院」，三年後改制為國家劇院，參閱楊莉莉，《再創夏佑國家劇院的光輝：法國戲劇導演安端·維德志 1980 年代》（新竹，清華大學出版社，2017），頁 2-6。

其中梅耶版將以 1959 年轉拍的電影版爲主。亟欲擺脫政治解讀視角，這些新演出，除了傑米耶和維拉版之外，清一色發揚劇本的輕鬆面，觀眾也樂於捧場。

2.1 傑米耶、杜朗和梅耶版

1924 年，國立人民劇院的創建人傑米耶在他同時領導的奧得翁劇院推出本劇。從歷史劇照來看，這次製作採用最簡便的裝置，直接在大幕前放屏風式的裝置當背景，一舉戳破戲劇眞實的幻覺，演員表現受到肯定。重要的是，秉持「爲所有人民導戲」的信念，傑米耶強調劇本的主旨在於對抗特權的奮鬥，致使博瑪榭猶如在傳播平等的福音[22]。

然而時代風尙變了。1939 年，杜朗受邀在法蘭西喜劇院執導本劇，他推出輕快的版本，活潑有趣，角色不停來來去去，興奮又熱切，且歌舞精彩。日後成爲台柱的杜克斯（Pierre Dux）首度挑大梁，扮演費加洛。他手長腳長，身段不夠俐落，人機智但無絲毫惡意，雖表現出一定程度的生氣勃勃卻不夠圓滑，意即舞台詮釋不夠面面俱到，令人覺得他即使身在舊制政體仍可安居樂業[23]。

伯爵（Jean Debucourt 飾）有高貴的氣派，可惜不夠強勢[24]。而薛呂班違反慣例，由一個沒經驗的十歲小男生（Jean Claudio 飾）扮演，他連台詞都說不好，遑論唱歌，根本無法令他年輕美麗的教母（Lise Delamare 飾）心慌意亂[25]，實屬最大敗筆。雖然這齣標新立異的製作惡評多過好評，觀眾卻全然不以爲意，熱烈捧場。最大的驚喜應是由一代名伶瑪德蓮·雷諾（Madeleine Renaud）擔綱的蘇珊娜既清麗又衷心喜

22 P. Gsell 之言，出自演出節目單，引言見 Descotes, *Les Grands rôles du théâtre de Beaumarchais*, *op. cit.*, p. 215.
23 Cf. notamment Pierre Brisson, "*Le Mariage de Figaro*: Nouvelle mise en scène de M. Charles Dullin", *Le Figaro*, 26 février 1939 ; Robert Kemp, "*Le Mariage de Figaro* à la Comédie-Française", *Le Temps*, 27 février 1939.
24 Brisson, "*Le Mariage de Figaro*: Nouvelle mise en scène de M. Charles Dullin", *op. cit.*
25 Descotes, *Les Grands rôles du théâtre de Beaumarchais*, *op. cit.*, p. 235.

悅，充分滿足了觀眾的期待 [26]。

在杜朗這齣演得沸沸揚揚的《費》劇之後，1946 年，喜劇院請梅耶執導新製作。梅耶親自主演費加洛，修正了杜朗的表演方向，劇評毀譽參半。可是，這齣帶西班牙風的製作在隨後的重演中陸續替換演員上場，帶來了新活力，逐漸征服了輿論。13 年後（1959），當喜劇院推動「戲劇影視化」計畫時，在《西哈諾》（*Cyrano de Bergerac*, Rostand）之後，這部聞名遐邇的劇本榮登第二部，實景拍攝，由領銜的皮亞調整、修改梅耶版的方向，影評全面叫好。

前後兩部作品同中有異，充分反映時代精神。一言蔽之，1946 年版雖然大抵明快愉悅，但梅耶強調社會批評的反諷意圖，加上費加洛儘管滿腦子鬼主意，身手卻不夠矯捷，演出被評為不夠欣喜，甚至於有點生硬 [27]。皮亞修正版則相反地一路歡樂雀躍到底，陰影一掃而空，博得觀眾的喜愛。

2.2　人權的辯護者

1956 年，維拉在亞維儂劇展首演本劇，由索哈諾（Daniel Sorano）掛帥，翌年在巴黎的人民劇院續演，均造成轟動。上文已引述維拉在排演前對這齣名劇持平的看法，不過實際導戲卻仍不改其左派觀點，劇評紛紛指責他忽略劇本的喜劇面，只在次要角色身上才感受得到，特別是老牌演員威爾森（Georges Wilson）化身的園丁最得欣賞 [28]。簡言之，維拉版為慢板喜劇，演的有氣無力，憐憫感動和合乎道德的放肆互相競爭 [29]，演出海報乾脆刪了副標題「瘋狂的一天」。

26　Brisson, “*Le Mariage de Figaro*: Nouvelle mise en scène de M. Charles Dullin”, *op. cit.*

27　Cf. Descotes, *Les Grands rôles du théâtre de Beaumarchais*, *op. cit.*, pp. 219-20 ; Robert Kemp, “*Le Mariage de Figaro*”, *Le Monde*, 12 octobre 1946.

28　Cf. notamment Robert Kemp, “Au T.N.P. *Le Mariage de Figaro* de Beaumarchais”, *Le Monde*, 14 janvier 1957.

29　Pierre Marcabru, “La vertu est ennuyeuse”, *Arts*, 16 janvier 1957.

在亞維儂教皇宮的「榮譽中庭」，極簡的舞台設計予人悲劇感，費加洛第五幕獨白情緒近乎憂鬱，表現有哈姆雷特的影子，甚至有點像是在夢遊，觀眾能感受到他的痛苦 [30]。巴特（Roland Barthes）盛讚索哈諾擺脫詮釋傳統，於第五幕獨白結尾，使觀眾體會到費加洛對蘇珊娜憂鬱、飽受折磨的愛情，細膩入微地演出了費加洛之多愁善感（sentimentalité），從而暴露了這長篇獨白的曖昧性──不只是顛覆政權的號角，也透徹地演繹愛情的主題 [31]。

雖然如此，全場缺乏「計謀喜劇」應有的生氣與活力，招來了近乎異口同聲的指責。維拉連開庭審判也導成慢板，法官不敢口吃，甚至不敢太搞笑。而接下來的母子相認、一家團圓，因為太不可思議，一般演出常快速帶過，維拉偏偏仍好整以暇地導戲，委實令劇評不耐 [32]。

下半場才加快步調進行，爆發喜劇的火花，特別是在主角獨白之後。帶著確信的領悟，索哈諾道出的獨白太強調苦澀與失敗 [33]，成為絕望的抗議 [34]，他搖身變成一位受人尊敬的人權辯護者。第五幕，他策劃的埋伏行動甚至被左派報刊視為造反，預言他將來定是某個縱隊的頭目 [35]。

和費加洛一致，蘇珊娜（Catherine Le Couey 飾）是個說話帶刺的敏銳女孩 [36]。巴黎場的伯爵換成達哈（Jean-Pierre Darras）上陣，他表現溫吞，根本不足以威脅到費加洛的幸福，這點幾乎見諸所有劇評 [37]。而

....

30 Yves Florenne, "*Le Mariage de Figaro*", *Le Monde*, 18 juillet 1956.

31 Barthes, "*Le Mariage de Figaro*", *op. cit.*, pp. 735-36.

32 雖然如此，表演其實不乏新意，Kemp, "Au T.N.P. *Le Mariage de Figaro* de Beaumarchais", *op. cit.*。

33 *Ibid.*

34 Pierre Marcabru, "Enfin, un *Figaro* qui s'amuse", *Paris-presse*, 9 janvier 1965.

35 *Franc-Tireur*, 14 janvier 1957, cité par Descotes, *Les Grands rôles du théâtre de Beaumarchais*, *op. cit.*, p. 220.

36 Florenne, "*Le Mariage de Figaro*", *op. cit.*

37 Descotes, *Les Grands rôles du théâtre de Beaumarchais*, *op. cit.*, p. 152.

薛呂班由年輕的男演員高斯克（Yves Gasc）上場，可見維拉視此角為真實人物，不再只是個定型的小侍從，受到莫札特歌劇影響，他顯得憂鬱。得到讚賞的是蒙霍（Silvia Monfort）化身的伯爵夫人，詮釋哀婉，嘴角噙著一絲微笑，明顯壓抑面對教子的激動，令人動容[38]。

　　總之，此戲不是沒有值得一看之處，只是刻意漠視其喜劇面，節奏太慢，演得太沉重為多數負評。巴特則獨排眾議，認為維拉是為了讓觀眾注意到角色的感傷溫情才放慢表演的速度；因為博瑪樹之大作預告了十九世紀的戲劇走向，甚至帶點前自然主義的色彩，不由得使人感傷，活力頓失，如此情感方得以浮現[39]。

2.3　充滿喜氣的梅耶－皮亞電影版

　　維拉漠視《費》劇的喜劇色彩飽受劇評指責，三年後，皮亞負責將梅耶版搬上大螢幕時，也不得不順應潮流，把演出修正為喜洋洋，這也是博瑪樹原來的設定。電影從特寫蘇珊娜的新娘花冠開始，並同步響起莫札特歌劇快樂的序曲，直接點破婚禮主題。費加洛忙著丈量房間，他穿著深紅色、邊緣繡白絲線的精緻禮服，頭髮用同色髮網束攏，再現博瑪樹的服裝註記。蘇珊娜穿著西班牙風的紅、白、黑三色服裝，鮮豔悅目，造型與表現像是個無心機的鄉下女孩。這對戀人說話節奏快，一派好心情。連帶著，費加洛下一景不滿伯爵不法意圖的獨白，也是露出笑容、信心滿滿道出的。

　　全片就在這種充滿笑容與信心的氛圍中快速進展，角色個個富有喜感，加上用色彩度高，戲服裝飾感強，在西班牙風之外又帶著一抹童話色彩，賦予影片親切歡欣的風格。電影只有 130 分鐘，演得有點太快，以至於部分場景的張力無法完全施展，即便發生爭執也絕不過火。比如3 幕 5 景，費加洛和伯爵口語角力，只見下人滿臉堆笑回嘴，絲毫不帶

....

38　Kemp, "Au T.N.P. *Le Mariage de Figaro* de Beaumarchais", *op. cit.*
39　Barthes, "*Le Mariage de Figaro*", *op. cit.*, pp. 735-36.

圖 17　皮亞主演的費加洛，和蘇珊娜商量婚事，L.P.C.。

火藥味；第三幕的審判竟然只演判決部分，瑪絲琳控訴男性的正義之詞
全部消音；至於眾所期待費加洛的長篇獨白也大幅刪詞。皮亞的情緒反
應比較像是出於嫉妒，回溯 1920 年代布魯諾的詮釋路線，雖也令人心
有所感，但無關社會正義。

　　本片伯爵（George Descrières 飾）罕見的年輕，自然流露高雅
氣質，讓人不自覺對他產生好感。主演伯爵夫人的高鐸（Yvonne
Gaudeau）比他年長，演怨婦更具說服力。小侍從由嬌小的葛瑞麗埃

（Michèle Grellier）反串，兩人看來像是母子關係，可能有的亂倫情愫不復存在，這點也是此片令人感到溫馨的原因之一。飾演蘇珊娜的布德（Micheline Boudet）透露出她的女僕背景、清純的本性，喜悅就寫在臉上，人見人愛。第四幕，她改換銀色的婚紗上場，美不勝收，和費加洛片首的新郎官禮服互相輝映，爲一對麗人。

　　最吸睛的演員非皮亞莫屬，他比伯爵年長，恰好印證他的人生經歷，也加強他和伯爵鬥智的信心。除了危機時刻，他總是笑容可掬，興致高昂，步履輕快，帶動影片興高采烈的氣息。皮亞帶給這個以詭詐出名的角色一種未變質的天眞感，他深知大人物不可信，也明白小人物生存不易。可巧蘇珊娜憑直覺就比他更明瞭世事，她站在他身後支持他，他才不至於掉入陷阱中[40]。從闔家觀賞的角度看，此片確實達到普及經典的首要目標，讓人輕鬆度過兩小時，故而有無涉及政治批判並非要事。

2.4　一齣慶祝解放的喜劇

　　1965 年，爲了出國巡演，奧得翁劇院的總監巴侯很有誠意地選了大陣仗的《費》劇作爲代表法國戲劇之作，製作豪華，精選卡司，高雅時尚的服裝由時尚大師聖羅蘭操刀，舞台也由時尚產業出身的德爾貝（Pierre Delbée）負責，重用白、灰二色紗幔，形成飄逸的美感，並利用枝型吊燈點出古典場域。

　　與維拉版相左，巴侯版強調本劇的副標題「瘋狂的一天」，不僅表演節奏輕快，演員精力充沛，且每個大場面都認眞排演，該唱的歌、該演奏的音樂、該跳的舞悉數完美執行。劇末的諷刺民歌從頭唱到尾，配上四對舞，一個戴著伏爾泰面具的巨型傀儡上台一道共舞[41]，外加芭蕾

---

40 J. Lemarchand, *Le Figaro littéraire*, 27 octobre 1962, cité par Descotes, *Les Grands rôles du théâtre de Beaumarchais, op. cit.*, p. 222.

41 第七節歌詞提到「伏爾泰則永垂不朽」。

圖 18　聖羅蘭設計的伯爵和夫人服裝，Musée Yves Saint Laurent Paris。

助陣，終場時舞台後景還冒出璀璨煙火。這種大排場只有國家劇院能夠提供，博瑪榭的重要性可見一斑。

　　年輕的帕圖瑞爾（Dominique Paturel）擔綱的費加洛走的是義大利喜劇智僕表演路線，動作快又準，永遠好心情，沒有任何心理負擔，慣用行動解除困難，看來莽撞多過於不遜[42]。第五幕的獨白表現傷感，可惜重量不夠，沒能將主角提升至形而上的人生質疑水平[43]。蘇珊娜由青春的寶（Anne Doat）自然出演，她之前已在下文將討論的布魯瓦爾開拍的電影中詮釋此角，駕輕就熟，聲音富有變化，精煉出最新

42　Jean Paget, "*Le Mariage de Figaro* de Beaumarchais: Non loin d'Offenbach...", *Le Combat*, 9 janvier 1965.

43　Jean-Jacques Gautier, "A l'Odéon: *Le Mariage de Figaro*", *Le Figaro*, 9 janvier 1965.

鮮的滑稽[44]。

瀟灑風流的伯爵由德薩依（Jean Desailly）飾演，造型高貴，個性憨厚，雖有點機靈[45]，畢竟比不上足智多謀的費加洛，不免上當。夫人（Simone Valère 飾）頂著蓬蓬頭，穿著曼妙，儀態萬千，像是高貴的孔雀，面對輕盈的薛呂班，那種心神不定詮釋得優雅動人[46]。卡司中唯有薛呂班一角（Jean-Pierre Hercé 飾）的表演未獲完全肯定。

在維拉陰霾罩頂的舞台詮釋後，巴侯版成功回歸劇本的喜劇表演傳統，保守派的劇評人可說鬆了口氣，聲稱總算出現一齣有趣的《費》劇[47]。右派劇評盛讚此戲為「完完全全的成功」，為歷來最美、最豪華、最愉快、最有趣與深刻的舞台演出，而且演得最好，從頭到尾都是絕妙好戲[48]。而視角有點偏左的劇評杜米爾（Guy Dumur）雖對巴侯過於光明的解讀略有微詞，但顯然無法抗拒表演的品味與魅力，聲稱「經典名劇足以自我辯護」，對讀者力薦此戲[49]！

以巴侯當年在戲劇界的無上地位，劇評或許有理由對他導的作品在娛樂之外要求更高。話說回來，這部被導演定義為「慶祝解放」（Fête de l'Emancipation）[50]的超大型製作確實是製作精美，充滿舞台表演魅力，整體表現「愉快、輕鬆、優雅」[51]，劇評家著實難以發出異聲[52]。從表演史角度來看，巴侯的勝利巡演總結了二十世紀上半葉《費》劇偏輕快娛樂的製作趨向。

....

44　*Ibid*.

45　Pierre Marcabru, "Enfin, un *Figaro* qui s'amuse", *op. cit.*

46　Paget, "*Le Mariage de Figaro* de Beaumarchais", *op. cit.*

47　Marcabru, "Enfin, un *Figaro* qui s'amuse", *op. cit.*

48　Jean Dutourd, "*Le Mariage de Figaro*: Réussite complète", *France soir*, 9 janvier 1965.

49　Guy Dumur, "Les classiques se défendent tout seuls: *Figaro et Nicomède*", *Gazette de Lausanne*, 16 janvier 1965.

50　他認為此劇透露最解放、最愉快的自由，是以最具革命性，Barrault, "Beaumarchais", *op. cit.*。

51　Marcabru, "Enfin, un *Figaro* qui s'amuse", *op. cit.*

52　負面劇評甚少，cf. notamment Claude Olivier, "Théâtre sans fonction", *Les Lettres françaises*, 14 janvier 1965; Guy Dumur, "Les classiques se défendent tout seuls", *op. cit.*。

3　喚起十八世紀的印象

從 1970 年代起，法國舞台劇導演的地位逐步升高，進入了「導演的劇場」時期，意即導演主腦演出的一切，其核心意義在於舞台演出應標示解讀劇本的觀點，且特別關注重讀經典。因此之故，舞台上屢屢展現了歷來從未見過的新諦，現代觀眾充份感受到古典作品與時俱進的魅力，莫理哀和馬里沃轉而變成兩大熱門劇作家。在博瑪榭的範疇亦然，縱使其劇情機關限制了重新解讀的空間，仍交出了令人驚豔的成績：樊尚與維德志導演版公認為兩大高峰之作，而 1977 年羅斯內則首開這一波新詮博瑪榭的風氣。

3.1　妥協的社會批評

羅斯內是受法蘭西喜劇院之邀執導這齣招牌劇。1970 年代，布雷希特再度回到法國舞台[53]，羅斯內站在費加洛的平民立場發言，凸顯不公平的社會階級，且在舞台與服裝設計師匈朵夫（Max Schoendorff）協助下，企圖為《費加洛的婚禮》除塵，可惜只除了一半，顯得有點奇異。劇中演員著古裝上場，不過布景卻是全白「空」間，像是未完成的設計，反映出表演的猶豫立場：一方面，僕役角色的表現傾向社會寫實；另一方面，上層人物及其他要角卻仍停留在博君一笑的喜劇傳統中。總體演出風格不統一，予人奇怪的觀感。

舞台用白布圍住三面。前兩幕，用四片隔間白牆分隔出三個小房間，從觀眾視線的右到左方分別是門廳、男女主角的新房及伯爵夫人的臥房，各房間均只見必不可少的家具和道具。第三幕撤走隔間牆，整個改裝成王座廳，設有伯爵的寶座，其後垂下深紅色幃幔（示意「華蓋」）。第四幕的喜慶廳為空台，後開四個出入口，用花環、樹葉編繩及立地燈火點綴，散發淡淡喜氣。第五幕舞台空間縮減，在夜色中，依

53　Bernard Dort, "La traversée du désert: Brecht en France dans les années quatre-vingt", *Brecht après la chute: Confessions, mémoires, analyses* (Paris, L'Arche, 1993), pp. 127-30.

稀可見兩座用布幔搭成的亭子微微透出光影，但不見任何栗子樹。是以，純白的舞台像是初步設計，甚至是臨時的排練場地[54]，顏色是由服裝補上的。

啟幕，古堡成員的服裝以米白色為主，伯爵仍穿著白睡袍，頭戴天藍色睡帽。第二幕伯爵改穿土黃與深綠二色的獵裝，夫人為淺青綠色的標緻戲服，費加洛在白衣之外，搭淺鮭魚色背心，蘇珊娜則配上鵝黃色背心。直到第三幕，各角色才穿上正式服裝呈現應有的形象，當中又以法官和書記的大紅法袍和帽子最顯眼。第四幕的婚禮則一反常態，戲服選用黑白為主色[55]，第五幕更是黑色的天下。用色如此節制，醞釀了偏嚴肅的氣氛。

一反歡喜的開場，羅斯內版開演即傳出憂鬱的音樂。晨起，僕人陸續無精打采地進場拿幹活的工具，費加洛和蘇珊娜討論婚事的時候，其他女傭在隔壁整理夫人的睡床。第三幕的前四景，伯爵是在四名僕人侍候吃生蠔的狀況下交代馬夫跑腿（送薛呂班的委任狀）。第四幕審判一結束，也有僕人上來侍候大人物喝酒。更重要的是，一群僕役於第一幕尾聲湧入新房；第二幕擠入夫人的臥室；第五幕，他們一身黑，默默支援費加洛揭露伯爵不軌的意圖。更甚者，除了費加洛以外，薛呂班和伯爵對蘇珊娜的愛慾也都加碼表演，強調男性對女性的侵犯。

導演加強處理階級衝突，副線夫人和小侍從的感情只是點到為止。薛呂班由嬌小的勒莎榭（Bernadette Le Saché）反串，造型與演技均太像個孩子；第一幕尾聲，費加洛為他打氣，甚至一把抱起他！可以想見雖然初識得情滋味，小侍從尚不至於闖大禍。

出乎意料，這部製作最亮眼的角色分別是年輕的伯爵（Jacques

54　《世界報》的劇評解釋為伯爵府像是革命後已遭分家，室內只餘必要家具，Colette Godard, *"Le Mariage de Figaro* à la Comédie-Française", *Le Monde*, 26 mars 1977。

55　只有法官仍穿紅色法袍。

Toja 飾）和夫人（Geneviève Casile 飾），兩人郎才女貌，極爲登對，給人好感。伯爵只是用情不專，並無惡意，而夫人也不過是懊惱他一時花心，並未對婚姻絕望。蘇珊娜（Paule Noëlle 飾）扮相一如鄉下女僕，而非古典戲劇裡的俏女侍（soubrette），只是伯爵嚐鮮用的獵物。

　　眞正關鍵的詮釋是由時年 38 歲的普拉隆（Alain Pralon）化身的費加洛。他已步入中年，臉上佈滿風霜，看來歷盡滄桑。在伯爵跟前，他的笑容變勉強，說話帶刺（3 幕 5 景），背地裡則滿腔憤懣（1 幕 2 景獨白），到了第五幕的獨白更是咬牙切齒，但提到蘇珊娜則眼泛淚水。

　　瑪絲琳由主演此角出名的根絲（Denise Gence）擔任，她第一幕穿鑲黑邊的白禮服，頭戴黑紗帽，手拿黑絲巾，猶如在爲自己的青春守喪，既可笑又溫柔。在法庭上斥責天下男人，則演得既有尊嚴又情感澎湃，始終是慈母的化身。霸多羅（François Chaumette 飾）是個板著臉的老頭，在法庭上知道要賄賂書記。巴齊爾（Jacques Destoop 飾）的造型也沒被醜化，只是行事不光明磊落。

　　整體來說，羅斯內的社會觀點解讀是妥協的，他固然加入不少批評性的動作，偏偏對白與情節大體上是詼諧的，加上伯爵與夫人年輕亮眼，造型吸睛，爭執總是快速排除。特別在結尾，簡直可以說是沒有爭議，何況諷刺民歌也沒開唱。足證這部傑作的本質確爲喜劇，任何想改變這個本質的企圖很難達到圓滿的平衡 56。

---

56 三年後里昂名演員韋伯的劇團推出的《費》劇也發生了類似問題，此戲由柏蒂（Françoise Petit）執導，虛斯內（Patrick Chesnais）掛帥，名演員瓦拉蒂埃（Dominique Valadié）演蘇珊娜，瑪絲琳由知名的依絲翠娥（Evelyne Istria）擔任。第一次當導演就是一齣大戲，柏蒂原想展現新意，奈何其他地方演員水準不齊，有些難以招架。簡言之，演出節奏慢（電視錄影版 190 分鐘），暫停處不少且總是停很久。第一幕男女主角都沒笑容，費加洛容易生氣，唯一唱歌的部分是劇尾的諷刺民歌。喜劇的部分來自次要角色奇怪的造型及趣味的對話，演員倒是不太搞笑，造成氣氛詭異，不易解讀。最成功的是第五幕的花園景，用了許多可移動的大型樹籬，形塑滿眼樹林之感，算是難得的嘗試。

3.2 從腦海中浮現的歷史

樊尚和維德志導演版則從歷史記憶著手，前者只留下斷片的記憶，後者則散發懷舊情懷，正巧成一對照。1987年，時任夏佑劇院總監的維德志，在這座充滿「人民劇院」記憶的國家劇院規劃了新製作。他邀請名導演樊尚執導，舞台由湘巴（Jean-Paul Chambas）設計，服裝是考慮提埃（Patrice Cauchetier）負責，音樂爲阿貝濟思（Georges Aperghis），卡司則請來瑞士名演員馬孔（André Marcon）主演費加洛，伯爵爲一代小生桑德勒（Didier Sandre），蘇珊娜由實力派的布朗（Dominique Blanc）出任，夫人爲夏蘭（Denise Chalem）。這個完美的組合做出了輿論全面叫好的大戲。

樊尚到喜劇院的圖書館查閱不同版本的《費》劇和草稿，確定其編劇重點，還讀了十八世紀風行的豔情文學，故而這部新製作散發幽婉的情色意味，從啓幕不該出現的大床墊即已暗示。演出也意涵社會批評，從演員馬孔壯實的身材、銳利的眼神、迅捷的反應看得出端倪。最難能可貴的是，在略爲憂鬱的懷舊氛圍中，表演基本上卻帶著喜感，除了永遠樂觀以對的蘇珊娜之外，桑德勒化身的可笑伯爵也是一絕，完全超出觀眾期待。

畫家出身的湘巴做舞台設計有其獨道的美學，經常流露出一點繪畫的印記。這部風流喜劇的舞台彷彿未完成，像是早已退卻、留存在記憶中的片面印象。舞台不獨未用實景，接近中央處，還以半截斜置的巨大鍍金畫框分成左右兩邊，頗令人不解，原來是指涉本劇首演的奧得翁劇院舞台台口的金視框（proscenium arch）[57]！

此戲開場，晨起的燈光陰暗，一提琴手，一手風琴樂師在每幕開始前上台演奏阿貝濟思新譜的音樂，或愉悅或傷懷、憂鬱，精要地提示每

57 Georges Banu, "*Le Mariage de Figaro*: Le spectacle de la plénitude", *Alternatives théâtrales*, no. 28, décembre 1987, p. 40.

一幕的基本調性。第一幕的後牆尚未粉刷完畢，台上除了扶手椅外，還有張大床墊、半身高的衣架子等，新娘花冠就掛在上面。大房間很空，角色需四處奔走。

相較於第一幕下人新房的寒磣與薄涼，第二幕是伯爵夫人超豪華的臥床，幕一升起即博得滿堂彩[58]：一張金織綢緞包住的超大床鋪架在一個台子上，床的上空罩著一面45度角斜置的巨大鏡子，反射床上奢華的床罩、抱枕和枕頭，鏡子四邊飾以大片波浪狀的紅絲絨，舞台上斜置的半截金框正好橫越其上，視覺觀感由於巨大的鏡面反射而飽滿豐盛。

在原劇中，這張婚床原是擺在舞台深處的凹室（見圖12），湘巴則誇張地暴露這張豪華婚床，方能彰顯首演時其聳人聽聞的情色意味：充滿愛意的教子逗留在看似心動的教母臥室中，實已觸及道德底線。整體畫面構成一放大的閨房空間，彷彿是紀念伯爵熱情已逝的殿堂[59]；因畫框只餘半截，舞台右側留白，焦點全放在左舞台上。

第三幕法庭用到整個大舞台，台上使用木頭圍欄區隔兩造及聽眾，伯爵坐在左邊的一個平台上，法官坐他下手。第四幕婚禮儀式同上一幕空間，只是清空場地，獨留伯爵與夫人的兩張座椅。第五幕的栗子樹林用大片樹葉景片示意。整場舞台空間實質上是抽象的，再運用動人的配樂撩起入戲的氣息，角色穿十八世紀服飾，歷史感油然而生。

英俊的桑德勒賦予伯爵一角吸引人的儀表、高雅的談吐，性格則急躁、略微神經質、個性專制但情急下會撒嬌示好（對夫人）；只要有他在場，一定是視線的焦點。簡言之，他演出這個高貴角色的趣味面又不失身分。他是真愛妻子，以至於第二幕懷疑她的梳妝間藏著情人時醋勁大發，竟從自己的房間抬來一把斧頭[60]，觀眾無不笑倒。他脫掉外套，

58　根據DVD版的觀眾反應。

59　Banu, "*Le Mariage de Figaro*: Le spectacle de la plénitude", *op. cit.*, p. 41.

60　根據此劇首演阿姆斯特丹的海盜版劇本表演註記，Florence Thomas, "Monter Beaumarchais aujourd'hui : Beaumarchais vu par Jean-Pierre Vincent, Eric Vigner, Muriel Mayette et Christophe

圖 19　伯爵夫人豪華的臥室，蘇珊娜和伯爵正在安撫她，D. Cande。

一把拿起斧頭，準備去劈開梳妝間的門，只見妻子跪在他面前試圖阻
止。兩人劇烈拉扯，動手動腳，早已逾越合宜（convenance）的尺度，
蘇珊娜方才臉上罩著黑紗走出來，觀眾再度笑翻天。

　　桑德勒誇張地演繹伯爵有趣的憤怒，因爲觀眾早已知道結果，莫不
等著看好戲。桑德勒將伯爵每回計謀出岔詮釋爲氣惱，而非眞正動怒：
他用腳跥地，或甚至鼓起腮幫子以表達怒氣滿腔，一如莫理哀筆下舉止
荒謬的小侯爵，令人叫絕。這也是爲何劇終面臨自己再三挫敗，他能夠
自我解嘲，而非怒火中燒。

Rauck", *Les Nouveaux cahiers de Comédie-Française: Beaumarchais, op. cit.*, p. 62。

　　和妻子一樣，伯爵喜歡遐想。為加強這點，桑德勒每幕戲有個特別的動作：掏出一個迷你音樂盒，優雅地打開，悠然地聽著傳出的夢幻樂曲，表情十分神往。第一回是 1 幕 8 景，他坐在扶手椅上，聽到蘇珊娜提醒他當年如何拐走羅西娜，並且為了娶後者還廢掉了初夜權。第二回是 2 幕 13 景尾聲，他鎖好妻子房間各出入口，挽著她的手臂要去自己房中尋找撬開房門的工具。第三幕則是在判決後，以為判了費加洛敗訴，蘇珊娜便是囊中物，不禁又掏出音樂盒自我陶醉。第四幕是當他遭方雪特揭底：「每回您來親我〔……〕總是對我說：『你愛我的話，小方雪特，你要什麼，我都給你』」，他掏出音樂盒聽音樂，以避免尷尬。最後一幕是他上場赴蘇珊娜的約會，他邊聽著美妙音樂現身。

　　這個音樂盒的樂符總是在愛慾突發的關鍵時刻響起，這時伯爵彷彿置身事外，情不自禁地沉醉在幻想中。如此處理，將這個初夜權的指涉歸類到情色文學的範疇，淡化其社會壓迫的弦外之音。

　　相對而言，馬孔凸顯壯實身材的造型，強化費加洛的第三階層出身，是位能幹的管家，隨時注意場上的動靜。面對統御全場的伯爵，他低調在旁侍候，需要時，可陪伯爵說笑（"God-dam" 一段），聽不順耳時，隨口冷言幾句，並非故意生事。他腦筋清楚得嚇人，身體反應快，去掉智僕慣有的花俏動作，是位混過社會、熟知人生疾苦的小人物，正努力往上爬。第五幕的獨白句句宛如出自肺腑，痛訴社會階級之弊，表現誠摯感人 [61]。相較於無憂無慮的費加洛（皮亞為代表），馬孔深刻的表演樹立了費加洛一角屬於現代之憂鬱陰暗潮流 [62]。

　　作為對照，布朗扮演的蘇珊娜造型親切可愛，強調鄉下女孩豐滿健康的體態，做人誠懇，散發同情與活力。她腳踏實地，憧憬幸福，永遠笑容可掬，手上有收拾不完的雜活，道出的台詞字字都能讓觀眾體會到

61　他述及自己的奮鬥時，是順著半截金視框方向面朝左前方道出，比較像是說給自己聽。
62　Fabienne Pascaud, "Figaro-ci, Figaro-là", *Marie-France*, juillet 1987.

言下之意，令人激賞，其突出的詮釋被譽爲足以留名青史 [63]。

　　不甘於淪爲感情的受害者，夏蘭詮釋的伯爵夫人帶給這個角色追求幸福快樂的活力感，而非獨守深閨、暗自嘆息的怨婦。薛呂班爲一瘦長的小伙子（Roch Leibovici 飾），不再是個小男生，滿腔熱情令他興奮、激動（面對蘇珊娜），在他心儀的夫人面前卻怯生生，躊躇不前，保留的態勢又流露出強烈的情感，對他的教母是很大的誘惑。最後他乾脆放手一搏，撲倒在睡床上，正巧傳來伯爵的敲門聲！《十字架報》（La Croix）指出桑德勒化身的伯爵像是有了年紀的小侍從 [64]，既可愛又可怕，這兩人有共同處。

　　其他配角表現一樣出色，表現最引人注意的是低調的瑪絲琳（Véronique Silver 飾）。頭戴白色便帽（baigneuse），她身穿紅紫二色衣服，其剪裁看來像是鄉下管家婆而非家庭教師，態度謙卑，在法庭上平靜地說明造成自己不幸的緣由，並未指控男性。她和兒子相認，兩人眞情流露，淚流滿面，細緻傳達她被自己拋棄的私生兒子認可的感人意涵 [65]。而心口不一的霸多羅醫生（Pierre Vial 飾）也嘴硬心軟。蘇珊娜後來跑上台加入，一家四口正面坐在場中央的長凳上團圓，笑淚交織，重現「涕淚喜劇」的經典畫面。十八世紀流行的「血緣呼喚」果眞有其意蘊。

　　樊尙版美妙地結合了各種情緒及世紀的矛盾：幽默來自鬧劇、反諷的老歌新唱、薩德侯爵般的放蕩故事、狄德羅式的通俗情節；舞台調度含精神與肉體兩層面，既典雅又殘酷，懷舊且譏誚，十八世紀脆弱和嚴肅的感官面重現台上 [66]。導演不強勢解讀原劇，而是顧及其喜劇本質，

63　Marion Scali, "Beaumarchais: *Le Mariage de Figaro*", *La Libération*, 17 février 1987.
64　Emmanuelle Klausner, "Beaumarchais: *Le Mariage de Figaro*", *La Croix*, 18 février 1987.
65　參閱〈劇本導讀〉注釋 30。
66　Pascaud, "Figaro-ci, Figaro-là", *op. cit.*

圖 20　費加洛一家團圓，左起瑪絲琳、霸多羅、蘇珊娜、費加洛，D. Cande。

將批評置於時代的風潮中考量 [67]，經馬孔低調的深刻詮釋，成為一股暗流，最是難得。

3.3　徘徊在舊政體和革命之間

　　1989 年適逢法國大革命兩百週年，剛升任法蘭西喜劇院總裁的維德志強調，作為「國家」劇院，喜劇院應該以舞台演出實際慶祝大革命。為此，他更動原訂的演出製作計畫，親自執導《費加洛的婚禮》[68]。不僅如此，他還另外安排布德（Jean-Luc Boutté）和樊尚於翌年分別執

67　誠如博瑪榭所言：在十八世紀，「大貴族視追逐女性為嬉戲」，見「劇中角色個性和服裝」。
68　巴黎歌劇院也重演莫札特的同名歌劇。1989 年另外一齣受到矚目的《費》劇演出，由馬賽的老牌導演馬黑夏爾（Marcel Maréchal）推出，他親飾伯爵，費加洛由剛出道的包爾德（Jean-Paul Bordes）領銜，劇評普遍語帶保留，參閱 Pierre Marcabru, "A contre-pied", *Le Figaro*, 6 juin 1989。

導此劇的來龍與去脈——《塞維爾的理髮師》和《有錯的母親》。這是號稱「費加洛三部曲」首度以三部曲的形式推出[69]！

　　維德志曾於十年前在弗羅倫斯導過莫札特的同名歌劇（由 Riccardo Muti 指揮），莫札特歌劇中濃郁的情慾色彩影響他對本劇的解讀，尤其是伯爵夫人對薛呂班的情愫為重頭戲。更顯眼的是，莫札特歌劇的自然背景——花園、樹蔭、涼亭等，加上歡慶的氣氛，主導了舞台設計的走向。視清泉堡的大公園為《唐璜》劇中的主角碰到統領石像的森林，《費》劇的伯爵亦然，地面最後在他腳底下崩裂[70]。

　　追根究柢，莫札特的同名歌劇撩起維德志對革命前的十八世紀無限眷戀，其生活與藝術儘管不公不義卻美不勝收，令人發思古之幽情[71]，反映在瓦託、布歇、福拉戈納爾的「遊樂畫」（fêtes galantes）中，一群少男少女身著戲裝消遣娛樂。

　　和貴族階級過分的特權一同消逝的，維德志於十年前執導莫札特同名歌劇時寫下札記：「是一種生活的藝術」，能品味多餘之美，「要有勇氣懷舊。在揭發過去的惡行時，我們是何等懷念過去，何等懊悔呀。為了說舊世界將逝，而一個野蠻的新世界將起，我們是何等的精緻」。然精緻需要辯護，「坦承其中的焦慮」[72]，這是他執導本劇的態度。

　　由於劇中隻字未提革命，維德志改從歷史寓言的角度解讀本劇，意即庶民的化身——費加洛——出現在貴族的代表，即阿瑪維瓦伯爵面前。開始排戲後，原來預定出演伯爵一角的布德重病不得不退出，接任的演員畢多（Jean-Luc Bideau）直到排戲時間過半後才加入。事實上，

69　另一次完整的三部曲演出《三個瘋狂的日子》（*3 Folles journées*）於 2011 年由勒卡潘提埃（Sophie Lecarpentier）執導，由「西巴黎劇院」（Théâtre de l'Ouest Parisien）製作，因只演兩個半小時，三部劇不得不大幅刪詞，影響了成績。

70　Vitez, *Le Théâtre des idées*, éd. D. Sallenave et G. Banu (Paris, Gallimard, 1991), p. 572.

71　Vitez, "La nostalgie", *Comédie-Française: La Folle journée ou le Mariage de Figaro*, no. 174, *op. cit.*, p. 6.

72　Vitez, "*Le Mariage et Les Noces*", *ibid.*, p. 10.

畢多的氣質與戲路和布德相距甚遠，大大影響了維德志原來的詮釋走向。

　　音樂方面，阿貝濟斯再度為此次演出創作全新的音樂[73]，視表演情境或輕快、挪揄、緊張、悲情、憂鬱、抒情、夢幻，一個小樂團就坐鎮劇院的樂池中為現場演出伴奏，有如歌劇中的通奏低音（basse continue），為每個場景渲染不同的氣氛。

　　本次舞台設計從第五幕在月光下的花園出發，維德志說，本戲「沉浸在大自然中，好像第五幕的花園蔓延、占滿全戲」[74]。啟幕，茂密的栗子樹蔭就框住舞台的上空與側翼，黎明曙光透過樹蔭照射台上，使人誤以為置身在花園裡，偏偏舞台中央垂下的枝形吊燈又提示觀眾台上為室內空間。費加洛抱著剛睡醒的蘇珊娜踏上舞台（新房）後，開始丈量房間。

　　《費》劇即發生在這個被樹蔭籠罩的舞台上，每幕戲所需的家具由舞台中央裝置的旋轉圓台運入，如第一幕的大靠背座椅；第二幕，伯爵夫人閨房的大床、床幃、梳妝間、凳子、窗框與門片等；第三幕官司審判，樹蔭更加濃密，幾乎使人分辨不出室內或室外，台上擺置數條長凳；第四幕，各式彩色燈籠高掛樹枝上，為即將舉行的婚禮慶典作準備；第五幕，一棵大栗子樹立於場中央，後方依稀可見兩座小亭子。

　　旋轉舞台尚可視劇情的變化而轉動，配合演員激動的情緒，轉動的速度加快，更增場面之緊張與激烈。舞台旋轉的方向有時又與演員行進的方向相反，造成角色原地踏步的荒謬局面。比如1幕5景，蘇珊娜與瑪絲琳為費加洛爭風吃醋即如此處理，兩人無論如何也追不到對方，製造了笑料。

73　他等於是自我挑戰；兩年前他才為樊尚版編曲，最主要是出現在劇終的歌唱部分，曲調較富鄉村氣息。

74　Vitez, "Le langage 'plébéien' de Beaumarchais", propos recueillis par G. Dumur, *Le Nouvel observateur*, 16-22 mars 1989.

在家具不少的第二幕中，轉動的舞台則能呈現舞台設計的不同角度。例如原本立於後方的窗框，當薛呂班跳窗時，在急促的樂聲中，窗框轉到正前方，觀眾正面目睹他跳入樂池消失不見，作用可媲美特寫鏡頭。加速旋轉的舞台造成天旋地轉的慌亂狀，具體營造本劇的「瘋狂」感。

可可士設計的典雅場景，經由拓第埃（Patrice Trottier）操刀的燈光，先是偏靛藍，然後逐漸偏黃，再復歸寶藍的夜色，一日過後，黎明曙光普照；全戲在深秋陽光的投射下散發淡淡的憂鬱氣息，令人心醉。不過，裡外難分的空間設計，雖有家具之助，卻無可避免地削弱了原劇重要的室內與室外之別，更不用提主僕空間之差異。

例如第二幕尾聲，費加洛帶頭領著一群僕人闖入伯爵夫人房間，他們一個一個從撞開的房門潛入室內，睜大眼睛觀察他們從未見過的貴族世界，剎那間就站滿了舞台，主人連立足之地也被侵占，伯爵夫人被逼得只能坐在床頭，神色不安。可惜，這個大群僕人「入侵」主人空間的表演意象，在重重樹蔭予人開放空間的聯想下，沒能完全發揮力量。

相較於原作中費加洛每每出言不遜，在這個主僕共居的大花園中，伯爵與管家幾乎像是朋友，這點與演員畢多的氣質有關。戲路偏喜劇的畢多沒朝角色的悲劇方向琢磨，反而在觀眾笑聲的激勵下，越演越朝喜劇一端傾斜。身材高頭大馬，臉上看得見風霜，畢多主演的伯爵不再是個出入朝廷的大貴族，而比較像是鄉紳，尤其是東歐國家住在鄉下的小貴族，吃得好，穿得好，偶爾是開明的主人 [75]。

封丹納（Richard Fontana）擔綱的費加洛，相對於粗重的畢多，顯得輕盈活潑，個性機敏，精力源源不絕，情急之下會耍寶，不高興時做鬼臉排遣情緒，幾乎是阿樂根（Arlequin）、斯嘎納瑞勒（Sganarelle）

75 Vitez, "Beaumarchais: *La Folle journée ou le Mariage de Figaro*", entretien avec I. Sadowska-Guillon, *Acteurs*, no. 69, mai 1989, p. 38.

圖 21　第三幕的審判，費加洛立於台前獨白，D. Cande。

的兄弟，又像是馬悌（Matti）的近親，令人不安[76]。深一層看，他的樂
觀只是表象，內心其實脆弱；第五幕獨白，回顧自己多舛的命運不禁悲
從中來，淚溼衣襟。封丹納強調這個角色的誠懇、有教養，知道如何在
法庭上為自己辯護。

　　可可士為費加洛設計的咖啡色戲服比較接近十九世紀中產階級的裝
束[77]，一隻懷錶用來紀念作者原來經營的本業。豐富的生命閱歷使他說
話不免帶刺，然而蘇珊娜的真愛使他對人世重新建立起信心。本戲的
蘇珊娜已屆熟齡（Dominique Constanza 飾），比較像是女主人的心腹

....

76 Vitez, *Ecrits sur le théâtre, 4: La Scène 1983-1990* (Paris, P.O.L., 1997), p. 323. 馬悌為布雷希特
名劇《主人潘第拉與其僕人馬悌》（*Maître Puntila et son serviteur Matti*）的雙主角之一，個
性不易捉摸。

77 封丹納認為自己主演的角色代表了具革命意識的中產階級，而非極端分子，見其訪問 "Figaro,
Richard Fontana: L'Homme qui monte", entretien avec I. Sadowska-Guillon, *Acteurs*, no. 69, *op.
cit.*, p. 39。

（confidente），不再天眞，面對風流的男主人，她會賣弄點風情（爲了多賺一份嫁妝），但絕不輕浮。

　　卡齊兒（Geneviève Casile）二度演出伯爵夫人，以她如怨如訴的聲質，傳神地抒發貴婦見棄的幽怨心懷。可惜，她習慣中規中矩的表演方式，雖一再排練，仍無法放任自己的情感奔馳，以盡情表現導演讀到她對薛呂班「猛烈的」情愫 [78]。不過卡齊兒委婉地表達伯爵夫人的情感起伏，點到爲止，倒是頗得保守派劇評欣賞。

　　瑪提厄（Claude Mathieu）反串的薛呂班是導演眼中愛神的化身，首度登台亮相，他從樂池攀上舞台；二幕跳窗，他也是縱身跳入樂池中消失不見。獨樹一格的上下場方式顯示這個角色之與眾不同。一身淺藍色的高雅戲服，瑪提厄在心儀的女主人面前害羞、壓抑，神色迷惘，然而和蘇珊娜或方雪特在一塊兒，他又調皮搗蛋，神似一個聲帶尚未變化的大男生。她忽男忽女，維妙維肖的表現印證了作者主張此角宜女扮男裝的道理。

　　喜劇院最資深的演員薩米（Catherine Samie）出任的瑪絲琳在法庭上慷慨陳詞，爲自己年少失身的往事控訴天下男人。維德志空出旋轉舞台，讓她一人獨占整個空間，隻身對抗法庭，圓台開始旋轉，法庭看來彷彿是在自我審判，連一旁原等著看好戲的伯爵也不禁汗顏。相對於上一景剛剛落幕的審判鬧劇（她和費加洛的欠款／嫁娶爭議），維德志排戲時指出，此刻才是眞正的歷史審判：瑪絲琳爲所有女性抱不平，由薩米演來無比自然，得到滿堂彩。總之，這齣戲的女性角色均流露正面特質，比起男性角色更得人喜愛。

　　其他配角個個輪廓分明，性格清楚：費加洛的生父霸多羅（Alain

78　喜劇院的演員一般氣質典雅，作風保守，排戲時很難放得開，表演不容易達到維德志注重自由奔放的境地。

Pralon 飾[79]）自私、無情，對瑪絲琳不耐煩；音樂教師巴齊爾（Dominique Rozan 飾）一身教士的黑袍[80]，看來道貌岸然，行為卻鬼鬼祟祟，遇事則閃；可愛的方雪特（Véronique Vella 飾）心意篤定，4 幕 14 景加演了一段原始草稿的台詞：她對費加洛暗示自己可以賣身籌錢以買個貴族頭銜，如此就能順理成章地嫁給貴族出身的薛呂班[81]！其他還有忠心耿耿的園丁（Jean-François Rémi 飾），老糊塗法官（Claude Lochy 飾），陰沉的馬夫（Alain Umhauer 飾），說話帶濃重鄉音的「抓太陽」（Bernard Belin 飾）等等，各有勝場。

　　這齣大戲座無虛席，調情的場景詮釋精準到位，最得好評。然而，向來欣賞維德志的左派劇評卻大失所望，指出博瑪榭之作並非導演擅長的戲碼，反倒是素來難以接受他的保守派劇評欣喜若狂[82]。《影視綜覽》（Télérama）的劇評最為中肯，直言這齣戲是「放肆言行的完美和弦」，符合觀眾「最安詳的期待」，「舞台上洋溢透明、流暢、清澈的質地」[83]。而《十字架報》則以〈維德志夾在舊體制和革命〉之間，一語雙關地點出了本戲的導演走向問題[84]。

　　上述三部 1970、1980 年代的大製作均反省了時代距離。羅斯內導演版揭示時代意義，其留白的視覺設計於今觀之反倒顯得前衛，歷史角色彷彿現身在一個時間中空的場域重演經典故事，引人重新思考表演的意義。樊尚版公認為完美的舞台詮釋，至今仍無可超越，足見本劇確有

79　為上述羅斯內版的費加洛。

80　導演認為他是教會的代表人物，參閱本書〈劇本導讀〉之「3.1 政治與社會批評」。

81　Larthomas, "Notes et variantes: *La Folle journée ou le Mariage de Figaro*", *op. cit.*, p. 1415, note a du page 464.

82　Cf. notamment Pierre Marcabru, "Dans l'ombre de Mozart", *Le Figaro*, 22 mars 1989; Philippe Tesson, "*Le Mariage de Figaro*, de Beaumarchais", *L'Express*, 31 mars-6 avril 1989. 左派報刊則語帶保留, cf. Michel Cournot, " 'Il fera beau ce soir sous les grands marronniers' ", *Le Monde*, 23 mars 1989; Jean-Pierre Léonardini, "Jeté battu dans la culture", *L'Humanité*, 22 mars 1989。

83　Fabienne Pascaud, "L'Enigme Figaro", *Télérama*, 29 mars-4 avril 1989.

84　且進一步擔心新任總裁帶領謹守傳統的劇團是否能成功將其改造, Chantal Noetzel-Aubry, "Vitez entre ancien régime et révolution", *La Croix*, 23 mars 1989。Cf. Léonardini, "Jeté battu dans la culture", *op. cit.*

其歷史淵源，文化上難以全然置身事外[85]，超脫不易，然歷史已無法再全面解讀。而維德志版雖因更換主角而難以按照預想藍圖推展劇情，但帶夢樣色彩的美麗舞台畫面讓觀眾懷想革命前的舊社會，這是文藝薈萃的時代，懂得享受人生而不知毀滅將至，新社會已等著上場，不過這是題外話。

4　新時代的新氣象

　　進入二十一世紀，新世代導演竄起，開創嶄新的表演格局。首先是千禧年，國立布列塔尼劇院（Théâtre national de Bretagne）推出由西瓦第埃領軍的《費》劇，長達四個半小時，徹底與民同樂，台上台下同聲一氣，沸沸揚揚，驚動巴黎的劇評。這齣製作巡迴多個城市演出，啓發了青少年時期的巴爾凱。16 年後，他應蘭斯喜劇院（Comédie de Reims）之邀，重用音樂舞蹈，執導了同樣親民精神的《費》劇。在法蘭西喜劇院方面，2007 年新上任的女總裁——資深演員梅耶特（Muriel Mayette）——排出的第一檔大戲就是此作，這是繼維德志版 18 年後的新製作，由洛克執導，表演手段出奇制勝，觀眾爲之驚豔，叫好又叫座，開啓了表演的新境。

4.1　與觀眾同樂

　　西瓦第埃導演版可視爲「全民劇場」的新實踐[86]。他向來採親民手段做戲，從傳統野台戲擷取大量靈感，想方設法重現劇作家下筆時的文本變動狀態，台詞尚未變成鉛字，充滿各種可能，劇本似仍在發展中。觀眾將與演員一同發現劇本，他們不光看到劇情展演，同時看到戲是怎麼演的。演員則使出渾身解數，冒險實驗新鮮演法，把玩各色道具和裝

---

85 參閱本書〈劇本導讀〉之「3.3 一場末引爆的嘉年華」。
86 參閱楊莉莉，《新世代的法國戲劇導演》，前引書，第七與第十章。

置，台上分分秒秒都是好戲。這種標榜表演性的製作往往令觀眾感覺自己彷彿也參與演出，樂在其中。最重要的是，西瓦第埃全本演出，不因搬演手段克難而便宜行事。

面對這齣經典中的經典，西瓦第埃一股腦甩開詮釋包袱，從語言出發。他最欣賞第一版的《費》劇，使人感受到一種失去理智的狂熱、激動[87]。深受孔內沙（Gabriel Conesa）的觀點影響，西瓦第埃也深感「博瑪榭就是語言」，故事不過是用來服務台詞[88]，以表達平日閃過腦海的警句。本劇披露了作者不停賣弄機鋒以求時時引人入勝的執念。這種吸引、誘惑觀眾的瘋狂動向是編劇的原動力，終至導向慾望的劇場。演員盡情發揮台詞的魅力，緊緊把握狂歡作樂的最後一日，沉醉其中，無法自拔[89]，顧不到明日的種種。

將執導意圖化為表演，西瓦第埃借用野台和畫景，處處彰顯戲劇性，大玩戲劇表演的各種慣例，演員表明了自己就是站在戲台上演戲。觀眾進入觀眾席，看到台中央有個尾部漸抬高的戲台子，一個戴著寬邊草帽的蹩腳樂團，手拿砂鈴（maracas），站在左側一棵紙糊的椰子樹下，熱情地演奏西班牙民俗風樂曲。三名畫師蹲在地上趕畫一幅超大的人物肖像（見圖 22），纜繩、絞盤、幾張畫片（示意古堡、臥室、栗子樹園等景）充塞台上。右側舞台坐著一個頭戴窄邊扁帽的人（後來才會知道是霸多羅）。出任蘇珊娜的女演員（Norah Krief）則從觀眾席進場招呼觀眾[90]。

87　Jean-François Sivadier, " 'Chez Beaumarchais, une folie profonde' ", propos recueillis par H. L. T., *Aden*, 10 janvier 2001.

88　Sylvie Chalaye, "Alcôves et chausse-trappes ou la dégringolade du Prince: *La Folle journée ou le Mariage de Figaro*, Beaumarchais/Sivadier", *Théâtre/Public*, no. 153, mai-juin 2000, pp. 27-28.

89　Jean-François Sivadier, "Notes de mise en scène", octobre 1999, notes consultées en ligne en 7 juillet 2020 à l'adresse: https://www.theatreonline.com/Spectacle/La-folle-journee-ou-le-mariage-de-Figaro/1302.

90　Chalaye, "Alcôves et chausse-trappes ou la dégringolade du Prince", *op. cit.*, p. 24; Brigitte Salino, "La folle journée de Figaro, entre vaudeville et lendemain de fête", *Le Monde*, 29 janvier 2001. 由於演出有即興成分，每場演出的細節略有不同。

圖 22　薛呂班與伯爵夫人爭紅絲帶，中央後方為伯爵肖像畫布，A. Dugas。

　　戲正式開演，台上還沒來得及收拾完畢，一架收音機忘了被收走，以至於第一幕大半時間都聽得到「法國新聞」（France Info）電台播報新聞的聲音背景[91]。台上的工人逐一換上古裝，漸漸變身為劇中人，他們彷彿從博瑪榭的腦海中跑出來，一如博瑪榭在自序中所言，慢慢成形，一切尚未定案。西瓦第埃加演了原始的開場，費加洛、巴齊爾和薛呂班三人討論婚禮要用的音樂[92]，為後續用到音樂的場合鋪墊。

　　舞台上的小戲台靈活轉化為劇情需要的所有場景，形成表演的樞紐，隨時製造驚喜。例如第一幕薛呂班是從畫布蓋住的地底下竄出來，小戲台的邊緣結構自動脫離，竟然化為一張扶手椅。第二幕伯爵夫人的臥室，幾名演員轉動絞盤，升起舞台三邊的畫布，首先映入眼簾的是她的大幅肖像，其他還有大時鐘、梳妝台、鏡子、壁爐等畫布，以營造室

91 René Solis, "Vent de folie pour *Figaro*. Beaumarchais galvanisé par une mise en scène inventive", *La Libération*, 31 mars 2001.

92 Larthomas, "Notes et variantes: *La Folle journée ou le Mariage de Figaro*", *op. cit.*, pp. 1381-82, note a du page 382.

內的觀感。薛呂班跳的窗戶是紙糊的，他是破紙／窗一跳[93]等等。

　　小戲台邊演出邊解體，從導演的視角看，示意貴族社會之解體。在這個舊社會中，第一幕的小戲台上立著巨幅的伯爵肖像，表情自信高傲，態勢緊繃、僵直，在伯爵進場前升起，把忙著拌嘴的蘇珊娜和薛呂班嚇得立定不動，可見其威權[94]。

　　幾件關鍵道具變成演員玩噱頭的利器，拓寬了指涉的意涵。例如薛呂班搶走的紅絲帶，一拉開竟然長達數尺，他和蘇珊娜不單可以大玩特玩，還用來遮掩伯爵夫人肖像裸露的胸部，第四幕再縮小化為蘇珊娜婚禮戴的處女白帽上的紅扣眼，藉以影射劇首伯爵對她的愛慾[95]。

　　台柱布修（Nicolas Bouchaud）逼真地扮演一個熱衷追歡的自私伯爵，具有天生的貴族威嚴，和喜感取得美妙的平衡，予人好感[96]。費加洛由勒貝爾（Denis Lebert）飾演，方向較偏力爭上游的小資階級而非逗樂的智僕。克里芙演的蘇珊娜不是一個玩詭計的機靈鬼，而是對將要成婚而歇斯底里的未婚妻[97]。

　　伯爵夫人（Alexandra Scicluna 飾）像是個機器娃娃，需要一座娃娃屋以確認存在，直到費加洛提點她不要自閉，她才大膽出擊，親自挽回婚姻[98]。瑪絲琳（Nadia Vonderheyden 飾）的表現也令人稱奇：在控訴天下男人之前，她當場脫下家庭教師的戲服，猶如自我解放[99]。薛呂班（Stephen Butel 飾）被視為長得太大的邱比特，行動有點不靈活；劇末，他換穿袍子，神似杜勒（Albrecht Dürer）畫的雌雄同體天使，直

93　Chalaye, "Alcôves et chausse-trappes ou la dégringolade du Prince", *op. cit.*, p. 25.

94　*Ibid.*

95　*Ibid.*, p. 26.

96　Laurence Liban, *"Le Mariage de Figaro"*, *L'Express*, 25 janvier-1er février 2001.

97　Solis, "Vent de folie pour *Figaro*", *op. cit.*

98　Chalaye, "Alcôves et chausse-trappes ou la dégringolade du Prince", *op. cit.*, p. 28.

99　René Solis, "Orgie avant le naufrage", *La Libération*, 13 juin 2001.

飛到上空去 [100] 。

　　全體角色無論大小均重新思考其在劇中的意義。最特別的詮釋是醫生霸多羅（Gaël Baron 飾），他在《塞維爾的理髮師》演要角，在本劇雖身為費加洛的生父，卻始終是個作者不知如何處理的邊緣人物。為了透露這點，觀眾一進場就看到他站在場邊，像是個貝克特的小丑，又像是個遊民。瑪絲琳要求他幫忙時，無所事事的他一口應允。當站著站著受不了時，他就跑到場中央唱起 1930 年代的流行歌曲〈拉摩納〉（Ramona），藉由歌詞（「有朝一日我願犧牲一切以實現／這個愛情的美夢」）表達對瑪絲琳的愛情 [101]，為第四幕娶她為妻作鋪墊。其他演員也大展歌喉，高唱流行或民俗歌曲，藉由集體記憶使劇情和當代社會接軌。

　　本戲演技模仿野台戲風：誇張、愛現、乃至於裝模作樣，全力發揮西方劇場所不願正視的戲劇性，將其發揚光大。演員大玩炫技的喜劇噱頭，高潮時分演到渾然忘我，儼然沉船前的最後狂歡 [102]。然而到了下半場，詭計逐一被揭破，鬧劇的面具漸次掉下，各角色赫然發現自己竟站在深淵旁，剎那間彷彿若有所悟。故而當瑪絲琳坦承自己的厄運時沒人笑；同理，小方雪特提起找不到的幸福和自由時亦然 [103]。縱使樂觀如費加洛也有心慌的時分，當他說：「站在台上卻找不到話說，所有注視著你的目光像是斷頭台」，台上的黑暗令人備感威脅，演出深度油然而生 [104]。

　　這齣臨場應變的戲動用小戲台暗藏的各種機關，將《費》劇回收再

100 Chalaye, "Alcôves et chausse-trappes ou la dégringolade du Prince", *op. cit.*, p. 26.

101 *Ibid.*, p. 25, 28.

102 Cf. Solis, "Orgie avant le naufrage", *op. cit.*

103 Voltaire, "De l'égalité des conditions", "Dossier de *la Folle journée ou le Mariage de Figaro*", éd. D. Lescot pour la production du Théâtre National de Bretagne, 2000, p. 37.

104 Salino, "La folle journée de Figaro, entre vaudeville et lendemain de fête", *op. cit.* 這句台詞出自劇本草稿。

利用，表演求新求變，令人耳目一新。對西瓦第埃而言，危及古典作品
存在的癥結就在於尊敬，勢將阻礙現代人從中得趣[105]。邁入新的世紀，
排演經典名劇已不獨在於除去其上堆積的歷史塵埃，還需要全面刷新與
革新。劇評唯一的指正是演出太想逗觀眾哈哈笑[106]，因為劇團亟欲再現
市集演戲的熱鬧與歡樂，而這點正是博瑪榭本人欣賞的喜劇質地。

4.2　「讓我們跳《費加洛》」[107]

　　16 年後，巴爾凱版作風更前衛，表面上看似嬉笑胡鬧，實則除了
音樂和舞蹈以外，氣氛低壓，拖慢了演出節奏，和有趣的對白成了顯眼
的對比，彷彿上演的是部狄德羅提倡的嚴肅劇。一個搖滾樂隊就坐鎮現
場，從第四幕起乾脆登上舞台。台上樂隊演奏的不獨有歌劇（如《唐喬
凡尼》序曲），角色還高唱瑪丹娜、碧昂絲、披頭四、李歐納等人的熱
門歌曲。演員著現代服裝，上層人物穿長尾禮服與晚禮服，心潮澎湃時
更大跳熱舞，如 2 幕 2 景尾聲的費加洛、伯爵夫人和蘇珊娜！

　　現代舞廳是舞台設計的核心意象，高度機動化，演員習慣從觀眾席
上下場。第一幕台上白氣球滿地，左側擺一張四柱床，穿著白西裝、背
著一對翅膀的薛呂班躲在床柱上面窺視底下的蘇珊娜，白紗幕背景用白
燈管拼出「Aguas-Frescas」（清泉堡）字樣。第二幕，綁滿白氣球的桿
子升起，變成紅白紗幕圍繞的夫人臥室，第一幕的大床被移到正中，外
加豪華水晶吊燈，果真像是放大版的芭比娃娃屋[108]。

　　第三幕，舞台最前端的防火牆降下，審判戲擠在前台進行，原告和
被告坐台下，發言時才上台站在光圈中辯解。第四幕的舞台化為狄斯可
舞廳，地上滿是氣球，三面牆飄紅紗幕，成為婚禮場地。之後夜色漸

105　Sivadier, " 'Chez Beaumarchais, une folie profonde' ", *op. cit.*
106　Salino, "La folle journée de Figaro, entre vaudeville et lendemain de fête", *op. cit.* 話說回來，有
　　的劇評卻欣賞這點，cf. notamment Liban, *"Le Mariage de Figaro"*, *op. cit.*。
107　Patrick Sourd, "Let's dance Figaro", *Les Inrockuptibles*, 18 janvier 2017.
108　Didier Méreuze, "Un mariage fou, fou, fou...", *La Croix*, 22 janvier 2017.

圖 23　4 幕 2 景，伯爵夫人攔住費加洛帶走蘇珊娜，E. Carecchio。

深，轉爲橄欖綠的噩夢空間，大大小小的淺色氣球不斷從空中飄下；兩側紅幕收攏、打結，四張長桌縱向擺在前台，構成第五幕的樹林。終場，煙霧轉濃，台上瘋狂起舞，帶動台下興奮的情緒；學生觀眾紛紛起立鼓掌並共舞，氣氛火熱，共同歡慶瘋狂的一晚！

　　除了劇終，演出氛圍基本上是壓迫的。費加洛和蘇珊娜的關係從啓幕即緊張，兩人都繃著臉說話。伯爵色膽包天，第一幕，裸身裹著黑色浴袍上場糾纏蘇珊娜，難怪他神經質的夫人下一幕甫上場就企圖仰藥自殺。第三幕，法官和書記的說話聲音經過變音器處理，變得怪腔怪調，足見其發言之荒謬。下一幕，喜慶的婚禮質變爲綠色夢魘，誤以爲遭背叛的費加洛猛踩地板上的氣球洩恨。

　　這齣戲可說拖著腳步進行，演員常停頓後才回話，造成笑點錯失時效[109]，形成另類效果，不是怪誕（審判景）就是荒謬。例如小侍從躲在扶手椅上或梳妝間中，均跳脫俗套，重新演繹[110]，不過也因此造成笑點失效，熱門音樂遂成為抒解悶氣的有效管道。

巴爾凱給了某些角色深度感，也造成演出意味轉為沉重。一如維德志，巴爾凱同樣讓方雪特補說了賣身以買個貴族頭銜一事。說起來，方雪特的母親早逝，父親常揍她（4 幕 5 景），伯爵不時來騷擾，小小年紀，人生卻已毀了[111]。

費加洛挺身對抗不公不義的特權階級為表演主旨。由波利坦諾（Tom Politano）擔綱的主角是個胸懷不平、眉頭不展的聰明人。3 幕 5 景，他並非試探伯爵的心意，而是不顧身分和他大吵起來。包笛埃（Myrtille Bordier）飾演的蘇珊娜見過世面，3 幕 9 景輪到她試探伯爵，舞台地板打上紅光，她在聚光燈照射下接近他，兩人隨之共舞，充滿誘惑的魅力。即便如此，她堅持純情，和費加洛終場總算得以結合，只不過周圍歡天喜地，一對新人卻毫無喜色，充分表達導演對結局的看法。

情慾旺盛的伯爵（Alexandre Pallu 飾）影射 2011 年在紐約旅館鬧出國際性醜聞的法國總裁主角[112]，其求愛的醜態使人不敢恭維。相反的，伯爵夫人（Marion Barché 飾）雖抽菸酗酒卻富麗高貴，是唯一展現古典風範的角色，讓人依稀感受到十八世紀的風情。奧柏兒（Suzanne Aubert）反串的小侍從背著天使的雙翼，第一幕就埋伏舞台上空，暗示愛慾的主題。第二幕在伯爵夫人的臥室，他不是跳窗逃亡，

109　維德志指出此劇台詞的音樂性極強，台詞該如何道出幾近定調，不太有第二種說法的可能，"Entretien d'Antoine Vitez avec Anne Ubersfeld pendant les répétitions du *Mariage de Figaro*", *op. cit.*, p. 9。這也就是說，違反此原則，原來的笑點就會失效。

110　第一幕，薛呂班一聽到伯爵來到，就在歌劇《唐喬凡尼》序曲的樂聲中嚇得跳下台去躲，卻不時發出聲響而引起伯爵懷疑；第二幕，他是躲入台上的更衣間裡，可是伯爵卻走下台去找人！

111　Rémy Barché, "Entretien avec Rémy Barché", réalisé par S. Garand, le 5 mars 2015, *Pièce (dé)-montée: La Folle journée ou le Mariage de Figaro*, no. 205, Réseau Canopé, mars 2015, p. 49.

112　「國際貨幣基金」總裁史特勞斯－肯恩（Dominique Strauss-Kahn）。

而是在莫札特的歌劇音樂聲中飛升而去！

　　以上兩齣標榜戲劇性的《費》劇新奇好玩，視覺感官一古一今，重拾觀眾之於劇場的重要性，活絡經典對白久已失傳的活力，特別是對莘莘學子，具有莫大的吸引力。

4.3　古今無縫接合的妙戲

　　歷經西瓦第埃帶即興意味的《費》劇實驗製作，2007 年洛克在法蘭西喜劇院重新排演。出身巴黎的「陽光劇團」（Théâtre du Soleil），洛克擁有人民戲院[113]的演出資歷，運用民俗表演手法是他的拿手好戲。自認在樊尚完美的導演版之後很難再有所突破，他轉向生動地說好故事，爲演出注入節奏和動能[114]。果然，這齣新製作不同凡響，帶著現代外觀卻不見勉強，既能展現創意又謹守台詞分寸，沒做多少加碼的發揮，可說是開啓了表演的新頁。

　　這次演出融合古今，服裝（Marion Legrand 設計）混合現代及十八世紀風格。費加洛穿黑色西裝配暗橘紅色花格子背心；蘇珊娜是一襲及膝的酒紅色短袖小禮服，搭配黑短靴，俏麗的裝扮像是名女中學生；伯爵夫人爲藕色無領無袖的長禮服，低調又高雅；薛呂班穿的寬鬆白上衣仿知名小丑彼耶侯（Pierrot）的樣式，下身卻混搭藍色運動長褲，著實刺眼。最好玩的是聲樂老師巴齊爾穿黑西裝配白皮鞋，一頭亂髮，配戴深棕色鏡片的眼鏡，加上長長的白領巾，打扮無異於落魄的搖滾歌星。十八世紀古風出現在伯爵、霸多羅、瑪絲琳、法官、書記身上。

---

113 他曾領導位於布松（Bussang）的「人民戲院」（Théâtre du peuple, 2003-06），每年夏天演戲，職業演員和當地居民攜手合作，且是全鎮總動員參與製作，誠所謂「人民劇場」之最佳實踐。

114 Christophe Rauck, "Entretien avec Christophe Rauck", propos recueillis par I. Baragan, "Programme du *Mariage de Figaro*", La Comédie-Française, 2007, p. 8. Cf. Aurélie Thomas, "Aurélie Thomas [Christophe Rauck]: 'Comme au cinéma' ", propos recueillis par C. Denailles, *Théâtre Aujourd'hui: La Scénographie*, no. 13, 2012, p. 117, 119.

西班牙地方色彩主要反映在第四幕的五名獻花少女（除方雪特外，全由男性反串），以及費加洛的新郎禮服——粉紅配白花、鑲黑邊的鬥牛裝，這是喜歌劇的西班牙印象，但蘇珊娜卻換上一套時尚的及膝白色婚紗！重點是這些服裝樣式均帶些古意，方能不顯突兀。

湯瑪（Aurélie Thomas）設計的舞台大玩戲劇真實的幻覺，巧妙運用野台戲手法，刻意讓人感到身在戲院中。戲一開演，即凸顯「喜劇院」的表演空間：費加洛手持劇院的縱剖面大圖從觀眾席上台，以透露本劇的開場白「寬 19 尺，長 26 尺」意指當年首演舞台的尺寸。蘇珊娜站在台前，身後的大幕仍垂下；一直要演到初夜權一事，大幕方才打開，露出場景，台詞提到的角色悉數靜立，各人擺出招牌動作（見圖 24）。蘇珊娜一邊解釋初夜權原委，一邊自然地走近自己提到的角色身邊。此舉等於是為觀眾介紹關鍵人物，演得很巧妙。舞台演出自我指涉搬演現場，加上後續表演再三用到觀眾席，隨時將現場觀眾帶進戲裡。

第一幕新房，台上只見一扇上下伸縮門片，後方有張單人床，左側置一張單人黃色沙發，右後方為窗戶畫景。第二幕伯爵夫人的臥室，舞台上方垂吊一排戲服，立於左方的沙發被一張它的畫片所遮；第一幕的門片依舊在，床則搬到舞台右前方，後襯一截紅幕。梳妝間設在舞台前景右側的包廂中，拉上前面的拉門立即變成密室！台上只餘過去生活的點點滴滴，有趣的是虛實交錯。

演出手法推陳出新，觀眾宛如看到一齣新作搬演，充滿新鮮感。每幕戲都有亮點，別緻又生動。第一幕的亮點發生在尾聲，隨著費加洛爭取結婚權而湧上台的僕役化為五個成員的老天使樂團。他們全著教堂唱詩班的白上衣、及膝黑短褲、白長襪、黑皮鞋，背著一對小翅膀，有個小肚腩，胖嘟嘟的造型純真可愛，手上拿樂器，適時演奏快樂的老調，觀眾無不失笑。

第二幕，薛呂班為伯爵夫人獻唱時，蘇珊娜拿出玩具小鋼琴上台為

圖 24　1 幕 1 景，蘇珊娜對費加洛說明伯爵派巴齊爾向她嘮叨初夜權一事，前景左起費加洛、巴齊爾與蘇珊娜，後景伸縮門前為安東尼奧、方雪特、薛呂班，C. M. Magliocca。

他伴奏。薛呂班偏偏沒歌喉，捉弄他的蘇珊娜反而越彈越起勁，乾脆站起身，雙手做出彈琴的姿勢，滿場隨著配樂飛舞。原已深受感動的夫人也禁不住興奮起來，主僕二人在快樂的樂聲中大笑，將薛呂班推入左側的椅子畫片之後，左右來回奔跑，為他送入各色衣物。

　　畫片（作用如屏風）後方，只見一件又一件的衣服越拋越高，氣氛熱烈。夫人甚至一度走入畫片後面和小侍從獨處，重現原始情境[115]；而蘇珊娜仍不住跑來跑去，張羅反串的衣物與用品。這場滿是歡笑的喬裝戲盡情傳達了台詞和情境的曖昧意味，從而凸顯了表演的本質。

　　第三幕法庭只用到前台，舞台降下兩張巫切羅（Uccello）名畫景片，為《聖羅曼戰役》（*La Bataille de San Romano*）的部分畫面放大[116]，後景正中央上方垂下鹿頭標本。伯爵坐在兩大景片中間的空處，

115　參閱本書〈劇本導讀〉之注釋 25。
116　演出現場燈光甚暗，畫面看不清楚。

原告和被告從觀眾席上台,現場觀眾即為法庭聽眾。這幕戲主要是針鋒相對的兩造辯論,遂省掉額外的舞台動作以免分散觀眾的注意力。

第四幕,兩張畫景稍拉開,其中間開口拉大,婚禮在月光下舉行,新穎別緻。婚禮上,各行業代表觀禮的遊行改換成化妝舞會,眾人分別易裝為可愛的大熊、小丑、骷髏、天使、死神、教士、玩具兵、舞孃、白紗新娘等動物和類型角色,略微詭異的民俗音樂響起。大夥兒手拉手跳舞穿越舞台,喚起觀眾對走江湖賣藝人美好的回憶;同時間,蘇珊娜暗中把幽會信塞給跳舞的伯爵。這場月下的婚慶化妝舞會讓人難忘。

從第四幕轉到眾所期待的第五幕,台上加演了一場月下鬥火牛!只見一個牛頭燈籠裝在雙輪推車上,被人瘋狂地推上台,在鼓聲和歡呼聲中四處亂竄,火花四起,驚叫聲連連。扯下自己的小披風,費加洛順勢鬥起火牛來,將歡騰的氣氛炒熱後,他的怒氣也發洩了大半。

緊接著進入最後一幕,幽暗的台上起霧,舞台上方正中倒懸著一群鹿的標本,台上影影幢幢之間可見野鹿、跑馬等動物[117],奇詭、神祕的音效響起,演出似乎進入失重的夢境。台上的動物化為各人摸索、互相追逐的天然屏障,次要角色仍穿著化妝舞會的奇裝異服,台上畫面看來與夢境無異。伯爵碰到喬裝為蘇珊娜的妻子,兩人坐在兩匹上下升降的木馬上,彼此試探,確認底線。幾名女性角色先後閃入的兩座亭子,改成舞台地板上的兩道陷阱門。

終場未新唱「諷刺民歌」,費加洛看著四周景物,漫步台上,對現場觀眾道出結束台詞:「謝謝蒞臨捧場,在下深感榮幸,不勝快樂」,神情卻很漠然。這時畫面靜止,傳出小提琴略憂傷的樂音,台上只有伯爵一人可走動。他茫然地走在角色之間,左側的伯爵夫人微笑,伸出手欲撫摸薛呂班的臉龐;一對新人看不出結為連理的喜悅。這齣製

---

117 動物標本反映劇中的狩獵比喻,或許也受歌劇影響,因為瑪絲琳在 4 幕 4 景的詠嘆調（"Il capro e la capretta"）,即用了山羊、綿羊及猛獸當比喻。

作一路驚喜與笑聲不斷，結尾卻抹上迷惘的憂色，伯爵似在回顧消逝的世界，悵然若失 [118]。

　　洛克的團隊顯示了優雅的想像力與高度原創性，無法預期的幽默自然而然地冒出來，觀眾充分感受到台上瀰漫的喜悅。導演避開政治詮釋的「老套」，原劇中重要的群戲均被簡化或以娛樂化的方式搬現，消除了大群僕役對貴族階層產生的壓力感。尤其是最後兩幕婚禮的賓客和費加洛的同謀者，通通以假面上場，戲劇性十足，卻稀釋了下層階級力抗特權的意涵。

　　演員的舞台詮釋亦然。分別由史托克（Laurent Stocker）和凱絲勒（Anne Kessler）領銜的男女主角給了這部戲活力和精力，兩人皆手腳利索，帶動全場的節奏。史托克娃娃臉、個頭小，他化身的費加洛雖習慣用動作解決問題，一如傳統的智僕角色，卻少掉許多嘲弄與惡意；東奔西跑之際，內心其實直冒冷汗 [119]。3 幕 5 景，他和伯爵對質，是在大幕拉下的前台上演出，兩人面對面，只有旁白時才迅速轉過臉正面對觀眾告白，表演的本質勝過內容。在第五幕的出名獨白，他雖振振有詞，但未過度強調論點或感情用事，不曾舉拳向伯爵抗議，直到最後連喊三聲蘇珊娜時才掩臉，但立即平復下來。蘇珊娜則調皮、狡黠但純情，知道如何調節心情度過難關。

　　出任伯爵的維約爾摩（Michel Vuillermoz）體型高大，專橫，具貴族氣息，要詭計則遠遠不如費加洛，自然落入下風，顯得荒謬。身材高姚的樂潑芙兒（Elsa Lepoivre）飾演文雅的伯爵夫人，和維約爾摩為登

118 作為對照，當年法蘭西喜劇院也排出了德語作家霍爾瓦特（Odön von Horváth）寫的《費加洛離婚》（1936）：伯爵、夫人、費加洛和蘇珊娜逃離革命後的法國，避居德國。費加洛重起爐灶，開了一家理髮店，變成固守小生意的小資階級，不再擁抱政治改革理想，且不要孩子，蘇珊娜則憧憬另一種未來，乃提議離婚。洛克從《費加洛離婚》的角度解讀博瑪榭之作。

119 Marion Thébaud, "Laurent Stocker, un Figaro aux semelles de vent", *Le Figaro*, 23 septembre 2007.

對的夫妻。她對教子再有好感，仍堅守道德分際，心理矛盾的表現恰到好處，贏得一致好評。庸爾（Benjamin Jungers）演活青少年小侍從，是個爲情所困的搗蛋鬼，精力無窮，偏偏一見到可敬的教母便囁囁嚅嚅，連歌都唱不好，引發她的同情，不過也差點淪爲夫人和蘇珊娜的玩物。

其他還有老羅賓（Michel Robin）演出的法官，爲這個腦筋慢半拍的角色注入可愛的溫情。瑪絲琳由薛瓦麗埃（Martine Chevallier）主演，在法庭上裝扮直如資深的女性救世軍，既嚴肅又幽默；她憤而指控男性，是本次製作少見全力發揮的正義之聲。

絕大多數劇評均被新意連連的表演所吸引[120]，其現代的外觀和今日世界接軌，台詞遂得以再度發揮力量，對一齣經典名作而言是絕佳的表演質地。唯獨兩三篇劇評怪罪洛克輕鬆的解讀，致使劇本喪失批判的力量，辛辣感幾近消失[121]。換句話說，在國家劇院的舞台上，任何製作宜有更高程度的反省。無論如何，這齣諧趣橫生的製作在在拓展了表演的可能性，著實不易。

5　大螢幕上的費加洛

在影視製作方面，單單是博瑪榭本人傳奇的一生就是上好的題材，曾出品過精采的電影[122]。不談歌劇電影，就《費加洛的婚禮》劇本改編電影而言，布魯瓦爾於 1961 年拍攝的電視長片既忠於原著，又能盡展

120 Cf. notamment Martine Silber, "Un air de liberté et tout le plaisir du texte dans *Le Mariage de Figaro*", *Le Monde*, 29 septembre 2007; Didier Méreuze, "La folle soirée au Français du *Mariage de Figaro*", *La Croix*, 2 octobre 2007; Philippe Tesson, "Une étincelante fantaisie", *Le Figaro*, 3 novembre 2007.

121 Jean-Pierre Han, "Un très emblématique *Mariage*", *L'Humanité*, 6 octobre 2007 ; Fabienne Pascaud, "Ils rêvaient d'un autre monde", *Télérama*, 31 octobre-6 novembre 2007.

122 *Beaumarchais ou 60000 fusils* (Marcel Bluwal,1966), *Beaumarchais, l'insolent* (Edouard Molinaro, 1996).

古堡美景，拍出流暢動感，在1960年代算是大膽的嘗試[123]。完全展現電影思維並標示導演立場之《費》劇，是寇吉歐為紀念法國革命兩百年而籌拍的大片，氣勢不凡。進入新世紀，名演員韋伯於2008年籌拍之電視長片《費加洛》則另闢蹊徑，實為費加洛三部曲的濃縮版[124]，別具一格。

5.1　溫馨歡樂的舊社會

作為電視長片，布魯瓦爾版可說是一派歡欣鼓舞，雖是黑白片，但高貴的花園古堡實景、個個出色的卡司、考究的服飾、鮮明的造型，古雅的配樂穿插莫札特的歌劇音樂，特別是跟拍鏡頭用得多，更增生動感。

電影重用氣派的庫涵斯（Courance）古堡建築，美輪美奐的法國古堡成為劇情舊體制社會的絕佳象徵。片頭高空鳥瞰被森林包圍的古堡，鏡頭逐漸拉近，從森林、湖景、草坪逼近古堡，然後停在一個四面牆豐富雕飾的空房間中，裡面只見一張扶手椅。第二幕為伯爵夫人的接待室。妙的是，園丁跑進來抗議有人跳到他照顧的花床後，男性角色爭相跑下花園去實地察看，把場景拉到了花園中，直到這一幕結束，費加洛領著一群下人又唱又跳地離開花園。

接續的第三幕伯爵獨白，也在花園中邊想邊說。第四幕更全程發生在花園中，開場費加洛和蘇珊娜跑到湖邊的草坪上交心。尾聲的婚禮，兩對新人是從古堡陽台兩側的兩座樓梯分別走下，由伯爵為兩位新娘加冠。第五幕發生在午夜的「黎明亭」（Pavillon de l'Aurore）[125]外。這部片子場景變化有致，演員說話的語調較生活化，均促成作品的生動感。

....

123 當年由戲劇改編電影仍保留劇本的架構，不流行直接轉換為電影語言，Frantz et Balique, *Beaumarchais, op. cit.*, p. 159。
124 本片的完整標題為 *Figaro: d'après la trilogie de Beaumarchais*。
125 在巴黎近郊的索（Sceaux）。

　　放下革命之作的執念[126]，布魯瓦爾用心執導古堡內的愛情追逐，每個場面都處理得風趣與雅致，對話的言下之意細膩演繹。幾個經典畫面還模仿著名的劇本插畫，如縮在扶手椅中、藏匿在衣物下的薛呂班遭伯爵揭露的可憐模樣，予人經典重現之感。

　　侯虛霍（Jean Rochefort）擔綱的伯爵高貴從容，氣質不俗，連調情都很高調。伯爵夫人（Anouk Ferjac 飾）也以氣質取勝，她面對反串的小教子，露出藏在母性下的情感。反串的薛呂班（Marie-José Nat 飾）在教母的接待室（而非臥房）因緊張而唱不好情歌，個人的感情點到為止。演過巴侯版的蘇珊娜，寶這回駕輕就熟，演出個性格明亮、通曉世事的鄉下女孩，知道如何應對伯爵以得到金錢回報並全身而退。

　　此片的靈魂人物是由英俊的卡塞爾（Jean-Pierre Cassel）擔綱的費加洛，他身手矯捷，反應飛快，胸有成竹，輕易贏得觀眾好感，直到第五幕的獨白才出現情緒，但未陷入悲情中。其他如慈祥的瑪絲琳（Marcelle Arnold 飾）、正經八百的醫生（Michel Galabru 飾）、荒謬的巴齊爾（Jean-Marie Amato 飾）、小女生方雪特（Laurence Badie）、醉酒的園丁（Henri Virlogeux），每個角色的造型與表演都恰如其分，吻合觀眾既有的印象。

　　執導這部電影，布魯瓦爾表示宜按作者原始的喜劇構想[127]，片中的世界確可視為一個大難來臨前的歡笑世界，一如電影《遊戲規則》。偏偏本片實際上走的卻是溫情與樂陶陶路線，大難來臨前的威脅感十分有限。僅舉一例，大群僕役有不少在花園中唱歌跳舞的嬉戲鏡頭，他們幹活的景象反倒不得一見。說到底，這部電視長片旨在博君一笑。

126　導演認為是禁演風波造成的結果，Marcelle J. Michel, "Un entretien avec Marcel Bluwal qui monte *Le Mariage de Figaro* pour la soirée de Noël à la télévision", *Le Monde*, 23 décembre 1961。

127　*Ibid.*

5.2　人民智勝貴族

　　從「杜朗劇校」出身的寇吉歐曾加入維拉的劇團，打心底認同其為人民做戲的理念，後踏上電影之途仍堅持實踐這個崇高的理想，成立了「人民電影之友」組織以籌募拍片基金。這部 170 分鐘長的《費加洛的婚禮》動感充沛，一貫地交叉剪接不同場景，且加入許多視覺說明鏡頭，畫面豐富且意味深長，徹底擺脫看舞台劇 "words, words, words" 的刻板印象，是最成功之處。

　　電影由法蘭西喜劇院的明星吉侯（Claude Giraud）出任伯爵，夫人由流行歌手拉茀瑞（Marie Laforêt）擔綱，年過半百的寇吉歐主演費加洛，蘇珊娜由他的太太考坦松（Fanny Cottençon）詮釋，個個表現亮眼。

　　電影開演響起雄壯的配樂，出現政治哲學家托克維爾（Alexis de Tocqueville）的發言：「對那些只願單看此事件的人，法國大革命不過是片黑暗。吾人應朝出現此事件之前的時代去探求能加以說明的唯一光芒」[128]。接著看到農人忙著田事，突然間，一群貴族騎馬帶著獵犬呼嘯而過，農夫農婦紛紛走避，大片莊稼遭到踐踏而盡毀。這場加演的時代背景，昭示電影為民喉舌的立場，從大革命的視角回溯此劇背景，將兩者掛勾。

　　接著鏡頭才轉到古堡，蘇珊娜拿著剛裝飾好的新娘花冠戴上，配樂在這個剎那強拍響起；她從花園跑入室內，許多傭人忙著搬動家具。她走入新房，開始了劇本正文。

　　電影呈現上下兩個階層迥然不同的生活，並側重伯爵濫用特權一面，費加洛不得不帶頭反抗專制的伯爵。相較於布魯瓦爾片中的僕役有時間玩樂，本片中的下人從片首就有得忙，其後更是忙著各式雜務。費加洛即以管家的身分，親身侍候伯爵沐浴、更衣、化妝、吃點心、陪

128 "La révolution française ne sera que ténèbres pour ceux qui ne voudront regarder qu'elle. C'est dans les temps qui la précèdent qu'il faut chercher la seule lumière qui puisse l'éclairer."

著練馬術等日常起居細節。導演大手筆拍攝大群人馬狩獵、僕人餵養一群獵犬、伯爵在馬場練習獵殺技術等額外畫面，以暴露貴族的生活和習性。

最具批判力的一景是薛呂班為夫人獻唱。這場戲穿插伯爵騎馬到野外營地，巴齊爾帶一名怯生生的鄉下小姑娘走進他的帳篷，再轉接費加洛快馬送匿名信轉交給巴齊爾，後者進入帳篷通報。之後伯爵匆匆走出來，小姑娘服裝不整地跟著出來，巴齊爾塞錢給她並曖昧地捏她的臉頰。這段加拍的獵艷戲補足了台詞多次的指涉。

壯年的伯爵是個強迫性的浪蕩子，玩遍領地內的姑娘。他成天忙著狩獵野獸和女人，妻子也沒閒著，當真和小侍從在臥房中「排遣時光」[129]。她使個眼神要蘇珊娜離開臥室，而當薛呂班把她壓倒在床上時，快馬趕回古堡的伯爵正好敲門。薛呂班（Yannick Debain 飾）造型設定為青少年，和盛年已過的教母演曖昧，使人皺眉頭。

寇吉歐的結實扮相很能表露主角的庶人面，外表很普羅，經歷人生種種艱難，最終只想攜手和單純、快樂的蘇珊娜在古堡裡安頓下來。導演強化了費加洛的主導權，機靈的他兩度號召大群僕役和村民前來聲援。一次是在片首，伯爵發現薛呂班竟然偷聽談話，震怒之際，威脅蘇珊娜：「你不用想嫁給費加洛了」（1 幕 9 景），隨之火爆地揮劍大砍為婚禮搭建的豪華帳篷，翻倒長桌，滿桌美酒食物倒地，酒杯餐盤碎裂，葡萄酒灑地，悲壯的音樂響起。費加洛見狀乃吹口哨，大群村民湧入，他硬要伯爵為蘇珊娜戴上象徵貞潔的新娘花冠，後者只得照辦。

第二次費加洛作為煽動者，更是演得再明顯不過：尾聲伯爵大聲喚下人前來逮住費加洛時無人回應[130]，偏偏費加洛只要一吹口哨，埋伏的大群僕役便一哄而上。另外，在審判時，只要案情不利於主角，後面旁

---

129 參閱本書〈劇本導讀〉之「1.4 博瑪榭的反擊」。
130 原劇 5 幕 11 景，應是馬夫佩德里耶應聲前來。

圖 25　寇吉歐之《費加洛的婚禮》電影海報。

　　聽的僕役便大聲鼓噪，心慌的法官遂越發口吃。凡此均可見這些下人不
過是表面聽話而已，實際上他們的眼睛正雪亮地觀察著上位者的作為。

　　寇吉歐不放過任何為人民說話的機會，瑪絲琳（Line Renaud 飾）
控訴天下男性的台詞一字未刪，但並非理直氣壯，而是慈母式的訴懷，
因而感動了費加洛，他慢慢流下淚水。如此詮釋，費加洛此刻溫情大
發作，個性似不變，總算有了充分的理由。再說高潮的長篇獨白，費加
洛先是自言自語，待嚴重抗議伯爵之惡行而回顧人生時，他是對著大群
持燭火的共謀者道出的。當說到「無稽的印刷品只有在無法流通處
才危險，沒有批評的自由也就談不上阿諛諂媚」，眾人無不深受感
動，齊聲鼓掌叫好，紛紛靠攏，站在他身後，成為他有力的支撐。

　　儘管時有陰霾，本片基本上仍是部喜劇，特別是蘇珊娜清純可人，

笑容滿面，帶點鄉氣，討人喜愛。劇中原有的笑點逐一精準引爆，只不過其結果可能帶點威脅意味。例如第一幕薛呂班被伯爵逮到躲在衣服下面，他一溜煙跑下樓逃到花園，但隨即被幾名騎士逮到。

電影最後也是在煙火舞蹈中結束，且慶祝的不單單是婚禮而已，更是人民智勝貴族，或者說得更明確，是受壓迫者聯成一體對抗專制的勝利，意義非同小可 [131]。

5.3　濃縮的三部曲

韋伯開拍的電視長片《費加洛》，以《費加洛的婚禮》為主要內容，再閃回《塞維爾的理髮師》交代故事的前因，最後以《犯錯的母親》之關鍵戲結尾。韋伯親飾老伯爵，夫人由明星伊莎貝兒艾珍妮（Isabelle Adjani）擔任，費加洛是法蘭西喜劇院的台柱波達利岱斯（Denis Podalydès），莎蕾特（Céline Salette）扮演蘇珊娜。本片還有一個亮點，就是薛呂班已是俊美青年，由韋伯的兒子史坦利（Stanley Weber）化身。

單就卡司而論，年輕貌美的伯爵夫人和薛呂班才是一對，兩人年紀相仿，為第三部曲埋梗。而一頭銀髮的伯爵擺明是個老唐璜，三年前見到清純的羅西娜而心動，娶入門後旋即厭倦，故態復萌，這是本片故事的出發點。

電影的第一個鏡頭是伯爵夫人亮麗的臉部特寫，她茫然地看著窗外的陰天，響起莫札特的傷情音樂。畫面接著轉向老伯爵由僕人服侍吃生蠔，再轉至費加洛晨起，梳洗。男主角的第一句台詞來自第五幕的獨白：「還有什麼人的遭遇比我的命運更離奇的呢？」他對著鏡頭告白，電影於是帶著回顧的意味，而蘇珊娜人就躺在床上，兩人已有親密關係。

---

131 Cf. notamment Ubersfeld, "Introduction", *op. cit.*, p. 59.

　　本片大動劇情原始的架構，在展演《費》劇之時，兩度閃回過去：第一次是在原第二幕費加洛去夫人的房間之前，提要式地回溯在塞維爾發生的前情，用以說明羅西娜目下為何獨守空閨；第二次是費加洛表演"God-dam"一段後，老伯爵喝酒，憶及當年如何在塞維爾和當理髮師的費加洛重逢。最使人錯愕的改動則是，原第五幕從費加洛的獨白到花園中張冠李戴的對話，精簡後，變成在花園中的小戲台上演，形成戲中戲的結構[132]。非但如此，最後揭露誰躲入亭子間一景並未演出，而是轉由兩位男主角坐在舞台邊上討論女性的忠實！

　　續接二十年後，經過革命，在伯爵的巴黎寓所，費加洛和蘇珊娜侍候男女主人用晚餐，伯爵發現兒子雷翁（Léon）實為夫人和薛呂班的私生子大為震怒，要求他離開這個家，夫人傷心欲絕。雷翁進來吻別母親後離去，老伯爵在火爐旁打瞌睡，夫人則將披在肩部的黑紗從頭罩下，耳邊響起當年薛呂班抒發愛情萌動的著名情歌，全片完。

　　由此可見本劇情改編的幅度之大。為支持新架構，青年薛呂班躲在扶手椅上一景被省略，取而代之的是大膽的行徑：走進教母的臥房，看到她在睡覺，爬到她床上抽走她身上的絲帶！後因伯爵闖入，他躲到一邊，不幸打了個噴嚏而被發現。演到第二幕，伯爵夫人和薛呂班互動親密異常：他沒真正獻唱，而是擁著教母入懷！電影刪掉法庭戲，瑪絲琳、霸多羅、巴齊爾三個要角根本未出現在片中。

　　認真分析，情節有不少地方兜不攏，然電影賣的是觀眾對費加洛的印象。韋伯大量引用羅西尼歌劇《塞維爾的理髮師》、莫札特之《費加洛的婚禮》及《唐喬凡尼》歌劇音樂，以喚起觀眾的文化記憶。此片的布景豪華，帶點西班牙風，節慶氣氛濃，伯爵府有大批僕役，排場大，服裝華美，是部賞心悅目的製作。

----

132 應該是由於伯爵夫人和蘇珊娜互換身份、喬裝成對方之故。

　　波達利岱斯和莎蕾特表現稱職，只有看見她，他才會展顏。面對風流成性的老主人，費加洛有憤怒的時刻，但行事談不上挑釁，說話反諷的意味也不強。已屆中年的他要求的比較是穩當的中產階級生活。片中演技最弱的是艾珍妮，她再三搧扇子以示意焦躁，所幸她最上鏡頭，一雙水汪汪的大眼睛迷倒了許多影評。

　　基於商業考量，面對文學經典，電影導演的新詮空間更窄。布魯瓦爾版符合一般觀眾的期待，即使今日觀之也仍感到親切好看。寇吉歐版多了社會意識，吻合民主進程，使用電影語彙展現恢宏氣勢，觀眾大感過癮。而作爲電視長片，韋伯版則能利用觀眾對經典戲劇和歌劇的熟悉，擴大其認知的領域，算是有意思的實驗。

　　《費加洛的婚禮》以一派輕快的風流情事爲主要內容，其中夾雜切中時弊的社會批評，或者反過來看，嚴肅的批評包裹在風流情事中，搬上舞台演出需同時兼顧這雙重層面，並反思其歷史意義，確實爲巨大挑戰。然說來奇妙，有別於其他一演再演的經典，看多了不免不再新鮮，《費》劇卻沒這個隱憂。法蘭西學院院士普瓦侯－德佩盧（Bertrand Poirot-Delpech）曾點出：本劇在舞台上總洋溢生命的活力，再怎麼熟悉的笑點總是能令人驚喜，台詞的力量以及優雅的風格始終能使觀眾爲之陶醉。最奇妙的是，一種永恆的青春瀰漫劇文，讓人深感永不過時，確爲戲劇史上的奇作 [133]。

---

133 "*Le Mariage de Figaro* par la Compagnie du théâtre de Caen", *Le Monde*, 22 avril 1966.

年 表

西元	年紀	大事記
1732		・1月24日出生於巴黎，命名為皮埃爾－奧古斯坦・卡隆（Pierre-Augustin Caron），為鐘錶商安德雷－夏爾斯・卡隆（André-Charles Caron, 1698-1775）的獨子，他有五個姊妹。
1742-1745	10-13	・進入阿爾霍（Alfort）膳宿學校。
1745-1753	13-21	・輟學在家，父親教他鐘錶製造技術。
1753	21	・發明鐘錶的擒縱機構，但此發明遭「國王的鐘錶匠」勒波特（Lepaute）竊為己有，向「科學院」謊稱為自己的發明。11月13日，小卡隆狀告科學院。
1754	22	・2月23日，科學院證實他為擒縱機構的唯一發明者（不過，此發明仍以勒波特命名）。因此事件出名，他受邀進入王宮，貴族紛紛向他訂製手錶。
1755	23	・結識弗朗桂（Franquet）夫人奧柏坦（Madeleine-Catherine Aubertin），兩人過從甚密。其夫因病將自己擁有的「國王飲食監督」（Contrôleur de la bouche du roi）頭銜轉售給他。
1756	24	・弗朗桂病逝，他迎娶其遺孀奧柏坦。
1757	25	・在原姓氏之外，加上德・博瑪榭（de Beaumarchais）成為貴族頭銜，此字出自妻子的一處地產瑪榭樹林（Bois Marchais）。 ・9月30日，妻子病逝。
1757 或 1758	25 或 26	・認識了龐芭度夫人（Madame de Pompadour）的丈夫——銀行家勒諾曼（Le Normand），為艾提歐爾（Etiolles）的大貴族，受邀參加他們的晚宴，並為他們的私宅舞台寫招徠劇（parade）。
1759	27	・成為王宮的豎琴教師，為路易十五的四名女兒教琴。

西元	年紀	大事記
1760	28	·結識金融家及軍火商巴黎斯一杜維奈（Pâris-Du-verney），後者引介他進入商界。
1761	29	·在杜維奈資助下，買入「國王祕書」（Conseiller secré-taire du roi）頭銜，他正式晉升貴族，可以合法使用「德博瑪榭」姓氏。
1763	31	·結識來自聖多明哥的波琳娜（Pauline Le Breton），計畫和她成婚，派人調查她的家產。三年後，波琳娜不耐博瑪榭的遲疑，嫁給一位騎士。
1764	32	·赴西班牙，調解姊姊麗慈特（Lisette）和一西班牙人克拉維果（José Clavijo）的婚事，未果。此外，他試圖為杜維奈在西班牙做生意但沒成功。
1767	35	·處女作《娥金妮》（Eugénie）在「法蘭西喜劇院」演出，首演遭到噓聲。他迅速修改最後兩幕，再演時，演了 23 場。
1768	36	·再婚，對象是勒維克（Lévêque）富有的遺孀瓦特布蕾（Geneviève-Madeleine Wattebled）。
1770	38	·1 月 13 日，第二齣市民劇《兩個朋友或里昂的批發商》（Les Deux amis ou le Négociant de Lyon）首演。 ·7 月 17 日，杜維奈病逝，遺產由其姪孫拉布拉盧（La Blache）公爵繼承。 ·11 月 20 日，第二任妻子過世，得年 39 歲。
1771	39	·10 月，拉布拉盧公爵拒絕承認杜維奈生前簽字的財產結帳清單，博瑪榭遞狀書控告，官司開審。
1772	40	·2 月 22 日，拉布拉盧公爵敗訴，不服，上訴最高法院。 ·編寫五幕喜歌劇《塞維爾的理髮師》（Le Barbier de Séville），不過遭「喜歌劇院」（Opéra-comique）拒絕，博瑪榭改寫為戲劇體制。

西元	年紀	大事記
1773	41	・1月3日，法蘭西喜劇院同意搬演《塞維爾的理髮師》。 ・4月1–4日，高茲曼（Goëzman）被任命為杜維奈遺產繼承官司的獨任推事，博瑪榭因吃了法官的閉門羹，而送上一百個金路易和鑽錶，由高茲曼太太代收，她另外要求15個金路易。 ・4月6日，法院判拉布拉虛公爵勝訴，博瑪榭必須支付5,600百萬法朗賠款，財產被扣押。數日後，高茲曼太太還給博瑪榭一百個金路易和鑽錶，但扣住15個金路易未還。 ・4月21日，博瑪榭舉發高茲曼法官收賄，並要求高茲曼太太償還15個金路易。 ・6月，高茲曼遞狀反控博瑪榭行賄、造謠。 ・9–12月，博瑪榭一連出版了三篇控告高茲曼的《備忘錄》（*Mémoires contre Goëzman*）揭示案情，企圖影響輿論。
1774	42	・2月，第四篇《備忘錄》印行，兩天內熱銷六千份。 ・2月26日，高茲曼敗訴，遭剝奪法官資格，博瑪榭和高茲曼太太則被褫奪公民權，《備忘錄》必須公開燒毀。 ・春天，結識畢生至愛薇勒摩拉（Marie-Thérèse de Willermaulaz）小姐。 ・3–4月，接受路易十五的祕密任務，到倫敦擺平一名八卦記者的威脅。 ・5月10日，路易十五駕崩。 ・6–10月，接受路易十六的祕密任務，赴倫敦、荷蘭、奧地利成功解決另一黑文作者威脅。

西元	年紀	大事記
1775	43	・2 月 23 日，《塞維爾的理髮師》在法蘭西喜劇院首演，失敗。 ・2 月 26 日，從五幕劇精簡爲四幕，再度演出，《塞維爾的理髮師》大獲成功，演了 27 場。 ・4 月起至年底，多次赴倫敦執行國王的祕密使命，爲此接觸法國外交部長斐堅斯（Vergennes），並向路易十六彙報英國政局和美國的革命趨勢，力主法國應該站在美國這一邊。
1776	44	・6 月 10 日，應博瑪榭要求，斐堅斯祕密匯入一百萬法朗以資助美國革命軍。博瑪榭在巴黎開了「羅得里格・荷達萊」（Roderigue Hortalez et Cie）海事公司。 ・9 月 6 日，巴黎最高法院撤銷 1774 年 2 月 26 日的判決，博瑪榭恢復公民權。
1777	45	・1 月 5 日，女兒娥金妮誕生。 ・春天，博瑪榭先墊付所需資金以建構艦隊、運送五百萬法朗的物資，包括武器、彈藥、軍需及補給至美國。 ・6–7 月：斐堅斯再匯給博瑪榭大筆款項以資助美國革命。 ・7 月 3 日，聯合 22 位劇作家，博瑪榭創立「劇作家協會」以維護創作者的權益，並當選爲會長。
1778	46	・7 月 21 日，艾克斯（Aix）法院宣判博瑪榭打贏杜維奈遺產官司，拉布拉虛公爵必須接受杜維奈簽字的財產清單，並賠償博瑪榭的名譽受損。 ・《費加洛的婚禮》完稿。
1780	48	・爲了出版在法國遭禁的伏爾泰作品全集，在德國的凱爾（Kehl）成立只有他一個成員的「文學排版協會」。

西元	年紀	大事記
1781	49	・9月29日，《費加洛的婚禮》在法蘭西喜劇院進行讀劇，全體演員歡呼通過。接著送官方審查，第一位審查員劇作家蕭斯彼耶埃（Coqueley de Chaussepierre）僅提出幾個修正意見，力薦喜劇院製作。路易十六不滿主角對時政的批評，不准舞台演出。 ・10月，孔曼（Kornman）事件開始醞釀，博瑪榭受人所託，出面代為保護孔曼夫人。
1782	50	・7月，法蘭西學院院士虛阿爾（Jean-Baptiste-Antoine Suard）擔任第二位審查員，否決了《費》劇的演出權。
1783	51	・伏爾泰全集開始出版，最後因預約購買冊數太少而損失50萬法朗。 ・6月13日，首相突然允許《費》劇可演一場，由沃德赫伊（Vaudreuil）公爵包場，沒料到國王卻在最後一刻禁演。 ・9月，第三位審查員法蘭西學院院士高亞（Gaillard）同意《費》劇公演。 ・9月26日，《費加洛的婚禮》總算獲准在沃德赫伊公爵府邸演出一場，十分成功。 ・秋天，第四位審查員朱第（J.-B. Guidi）雖對《費》劇的道德持保留態度，但同意其演出。
1784	52	・1月，第五位《費》劇審查員為劇作家戴封丹（Desfontaines），他大加稱讚。 ・3月22日，《費加洛的婚禮》無條件通過第六位審查員劇作家布雷（Bret）之複審。 ・3月底，布雷特伊（Breteuil）男爵出面代為主持一評議《費》劇之端莊和品味的「法庭」，由文人和政治人物共同組成，結果與會人士全數贊成公演。 ・4月27日，《費加洛的婚禮》總算登上法蘭西喜劇院的舞台，連演68場，為十八世紀法國最賣座的戲。

西元	年紀	大事記
1786	54	・3月8日，正式迎娶薇勒摩拉，他們的女兒娥金妮已經九歲。 ・5月1日，莫札特之歌劇《費加洛的婚禮》在維也納首演。
1787	55	・4月，孔曼委託律師貝爾高斯（Bergasse）發表誹謗博瑪榭的黑文，博瑪榭不甘示弱，一一反駁。雙方在接下來的兩年數度交火。 ・6月8日，博瑪榭的歌劇《韃拉爾》（Tarare）成功在「皇家音樂學院」（Académie royale de musique）首演，由沙利埃里（Antonio Salieri）作曲。 ・6月，在巴士底獄附近買了兩英畝的地，準備蓋花園豪宅。
1789	57	・4月2日，孔曼和貝爾高斯遭法院判決惡意中傷博瑪榭，後者勝訴。 ・7月14日，巴士底獄被攻陷，引爆法國大革命。 ・8月，博瑪榭被選為「巴黎公社」議員，負責監督拆毀巴士底獄。
1792	60	・3月，博瑪榭得知奧地利當局從叛軍手中沒收六萬枝步槍，暫放在荷蘭，一名比利時中間人建議他為法國購入，以解決武器短缺的問題。 ・4月，博瑪榭和中間人簽定採購槍枝合約。不過因種種原因，這批槍枝始終未運至法國。 ・6月26日，博瑪榭《犯錯的母親》（La Mère coupable）在瑪黑劇院（Théâtre du Marais）成功首演。 ・8月11日，一群暴民侵入博瑪榭住宅搜槍。 ・8月23日，他因荷蘭槍枝事件被捕、下獄，幸經以前的一位情婦出面交涉方能出獄，幸運逃掉九月發生的大屠殺。 ・9月，到荷蘭尋找槍枝下落。

西元	年紀	大事記
1794	62	・3月，為革命政府到德國出差，他的名字卻被「誤」置於流放貴族的名單上，家人被下獄，財產充公。 ・6月，又去了一趟荷蘭尋找槍枝。 ・10月，英國人搜到荷蘭槍枝，運送到英國，結束此事件。博瑪榭從荷蘭跑到德國，流放期間主要住在漢堡，生活艱困。
1795	63	・法國進入督政府時期（1795-1799）。
1796	64	・6月，幾經爭取，博瑪榭的名字正式從流放者的名單刪除，他啟程返國。
1797	65	・5月5日，《犯錯的母親》在法蘭西喜劇院重演，掌聲雷動。
1799	67	・5月18日，博瑪榭中風，在夢中逝世。

譯　後　記

博瑪榭之《費加洛的婚禮》已有下列四個通用的中譯本：

張流，譯。1999。《費加羅的婚禮》。北京，長城出版社。

吳達元，譯。2001。《博馬舍戲劇二種》。北京，人民文學出版社。

李玉民，譯。2011。《法國戲劇經典，17–18世紀卷》。杭州，浙江大學出版社。

阮若缺，譯。2016。《包馬歇三部曲》。台北，政治大學出版社。

　　這些譯本中，張流版太過自由，與原文有大段距離。吳達元版力求忠於原文但語句生硬。李玉民版則較能兼顧精確、語順與生動等三大基本要求，並深深影響阮若缺教授譯本。可惜這四個譯本不幸均有錯譯、漏譯、錯字、誤植、譯文不順或令人費解等問題。

　　最重要的是，上述中譯本都沒翻譯本劇的長序。事實上，查閱華語世界書目，並未查到此序的中譯出版記錄，或因文章過長或牽涉過廣之故？《費》劇的長序涉及史實、法國劇壇、作者的人生經歷與編劇哲學，各方面無不需花時間深入理解、釐清事實。遑論作者行文帶刺，多方比喻，逐一反駁遭到攻擊的內容，狠狠地挖苦了那群假道學、惡意中傷自己的敵人。譯者要讓讀者了解本劇寫作的來龍去脈，並感受到原文多變的筆觸、上下起伏的心情，其挑戰不下於翻譯全劇。

　　另一方面，之所以在辛苦譯完莫理哀的傑作《守財奴》後，再度翻譯法文劇本，因為本劇的光芒歷來被莫札特的同名歌劇蓋過，不少人誤以為莫札特就是原創者！就連一些主修音樂和戲劇的學生也不例外，讓曾在北藝大教書的我覺得相當不可思議。

　　此外，《費加洛的婚禮》和我有特別緣分，可說是我最熟悉的法語劇本。因1989年我參與了維德志在「法蘭西喜劇院」排演本戲的過程，兩個月下來，有些場景幾可倒背如流。

　　猶記得通往喜劇院的大排演室有條捷徑，就位於舞台的正後方。排戲首日，我迷失在喜劇院的後台，正愁四下找不到人可以問路，冷不防維德志突然現身。他做出一個不要出聲的手勢，躡手躡腳地領著我到達排練室，這是我們的初遇。幸虧如此，否則我說不定就走到舞台上去了！（當時正在演下午場。）

　　法蘭西喜劇院是法國唯一一個擁有劇團的國家戲院，要在喜劇院的舞台上獻藝，首先必須成為劇團的一員。照理說，團員間的默契一定很高，向心力強。然事實是當年國家級演員或因日日演戲，上台各憑專業，少了一點同心協力的熱情，不時被人詬病各演各的，缺乏整體感（ensemble）。

　　可是本戲排練卻沒出現這個問題。將近二十名演員不僅全是一時之選，且彼此感情甚篤。記得每晚排完戲已是十點左右，大家還要花個二十多分鐘互相擁吻，殷殷話別，讓身為局外人的我一開始著實尷尬。

　　排練中最難忘的當然是觀摩演員排戲，其中主演費加洛的封丹納（Richard Fontana）最吸睛。他聰明、靈活、敬業，只要有他在場，總能活潑帶動排演氣氛。而有幸看到他如何嘗試詮釋第五幕的長篇獨白，找出適切的語調與觀點，更是莫大的好運。未曾料到費加洛竟然是他人生倒數的第二個角色，三年後謝世時才 41 歲，誠可謂英年早逝。

　　因病退出演出的布德（Jean-Luc Boutté）也令人難忘，原定飾演伯爵的他當時重病，仍心繫舞台，努力了一陣子後才放棄，精神可佩。扮演費加洛生母的薩米（Catherine Samie）則是喜劇院最資深的演員，她雍容大度，一排演就抓到角色神髓，經驗老到。

　　決定進行本計畫之初，自認對劇本夠熟悉，十八世紀的法文也不像新古典主義法文那般委婉曲折，難以言喻，翻譯應不至於太困難。沒想到讀起來無比自然、俏皮、帶點古意的法文，要譯成同樣水平的現代中文實非易事，非得絞盡腦汁不可。

　　本書編譯期使中文讀者充分體認這部看來輕鬆好玩的喜劇，其歷史、文學與舞台演出之重要性，這點又與作者的生平經歷連為一體，無法分割。「博瑪榭之生平、時代與戲劇概況」及「劇本導讀」說明創作背景，解析劇本。而在讀完劇本之後，「法國演出史」則說明此劇舞台表演之困難、魅力以及詮釋走向。

　　要完成上述研究、調查與翻譯工作，首先需感謝科技部通過本計畫，使我得以赴巴黎三個月在各大圖書館與相關戲院實地研究，書末的參考書目顯示了其中最重要的成果。書成後，也感謝兩名認真的審查者提出中肯意見，譯文品質得以更好。好友 Université de Bourgogne 的 Philippe Ricaud 教授，以及 Musée Cernuschi 的典藏員 Hélène Chollet 女士協助解惑。

　　音樂術語方面，謝謝吳宜盈博士與我的鄰居辛幸純教授的查證。計畫助理徐瑋佑、張家甄、戴小涵、方姿懿、楊宇涵、黃婉婷各司其職，合作無間。任職居美博物館（Musée Guimet）的摯友曹慧中提供交通便利的住所，讓我能在巴黎專心工作，至為感激。此外，家人、知己、同行、學生多年來的支持，特別是家母的陪伴，更是完成此書的最大動能。

　　為使廣大讀者群注意到博瑪榭及其戲劇傑作之新譯，書中導讀章節從 2020 年 11 月起分四期先行發表於《美育》期刊 [1]。

　　本書使用的圖片與劇照，感謝法國國家圖書館（Bibliothèque nationale de France）、法蘭西喜劇院及附屬圖書－博物館（Bibliothèque-musée de la Comédie-Française）、卡納瓦雷博物館（Musée Carnavalet）、聖羅蘭巴黎博物館（Musée Yves Saint Laurent）、布列

1　〈從鐘錶匠到劇作家：博瑪榭之生平與創作〉（238 期）、〈博瑪榭之《費加洛的婚禮》：開創十九世紀法國編劇之新格局〉（239 期）、〈吹起革命的號角：論博瑪榭之《費加洛的婚禮》歷史意義〉（240 期）、以及〈法國舞台上之《費加洛的婚禮》〉（241 期）。

塔尼劇院（Théâtre national de Bretagne）、蘭斯喜劇院（Comédie de Reims）、法國電影製作（Les Productions Cinématographiques）慷慨提供，使中文讀者能一窺舞台演出光景。最後也謝謝台北藝術大學和五南出版社再度合作印行本書，讓華語讀者能深入了解這部戲劇傑作。

參 考 書 目

《費加洛的婚禮》重要的注釋版本

Le Mariage de Figaro ou la Folle journée de Beaumarchais, mise en scène et commentaire par Jean Meyer. Paris, Seuil, coll. Mises en scène, 1953.

Le Mariage de Figaro, édition avec analyse dramaturgique par Jacques Scherer. Paris, S.E.D.E.S., 1966.

Le Mariage de Figaro, texte présenté par René Pomeau, dans la mise en scène de Jean-Louis Barrault, au Théâtre de France. Paris, Hachette, coll. Classiques du théâtre, 1967.

Le Mariage de Figaro, éd. Louis Forestier. Paris, Larousse, coll. Classiques Larousse, 1971.

"*Le Mariage de Figaro*", *Oeuvres*, éd. Pierre Larthomas. Paris, Gallimard, Bibliothèque de la Pléiade, 1988, pp. 353-489.

Le Mariage de Figaro, introduction, commentaires et notes de Giovanna Trisolini. Paris, Le Livre de poche, 1989.

博瑪榭的札記

Beaumarchais, Pierre-Augustin Caron (de). 1961. *Notes et réflexions*, éd. Gérard Bauër. Paris, Hachette.

博瑪榭生平及時代背景

Boureau, Alain. 1995. *Le Droit de cuissage. La Fabrication d'un mythe XIIIᵉ-XXᵉ siècle*. Paris, Albin.

Campan, Mme. 1823. *Mémoires sur la vie privée de Marie-Antoinette, Reine de France et de Navarre;* suivis de *souvenirs et anecdotes historiques sur les règnes de Louis XIV, de Louis XV et de Louis XVI*. Paris, Baudouin Frères.

Chaussinand-Nogaret, Guy. 1976. *La Noblesse au XVIIIᵉ siècle: De la féodalité aux Lumières*. Paris, Hachette.

Dussert, Gilles. 2012. *La Machinerie Beaumarchais*. Paris, Riveneuve.

Howarth, William D. 1995. *Beaumarchais and the Theatre*. London, Routledge.

Lever, Maurice. 1999-2004. *Pierre-Augustin Caron de Beaumarchais*, 3 vols. Paris, Fayard.

Petitfrère, Claude. 1999. *1784 Le Scandale du "Mariage de Figaro": Prélude à la révolu-*

tion française? Bruxelles, Editions Complexe.

Pomeau, René. 1967. *Beaumarchais*. Paris, Hatier, coll. Connaissances des lettres.

_____. 1987. *Beaumarchais ou la bizarre destinée*. Paris, P.U.F.

Van Tieghem, Philippe. 1960. *Beaumarchais par lui-même*. Paris, Seuil.

謝南（J. H. Shennan）。2000。《大革命之前的法國》，孫慧敏譯。台北，麥田，〈世界史文庫〉。

博瑪榭戲劇通論

Conesa, Gabriel. 1985. *La Trilogie de Beaumarchais: Ecriture et dramaturgie*. Paris, P.U.F.

_____. 2000. "Beaumarchais et la tradition comique", *Beaumarchais: Homme de lettres, homme de société*, éd. Philip Robinson. Oxford, Peter Lang, pp. 133-46.

Corvin, Michel. 1994. *Lire la comédie*. Paris, Dunod.

Descotes, Maurice. 1974. *Les Grands rôles du théâtre de Beaumarchais*. Paris, P.U.F.

Didier, Béatrice. 1994. *Beaumarchais ou la Passion du drame*. Paris, P.U.F.

Frantz, Pierre; Balique, Florence. 2004. *Beaumarchais: Le Barbier de Séville, Le Mariage de Figaro, La Mère coupable*. Paris, Atlande, coll. Clefs concours.

Larthomas, Pierre. 1972. *Le Langage dramatique*. Paris, Armand Colin.

Lefay, Sophie, dir. 2015. *Nouveaux regards sur la trilogie de Beaumarchais*. Paris, Classiques Garnier.

Ligier-Degauque, Isabelle, dir. 2015. *Lectures de Beaumarchais: Le Barbier de Séville, Le Mariage de Figaro, La Mère coupable*. Rennes, Presses universitaires de Rennes, coll. Didact Français.

Lintilhac, Eugène. (1909) 2017. *Histoire générale du théâtre en France. La Comédie: Dix-huitième siècle*, tome IV. Pézenas, Théâtre-documentation, ouvrage consulté en ligne en 15 janvier 2020 à l'adresse: https://xn--thtre-documentation-cvb0m.com/content/histoire-g%C3%A9n%C3%A9rale-du-th%C3%A9%C3%A2tre-en-france-tome-iv-eug%C3%A8ne-lintilhac.

Proschwitz, Gunnar von. 1981. *Introduction à l'étude du vocabulaire de Beaumarchais*. Genève, Slatkine Reprints.

Robinson, Philip, éd. 2000. *Beaumarchais: Homme de lettres, homme de société*. Oxford, Peter Lang.

Scherer, Jacques. 1970. *La Dramaturgie de Beaumarchais*. Paris, Nizet.

《費加洛的婚禮》重要研究

Analyses & réflexions sur Beaumarchais: Le Mariage de Figaro, ouvrage collectif, 1985. Paris, Edition Marketing.

Arpin, Maurice. 2003. "Une prise de position: La préface du *Mariage de Figaro*", *L'Annuaire théâtral*, no. 34, automne, pp. 28-44.

Beaumarchais, Jean-Pierre (de). 1984. "Beaumarchais, homme de la liberté", *Revue d'histoire littéraire de la France*, no. 5, septembre-octobre, pp. 708-09.

Connon, Derek F. 2002. "*Noblesse Oblige*: The Role of the Count in the Trial Scene of *Le Mariage de Figaro*", *British Journal for Eighteenth-Century Studies*, no. 25, pp. 33-44.

Gaiffe, Félix. 1956. *Le Mariage de Figaro*. Paris, Nizet.

Genette, Gérard. 1987. "Autres préfaces, autres fonctions", *Seuils*. Paris, Seuil, coll. Poétique, pp. 219-70.

Guibert, Nöelle. 1989. "*Le Mariage de Figaro* à la Comédie-Française", *Comédie-Française*, no. 174, mars, p. 34.

Howarth, William D. 1961. "The Theme of the *Droit du Seigneur* in the Eighteenth-Century Theatre", *French Studies*, XV, pp. 228-40.

_____. 1995. *Beaumarchais and the Theatre*. London, Routledge.

Jouvet, Louis. 1936. "Beaumarchais vu par un comédien", *La Revue universelle*, tome LXV, no. 5, 1er juin, pp. 521-43.

Lévy, Francine. 1978. *Le Mariage de Figaro: Essai d'interprétation*. Oxford, Voltaire Foundation, coll. Studies on Voltaire and the Eighteenth Century.

Larthomas, Pierre. 1989. "Badinage et raison: *Le Mariage de Figaro*", *Comédie-Française*, no. 174, mars, pp. 24-25.

Lavezzi, Elisabeth. 2000. "Métaphore et modèle de la chasse dans *La Folle Journée*", *Beaumarchais: Homme de lettres, homme de société*, éd. Philip Robinson. Oxford, Peter Lang, pp. 267-80.

Mervaud, Christiane. 1984. "Le 'ruban de nuit' de la Comtesse", *Revue d'histoire littéraire de la France*, no. 5, septembre-octobre, pp. 722-33.

Mylne, Vivienne G. 1984. "*Le Droit du Seigneur* in *Le Mariage de Figaro*", *French Studies Bulletin*, vol. 4, no. 11, July, pp. 3-5.

Rougemont, Martine (de). 1984. "Beaumarchais dramaturge: Le substrat romanesque du drame", *Revue d'histoire littéraire de la France*, no. 5, septembre-octobre, pp. 710-21.

Seebacher, Jacques. 1962. "Autour de Figaro: Beaumarchais, la famille de Choiseul et le financier Clavière", *Revue d'histoire littéraire de la France: Beaumarchais, Le Mariage de Figaro*, tome 62, pp. 198-228.

Seguin, Jean-Pierre. 1994. "Ruban noir et ruban rose ou les deux styles de Beaumarchais", *L'Information grammaticale*, no. 60, pp. 13-16.

Ubersfeld, Anne. 1956. "Introduction", *La Folle journée ou le Mariage de Figaro*, éd. Anne Ubersfeld. Paris, Editions sociales, pp. 7-59.

_____. 1973. "Un balcon sur la terreur: *Le Mariage de Figaro*", *Europe*, no. 528, avril, pp. 105-15.

Viegnes, Michel. 1999. *Le Mariage de Figaro (1785), Beaumarchais*. Paris, Hatier, coll. Profil d'une oeuvre.

Zaragoza, Georges. 2015. *Figaro en verve et en musique*. Chasseneuil-du-Poitou, Réseau Canopé, coll. Maîtriser.

十八世紀法國戲劇與劇場

Brenner, Clarence D. 1979 (1947). *A Bibliographical List of Plays in the French Language 1700-1789*. New York, A.M.S. Press.

Frantz, Pierre; Marchand, Sophie, dir. 2009. *Le Théâtre français du XVIIIᵉ siècle: Histoire, texte choisis, mise en scène*. Paris, Editions L'Avant-scène théâtre.

Goldzink, Jean. 1995. *De chair et d'ombre*. Orléans, Paradigme, coll. Modernités.

_____. 2000. *Comique et comédie au siècle des Lumières*. Paris, L'Harmattan.

Howarth, William D., ed. *French Theatre in the Neo-Classical Era, 1550-1789*. Cambridge, Cambridge University Press.

Jomaron, Jacqueline (de), éd. 1988. *Le Théâtre en France*, vol. I. Paris, Armand Colin.

Lagrave, Henri. 1972. *Le Théâtre et le public à Paris de 1715 à 1750*. Paris, Klincksieck.

Lever, Maurice. 2001. *Théâtre et lumières: Les Spectacles de Paris au XVIIIᵉ siècle*. Paris, Fayard.

Mittman, Barbara G. 1984. *Spectators on the Paris Stage in the Seventeenth and Eigh-*

teenth Centuries. Ann Arbor, U.M.I. Research Press.

Rougemont, Martine (de). 1988. *La Vie théâtrale en France au XVIIIe siècle*. Paris-Genève, Champion-Slatkine.

Trott, David. 2000. *Théâtre du XVIIIe siècle. Jeux, écritures, regards: Essai sur les spectacles en France de 1700 à 1790*. Monpellier, Editions Espaces 34.

Truchet, Jacques, éd. 1972-4. *Théâtre du XVIIIe siècle*, 2 vols. Paris, Gallimard, Bibliothèque de la Pléiade.

博瑪榭戲劇與改編歌劇特刊

L'Avant-scène opéra: Les Noces de Figaro, no. 135-36, 3ème édition, septembre 1999.

Comédie-Française: La Folle journée ou le Mariage de Figaro, no. 174, mars 1989.

Europe: Beaumarchais, no. 528, avril 1973.

Les Nouveaux cahiers de Comédie-Française: Beaumarchais, no. 2, 2007.

Pièce (dé)montée: La Folle journée ou le Mariage de Figaro, no. 205, Réseau Canopé, mars 2015.

Revue d'histoire du théâtre: La Trilogie de Beaumarchais, no. 1, 2007.

Revue d'histoire littéraire de la France: Beaumarchais, Le Mariage de Figaro, no. 5, septembre-octobre, 1984.

_____ *: Un autre Beaumarchais*, no. 4, juillet-août 2000.

戲劇手冊及辭典

Corvin, Michel. 1995. *Dictionnaire encyclopédique du théâtre*. Paris, Bordas.

Pavis, Patrice. 1996. *Dictionnaire du théâtre*. Paris, Dunod.

Vince, Ronald W. 1988. *Neoclassical Theatre: A Historiographical Handbook*. New York, Greenwood Press.

十八世紀法語辭典

Dictionnaire critique de la langue française, éd. Jean-François Féraud. 1787. Marseille, Jean Mossy. (Tome 2 en ligne: https://gallica.bnf.fr/ark:/12148/bpt6k506010.texteImage)

Dictionnaire de l'Académie française. 1798. Paris, J. J. Smits. (Tome 2 en ligne: https://gallica.bnf.fr/ark:/12148/bpt6k504065.r=dictionnaire%20de%201% 27acad%C3%A9mie%20fran%C3%A7aise%2C%20%201798?rk=21459;2)

_____. 1833. Paris, Lebigre frères.

Dictionnaire de Trévoux. 1771. Paris, Compagnie des libraires associés. (Tome 2 en ligne: https://gallica.bnf.fr/ark:/12148/bpt6k509819.image)

法國文學網站

Ibibliothèque, dirigée par Jean d'Ormesson.
https://www.ibibliotheque.fr

現代演出資料

Barché, Rémy. 2015. "Entretien avec Rémy Barché", réalisé par S. Garand, le 5 mars 2015, *Pièce (dé)montée: La Folle journée ou le Mariage de Figaro*, no. 205, Réseau Canopé, mars, pp. 47-50.

Barrault, Jean-Louis. 1965. "Beaumarchais", "Les Célestins: saison 1965-66", Lyon, Théâtre des Célestins.

Barthes, Roland. 1993. "*Le Mariage de Figaro*", *Oeuvres complètes*, vol. 1. Paris, Seuil, pp. 735-36.

Beaumarchais, Jean-Pierre (de). 1989. " 'Figaro-ci, Figaro-là' ", propos recueillis par Guy Dumur, *Le Nouvel observateur*, 16-22 mars, pp. 106-08.

Chalaye, Sylvie. 2000. "Alcôves et chausse-trappes ou la dégringolade du Prince: *La Folle journée ou le Mariage de Figaro*, Beaumarchais/Sivadier", *Théâtre/Public*, no. 153, mai-juin, pp. 24-29.

Dort, Bernard. 1993. "La traversée du désert: Brecht en France dans les années quatre-vingt", *Brecht après la chute: Confessions, mémoires, analyses*. Paris, L'Arche, pp. 122-45.

Fontana, Richard. 1989. "Figaro, Richard Fontana: L'Homme qui monte", entretien avec Irène Sadowska-Guillon, *Acteurs*, no. 69, mai, pp. 39-40.

Lescot, David, éd. 2000. "Dossier de *la Folle journée ou le Mariage de Figaro*", Théâtre National de Bretagne.

Michel, Marcelle J. 1961. "Un entretien avec Marcel Bluwal qui monte *Le Mariage de Fi-*

garo pour la soirée de Noël à la télévision", *Le Monde*, 23 décembre.

Mortier, Daniel. 1986. *Celui qui dit oui, celui qui dit non, ou, la Réception de Brecht en France, 1945-1956*. Genève, Slatkine.

Rauck, Christophe. 2007. "Entretien avec Christophe Rauck", propos recueillis par Isabelle Baragan, "Programme du *Mariage de Figaro*", La Comédie-Française, pp. 8-9.

Sivadier, Jean-François. 1999. "Notes de mise en scène", octobre, notes consultées en ligne en 7 juillet 2020 à l'adresse: https://www.theatreonline.com/Spectacle/La-folle-journee-ou-le-mariage-de-Figaro/1302.

———. 2001. " 'Chez Beaumarchais, une folie profonde' ", propos recueillis par H. L. T., *Aden*, 10 janvier.

Thomas, Aurélie. 2010. "Aurélie Thomas [Christophe Rauck]: 'Comme au cinéma' ", propos recueillis par Corinne Denailles, *Théâtre Aujourd'hui: La Scénographie*, no. 13, pp. 116-19.

Ubersfeld, Anne. 1994. *Antoine Vitez: Metteur en scène et poète*. Paris, Editions des Quatre-Vents.

Vilar, Jean. 1989. "Vilar et Figaro", propos recueillis par Antoine Vitez pour *Bref* en décembre 1956, *Comédie-Française: La Folle journée ou le Mariage de Figaro,* no. 174, mars, p. 21.

Vitez, Antoine. 1989. "Le langage 'plébéien' de Beaumarchais", propos recueillis par Guy Dumur, *Le Nouvel observateur*, 16-22 mars.

———. 1989. "La nostalgie", *Comédie-Française: La Folle journée ou le Mariage de Figaro*, no. 174, mai, p. 6.

———. 1989. "Entretien d'Antoine Vitez avec Anne Ubersfeld pendant les répétitions du *Mariage de Figaro*", *Comédie-Française: La Folle journée ou le Mariage de Figaro*, no. 174, mai, pp. 7-9.

———. 1989. "Beaumarchais: *La Folle journée ou le Mariage de Figaro*", entretien avec Irène Sadowska-Guillon, *Acteurs*, no. 69, mai, pp. 37-40.

———. 1991. *Le Théâtre des idées*, éd. Danièle Sallenave et Georges Banu. Paris, Gallimard.

———. 1997. *Ecrits sur le théâtre, 4: La Scène 1983-1990*. Paris, P.O.L.

楊莉莉。2012。《向不可能挑戰：法國戲劇導演安端・維德志 1970 年代》。台北，台北藝術大學／遠流。

———。2014。《新世代的法國戲劇導演：從史基亞瑞堤到波默拉》。台北，台北藝術大學／遠流。

_____。2017。《再創夏佑國家劇院的光輝：法國戲劇導演安端・維德志1980年代》。新竹，清華大學出版社。

引用的劇評

Banu, Georges. 1987. "*Le Mariage de Figaro*: Le spectacle de la plénitude", *Alternatives théâtrales*, no. 28, décembre, pp. 39-41.

Brisson, Pierre. 1939. "*Le Mariage de Figaro*: Nouvelle mise en scène de M. Charles Dullin", *Le Figaro*, 26 février.

Cournot, Michel. 1989. " 'Il fera beau ce soir sous les grands marronniers' ", *Le Monde*, 23 mars.

Descotes, Maurice. 1984. "A propos du *Mariage de Figaro*. Climat politique, interprétation, accueil du public", *Cahiers de l'Université de Pau*, no. 4, pp. 11-20.

Dumur, Guy. 1965. "Les classiques se défendent tout seuls: *Figaro et Nicomède*", *Gazette de Lausanne*, 16 janvier.

Dutourd, Jean. 1965. "*Le Mariage de Figaro*: Réussite complète", *France soir*, 9 janvier.

Florenne, Yves. 1956. "*Le Mariage de Figaro*", *Le Monde*, 18 juillet.

Gautier, Jean-Jacques. 1962. "*Le Mariage de Figaro*", *Le Figaro*, 15 octobre.

_____. 1965. "A l'Odéon: *Le Mariage de Figaro*", *Le Figaro*, 9 janvier.

Godard, Colette. 1977. "*Le Mariage de Figaro* à la Comédie-Française", *Le Monde*, 26 mars.

Han, Jean-Pierre. 2007. "Un très emblématique *Mariage*", *L'Humanité*, 6 octobre.

Kemp, Robert. 1939. "*Le Mariage de Figaro* à la Comédie-Française", *Le Temps*, 27 février.

_____. 1946. "*Le Mariage de Figaro*", *Le Monde*, 12 octobre.

_____. 1957. "Au T.N.P. *Le Mariage de Figaro* de Beaumarchais", *Le Monde*, 14 janvier.

Klausner, Emmanuelle. 1987. "Beaumarchais: *Le Mariage de Figaro*", *La Croix*, 18 février.

Léonardini, Jean-Pierre. 1989. "Jeté battu dans la culture", *L'Humanité*, 22 mars.

Liban, Laurence. 2001. "*Le Mariage de Figaro*", *L'Express*, 25 janvier-1er février.

Marcabru, Pierre. 1957. "La vertu est ennuyeuse", *Arts*, 16 janvier.

_____. 1965. "Enfin, un *Figaro* qui s'amuse", *Paris presse*, 9 janvier.

_____. 1989. "Dans l'ombre de Mozart", *Le Figaro*, 22 mars.

_____. 1989. "A contre-pied", *Le Figaro*, 6 juin.

Méreuze, Didier. 2007. "La folle soirée au Français du *Mariage de Figaro*", *La Croix*, 2 octobre.

_____. 2017. "Un mariage fou, fou, fou...", *La Croix*, 22 janvier.

Noetzel-Aubry, Chantal. 1989. "Vitez entre ancien régime et révolution", *La Croix*, 23 mars.

Olivier, Claude. 1965. "Théâtre sans fonction", *Les Lettres françaises*, 14 janvier.

Paget, Jean. 1965. "*Le Mariage de Figaro* de Beaumarchais: Non loin d'Offenbach...", *Le Combat*, 9 janvier.

Pascaud, Fabienne. 1989. "L'Enigme Figaro", *Télérama*, 29 mars-4 avril.

_____. 1989. "Figaro-ci, Figaro-là", *Marie-France*, juillet.

_____. 2007. "Ils rêvaient d'un autre monde", *Télérama*, 31 octobre-6 novembre.

Poirot-Delpech, Bertrand. 1966. "*Le Mariage de Figaro* par la Compagnie du théâtre de Caen", *Le Monde*, 22 avril.

Salino, Brigitte. 2001. "La folle journée de Figaro, entre vaudeville et lendemain de fête", *Le Monde*, 29 janvier.

Scali, Marion. 1987. "Beaumarchais: *Le Mariage de Figaro*", *La Libération*, 17 février.

Senart, Philippe. 1977. "La revue théâtrale", *La Revue des deux mondes*, juin, pp. 102-08.

Siclier, Jacques. 1961. "Un éblouissant *Mariage de Figaro*", *Le Monde*, 27 décembre.

Silber, Martine. 2007. "Un air de liberté et tout le plaisir du texte dans *Le Mariage de Figaro*", *Le Monde*, 29 septembre.

Solis, René. 2001. "Orgie avant le naufrage", *La Libération*, 13 janvier.

_____. 2001. "Vent de folie pour *Figaro*. Beaumarchais galvanisé par une mise en scène inventive", *La Libération*, 31 mars.

Sourd, Patrick. 2017. "Let's dance Figaro", *Les Inrockuptibles*, 18 janvier.

Tesson, Philippe. 1989. "*Le Mariage de Figaro*, de Beaumarchais", *L'Express*, 31 mars-6 avril.

_____. 2007. "Une étincelante fantaisie", *Le Figaro*, 3 novembre.

Thébaud, Marion. 2007. "Laurent Stocker, un Figaro aux semelles de vent", *Le Figaro*, 23 septembre.

電影與戲劇演出錄影（按導演姓氏順序）

Bluwal, Marcel. 2009 (1963). *Le Mariage de Figaro*. Paris, I.N.A.

Coggio, Roger. 1989. *La Folle journée ou le Mariage de Figaro*. Paris, Lydie Média, A.C.P., Sari-Seeri.

Meyer, Jean. 2017 (1959). *Le Mariage de Figaro*. Paris, René Château Vidéo.

Petit, Françoise. 1981. *La Folle journée ou le Mariage de Figaro*, réalisation de Pierre Badel. Lyon, FR3 Lyon.

Rauck, Christophe. 2007. *La Folle journée ou le Mariage de Figaro*, vidéo visionnée en ligne en 15 juillet 2018 à l'adresse: https://www.youtube.com/watch?v=OKjXgtQ8qWk&t=9192s.

Rosner, Jacques. 2010 (1977). *Le Mariage de Figaro*. Paris, Editions Monparnasse.

Roumanoff, Colette. 2011. *Le Mariage de Figaro*, réalisation de Paul Buresi. Paris, La Compagnie Colette Roumanoff.

Vincent, Jean-Pierre. 1987. *Le Mariage de Figaro*, réalisation de Pierre Badel. Paris, Chaillot, FR3 et S.E.P.T.

Vitez, Antoine. 1989. *La Folle journée ou le Mariage de Figaro*. Paris, La Comédie-Française.

Weber, Jacques. 2008. *Figaro: d'après la trilogie de Beaumarchais*. Paris, France Télévision Distribution.

中譯版本與中譯問題

李玉民，譯。2011。《法國戲劇經典，17-18 世紀卷》。杭州，浙江大學出版社。

阮若缺，譯。2016。《包馬歇三部曲》。台北，政治大學出版社。

吳達元，譯。2001。《博馬舍戲劇二種》。北京，人民文學出版社。

張流，譯。1999。《費加羅的婚禮》。北京，長城出版社。

Montoneri, Bernard（孟承書）. 2011. "Traductions chinoises du *Mariage de Figaro*:

Problèmes, omissions et contresens"（〈「費加洛的婚禮」中文譯本的問題、遺漏與誤解〉），*Providence Forum: Language and Humanities*（《靜宜語文論叢》），vol. V, no. 1, December, pp. 51-88.

國家圖書館出版品預行編目資料

博瑪榭《費加洛的婚禮》/楊莉莉譯注. --一版. --
臺北市:國立臺北藝術大學出版,五南圖書出版
股份有限公司發行,2021.08
　　面;　公分
譯自:Le mariage de Figaro

ISBN 978-986-06588-1-1(平裝)

876.55　　　　　　　　　　110007798

1Y2D

博瑪榭《費加洛的婚禮》

譯　　注 — 楊莉莉

責任編輯 — 唐筠、陳幼娟、許書惠

文字校對 — 許馨尹、徐瑋佑、戴小涵、楊宇涵、黃婉婷

封面設計 — 高名辰

發 行 人 — 楊榮川

總 經 理 — 楊士清

總 編 輯 — 楊秀麗

副總編輯 — 張毓芬

出 版 者 — 國立臺北藝術大學

地　　址:112臺北市北投區學園路1號

電　　話:(02)2896-1000分機1232〜4(教務處出版中心)

網　　址:https://w3.tnua.edu.tw

發 行 者:五南圖書出版股份有限公司

地　　址:106臺北市大安區和平東路2段339號4樓

電　　話:(02)2705-5066　　傳真:(02)2706-6100

網　　址:https://www.wunan.com.tw/

電子郵件:wunan@wunan.com.tw

郵撥帳號:01068953

戶　　名:五南圖書出版股份有限公司

法律顧問　林勝安律師事務所　林勝安律師

出版日期　2021年8月初版一刷

定　　價　新臺幣460元

◎本書為科技部經典譯注計畫

GPN 1011000651

經典永恆・名著常在

五十週年的獻禮——經典名著文庫

五南，五十年了，半個世紀，人生旅程的一大半，走過來了。

思索著，邁向百年的未來歷程，能為知識界、文化學術界作些什麼？

在速食文化的生態下，有什麼值得讓人雋永品味的？

歷代經典・當今名著，經過時間的洗禮，千錘百鍊，流傳至今，光芒耀人；

不僅使我們能領悟前人的智慧，同時也增深加廣我們思考的深度與視野。

我們決心投入巨資，有計畫的系統梳選，成立「經典名著文庫」，

希望收入古今中外思想性的、充滿睿智與獨見的經典、名著。

這是一項理想性的、永續性的巨大出版工程。

不在意讀者的眾寡，只考慮它的學術價值，力求完整展現先哲思想的軌跡；

為知識界開啟一片智慧之窗，營造一座百花綻放的世界文明公園，

任君遨遊、取菁吸蜜、嘉惠學子！